ÓDIO, AMIZADE, NAMORO, AMOR, CASAMENTO

ALICE MUNRO

ÓDIO, AMIZADE, NAMORO, AMOR, CASAMENTO

Tradução
Cássio de Arantes Leite

Copyright © 2001 by Alice Munro
Copyright da tradução © 2003 by Editora Globo s. a.

Todos os direitos reservados. Nenhuma parte desta edição pode ser utilizada ou reproduzida – em qualquer meio ou forma, seja mecânico ou eletrônico, fotocópia, gravação etc. – nem apropriada ou estocada em sistema de bancos de dados, sem a expressa autorização da editora.

Título original:
Hateship, Friendship, Courtship, Loveship, Marriage

Editor responsável: Ana Lima Cecilio
Editor assistente: Erika Nogueira Vieira
Revisão da segunda edição: Fábio Bonillo
Capa: Mariana Newlands
Diagramação: Jussara Fino
Foto da capa: NOAA - edited version © Science Faction
Foto da autora: Andrew Testa / Rex Features / Glow Images

1ª edição, 2003
2ª edição, 2013
2ª reimpressão, 2020

CIP-BRASIL. CATALOGAÇÃO NA PUBLICAÇÃO
SINDICATO NACIONAL DOS EDITORES DE LIVROS, RJ

M9390
    Munro, Alice, 1931-
       Ódio, amizade, namoro, amor, casamento / Alice Munro ; tradução Cássio de Paulo: Arantes Leite. - [2. ed.] - São Paulo : Globo, 2013.
       360 p. : il. ; 21 cm.

    Tradução de: Hateship, friendship, courtship, loveship, marriage
    ISBN 978-85-250-5581-1

    1. Conto canadense. I. Leite, Cássio de Arantes. II. Título.

13-06754

CDD: 819.13
CDU: 821.111(71)-3

Direitos de edição em língua portuguesa para o Brasil adquiridos por Editora Globo S.A.
Rua Marquês de Pombal, 25 — 20230-240 — Rio de Janeiro — RJ
www.globolivros.com.br

Com gratidão,
para Sarah Skinner

SUMÁRIO

ÓDIO, AMIZADE, NAMORO, AMOR, CASAMENTO 9
PONTE FLUTUANTE 65
MOBÍLIA DE FAMÍLIA 99
CONFORTO 137
URTIGAS 175
COLUNA E VIGA 211
O QUE É LEMBRADO 245
QUEENIE 271
O URSO ATRAVESSOU A MONTANHA 305

ÓDIO, AMIZADE, NAMORO, AMOR, CASAMENTO

ANOS ATRÁS, antes que os trens parassem de correr por inúmeros de seus ramais, uma mulher de rosto amplo e sardento e cabelo ruivo frisado foi à estação de trem e perguntou sobre remessa de mobília. Era comum que o chefe da estação ensaiasse algum gracejo com as mulheres, especialmente as mais simples, que pareciam gostar daquilo.

– Mobília? – disse, como se ninguém nunca houvesse tido essa ideia antes. – Bom. Ora. De que tipo de mobília se trata?

Uma mesa de jantar e seis cadeiras. Um conjunto completo de dormitório, um sofá, uma mesinha de centro, mesinhas laterais, uma luminária de pé. E ainda uma cristaleira e um bufê.

– Opa, pare aí. Isso quer dizer uma casa inteira.

– Não dá para considerar tanto assim – disse ela. – Não tem peças de cozinha e apenas o correspondente a um quarto.

Ela cerrou os dentes, como que pronta para uma discussão.

– Vai precisar do caminhão – ele disse.

– Não. Quero mandar tudo por trem. É para o oeste, para Saskatchewan.

Ela falou num tom de voz elevado, como se o homem fosse surdo ou estúpido, e havia alguma coisa errada no modo como pronunciava as palavras. Um sotaque. Ele pensou em holandês – os holandeses andavam se mudando para lá –, mas não tinha a compleição das holandesas, tampouco a delicada pele rosada, nem os belos cabelos. Podia ter menos de quarenta, mas qual a diferença? Não era nenhuma rainha da beleza, de jeito nenhum. Assumiu um ar profissional.

– Primeiro, precisará do caminhão para chegar até aqui, de onde quer que venha. E será conveniente verificarmos se é um lugar em Saskatchewan pelo qual o trem passa. De outro modo, terá de providenciar para que a mobília seja apanhada, digamos, em Regina.

– É Gdynia – disse ela. – O trem passa por lá.

Ele apanhou uma lista ensebada que pendia de um prego na parede e perguntou como se soletrava aquilo. Valendo-se de um lápis que também estava preso num fio ela escreveu num pedaço de papel que tirou da bolsa: GDYNIA.

– De que nacionalidade isso pode ser?

Ela disse que não sabia.

Ele pegou de volta o lápis para acompanhar a relação linha a linha.

– Um monte de lugares por lá são tchecos, húngaros ou ucranianos – disse. Enquanto dizia isso, ocorreu-lhe que ela poderia ser uma coisa ou outra. Mas e daí, só estava constatando um fato.

– Aqui está, bem aqui; fica no caminho.

– Isso – disse ela. – Quero mandar na sexta; pode ser?

– Nós podemos enviar, mas não vou prometer que dia chega – disse ele. – Tudo depende das prioridades. Tem alguém pra receber as coisas quando chegarem?

– Tem.

– É um trem misto na sexta, às duas e dezoito da tarde. O caminhão pega tudo na sexta de manhã. Mora aqui na cidade?

Ela balançou a cabeça afirmativamente, enquanto escrevia o endereço. Estrada da Exposição, 106.

Só recentemente as casas da cidade haviam sido numeradas e ele não conseguia imaginar o lugar, embora soubesse onde ficava a estrada da Exposição. Se houvesse pronunciado o nome McCauley na época, talvez ele tivesse ficado bem mais interessado, e as coisas poderiam ter sido diferentes. Havia novas casas por lá, construídas depois da guerra, embora fossem chamadas de – casas do tempo da guerra. Devia ser uma dessas.

– Pague quando mandar – disse-lhe.

– Também quero uma passagem para mim no mesmo trem. Sexta à tarde.

– Para o mesmo lugar?

– Isso.

– Você pode viajar no mesmo trem até Toronto, mas depois terá de esperar pelo Transcontinental, que sai às dez e meia da noite. Vai querer leito ou assento? No vagão-leito temos cabines, no vagão comum só há assentos.

Ela disse que viajaria sentada.

– Espere em Sudbury pelo trem de Montreal, mas não desça, apenas aguarde enquanto os vagões são conectados aos de Montreal. Depois seguirão para Port Arthur e então para Kenora. Não desça até chegar em Regina, onde precisará fazer a baldeação para o trem do ramal.

Ela assentiu com a cabeça, como esperando que apenas prosseguisse e lhe desse sua passagem.

Mais lentamente, ele disse: – Mas não posso prometer que sua mobília chegará junto com você, eu não esperaria que chegasse senão um ou dois dias mais tarde. Tudo depende das prioridades. Haverá alguém à sua espera?

– Sim.

– Ótimo. Porque o lugar não é bem uma estação. As cidades por lá não são como aqui. As coisas são bem mais precárias.

Então ela pagou pela passagem, tirando um maço de notas enroladas de um porta-níqueis que estava dentro de sua bolsa. Como uma senhora de idade. Contou o troco, também. Mas não da forma como uma senhora o faria – segurou as moedas na mão e passou os olhos por elas, mas dava para perceber que não deixava escapar um centavo. Depois se virou bruscamente, sem se despedir.

– Até sexta – falou o homem.

Ela usava um longo casaco bege num dia quente de setembro, além de um deselegante par de sapatos de laço e meias soquetes.

Ele servia-se de um café de sua garrafa térmica quando a mulher fez meia-volta e bateu no guichê.

– A mobília que vou mandar – disse – é uma mobília boa, está como nova. Não gostaria que sofresse arranhões, batesse ou fosse danificada de forma alguma. Também não quero que fique cheirando a gado.

– Ah, bom – disse ele. – O trem é muito mais usado para objetos. E eles não costumam transportar mobília nos mesmos vagões que usam para porcos.

– Minha preocupação é que a mobília chegue no mesmo estado de conservação em que partiu.

– Bom, sabe, quando você compra seus móveis, eles estão numa loja, certo? Mas alguma vez já imaginou como chegam lá? Não foram fabricados dentro da loja, foram? Não. Foram feitos em uma fábrica em algum lugar e depois transportados para a loja, e isso muito provavelmente foi feito por trem. Uma vez que é esse o caso, não parece razoável supor que a companhia saiba como cuidar deles?

Ela continuou a fitá-lo sem dar um sorriso ou manifestar o menor sinal de admissão de sua tolice feminina.

– Espero que saiba – disse. – Espero que saiba mesmo.

O chefe da estação teria dito, sem pensar a respeito, que conhecia todo mundo na cidade. O que significava que conhecia cerca de metade das pessoas. E a maioria dos que conhecia era a essência, aqueles que realmente eram "da cidade", no sentido de que não haviam chegado no dia anterior e não tinham planos de ir embora. Ele não conhecia a mulher que ia para Saskatchewan, pois ela não frequentava sua igreja, não dava aulas para seus filhos na escola, não trabalhava em nenhuma loja, restaurante ou escritório nos quais entrara. Tampouco era casada com qualquer um que conhecesse nos Elks, nos Oddfellows, no Lions Club ou no Legion. Uma olhada em sua mão esquerda quando tirou o dinheiro revelou-lhe – o que não o surpreendeu – que não era casada com ninguém. Com aqueles sapatos, meias soquetes em vez de meias normais e sem chapéu ou luvas no fim de tarde, poderia ser uma mulher do campo. Mas não era hesitante e envergonhada como estas geralmente são. Seus modos não eram rústicos – na verdade, era absolutamente sem modos. Tratara-o como se fosse uma máquina de informações. E além disso, escrevera um endereço da cidade – estrada da Exposição. A pessoa que ela o fazia lembrar na verdade era uma freira sem hábito que vira na televisão, falando sobre o trabalho missionário que empreendia em algum lugar na selva – provavelmente elas não usavam suas roupas de freira por lá, porque isso facilitava andar pelos caminhos acidentados. Essa freira ficava sorrindo de vez em quando para mostrar como sua religião devia tornar as pessoas felizes, mas na maior parte do tempo olhava para seu público como se acreditasse que as demais pessoas estivessem no mundo sobretudo para ouvi-la dizer como deveriam agir.

Havia mais uma coisa que Johanna pretendia fazer e estivera adiando. Ir à loja de roupas chamada Milady's e comprar algo para si. Ela nunca entrara naquela loja – quando precisava comprar qualquer coisa, como meias, ia ao Callaghans Mens Ladies and Childrens Wear. Tinha pilhas de roupas herdadas da sra. Willets, coisas como este casaco que jamais ficava velho. E Sabitha – a garota de quem cuidava, na casa da sra. McCauley – estava cheia de roupas caras de segunda mão que haviam pertencido a suas primas.

Na vitrine da Milady's havia dois manequins usando *tailleurs* com saias muito curtas e paletós de linhas retas. Um dos conjuntos tinha uma cor de ferrugem dourado-avermelhada e o outro era de um verde profundo e opaco. Ostentosas imitações em papel de folhas de bordo haviam sido espalhadas em torno dos pés dos manequins e coladas aqui e ali no vidro. Numa época do ano em que a preocupação da maioria das pessoas era juntar folhas com rastelos e queimá-las, aqui elas eram as eleitas. Um cartaz escrito em letra preta cursiva fora pregado diagonalmente na vitrine. Dizia: ELEGÂNCIA E SIMPLICIDADE, A MODA PARA O OUTONO.

Ela abriu a porta e entrou.

Bem à sua frente, um espelho grande a mostrou vestida com o casaco longo e de boa qualidade, mas sem nenhum caimento, da sra. Willets, com poucos centímetros da pele áspera das pernas acima das meias.

Faziam isso de propósito, é claro. Punham o espelho ali para que você pudesse ter uma ideia apropriada de suas deficiências, logo de cara, e então – assim esperavam – você chegaria à conclusão de que tinha de comprar alguma coisa para alterar aquela imagem. Um artifício assim tão transparente teria feito com que fosse embora, se não houvesse entrado determinada, sabendo o que queria comprar.

Em uma das paredes estavam dispostos os vestidos de noite, perfeitos para as beldades da festa, com suas rendas e tafetás, suas cores oníricas. E além deles, numa proteção de vidro destinada a mantê-los a salvo de dedos profanos, meia dúzia de vestidos de noiva, de puro branco espumante, de cetim cor de baunilha, de rendados cor de marfim, com bordados de contas prateadas e pequenas pérolas. Corpetes minúsculos, golas ornadas, saias profusas. Mesmo quando era mais jovem, jamais poderia ter sonhado com uma tal extravagância, não só por causa do dinheiro, mas também das expectativas, da esperança absurda de transformação, de felicidade.

Dois ou três minutos haviam se passado sem que ninguém aparecesse. Talvez a estivessem observando detrás de um olho mágico, pensando que não era seu tipo de cliente e esperando que fosse embora.

Mas não iria. Passou além do reflexo do espelho – andando do linóleo junto à porta para um tapete felpudo – e finalmente a cortina no fundo da loja abriu-se e de lá saiu a própria Milady, metida num *tailleur* preto de botões brilhantes. Saltos altos, tornozelos finos, o espartilho tão justo que se ouvia o som de náilon raspando, o cabelo dourado repuxado para trás emoldurando seu rosto maquiado.

– Pensei em experimentar o *tailleur* da vitrine – disse Johanna numa voz estudada. – O verde.

– Ah, é um *tailleur* adorável – disse a mulher. – O que está na vitrine é número trinta e oito. Bem, o seu parece ser... quarenta e dois, talvez?

Passou rapidamente à frente de Johanna de volta à parte da loja onde as roupas comuns, os *tailleurs* e os vestidos mais simples estavam pendurados.

– Está com sorte. Aqui tem um quarenta e dois.

A primeira coisa que Johanna fez foi verificar o preço marcado. Duas vezes mais caro do que o esperado, e ela não fingiu que fosse de outro modo.

– É bastante caro.

– É uma lã muito delicada – a mulher remexeu na roupa até encontrar a etiqueta, então leu uma descrição do material, que Johanna na verdade não ouviu, pois se deteve na bainha, estudando o acabamento.

– Tem a leveza da seda, mas a resistência do ferro. Pode perceber que é todo forrado, um adorável forro de seda e rayon. Não vai lacear e ficar deformado como acontece com *tailleurs* baratos. Observe estes punhos e gola de veludo e os botõezinhos de veludo na manga.

– Estou vendo.

– É o tipo de detalhe pelo qual se paga, simplesmente é impossível tê-lo de outro modo. Adoro o toque do veludo. Mas é apenas do verde, sabia? – o abricó não é assim, ainda que seja exatamente o mesmo preço.

De fato, eram a gola e os punhos de veludo que davam ao *tailleur*, aos olhos de Johanna, seu aspecto sutilmente luxuoso, e a faziam desejar comprá-lo. Mas não estava inclinada a dizer tal coisa.

– Quem sabe eu não deva experimentá-lo?

Fora para isso que viera preparada, afinal de contas. Roupas de baixo limpas e talco perfumado sob as axilas.

A mulher teve sensibilidade suficiente para deixá-la sozinha no cubículo iluminado. Johanna evitou o espelho como um veneno até que terminasse de ajeitar a saia e vestir o paletó.

Inicialmente, olhou apenas para o *tailleur*. Perfeito. Ajustava-se perfeitamente – a saia mais curta do que estava acostumada, mas aquilo a que estava acostumada não era a moda. Não havia nenhum problema com ele. O problema era com o que se salientava dele. Seu pescoço, seu rosto, seu cabelo, suas mãos grandes, suas pernas grossas.

– Como ficou? Importa-se se eu der uma espiada?

"Espie quanto quiser", pensou Johanna, "é tirar leite de pedra, como em breve verá."

A mulher olhou de um lado, depois do outro.

– É claro, precisará de meia-calça e saltos altos. Como se sente? Confortável?

– O *tailleur* é ótimo – disse Johanna. – Não há nenhum problema com a roupa.

O rosto da mulher mudou no espelho. Parou de sorrir. Pareceu desapontada e cansada, porém ainda mais gentil.

– Às vezes é assim mesmo. Não se sabe realmente até que se tenha experimentado. É que... – disse, com um tom de convicção renovado, mais moderado, crescendo em sua voz – você tem uma bela silhueta, mas uma silhueta forte. Tem ossos grandes, mas qual o problema? Botõezinhos revestidos de veludo não combinam com você. Não perca seu tempo. Tire isso.

Então, quando Johanna ficou de roupa de baixo, houve uma batidinha e uma mão através da cortina.

– Vista isto, pela parte de baixo.

Um vestido de lã marrom, forrado, com uma graciosa saia pregueada, mangas curtas e uma gola redonda simples. Quase simples demais, exceto por um estreito cinto dourado. Não tão caro quanto o *tailleur*, mas ainda assim o preço parecia alto, considerando-se do que era feito.

Pelo menos a saia era de um comprimento mais decente e o tecido caía com elegância em torno de suas pernas. Ela se empertigou e olhou no espelho.

Dessa vez não ficou com o aspecto de alguém que se enfiasse numa roupa para fazer graça.

A mulher ficou de pé a seu lado, e riu, mas de alívio.

– É da cor de seus olhos. Você não precisa usar veludo. Já tem olhos aveludados.

Esse era o tipo de adulação de que Johanna teria escarnecido, exceto que no momento parecia ser verdade. Seus olhos não eram grandes e se lhe pedissem para descrever a cor, ela teria dito: "Acho que eles são meio castanhos". Mas agora pareciam ser de um castanho bastante profundo, suaves e brilhantes.

Não que de repente começasse a pensar que era bonita ou algo assim. Apenas que seus olhos dariam uma bela cor para uma peça de roupa.

– Bem, imagino que não use sapatos sociais com muita frequência – disse a mulher. – Mas se puser uma meia-calça de náilon e sapatos de salto bem simples... E imagino que não use joias, no que faz muito bem, pois não precisa, com este cinto.

Para dar um fim àquela conversa de vendedora, Johanna disse:
— Bom, é melhor tirá-lo, para que possa embrulhar. Ficou triste de ver-se sem o suave peso da saia e a discreta faixa dourada em torno de sua cintura. Jamais em sua vida teve essa sensação tola de ser realçada por algo que vestisse.

— Espero que seja para uma ocasião especial — disse do lado de fora a mulher, enquanto Johanna apressadamente enfiava-se em suas roupas normais, que agora lhe pareciam muito sem graça.

— Provavelmente é com ele que irei me casar — disse Johanna. Ficou surpresa em ouvir isso saindo de sua boca. Não era um engano irremediável — a mulher não sabia quem era e provavelmente não iria conversar com ninguém que a conhecesse. Ainda assim, fora sua intenção permanecer absolutamente calada. O provável é que sentisse ter alguma dívida com aquela pessoa — já que haviam atravessado o desastre do *tailleur* verde e a descoberta do vestido marrom juntas e isso era um vínculo. O que era uma bobagem. O negócio da mulher era vender roupas e simplesmente fora bem-sucedida na tarefa.

— Oh! — gritou a mulher. — Oh, isso é maravilhoso.

Bem, talvez fosse, pensou Johanna, e então, mais uma vez, talvez não. Talvez fosse se casar com qualquer um. Algum fazendeiro miserável que quisesse um burro de carga por perto, ou algum velho asmático meio aleijado à procura de uma enfermeira. Aquela mulher não fazia a menor ideia sobre que tipo de homem a esperava e afinal não era nada da sua conta.

— Dá para perceber que é por amor — disse a mulher, como se tivesse lido seus pensamentos desiludidos. — É por isso que seus olhos brilhavam no espelho. Embrulhei-o em papel de seda; tudo que tem a fazer é abrir o pacote e pendurar o vestido e o tecido ficará perfeito. Dê uma passada leve, se quiser, mas provavelmente nem isso será necessário.

Então havia a questão do dinheiro. Ambas fingiram não olhar, mas as duas olharam.

– Vale o preço – disse a mulher. – A gente só se casa uma vez. Bom, nem sempre isso é estritamente verdadeiro...

– No meu caso é – disse Johanna. Seu rosto queimava de rubor, pois um casamento não fora, de fato, mencionado. Nem mesmo na última carta. Ela havia revelado à mulher algo com que estava contando e isso talvez tivesse sido uma coisa infeliz de se fazer.

– Onde o conheceu? – disse a mulher, ainda com um tom ansioso de felicidade na voz. – Como foi seu primeiro encontro?

– Pela família – disse Johanna, com sinceridade. Não tinha intenção de dizer mais nada, mas ouviu sua própria voz prosseguir.

– A Western Fair. Em London.

– A Western Fair – disse a mulher. – Em London. Como se dissesse "o baile no castelo".

– A filha dele e uma amiga dela estavam conosco – disse Johanna, pensando que de certo modo essa era uma afirmação mais exata do que dizer que ela, Johanna, estava com Sabitha e Edith.

– Bom, posso dizer que meu dia não foi em vão. Arrumei o vestido para alguém que será uma noiva feliz dentro dele. Isso é o bastante para justificar minha existência. A mulher amarrou uma estreita fita cor-de-rosa em torno da caixa, fazendo um laço grande e desnecessário, depois fez um corte tosco com a tesoura.

– Passo o dia inteiro aqui – disse ela. – E às vezes me pergunto o que penso que estou fazendo. Digo a mim mesma: "O que acha que está fazendo aqui?". Mudo as coisas na vitrine e faço isso e aquilo para induzir as pessoas a entrar, mas tem dias – tem *dias* – em que não vejo uma única alma passar por aquela porta. Sei, as pessoas acham que as roupas são muito caras, mas elas são *boas*. São roupas de qualidade. Se deseja roupas boas, precisa pagar o preço.

– Devem vir quando querem alguma coisa como estes – disse Johanna, olhando para os vestidos de noite. – Aonde mais poderiam ir?

– Esse é o problema. Não vêm. Vão à cidade – é para lá que vão. Entram no carro e viajam cem, duzentos quilômetros, não se importam com a gasolina, e dizem a si mesmas que com isso conseguem algo melhor do que o que tenho aqui. Mas não. A qualidade não é melhor, as opções não são melhores. Nada disso. Só que deviam ficar com vergonha de dizer que compraram seus vestidos de casamento na cidade. Ou então vêm aqui e experimentam alguma coisa, depois dizem que vão pensar. "Volto depois", elas dizem. E eu penso: Ah, claro, sei o que isso quer dizer. Significa que vão tentar encontrar o mesmo artigo mais barato em London ou Kitchener e, mesmo que não seja mais barato, vão comprá-lo lá, já que foram tão longe e se cansaram de procurar. Não sei – continuou. – Talvez se eu fosse daqui seria diferente. Há muita panelinha, aqui, eu acho. Você não é daqui, é?

Johanna disse: – Não.

– Não acha que aqui há muita panelinha? Difícil para alguém de fora entrar, é o que quero dizer.

– Estou acostumada a me virar sozinha – disse Johanna.

– Mas encontrou alguém. Não vai mais ficar sozinha, e isso não é ótimo? Certos dias eu penso como seria maravilhoso ser casada e ficar em casa. É claro, já fui casada, e trabalhava de um jeito ou de outro. Ah, sei lá. Quem sabe o homem dos meus sonhos entre aqui, se apaixone por mim e pronto!

Johanna tinha de se apressar – a mulher carente de conversa fizera com que se atrasasse. Correu para voltar para casa e esconder o que comprara, antes que Sabitha chegasse da escola.

Então se lembrou de que Sabitha não estava lá, pois fora levada no fim de semana pela mãe de sua prima, tia Roxanne, para viver uma vida apropriada de menina rica em Toronto e ir a uma escola de meninas ricas. Mas continuou a caminhar apressada – tão rápido que um engraçadinho escorado na parede da farmácia gritou para ela, "Onde é o incêndio?", e diminuiu um pouco a marcha, para não chamar a atenção.

O embrulho era desajeitado – como ela poderia ter adivinhado que a loja possuía suas próprias caixas de papelão cor-de-rosa, com um *Milady's* púrpura escrito em letra cursiva sobre elas? Aquilo a entregava.

Sentiu-se uma boba por mencionar um casamento quando ele não mencionara, e devia se lembrar disso. Tanto mais havia sido dito – ou escrito –, tal ternura e anseio foram expressados, que o casamento propriamente dito parecia simplesmente ter sido negligenciado. Do modo como se pode falar sobre acordar de manhã e não sobre tomar o café, embora certamente haja essa intenção. Mesmo assim, deveria ter ficado de boca fechada.

Viu o sr. McCauley caminhando na direção oposta, do outro lado da rua. Não havia problema – mesmo que tivesse dado de cara com ela, jamais notaria a caixa que carregava. Ergueria um dedo, tocando o chapéu, e seguiria em frente, presumivelmente percebendo que era sua governanta, mas possivelmente não. Tinha outras coisas em que pensar e, até onde todos sabiam, podia estar olhando para uma cidade que não era aquela que viam. Em dias úteis – e às vezes, esquecido, aos domingos e feriados –, saía vestido com um de seus ternos e sua leve sobrecasaca ou seu pesado casaco de chuva, seu chapéu de feltro cinza e seus sapatos lustrosos, e caminhava da estrada da Exposição nos subúrbios para o escritório que ainda mantinha sobre o que havia sido a loja de malas e apetrechos. Diziam que era um escritório de seguros, embora já fizesse muito tempo desde a última vez em que estivera ativamente envolvido com a venda de seguros. Às vezes as pessoas subiam a escada para vê-lo, talvez para perguntar alguma coisa sobre a política da empresa ou, mais provavelmente, sobre delimitações de lotes, a história de algum terreno na cidade ou de uma fazenda no campo. Seu escritório era cheio de mapas, novos e antigos, e não havia nada que gostasse mais do que abri-los e entrar numa discussão que extrapolasse em muito a pergunta feita.

Três ou quatro vezes por dia saía e caminhava pela rua, como agora. Durante a guerra estacionava seu McLaughlin-Buick várias quadras acima, no celeiro, e ia a pé a toda parte para dar exemplo. Parecia continuar a dar exemplo, quinze anos depois. As mãos cruzadas às costas, era como um bondoso senhorio inspecionando sua propriedade ou um pastor feliz em observar o rebanho de fiéis. Claro que metade das pessoas que encontrava não fazia ideia de quem ele era.

A cidade mudara, mesmo durante o período em que Johanna vivia ali. O comércio estava se mudando para a estrada, onde havia uma nova loja de ponta de estoque, uma Canadian Tire e um motel com bar e dançarinas de *topless*. Alguns pontos no centro tentaram melhorar o aspecto pintando a loja de rosa, malva ou verde-claro, mas a tinta já começara a descascar sobre os velhos tijolos e alguns dos interiores estavam vazios. A Milady's quase certamente seguiria em breve o mesmo caminho.

Se Johanna fosse aquela mulher, o que teria feito? Jamais deixaria ali tantos daqueles elaborados vestidos de noite, para começo de conversa. E o que poria no lugar? Se os trocasse por roupas mais baratas, isso somente serviria para competir com o Callaghans e a loja de descontos, e provavelmente as vendas não seriam suficientes para manter o negócio. E que tal começar a mexer com elaboradas roupas de bebê e infantis, tentando atrair as avós e tias que tinham dinheiro e o gastariam com esse tipo de coisa? Esqueça as mães, que iriam ao Callaghans, tendo menos dinheiro e mais juízo.

Mas se fosse ela a dona – Johanna –, jamais conseguiria atrair alguém. Seria capaz de ver o que necessitava ser feito, e como, e poderia reunir pessoas para fazê-lo e supervisioná-las, mas nunca seria capaz de cativar ou seduzir. Pegue ou caia fora, seria sua atitude. Sem dúvida, cairiam fora.

Era uma das raras pessoas chegadas a ela e tinha consciência disso havia muito tempo. Sabitha certamente não derramara nenhuma lágrima quando se despediu – embora pudesse ser dito que Johanna era a coisa mais próxima que Sabitha tinha de uma mãe, uma vez que sua própria mãe morrera. O sr. McCauley ficaria aborrecido quando fosse embora porque o servira bem e seria difícil substituí-la, mas seus sentimentos não iriam além disso. Tanto ele como sua neta eram mimados e egoístas. Quanto aos vizinhos, sem dúvida exultariam. Johanna tivera problemas em ambos os lados da propriedade. Em um dos lados, havia o cão que cavava seu jardim, enterrando e recuperando seu suprimento de ossos, coisa que poderia perfeitamente fazer em casa. Do outro, havia a cerejeira, que ficava na propriedade dos McCauley, mas cujos galhos cheios de frutinhas pendiam na maior parte sobre o terreno ao lado. Em ambos os casos, arrumou briga e levou a melhor. O cão passou a ficar preso e os outros vizinhos deixaram as cerejas em paz. Se ela subisse na escada, poderia chegar bem no meio do quintal ao lado, mas eles já não espantavam os pássaros dos galhos da árvore, e isso fazia muita diferença quando ia colher.

O sr. McCauley os teria deixado pegar. Teria deixado o cachorro cavar. Teria deixado que tirassem vantagem dele. Em parte porque aquela gente era nova, vivia em casas novas e assim preferia não lhes dar atenção. Houve época em que havia apenas três ou quatro casarões na estrada da Exposição. Do outro lado ficavam as áreas das duas exposições, onde acontecia a feira de outono (que oficialmente se chamava Exposição Agrícola, daí o nome), e entre as duas estendiam-se pomares e pequenas pastagens. Cerca de doze anos antes, aquela terra fora loteada, e os terrenos regulares ganharam casas – casas pequenas de estilos diferentes, uma de um tipo, com escadas, a outra sem. Algumas já começavam a exibir evidentes sinais de deterioração.

Havia apenas umas duas casas cujos moradores eram conhecidos e amigos do sr. McCauley – a professora da escola, srta. Hood, e sua mãe, e os Shultz, donos da sapataria. A filha dos Shultz, Edith, era ou fora a melhor amiga de Sabitha. O que era natural, uma vez que estudavam juntas na mesma classe na escola – pelo menos no último ano, uma vez que Sabitha repetira de ano – e moravam perto uma da outra. O sr. McCauley não se importara – talvez tivesse em mente que Sabitha poderia se mudar em breve e iria levar uma vida diferente em Toronto. Johanna não teria escolhido Edith, embora a menina jamais houvesse se mostrado mal-educada ou impertinente quando veio para a casa. E ela não era estúpida. Talvez fosse esse o problema – era muito viva, e Sabitha não era assim tão inteligente. Tornara Sabitha dissimulada.

Mas isso tudo era passado. Agora que a prima, Roxanne – srta. Huber –, chegara, a menina dos Shultz estava relegada às memórias de infância de Sabitha.

Vou fazer os arranjos necessários para enviar-lhe toda sua mobília por trem tão logo possam transportá-la e deixarei tudo pago tão logo me digam quanto irá custar. Andei pensando que terá necessidade dela agora.

Acho que não será grande surpresa eu ter imaginado que não se importaria se fosse até aí para ser-lhe de alguma ajuda, como espero poder ser.

Essa foi a carta que postou no correio antes de cuidar dos preparativos para o envio na estação de trem. Era a primeira carta que lhe endereçava diretamente. As outras haviam sido enviadas junto com as cartas que mandava Sabitha escrever. E a resposta dele viera da mesma forma, cuidadosamente dobrada e com seu nome, Johanna, datilografado na parte de trás do papel, para que não houvesse engano. Isso impediria os funcionários do correio de ficar sabendo, e não havia mal algum em economizar um selo. É claro que Sabitha poderia ter contado a seu avô, ou até mesmo lido o que estava escrito para Johanna, mas Sabitha estava tão pouco interessada em se comunicar com o velho quanto interessada em cartas – em escrevê-las ou recebê-las.

A mobília ficava guardada no celeiro, que era apenas um galpão, não um celeiro de verdade com animais e um silo. Quando Johanna deu a primeira olhada naquilo tudo pela primeira vez cerca de um ano antes, viu que estava encardida de poeira e toda manchada de fezes de pombos. As peças haviam sido empilhadas descuidadamente, sem nada que as cobrisse. Ela levara o que conseguira arrastar para o lado de fora, deixando espaço no celeiro para ter acesso às peças maiores que não era capaz de remover – o sofá, o bufê, a cristaleira e a mesa de jantar. Quanto ao estrado da cama, poderia desmontá-lo. Para lustrar a madeira, usou panos de pó macios e depois óleo de casca de limão, e quando terminou, brilhava como doce cristalizado. Como doce de bordo – eram os nós da madeira do bordo. Tinha para ela um aspecto glamuroso, como colchas de cetim e cabelos loiros. Glamuroso e moderno, em total contraste com a madeira escura e os entalhes enfadonhos dos móveis de que cuidava na casa. Assim, passou a pensar nela como *sua* mobília e continuava a pensar assim ao tirá-la de lá nesta quarta-feira. Pusera velhos acolchoados nas peças de baixo para protegê-las das que iam empilhadas sobre elas e lençóis sobre as de cima como proteção contra os pássaros e, como resultado, havia apenas um leve pó. Mas passou um pano em tudo e aplicou óleo de limão antes de voltar a pôr no lugar e proteger do mesmo jeito, para esperar pelo caminhão na sexta.

Caro sr. McCauley,

Partirei no trem desta tarde (sexta-feira). Percebo que isto ocorre sem haver lhe dado um aviso prévio, mas abro mão de meu último pagamento, que corresponde a três semanas a completar na próxima segunda. Há um guisado de carne no fogão dentro da panela de banho-maria que precisa apenas ser aquecido. É o suficiente para três refeições ou talvez dê até para uma quarta. Assim que estiver quente e o senhor se servir de quanto quiser, tampe a panela e guarde-a na geladeira. Lembre-se, ponha a tampa na hora, para evitar que se estrague. Lembranças ao senhor e à Sabitha. Provavelmente entrarei em contato quando chegar. Johanna Parry.

P.S.: Enviei a mobília para o sr. Boudreau, pois pode ter necessidade dela. Lembre-se de se certificar, quando requentar o guisado, de que haja água suficiente no compartimento inferior da panela.

O sr. McCauley não teve dificuldades em descobrir que a passagem comprada por Johanna era para Gdynia, em Saskatchewan. Telefonou para o chefe da estação e perguntou. Não imaginava como seria capaz de descrever Johanna – era velha ou jovem, magra ou moderadamente corpulenta, qual a cor de seu casaco? –, mas isso não foi necessário quando mencionou a mobília.

No momento desse telefonema havia umas duas pessoas na estação esperando pelo trem noturno. O chefe tentou manter a voz baixa no começo, mas ficou exaltado quando ouviu falar da mobília roubada (o que o sr. McCauley disse na verdade foi "e creio que levou alguma mobília com ela"). Jurou que se soubesse quem era e o que estava prestes a fazer, jamais teria permitido que pusesse um pé no trem. Sua afirmação foi ouvida, repetida e reputada como fidedigna; ninguém quis saber como teria detido uma mulher adulta que pagara por sua passagem, a menos que tivesse uma prova bem na hora de que era uma ladra. A maioria das pessoas que repetia suas palavras acreditava que poderia e iria detê-la – acreditavam na autoridade dos chefes de estação e em senhores distintos de andar empertigado que usavam ternos como o sr. McCauley.

O guisado estava excelente, como sempre eram os pratos de Johanna, mas o sr. McCauley descobriu que não conseguia engoli-lo. Desconsiderou a instrução sobre a tampa, deixou a panela aberta sobre o fogão e não apagou o fogo senão quando a água no compartimento inferior ferveu, vazou e ele ficou alarmado com o cheiro do metal queimando.

Era o cheiro da traição.

Disse a si mesmo que deveria ficar grato pelo menos de que Sabitha encontrava-se em boas mãos e de que não precisava se preocupar com isso. Sua sobrinha – a prima de sua esposa, na verdade, Roxanne – escrevera-lhe para contar que pelo que vira de Sabitha em sua visita de verão ao lago Simcoe a menina precisaria de alguns cuidados.

"Francamente, não creio que você e a mulher que contratou estejam à altura da tarefa quando os meninos estiverem por perto, tumultuando."

Ela não foi tão longe a ponto de perguntar se queria outra Marcelle em sua vida, mas foi isso que quis dizer. Contou que mandaria Sabitha a uma boa escola para ao menos aprender boas maneiras.

Ligou a televisão para se distrair um pouco, mas foi inútil. Era a mobília que o deixava exasperado. Era Ken Boudreau.

O fato era que três dias antes – bem no dia em que Johanna comprara sua passagem, conforme lhe contara agora o chefe da estação – o sr. McCauley recebera uma carta de Ken Boudreau pedindo-lhe para (a) adiantar-lhe algum dinheiro pela mobília que pertencia a ele (Ken Boudreau) e sua falecida esposa, Marcelle, que estava guardada no celeiro do sr. McCauley, ou (b) se não tivesse como fazer isso, vender a mobília pelo melhor preço que pudesse obter e enviar o dinheiro o mais rápido possível para Saskatchewan. Não fazia nenhuma menção aos empréstimos que já haviam sido tomados pelo genro junto ao sogro, tudo em função do valor da mobília e remontando a uma soma maior do que jamais pagariam por ela. Poderia Ken Boudreau ter esquecido tudo sobre isso? Ou teria ele simplesmente esperado – isso, o mais provável – que seu sogro houvesse esquecido?

Era agora, parecia, proprietário de um hotel. Mas sua carta estava cheia de diatribes contra o sujeito que fora o antigo dono e que o ludibriara quanto a uma série de particularidades.

"Se ao menos eu pudesse superar esse obstáculo", escreveu "então estaria convencido de que seria bem-sucedido." Mas qual era o obstáculo? A necessidade de dinheiro imediato, mas ele não disse se devia ao antigo proprietário, ao banco, a uma hipoteca particular ou o quê. A mesma velha história – um tom adulatório e desesperado misturado a alguma arrogância, uma certa sensação de que isso lhe era devido, por causa dos ferimentos a ele infligidos, da vergonha que sofrera, por conta de Marcelle.

Com tantas apreensões mas lembrando-se que Ken Boudreau afinal de contas era seu genro, lutara na guerra e passara por sabe lá Deus que problemas em seu casamento, o sr. McCauley sentara-se para escrever uma carta dizendo que não fazia a menor ideia sobre como conseguir negociar o melhor preço para a mobília, que lhe seria muito difícil descobrir e que anexava um cheque que consideraria como um franco empréstimo pessoal. Desejava que seu genro o tomasse como tal e se lembrasse do número de empréstimos similares feitos no passado – coisa que, acreditava, já havia excedido em muito o valor da mobília. Em anexo seguia uma lista de datas e quantias. Com exceção de cinquenta dólares pagos quase dois anos antes (com uma promessa de que pagamentos regulares se seguiriam), não recebeu nada. Era forçoso que seu genro compreendesse que como resultado desses empréstimos não pagos e desinteressados, os rendimentos do sr. McCauley haviam declinado, uma vez que de outro modo teria investido o dinheiro.

Pensou em acrescentar: "Não sou esse grande tolo pelo qual parece me tomar", mas decidiu não fazê-lo, uma vez que isso iria revelar sua irritação e, quem sabe, sua fraqueza.

E agora veja só. O homem dera a largada antes dele e cooptara Johanna para sua tramoia – ele sempre seria capaz de convencer uma mulher –, pondo as mãos tanto na mobília como no cheque. Ela própria pagara pelo envio, dissera o chefe da estação. Os modernos e ostentosos móveis de bordo haviam sido superestimados em acordos já feitos antes e não se conseguiria muita coisa com eles, especialmente levando em consideração as taxas da ferrovia. Se tivessem sido mais espertos teriam simplesmente tirado algo da casa, uma das antigas cristaleiras ou um dos canapés da sala de visitas que eram desconfortáveis demais para se sentar, peças feitas e compradas no século passado. Isso, com certeza, teria sido um roubo compreensível. Mas o que fizeram não era compensador.

Foi para a cama decidido a procurar a justiça.

Acordou sozinho na casa, sem nenhum cheiro de café ou de comida vindo da cozinha – em vez disso, um odor da panela queimada ainda pairava no ar. O frio do outono invadira todos os amplos quartos vazios. Fizera calor na última noite e nas anteriores – a lareira ainda não fora acesa e, quando o sr. McCauley resolveu acendê-la, o ar quente veio acompanhado por uma lufada de umidade do porão, um hálito de mofo, terra e decadência. Tomou banho e se vestiu vagarosamente, com pausas pensativas, e passou um pouco de manteiga de amendoim num pedaço de pão para seu café da manhã. Pertencia a uma geração na qual havia homens que, segundo se dizia, eram incapazes até mesmo de pôr água para ferver, e ele era um desses homens. Olhou através das janelas da frente e avistou as árvores do outro lado da pista de corrida mergulhadas na bruma matutina, que parecia avançar, não retroceder, como seria de esperar a essa hora da manhã, pela própria pista. Pareceu-lhe ver em meio à neblina os vultos das construções da antiga área de exposições – prédios espaçosos e rústicos, como enormes celeiros. Haviam permanecido por anos e anos sem ser utilizados – ao longo de toda a guerra – e esqueceu-se qual fora seu fim. Teriam sido demolidos ou haviam desabado? Abominava as corridas que havia agora, a multidão, os alto-falantes, a bebedeira ilegal, o pernicioso alvoroço dos domingos de verão. Quando pensava nisso, lembrava-se de sua pobre menina Marcelle, sentada nos degraus da varanda, chamando os colegas de escola já crescidos que estacionavam seus carros e saíam apressados a fim de assistir aos páreos. Como ficava agitada, quanta alegria não expressava por estar de volta à cidade, os abraços e apertos que erguiam as pessoas, a conversa a um quilômetro por minuto, tagarelando sobre os dias de criança e como sentira falta de todos. Dissera que a única coisa que não estava perfeita era a falta do marido, Ken, que permanecera no oeste devido a seu trabalho.

Saía da casa usando os pijamas de seda, com seus cabelos tingidos de loiro revoltos e despenteados. Seus braços e pernas eram finos, mas seu rosto era de algum modo bolachudo, e afirmava que o tom acastanhado de sua tez parecia doentio, não um bronzeado de sol. Talvez icterícia.

A criança ficava dentro da casa e assistia à televisão – os desenhos animados de domingo para os quais ela era definitivamente crescida demais.

Ele era incapaz de dizer o que estava errado, ou de ter certeza de que alguma coisa estivesse errada. Marcelle partiu para Londres a fim de operar algum problema de mulher e morreu no hospital. Quando ligou para o marido dela para contar, Ken Boudreau disse:

– O que ela levou?

Se a mãe de Marcelle ainda vivesse, as coisas teriam sido diferentes? O fato era que sua mãe, quando viva, fora tão confusa quanto a menina. Sentava-se na cozinha chorando enquanto sua filha adolescente, com a porta do quarto trancada, fugia pela janela e deslizava pelo telhado da varanda para ir ao encontro de carros cheios de garotos.

A casa vivia plena de um sentimento empedernido de deserção, de decepção. Ele e sua esposa haviam certamente sido pais tolerantes, acuados contra a parede por Marcelle. Quando fugiu de casa com um aviador, ambos tiveram esperanças de que pelo menos ficasse bem. Foram generosos com os dois como se se tratasse do mais apropriado casal de jovens. Mas foi tudo inútil. Com Johanna Parry fora igualmente generoso, e veja como ela também se voltara contra ele.

Caminhou até a cidade e entrou no hotel para tomar seu café da manhã. A garçonete disse: – O senhor está muito adiantado esta manhã.

E, enquanto ainda servia seu café, começou a contar sobre como sua governanta o deixara sem o menor aviso ou motivo, não só abandonara seu trabalho sem avisá-lo previamente como também levara consigo um carregamento de mobília que pertencera à sua filha, que agora presumia-se que pertencesse a seu genro, mas que não era assim na verdade, uma vez que fora comprada com o dinheiro do casamento dela. Contou-lhe como sua filha se casara com um piloto, um tipo atraente e enganador indigno da mínima confiança.

– Desculpe – disse a garçonete. – Adoro conversar, mas as pessoas estão esperando pelo café. Com licença...

Subiu as escadas para seu escritório e lá, esparramados sobre sua escrivaninha, estavam os antigos mapas que andara estudando no dia anterior num esforço de localizar o primeiro cemitério estabelecido no condado (abandonado, acreditava, em 1839). Acendeu a luz e sentou-se, mas descobriu que não conseguia se concentrar. Após ser repreendido pela garçonete – ou pelo menos encarou como uma reprimenda –, não conseguira comer nada nem aproveitar o café. Decidiu sair para fazer uma caminhada e tentar se acalmar.

Mas em vez de fazer sua caminhada à maneira usual, cumprimentando as pessoas e trocando poucas palavras com elas, pegou-se dizendo palavras inflamadas. No minuto em que alguém lhe perguntava como passava naquela manhã, começava do modo mais atípico, até mesmo vergonhoso, a desafogar-se de suas angústias, e, como a garçonete, aquelas pessoas tinham negócios de que cuidar e assim meneavam a cabeça, davam um passo para o lado, pediam desculpas e iam embora. A manhã não parecia esquentar da forma como nas enevoadas manhãs de outono costumava ocorrer; seu paletó não o aquecia o bastante, de modo que buscou o conforto das lojas.

As pessoas que o conheciam havia mais tempo eram as mais espantadas. Sempre fora um homem reservado – um cavalheiro cheio de boas maneiras, com a mente em outros tempos, de uma polidez que era um pretexto hábil para a precedência (o que não podia ser levado muito a sério, porque a precedência estava na maior parte em suas recordações, não sendo patente para os outros). Teria sido a última pessoa a deixar transparecer algum agravo ou a pedir simpatia – não o fizera quando sua esposa morreu, ou mesmo quando sua filha morreu – e no entanto ali estava ele, sacando uma carta, perguntando se não era uma vergonha a forma como aquele sujeito o abordava em busca de dinheiro vez após outra sem trégua, e, mesmo agora que mais uma vez se compadecera dele, o sujeito fizera um conluio com sua governanta para roubar a mobília. Alguns pensavam que era da própria mobília que falava – acreditavam que o velho fora deixado sem uma única cama ou cadeira na casa. Aconselhavam-no a procurar a polícia.

– Não adianta, não adianta – dizia. – Seria como falar com as paredes.

Entrou na sapataria e cumprimentou Herman Shultz.

– Lembra-se daquelas botas em que pôs solas novas para mim, as que comprei na Inglaterra? Você as consertou há uns quatro ou cinco anos.

A loja era como uma caverna, com luminárias pendendo sobre várias bancadas de trabalho. Era abominavelmente ventilada, mas seus cheiros viris – de cola, couro, graxa, solas de feltro recém-cortadas e outras, velhas e apodrecidas – eram reconfortantes para o sr. McCauley. Aqui seu vizinho Herman Shultz, um homem dedicado ao trabalho, com seus óculos, sua destreza, seu ar anêmico, seus ombros curvados, permanecia ocupado estação após estação, enfiando pregos e grampos de ferro e, com uma ominosa tesoura recurvada, recortando no couro os formatos desejados. O feltro era cortado com uma espécie de serra circular em miniatura. Os brunidores faziam um som de chinelos se arrastando, a roda da lixadeira raspava com estridência, o esmeril na ponta de uma máquina cantava como um inseto mecânico, a máquina de costura perfurava o couro num ritmo decidido e industrial. Todos os sons, cheiros e atividades precisas do lugar foram familiares para o sr. McCauley por anos, mas ele nunca os notara nem refletira sobre eles antes. Agora Herman, com seu avental de couro enegrecido, segurando uma bota na mão, aprumava-se, sorria, balançava a cabeça, e o sr. McCauley viu a vida inteira daquele homem dentro dessa caverna. Desejou expressar simpatia, admiração ou algo além do que era capaz de compreender.

– Claro, lembro – disse Herman. – Eram botas muito boas.

– Ótimas. Como sabe, eu as adquiri durante minha viagem de casamento. Comprei-as na Inglaterra. Não consigo me lembrar onde, mas não foi em Londres.

– Lembro-me de ter me contado.

– Você fez um bom trabalho nelas. Ainda estão inteiras. Um ótimo trabalho, Herman. Faz um bom trabalho aqui. Um trabalho honesto.

– Que bom. – Herman deu uma rápida olhada na bota em sua mão. O sr. McCauley sabia que o homem queria voltar ao trabalho, mas não conseguia deixá-lo.

– Aconteceu algo que me abriu os olhos. Um choque.

– Foi mesmo?

O velho puxou a carta e começou a ler pequenos trechos em voz alta, com interjeições de riso melancólico.

– Bronquite. Diz que sofre de bronquite. Não sabe a quem recorrer. *Não sei a quem recorrer*. Ora, ele sempre sabe a quem recorrer. Quando já queimou todos os seus cartuchos, volta-se para mim. *Só uns cem até que me restabeleça*. Mendigando e suplicando e o tempo todo armando esquemas com minha governanta. Sabia disso? Roubou um carregamento de mobília e fugiu para o oeste com ele. Dois cúmplices. Um homem de quem salvei a pele inúmeras vezes.

E nunca recebi um centavo de volta. Não, não, devo ser honesto, foram cinquenta dólares. Cinquenta, de centenas e centenas. Milhares. Esteve na Força Aérea durante a guerra, sabe? Os mais encrenqueiros eram quase sempre da Força Aérea. Pavoneando-se por aí, pensando que eram heróis de guerra. Bem, talvez eu não devesse dizer isso, mas acho que a guerra arruinou a vida de alguns desses sujeitos, nunca mais conseguiram se ajustar depois. Mas isso não serve de desculpa, serve? Não posso desculpá-lo para sempre por causa da guerra.

– Não, não pode.

– Soube que não era de confiança desde a primeira vez que o encontrei. Isso é que é espantoso. Sabia disso e deixei que me passasse para trás do mesmo jeito. Tem gente que é assim. Ficamos com pena delas só por serem os escroques que são. Eu arranjei para ele o trabalho com os seguros por lá, tenho alguns contatos. É claro que ele estragou tudo. Um pilantra. Alguns são assim.

– Tem razão.

A sra. Shultz não estava na loja. Em geral, era ela que ficava no balcão, recebendo os calçados e mostrando-os para seu marido, informando o parecer dele, preenchendo as ordens de serviço e recebendo o dinheiro quando os sapatos consertados eram devolvidos aos donos. O sr. McCauley lembrou-se de que ela passara por algum tipo de operação durante o verão.

– Sua esposa não está hoje? Ela está bem?

– Ela achou que hoje era melhor descansar. Minha menina está comigo.

Herman Shultz meneou a cabeça em direção às prateleiras à direita do balcão, onde os sapatos prontos estavam arrumados. O sr. McCauley virou a cabeça e viu Edith, a filha, que não notara quando entrou. Uma garota magra de ar infantil com cabelo preto liso, que estava de costas para ele, arrumando as prateleiras. Era exatamente desse jeito que parecia surgir e sumir furtivamente quando ia à sua casa na época em que ela e Sabitha eram amigas. Era impossível dar uma boa olhada em seu rosto.

– Está ajudando seu pai agora? – perguntou o sr. McCauley.

– Acabou a escola?

– É sábado – respondeu Edith, virando-se parcialmente, com um sorriso fraco.

– É mesmo. Sabe, é uma boa coisa ajudar seu pai, de qualquer maneira. Precisa cuidar de seus pais. Trabalharam duro e são pessoas de bem. – Com um leve ar de desculpa, como se soubesse que estava sendo sentencioso, o sr. McCauley disse: – Honra teu pai e tua mãe, para que se prolonguem os teus dias na...

Edith disse algo que não era para ele escutar: – ... sapataria.

– Estou tomando seu tempo, com minha presença aqui – disse o sr. McCauley com tristeza. – Tem trabalho a fazer.

– Não precisava ser sarcástica – disse o pai de Edith quando o velho se foi.

Ele contou à mãe de Edith tudo sobre o sr. McCauley durante o jantar.

– Não é bem dele – disse. – Alguma coisa o deixou perturbado.

– Talvez tenha tido um pequeno derrame – disse ela. Desde sua própria operação – para retirada de cálculo biliar – falava assertivamente e com uma plácida satisfação sobre as doenças dos outros.

Agora que Sabitha partira, esvaecendo-se numa outra espécie de vida que, assim parecia, estivera sempre à sua espera, Edith voltara a ser a pessoa que era antes de Sabitha aparecer por lá. "Velha para sua idade", diligente, crítica. Depois de três semanas no colegial, já sabia que se sairia muito bem em todas as novas matérias – latim, álgebra, literatura inglesa. Acreditava que sua inteligência seria reconhecida e aplaudida e que um futuro importante se descortinava para ela. As bobagens do ano anterior com Sabitha iam sumindo de vista.

Mesmo assim, quando pensou em Johanna partindo para o oeste, sentiu um calafrio vindo do passado, um sentimento invasivo de alarme. Tentou pôr uma pedra em cima daquilo, mas a pedra não queria parar no lugar.

Assim que acabou de lavar os pratos, foi para seu quarto com o livro que havia sido indicado para as aulas de literatura. *David Copperfield*.

Era uma criança que nunca recebera mais do que suaves reprimendas de seus pais – pais muito velhos para ter uma filha com sua idade, o que se acreditava ser a causa de ela ser do jeito que era –, mas sentia uma perfeita empatia por David e sua situação infeliz. Sentia que era uma pessoa como ele, alguém que poderia muito bem ter sido uma órfã, porque provavelmente teria de fugir, esconder-se, se virar sozinha, quando a verdade viesse à tona e seu passado a separasse de seu futuro.

Tudo tivera início com Sabitha dizendo, a caminho da escola: – Temos de passar no correio. Preciso mandar uma carta para meu pai.

Iam e voltavam da escola juntas todos os dias. Às vezes, caminhavam com os olhos fechados, ou de costas. Às vezes, quando se encontravam com as pessoas, tagarelavam suavemente numa linguagem absurda, para deixá-las confusas. A maioria de suas boas ideias vinha de Edith. A única boa ideia que Sabitha teve era escrever num papel o nome de um garoto e o seu próprio, descartar as letras que se repetiam e somar então as restantes. Depois elas contavam o número na ponta dos dedos, dizendo, *Ódio, amizade, namoro, amor, casamento,* até receber o veredicto sobre o que poderia acontecer entre elas e o garoto.

– Que carta gorda – disse Edith. Ela percebia tudo e lembrava-se de tudo, memorizando rapidamente páginas inteiras dos livros de estudo de uma forma que as outras crianças achavam sinistra.

– Tem tanta coisa assim para escrever a seu pai? – disse, surpresa, pois não podia acreditar nisso – ou pelo menos não podia acreditar que Sabitha as poria no papel.

– Só escrevi uma página – disse Sabitha, pesando a carta.

– A-ha – disse Edith. – Ah. Ha.

– A-ha o quê?

– Aposto que ela enfiou mais alguma coisa aí dentro. Johanna.

O resultado disso foi que não levaram a carta diretamente para o correio, mas a guardaram e abriram-na com vapor na casa de Edith depois da escola. Podiam fazer coisas como essa na casa de Edith porque sua mãe trabalhava o dia inteiro na sapataria.

Caro sr. Ken Boudreau,

Decidi escrever e enviar-lhe meus agradecimentos pelas coisas gentis que disse a meu respeito na carta a sua filha. Não precisa se preocupar com minha partida. Como disse, sou uma pessoa em quem se pode confiar. Foi assim que entendi suas palavras e, até onde sei, é verdade. Fico grata por dizer tal coisa, uma vez que as pessoas acham que alguém como eu, cujo passado lhes é desconhecido, não é absolutamente confiável. De modo que decidi contar-lhe algo a meu respeito. Nasci em Glasgow, porém minha mãe teve de me abandonar quando se casou. Fui levada para uma instituição com a idade de cinco anos. Esperei que voltasse, mas ela não voltou e acabei me acostumando com o lugar, eles não eram maus. Com onze anos fui trazida para o Canadá em um projeto e vivi com os Dixon, trabalhando em sua horta. A escola fazia parte do projeto, mas eu não tive muito interesse nela. No inverno trabalhava na casa para a senhora, mas as circunstâncias fizeram-me pensar em partir e, como era grande e forte para minha idade, fui parar numa casa de repouso, cuidando de pessoas idosas. O trabalho não me incomodava, mas por causa do dinheiro saí e passei a trabalhar numa fábrica de vassouras. O sr. Willets, que era o dono, tinha uma mãe de idade que costumava ver como as coisas andavam, e nós duas de algum modo nos afeiçoamos uma à outra. O ar lá dentro começou a me causar problemas de respiração, então disse que deveria ir trabalhar com ela e eu fui. Vivi com ela por doze anos junto a um lago ao norte chamado Mourning Dove. Éramos apenas nós duas, mas eu cuidava de tudo dentro e fora da casa, até mesmo pilotava o barco a motor e dirigia o carro. Aprendi a ler corretamente porque seus olhos estavam começando a ficar ruins, e ela gostava que lesse para ela. Morreu com noventa e seis anos. Talvez o senhor diga que isso não é vida para uma jovem, mas eu era feliz. Fazíamos juntas todas as refeições e dormi em seu quarto no último ano e meio. Mas após sua morte a família me deu uma semana para fazer minhas malas. Ela me deixara algum dinheiro e acho que não gostaram disso. Queria que eu o utilizasse para estudar, mas resolvi trabalhar com crianças. Então, quando vi o anúncio que o sr. McCauley pôs no *Globe and Mail*, fui ver do que se tratava. Precisava trabalhar para superar a perda da sra. Willets. Como acho que já o chateei bastante tempo com minha história, o senhor ficará aliviado que eu tenha chegado ao presente. Obrigada pela opinião favorável e por me levar junto à feira. Não sou muito chegada em corridas e em comer aquelas coisas, mas com certeza ainda assim foi um prazer participar.

Sua amiga, Johanna Parry

Edith leu as palavras de Johanna em voz alta, num tom de voz suplicante e com uma expressão acabrunhada.

– Nasci em Glasgow, porém minha mãe teve de me abandonar quando deu uma olhada em mim...

– Pare – pediu Sabitha. – Estou rindo tanto que vou ficar com dor de barriga.

– Como ela conseguiu enfiar sua carta aí junto com a sua sem que você percebesse?

– Ela simplesmente pega minha carta, põe dentro de um envelope e escreve do lado de fora porque acha que minha letra não é boa.

Edith precisou pôr fita adesiva na aba do envelope para fazê-lo grudar, uma vez que não restara cola suficiente. – Está apaixonada por ele, disse.

– Ugh! – fez som de vômito Sabitha, segurando o estômago.

– Não pode ser. A velha Johanna.

– O que ele disse sobre ela, afinal?

– Alguma coisa sobre como eu deveria respeitá-la e que seria uma pena se fosse embora porque a gente tinha muita sorte de tê-la e ele não tinha uma casa para mim e o vovô não poderia cuidar de uma menina sozinho e blá-blá-blá. Disse que ela era uma dama. Que dava pra perceber isso.

– E então ela ficou ga-ma-da.

A carta permaneceu com Edith à noite, por medo de que Johanna descobrisse que não fora enviada e estava selada com fita adesiva. Puseram-na no correio na manhã seguinte.

– Agora vamos ver qual vai ser a resposta dele. Fique de olho – disse Edith.

Nenhuma carta chegou por um bom tempo. E quando chegou, foi uma decepção. Abriram-na com vapor na casa de Edith, mas não encontraram nada para Johanna.

Querida Sabitha,

Estou um pouco sem dinheiro neste ano, desculpe-me por não ter mais do que dois dólares para lhe mandar. Mas espero vê-la com boa saúde e que tenha um Feliz Natal, e não deixe de fazer sempre a lição de casa. Não ando me sentindo muito bem, com bronquite, o que parece ocorrer todo inverno, mas esta é a primeira vez que me põe de cama perto do Natal. Como pode ver pelo novo remetente, encontro-me em outro endereço. O apartamento ficava num lugar muito barulhento e com muita gente que aparecia atrás de alguma festa.

Aqui é uma pensão, que me serve bem, uma vez que nunca fui muito bom em fazer compras e cozinhar.

Feliz Natal, com muito amor, papai

– Coitada da Johanna – comentou Edith. – Vai partir seu coraçãozinho, buá.

Sabitha disse: – E daí?

– A menos que a gente... – disse Edith.

– O quê?

– *Responda* pra ela.

Teriam de datilografar a carta, porque Johanna iria notar que não era a letra do pai de Sabitha. Mas isso não era problema. Havia uma máquina de escrever na casa de Edith, numa mesa de jogar baralho que ficava na sala de estar. Sua mãe trabalhara em um escritório antes de se casar e às vezes ainda ganhava algum dinheiro escrevendo o tipo de cartas que as pessoas queriam que tivessem um ar formal. Ensinara a Edith a datilografia básica, esperando que sua filha também pudesse trabalhar em um escritório algum dia.

– Querida Johanna, – disse Sabitha – desculpe-me por não me apaixonar por você, por causa dessas horríveis pintas que tem espalhadas por toda a cara.

– Estou tentando ser séria – disse Edith. – Cale a boca.

Escreveu: "Fiquei muito feliz em receber a carta...", dizendo em voz alta as palavras de sua redação, fazendo pausas para pensar melhor, com a voz tornando-se cada vez mais terna e solene. Sabitha estirou-se no sofá, dando risadinhas. Em certo momento, ligou a tevê, mas Edith disse: – Puxa vida. Como posso me concentrar nas minhas – snif – emoções com esta merda ligada?

Quando estavam sozinhas só as duas, Edith e Sabitha usavam as palavras "merda", "puta" e "Deus do céu".

Querida Johanna,

Fiquei muito feliz em receber a carta que você pôs junto com a de Sabitha e de saber a respeito de sua vida. Muitas vezes deve ter sido triste e solitária, embora pareça ter tido sorte de encontrar uma pessoa como a sra. Willets. Você continuou trabalhadora e resignada e devo dizer que a admiro muito. Minha própria vida tem sido marcada por grandes infortúnios e nunca sosseguei muito. Não sei dizer por que sinto esta inquietude e solidão em meu íntimo, parece simplesmente ser meu destino. Estou sempre encontrando as pessoas e conversando com elas, mas às vezes pergunto a mim mesmo: Quem são meus amigos? Então chega essa sua carta e você escreve no final dela: Sua amiga. Assim, me pergunto: Será que ela quis dizer isso mesmo? E que lindo presente de Natal não seria para mim se Johanna afirmasse ser minha amiga. Talvez você simplesmente tenha pensado que é uma forma educada de terminar uma carta e na verdade não me conheça assim tão bem. De todo modo, Feliz Natal.

Seu amigo, Ken Boudreau

A carta foi levada para casa, para Johanna. Tiveram de datilografar também a carta para Sabitha; afinal, por que uma seria datilografada e a outra não? Haviam sido mais cuidadosas com o vapor dessa vez e abriram o envelope com muito cuidado, para não se denunciar com a fita adesiva.

— Por que a gente não pode datilografar um novo envelope? Ele não faria isso se tivesse datilografado a carta? — disse Sabitha, imaginando-se muito esperta.

— Porque um novo *envelope* não teria o *carimbo* do correio, imbecil.

— E se ela responder esta?

— A gente lê.

— Ah é, e se ela responder e mandar direto pra *ele*?

Edith não queria demonstrar que não havia pensado nisso.

– Não vai mandar. Ela é fingida. De qualquer maneira, responda logo para lhe dar a ideia de enfiar a carta dela na sua.

– Detesto escrever cartas idiotas.

– Vá logo. Isso não vai matá-la. Não quer ver o que ela diz?

Querido amigo,

Você me pergunta se o conheço bem o bastante para ser sua amiga e minha resposta é que julgo que sim. Tive apenas uma amiga em toda minha vida, a sra. Willets, a quem amei e que foi muito boa para mim, mas ela está morta. Era muito mais velha do que eu e o problema com amigos mais velhos é que morrem e nos deixam sós. Estava tão velha que às vezes me chamava pelo nome de outra pessoa. Mas eu não me aborrecia.

Vou lhe contar algo estranho. Aquele retrato que pediu ao fotógrafo para tirar na feira, você, Sabitha, sua amiga Edith e eu, mandei-o ampliar e emoldurar e o pendurei na sala de estar. Não é uma fotografia muito boa e o homem certamente cobrou de você mais do que valia, mas é melhor que nada. Assim, anteontem, quando tirava o pó do retrato, imaginei ouvi-lo dizer "olá" para mim. Oi, você disse, e olhei para seu rosto do modo como está na foto e pensei: Bom, acho que estou perdendo o juízo. Ou então é um sinal de que alguma carta vai chegar. Mas estou só brincando, não acredito de verdade em nada disso. Só que ontem chegou uma carta. Então veja que não é pedir-me demais para ser sua amiga. Sempre posso encontrar uma maneira de me manter ocupada, mas uma amizade sincera é outra coisa.

Sua amiga, Johanna Parry

É claro que isso não poderia ser colocado no envelope. O pai de Sabitha iria farejar alguma coisa errada na referência a uma carta que nunca havia escrito. As palavras de Johanna tiveram de ser rasgadas em pequenos pedaços e descer descarga abaixo pelo banheiro da casa de Edith.

Quando chegou a carta falando sobre o hotel, meses e meses haviam se passado. Era verão. E foi apenas por acaso que Sabitha pegara aquela carta, uma vez que estivera fora por três semanas, ficando no chalé do lago Simcoe que pertencia à sua tia Roxanne e seu tio Clark.

Quase que a primeira coisa dita por Sabitha, ao chegar à casa de Edith, foi: "Uga-uga. Este lugar fede".

Uga-uga era uma expressão que aprendera com as primas.

Edith fungou no ar: – Não sinto cheiro de nada.

– É o mesmo cheiro da loja de seu pai, só que não tão forte. Deve vir para casa junto com eles em suas roupas e coisas.

Edith cuidou do vapor e da abertura. Quando voltava do correio, Sabitha comprara duas bombas de chocolate na confeitaria. Estava deitada no sofá comendo a sua.

– Só uma carta. Pra você – disse Edith. – Coitada da velha Johanna. É claro que nunca recebeu a dela, de verdade.

– Leia pra mim – disse Sabitha resignadamente. – Estou com esta meleca grudenta na mão toda.

Edith leu a carta numa velocidade diligente, mal fazendo pausas nos pontos finais.

Bem, Sabitha, meu destino tomou um rumo diferente. Como pode perceber já não estou mais em Brandon, mas num lugar chamado Gdynia. E não a serviço de meus antigos empregadores. Passei um inverno excepcionalmente difícil com meus problemas de pulmão e eles, isto é, meus chefes, achavam que eu deveria viajar a trabalho mesmo correndo o perigo de a doença evoluir para uma pneumonia, e isso acabou resultando num grande bate-boca, de modo que decidimos dar um basta em nossa ligação profissional. Mas a sorte é uma coisa estranha e quase ao mesmo tempo tornei-me proprietário de um hotel. É complicado demais explicar os detalhes, mas se seu avô quiser saber a respeito, diga-lhe simplesmente que um homem que me devia dinheiro e não podia pagar, em vez disso, deixou-me o hotel. E aqui estou eu, mudando de um quarto numa pensão para um prédio com doze quartos e de uma situação em que nem sequer era dono da cama onde dormia para ser dono de várias. É maravilhoso acordar pela manhã e saber que sou meu próprio chefe. Tenho alguns reparos para fazer, na verdade um monte, e vou começar assim que o tempo melhorar. Precisarei contratar alguém para ajudar e mais tarde contratarei um bom cozinheiro para ter um restaurante, além de um bar. A procura vai ser grande, pois não há nada disso na cidade. Espero que esteja bem, fazendo suas lições de casa e adquirindo bons hábitos.

Com amor, papai

Sabitha perguntou: – Tem café aqui?

– Só instantâneo – disse Edith. – Por quê?

Sabitha disse que café gelado era o que todo mundo bebia no chalé e que todos eram loucos por isso. Ela também ficou louca por isso. Levantou-se e foi mexer na cozinha, fervendo água e misturando o café com leite e cubos de gelo. – O que a gente devia ter mesmo é sorvete de baunilha – disse. – Ai, meu Deeeus, como isso é delicioso. Não vai querer sua bomba?

Ai, meu Deeeus.

– Vou. Ela inteira – disse Edith, mesquinhamente.

Todas essas mudanças em Sabitha em apenas três semanas – durante o tempo em que Edith ficara trabalhando na sapataria e sua mãe em casa se recuperando da operação. A pele bronzeada de Sabitha ganhara um apetitoso tom de dourado e seu cabelo estava cortado mais curto e com volume em torno do rosto. Suas primas o haviam cortado e feito uma permanente. Usava uma espécie de macacão curto com short que parecia uma saia e com botões na frente, e umas franjinhas nos ombros de uma vistosa cor azul. Ficara mais rechonchuda e quando se inclinou para pegar seu copo de café gelado, que estava no chão, foi possível ver uma fenda suave, calorosa, em seu peito.

Seios. Deviam ter começado a crescer antes de sua partida, mas Edith não notara. Talvez fossem algo com que a gente simplesmente acordasse certa manhã. Ou não.

Fosse lá como haviam surgido, pareciam significar uma vantagem completamente injusta e imerecida.

Sabitha não parava de falar sobre suas primas e a vida no chalé. Dizia: "Ouça só isso, preciso lhe contar esta, é demais...", e então disparava a falar sobre o que a tia Roxanne disse para o tio Clark quando tiveram uma briga, como Mary Jo dirigiu com o teto abaixado e sem carteira o carro de Stan (quem era Stan?) e levou-os todos ao *drive-in* – e o que era demais na história ou onde ela queria chegar jamais ficou claro, de qualquer maneira.

Mas, depois de algum tempo, outras coisas, sim. As verdadeiras aventuras do verão. As garotas mais velhas – isso incluía Sabitha – dormiam no andar de cima do abrigo de barcos na marina. Às vezes brincavam de guerras de cócegas –, as demais pulavam em cima de alguém e faziam-lhe cócegas até que gritasse implorando perdão e concordasse em abaixar a calça do pijama para mostrar se tinha pelos. Contaram-lhe histórias sobre garotas do internato que faziam coisas com cabos de escovas de dente e de cabelos. *Uga-uga.* Certa vez duas primas deram um pequeno espetáculo – uma menina subiu na outra fingindo ser o menino, trançaram as pernas uma na outra e gemeram, ofegaram e assim por diante.

A irmã do tio Clark e seu marido os visitaram em sua lua de mel e ele foi visto enfiando a mão dentro do maiô dela.

– Eles são apaixonados de verdade um pelo outro, faziam a coisa dia e noite – disse Sabitha. Abraçou uma almofada em seu peito. – As pessoas não conseguem evitar quando estão apaixonadas daquele jeito.

Uma de suas primas já fizera aquilo com um menino. Era um dos jardineiros temporários que trabalhavam na estância de veraneio descendo a estrada. Levou-a em um barco e ameaçou empurrá-la borda afora até que concordasse em deixá-lo fazer. Então não era culpa dela.

– Ela não sabe nadar? – perguntou Edith.

Sabitha empurrou a almofada entre as pernas. – Aaah – disse. – Deve ser tão bom.

Edith sabia muito bem como eram essas agonias de prazer que Sabitha sentia, mas ficava consternada de que alguém pudesse torná-las públicas. Ela mesma morria de medo disso. Anos antes, quando ainda não sabia o que estava fazendo, fora dormir com o cobertor entre as pernas e sua mãe descobrira, contando-lhe então sobre uma garota conhecida sua que fazia coisas como aquela o tempo todo e no fim precisou ser operada por causa do problema.

– Costumavam jogar água gelada nela, mas isso não a curou – tinha dito sua mãe. – Então tiveram de cortá-la.

De outro modo, seus órgãos teriam ficado congestionados e poderia morrer.

– Pare – disse para Sabitha, mas esta gemeu desafiadoramente e disse: – Isso não é nada. Todas nós fazemos isso. Você não tem uma almofada?

Edith se levantou, foi para a cozinha e encheu seu copo de café gelado com água. Quando voltou, Sabitha estava deitada languidamente sobre o sofá, rindo, a almofada caída no chão.

– O que você achou que eu estava fazendo? – perguntou. – Não sabia que era só brincadeira?

– Senti sede – disse Edith.

– Você acabou de beber um copo cheio de café gelado.

– Estava com sede de água.

– A gente não pode se divertir com você – Sabitha sentou. – Se está com tanta sede, por que não bebe?

Sentaram-se num silêncio amuado até que Sabitha disse, num tom conciliatório porém desapontado: – Não vamos escrever outra carta para Johanna? Vamos escrever uma carta de pombinho apaixonado.

Edith perdera grande parte de seu interesse nas cartas, mas ficou gratificada em ver que Sabitha, não. Uma certa sensação de poder sobre Sabitha voltou, a despeito do lago Simcoe e dos seios. Suspirando, como que relutante, ficou de pé e tirou a tampa da máquina de escrever.

– Minha dileta Johanna... – disse Sabitha.

– Não. Isso é enjoado demais.

– Ela não vai achar.

– Vai sim – afirmou Edith.

Ficou imaginando se deveria contar a Sabitha sobre o perigo de órgãos congestionados. Decidiu que não. Para começar, a informação incluía-se na categoria de advertências recebidas de sua mãe e nunca se podia dizer se eram ou não dignas de crédito. Não figurava tão baixo, em termos de credibilidade, quanto a crença de que usar galochas dentro de casa arruinava a vista, mas nunca se sabe – podia ser que um dia acontecesse.

E em segundo lugar – Sabitha iria simplesmente rir. Ela ria de avisos – iria dar risada até mesmo se lhe dissessem que bombas de chocolate a deixariam gorda.

– Sua última carta deixou-me tão animado...

– Sua última carta me fez sentir tão excitado... – disse Sabitha.

– ... deixou-me tão animado que acreditei de fato ter uma verdadeira amiga no mundo, que é você...

– Não pude dormir a noite toda porque não vejo a hora de apertá-la em meus braços... – Sabitha envolveu os braços em torno de seu próprio corpo e balançou-se para a frente e para trás.

– *Não.* Muitas vezes me senti tão solitário, a despeito de uma vida gregária, e não soube para onde me voltar...

– O que isso quer dizer... "gregária"? Ela não vai saber o que significa.

– Vai sim.

Isso fez Sabitha calar a boca e provavelmente a magoou. Então, no fim Edith leu em voz alta: – "Devo me despedir e o único modo de fazê-lo é imaginá-la lendo isto e corando..." Assim está mais do seu agrado?

– Lendo isto na cama vestida com sua camisola – disse Sabitha, sempre rápida em se recuperar, – e pensando como vou apertá-la em meus braços e chupar seus biquinhos...

Minha querida Johanna,

Sua última carta deixou-me tão animado que acredito ter uma verdadeira amiga no mundo, que é você. Muitas vezes me senti tão solitário, a despeito de uma vida gregária, e não soube para onde me voltar.

Bem, contei a Sabitha em minha carta sobre minha boa sorte e como vou indo no negócio do hotel. Não contei a ela na verdade sobre como estava doente no último inverno porque não queria deixá-la preocupada. Tampouco quero preocupá-la, querida Johanna, apenas lhe contar que pensei com muita frequência em você e anseio em ver seu doce rosto. Quando estive febril pensei tê-lo visto de fato inclinando-se sobre mim, ter ouvido sua voz dizendo-me que em breve ficaria melhor, ter sentido os cuidados de suas mãos gentis. Encontrava-me na pensão e quando minha febre cedeu caçoaram bastante de mim, perguntando, quem é esta Johanna? Mas eu não poderia ter ficado mais triste ao acordar e descobrir que não estava lá. Perguntei-me de verdade se não poderia ter voado pelo ar para ficar a meu lado, mesmo sabendo que tal coisa era impossível. Acredite-me, acredite-me, nem a mais linda estrela de cinema seria tão bem-vinda para mim como você. Não sei se devo lhe contar as outras coisas que me dizia, pois eram demasiado doces e íntimas, mas talvez a deixem um pouco desconcertada. Odeio ter de encerrar esta carta porque sinto agora como se tivesse meus braços em torno de você e lhe falasse na privacidade à meia-luz de nosso quarto, porém devo me despedir e o único modo de fazê-lo é imaginá-la lendo isto e corando. Seria maravilhoso se estivesse lendo esta carta na cama vestida com sua camisola e pensando em quanto adoraria apertá-la em meus braços.

A-m-r, Ken Boudreau

De modo até certo ponto surpreendente, não houve resposta a essa carta. Após Sabitha escrever sua meia página, Johanna a pôs no envelope, endereçou-a e foi só.

Quando Johanna desceu do trem não havia ninguém para encontrá-la. Não deixou que isso a preocupasse – estivera pensando que sua carta poderia afinal de contas não ter chegado ali antes dela. (Na verdade, chegara e ficara na agência do correio, sem ser entregue, pois Ken Boudreau, que não estivera seriamente doente no inverno, agora de fato tinha bronquite e por vários dias deixou de recolher sua correspondência. Neste dia, à carta viera se juntar um outro envelope, contendo o cheque enviado pelo sr. McCauley. Que no entanto já fora sustado.)

O que a deixou mais preocupada foi o fato de que o lugar não parecia ser uma cidade. A estação era um abrigo fechado com bancos junto às paredes e uma portinhola de madeira abaixada diante do guichê de passagens. Havia também um barracão de cargas – ela supôs que fosse um barracão de cargas –, mas a porta de correr não abria. Ela espreitou através de uma fenda entre as tábuas até seus olhos se acostumarem com a escuridão lá dentro e viu que estava vazio e com o chão coberto de poeira. Não havia caixas nem mobília lá dentro. Chamou: "Alguém aí? Alguém aí?", várias vezes, mas não esperou uma resposta.

ÓDIO, AMIZADE, NAMORO, AMOR, CASAMENTO   49

Ficou parada na plataforma tentando organizar seus pensamentos. A cerca de um quilômetro dali havia uma colina não muito íngreme, imediatamente perceptível devido às copas das árvores sobre ela. E o caminho como que de cascalho que tomara, quando visto do trem, por uma trilha nos fundos de alguma fazenda – aquilo devia ser a estrada. Agora avistava as silhuetas baixas de construções aqui e ali entre as árvores – além de uma caixa-d'água, que à distância parecia um brinquedo, um soldadinho de chumbo pernalta.

Apanhou sua mala – isto não seria difícil; afinal de contas, ela a carregara desde a estrada da Exposição até a outra estação de trem – e pôs-se a caminho.

O vento soprava, mas era um dia quente – fazia mais calor do que em Ontário –, e o vento parecia igualmente quente. Sobre seu novo vestido usava o mesmo velho casaco, que teria ocupado muito espaço dentro da mala. Olhou ansiosa para a cidade que se delineava à sua frente, mas quando chegou descobriu que as árvores eram abetos, juntos e apertados demais para dar muita sombra, ou ressecados choupos de folhas delgadas, que balançavam ao vento e não barravam a luz do sol, de todo modo.

Havia uma desoladora ausência de padronização, ou de qualquer tipo de princípio organizador, no lugar. Nada de calçadas, ruas pavimentadas, prédios imponentes, a não ser uma enorme igreja parecida com um celeiro feito de tijolos. Uma pintura na porta mostrava a Sagrada Família com rostos cor de barro e olhos azuis arregalados. Seu nome era de um santo desconhecido – são Voytech.

As casas não aparentavam muito planejamento tanto na localização quanto no projeto. Ficavam dispostas em diferentes ângulos em relação à estrada, ou rua, e a maioria delas tinha janelinhas de aspecto sinistro aqui e ali, com alpendres de neve parecidos com caixotes emoldurando as portas. Não se via vivalma nos jardins, e por que se veria? Não havia do que cuidar, apenas amontoados de grama amarronzada e uma enorme sebe de ruibarbo, carregado de sementes.

A rua principal, se é que se tratava disso, tinha uma calçada elevada de madeira em apenas um dos lados e algumas construções esparsas, das quais uma mercearia (contendo a agência de correio) e uma garagem pareciam ser as únicas coisas em funcionamento. Havia um prédio de dois andares que ela pensou que poderia ser o hotel, mas era um banco, e estava fechado.

O primeiro ser humano que viu – embora dois cães houvessem latido para ela – foi um homem em frente à garagem, ocupado em carregar correntes na traseira de seu caminhão.

– Hotel? – ele disse. – Você veio longe demais.

Disse-lhe que ficava junto à estação, do outro lado da estrada e um pouco mais adiante, era um prédio pintado de azul, não tinha como errar.

Ela baixou a mala, não de desânimo, mas porque precisava descansar um momento.

O homem disse que lhe daria uma carona até lá se quisesse esperar um minuto. E embora fosse uma coisa inteiramente nova para ela aceitar esse tipo de oferecimento, logo se viu sentada na cabine quente e suja de seu caminhão, sacudindo pela trilha poeirenta que acabara de subir, com as correntes fazendo um barulho aflitivo na caçamba.

– Então... de onde você trouxe esta onda de calor? – disse ele.

Ela respondeu Ontário, num tom que não prometia nada mais.

– Ontário – disse ele, de modo tristonho. – Bem. Aí está. Seu hotel. – Tirou uma mão do volante. O caminhão deu então uma pequena guinada enquanto ele gesticulava para um prédio lajeado de dois andares que ela não havia deixado de perceber, mas vira do trem, quando chegava. Tomara-o por uma grande e deteriorada casa de família, provavelmente abandonada. Agora que vira as casas na cidade, soube que não deveria tê-lo ignorado tão prontamente. Era revestido de folhas de flandres gravadas para se parecerem com tijolos e pintado de azul-claro. Havia a única palavra HOTEL num tubo de néon, não mais aceso, sobre a entrada.

ÓDIO, AMIZADE, NAMORO, AMOR, CASAMENTO 51

– Como sou estúpida – disse, e ofereceu ao homem um dólar pela carona.

Ele riu. – Guarde seu dinheiro. Nunca se sabe quando vai precisar. Havia um carro de aparência bastante razoável, um Plymouth, estacionado do lado de fora do hotel. Estava coberto de poeira, mas como poderia ser de outra forma com aquelas estradas?

Havia cartazes na porta anunciando uma marca de cigarros, e de cerveja. Ela esperou até que o caminhão virasse antes de bater – bater, porque não parecia que o lugar pudesse de algum modo estar aberto e funcionando. Então experimentou a porta para ver se estava aberta e entrou no pequeno vestíbulo sujo em que havia uma escada, e depois numa sala maior e escura na qual viu uma mesa de bilhar, e sentiu um cheiro desagradável de cerveja e piso não varrido. Saindo e passando por uma sala lateral, percebeu de relance um espelho, prateleiras vazias e um balcão. Esses recintos estavam todos com as venezianas fechadas inteiramente. A única luz visível vinha de duas janelinhas redondas, que descobriu pertencerem a uma porta dupla de vaivém. Passando por ela, deu em uma cozinha. Estava mais claro, por causa de uma fileira de janelas altas – e sujas –, abertas, na parede oposta. E aí encontrou os primeiros sinais de vida – alguém comera na mesa e deixara um prato sujo de ketchup ressecado e uma xícara pela metade de café frio.

Uma das portas da cozinha dava para fora – estava trancada –, outra, para uma despensa onde havia várias latas de comida, outra era o armário de vassouras e outra ainda revelava uma escada. Subiu-a, empurrando a mala à sua frente, batendo em cada degrau, porque o espaço era estreito. Bem diante dela, no segundo andar, viu um banheiro com a tampa do vaso aberta.

A porta do quarto no final do corredor estava aberta e ali encontrou Ken Boudreau.

Viu suas roupas antes de vê-lo. A jaqueta pendurada num canto da porta e a calça na maçaneta, e caíram no chão. Pensou na hora que isso não era um tratamento adequado a roupas boas, então entrou abruptamente no quarto – deixando a mala no corredor – com a ideia de pendurá-las apropriadamente.

Ele estava deitado, somente com um lençol a cobri-lo. O cobertor e sua camisa haviam caído no chão. Sua respiração era agitada, como se a ponto de acordar, então ela disse: – Bom dia. Tarde.

A luz brilhante do sol penetrava pela janela, quase batendo em seu rosto. O vidro da janela estava fechado e o ar tinha um cheiro insalubre – sem dúvida, devido ao cinzeiro cheio sobre a cadeira que ele usava como mesinha de cabeceira.

Tinha maus hábitos – fumava na cama.

Ele não acordou ao som de sua voz – ou acordou apenas parcialmente. Começou a tossir.

Ela percebeu que a tosse era séria, a tosse de um homem doente. Lutou para erguer-se, com os olhos ainda fechados; ela foi até a cama e o ajudou a ficar sentado. Procurou um lenço ou uma caixa de lenços de papel, mas como não viu nada, esticou a mão e pegou a camisa caída, que poderia lavar mais tarde. Queria dar uma boa olhada no que ele estava tossindo.

Depois de tossir bastante, murmurou algo e afundou de volta na cama, ofegante, o rosto encantador e presunçoso de que se lembrava contorcido de náusea. Percebeu, ao tocá-lo, que tinha febre.

O catarro que foi expelido quando tossiu era amarelo-esverdeado – nada de estrias cor de ferrugem. Ela levou a camisa para a pia do toalete, onde chegou mesmo a se surpreender de encontrar uma barra de sabão, esfregou-a sob a água e pendurou-a no gancho da porta, depois lavou as mãos zelosamente. Teve de secá-las na saia de seu novo vestido marrom. Vestira-o em outro pequeno toalete – o das *Senhoras* no trem – não mais do que duas horas antes. Perguntara-se então se não deveria usar alguma maquiagem.

Num armário do corredor, achou um rolo de papel higiênico e levou-o para o quarto para a próxima vez em que começasse a tossir.

Pegou o cobertor e cobriu-o bem, abaixou a veneziana até o peitoril e ergueu o vidro emperrado uns quatro dedos, mantendo-o no lugar com o cinzeiro que esvaziara. Então mudou de roupa, lá fora no corredor, tirando o vestido marrom e enfiando umas roupas velhas que tirou da mala. De que cargas-d'água lhe serviriam um vestido bonito ou um pouco de maquiagem agora?

Não tinha certeza do quão ruim estava, mas cuidara da sra. Willets – também uma fumante inveterada – durante inúmeros acessos de bronquite e pensou que seria capaz de se virar por algum tempo sem ter necessidade de chamar um médico. No mesmo armário, havia uma pilha de toalhas limpas, ainda que velhas e surradas, e umedeceu uma delas para molhar os braços e as pernas dele, tentando baixar a febre. Com isso, ele acordou parcialmente e começou a tossir outra vez. Ela o amparou para que ficasse sentado e fez com que cuspisse no papel higiênico, examinou mais uma vez a secreção, jogou o papel na privada e lavou as mãos. Pegou uma toalha, agora para secá-lo. Desceu as escadas, procurou um copo na cozinha e também uma garrafa grande de *ginger ale* vazia, que encheu de água. Tentou fazer com que bebesse. Ele demorou um pouco, protestou, e ela deixou que permanecesse deitado. Cerca de cinco minutos depois, tentou novamente. Continuou assim até acreditar que engolira o máximo que podia sem vomitar.

De tempos em tempos ele tossia, e ela o fazia sentar-se, segurando-o com um braço enquanto com a outra mão batia em suas costas para ajudá-lo a aliviar o que tinha no peito. Ele abriu os olhos várias vezes e pareceu notar sua presença sem ficar alarmado ou surpreso – ou grato, tampouco. Esfregou-o com a toalha úmida mais uma vez, tendo o cuidado de cobrir imediatamente com o cobertor a parte que acabara de refrescar.

Percebeu que começava a escurecer e desceu até a cozinha, buscando o interruptor. As luzes e o velho fogão elétrico estavam funcionando. Abriu e aqueceu uma lata de canja de galinha, levou-a para cima e lhe serviu. Ele sorveu um pouco da colher. Aproveitando sua vigília momentânea, perguntou se tinha um frasco de aspirinas. Ele assentiu com a cabeça, então ficou muito confuso quando tentou lhe dizer onde. – No cesto de lixo – disse.

– Não, não – ela disse. – Não quer dizer o cesto de lixo.

– No... no...

Tentou mostrar uma forma com as mãos. Seus olhos encheram-se de lágrimas.

– Deixe pra lá – disse Johanna. – Deixe pra lá.

Sua febre baixou novamente. Dormiu por uma hora ou duas sem tossir. Depois ficou quente outra vez. Quando ela encontrou as aspirinas – estavam numa gaveta na cozinha com outras coisas, como uma chave de fenda, algumas lâmpadas e uma bola de barbante –, fez com que tomasse duas. Logo teve um violento acesso de tosse, mas ela não achou que houvesse vomitado. Quando se deitou, encostou o ouvido em seu peito e escutou o chiado. Já havia procurado mostarda para preparar um emplastro, mas ao que parecia não havia nenhuma. Desceu as escadas outra vez e aqueceu um pouco de água, levando-a numa bacia. Tentou fazê-lo se debruçar sobre ela, armando uma cabana de toalhas, para que pudesse aspirar o vapor. Cooperava apenas por um ou dois minutos, mas provavelmente aquilo ajudou – expeliu enormes quantidades de catarro.

A febre cedeu de novo, e ele dormiu mais calmamente. Ela arrastou uma poltrona que encontrara em outro quarto e adormeceu também, aos sobressaltos, acordando e perguntando-se onde estava, depois se lembrava, ficava de pé, tocava-o – a febre parecia continuar baixa –, puxava seu cobertor. Para cobrir a si mesma, usava o velho e eterno casaco de *tweed* pelo qual era grata à sra. Willets.

Ele acordou. Era manhã. – O que faz aqui? – disse, numa voz rouca e débil.

– Cheguei ontem – disse. – Trouxe sua mobília. Ainda não está aqui, mas está a caminho. Você estava doente quando cheguei e ficou mal a maior parte da noite. Como se sente agora?

Ele respondeu: – Melhor – e começou a tossir. Não precisou erguê-lo, sentou-se por si mesmo, mas ela foi até a cama e bateu em suas costas. Quando terminou, disse: – Obrigado.

Sua pele estava agora tão fria quanto a dela. E era lisa – nada áspera e sem nenhuma gordura. Podia sentir suas costelas. Era como um garoto delicado e assustado. Tinha cheiro de milho.

– Engoliu o catarro – disse. – Não faça isso, não é bom pra você. Aqui está o papel higiênico, tem de cuspir nele. Vai ter problemas com seus rins, se engolir.

– Nunca ouvi falar nisso – disse ele. – Consegue achar o café?

A cafeteira estava preta por dentro. Ela a lavou o melhor que pôde e pôs o café. Depois tomou banho e se arrumou, imaginando que tipo de comida poderia lhe dar. Na despensa havia uma caixa de pãezinhos para preparar. No início pensou que teria de misturar o pó com água, mas achou também uma lata de leite em pó. Quando o café ficou pronto, enfiou uma forma de pães no forno.

Assim que a ouviu ocupada na cozinha, ele ficou de pé para ir ao toalete. Estava mais fraco do que imaginara – teve de se inclinar e pôr a mão sobre o reservatório da descarga. Então encontrou alguma roupa de baixo no chão do armário no corredor onde guardava roupas limpas. A essa altura já fazia ideia de quem era a mulher. Ela afirmara ter vindo para trazer sua mobília, embora ele não houvesse pedido a ninguém para fazer isso – não pedira nenhuma mobília, só o dinheiro. Deveria saber seu nome, mas não conseguia se lembrar. Foi por isso que abriu sua bolsa, que estava no chão do corredor ao lado da mala. Havia uma etiqueta com o nome costurada no forro.

Johanna Parry, e o endereço de seu sogro, na estrada da Exposição.

Mais algumas coisas. Um porta-níqueis de tecido com algumas notas dentro. Vinte e sete dólares. Outro porta-níqueis com trocados, que não se deu o trabalho de contar. Uma caderneta de banco azul brilhante. Abriu-a automaticamente, sem esperar ver nada de anormal. Cerca de duas semanas antes Johanna conseguira transferir toda a herança recebida da sra. Willets para sua conta bancária, acrescentando-a à quantia que havia poupado. Explicara ao gerente do banco que não sabia quando teria necessidade dela.

A soma não era fabulosa, mas impressionava. Representava um certo capital. Aos olhos de Ken Boudreau, revestia de algum brilho o nome Johanna Parry.

– Você estava usando um vestido marrom? – disse, quando ela subiu com o café.

– Sim, estava. Logo que cheguei aqui.

– Pensei que fosse um sonho. Era você.

– Como em seu outro sonho – disse Johanna, com o rosto sardento pegando fogo. Ele não fazia ideia do que estava falando e não tinha forças para perguntar. Possivelmente um sonho do qual acordara quando se encontrava a seu lado, no meio da noite – que era incapaz de recordar. Tossiu outra vez de modo mais razoável, e ela estendeu-lhe um pouco de papel higiênico.

– Então – ela disse, – onde vai pôr seu café? – arrastou a cadeira de madeira que havia tirado do lugar para chegar perto dele com mais facilidade. – Aí está – disse. Ergueu-o, segurando-o sob os braços, e enfiou o travesseiro atrás dele. Um travesseiro sujo, sem fronha, mas que cobrira na noite anterior com uma toalha.

– Poderia ver se acha alguns cigarros lá embaixo?

Ela balançou a cabeça, mas disse: – Vou ver. Pus alguns pãezinhos no forno.

Ken Boudreau tinha o costume de emprestar dinheiro, bem como de tomar emprestado. A maior parte dos problemas que lhe advinham – ou de que ele ia atrás, para pôr em outros termos – tinha a ver com sua incapacidade de dizer "não" a um amigo. Lealdade. Não havia sido expulso da Força Aérea em tempos de paz, mas fora afastado por causa da lealdade a um amigo que se vira em maus lençóis ao ofender o oficial comandante numa farra dos aviadores. Numa festa, onde se supunha que tudo terminava em piada e ninguém se ofendia – não era justo.

E perdera o emprego na companhia de fertilizantes porque passou com um caminhão da empresa através da fronteira americana sem permissão, num domingo, para pegar um colega que se envolvera numa briga e estava com medo de ser preso e julgado.

Parte essencial da lealdade aos amigos era a dificuldade com os chefes. Confessava que achava difícil abaixar a cabeça. "Sim, senhor" e "não, senhor" não eram palavras de seu vocabulário, ou que ficavam na ponta da língua. Não fora despedido da companhia de seguros, mas fora passado para trás tantas vezes que pareciam desafiá-lo a pedir demissão, o que acabou fazendo.

A bebida teve sua parte, tinha de admitir. E a ideia de que a vida deveria ser uma aventura mais heroica do que jamais parecia ser nos dias atuais.

Gostava de dizer às pessoas que ganhara o hotel num jogo de pôquer. Na verdade não era muito dado ao jogo, mas as mulheres gostavam de como isso soava. Não queria admitir que o aceitara às cegas como pagamento de uma dívida. E mesmo depois de vê-lo – disse a si mesmo que poderia ser recuperado. A ideia de ser seu próprio chefe exercia um forte apelo sobre ele. Não o encarava como um lugar onde as pessoas pudessem se hospedar – exceto talvez caçadores, no outono. Via-o como um estabelecimento para servir bebidas e um restaurante. Se conseguisse um bom cozinheiro. Mas antes que grande coisa acontecesse, o dinheiro teria de ser injetado. Havia trabalho a fazer – mais do que possivelmente seria capaz de executar sozinho, embora não fosse um homem sem habilidades. Se conseguisse atravessar o inverno fazendo o que fosse capaz por si mesmo, provando suas boas intenções, pensou que talvez conseguisse um empréstimo do banco. Mas precisava de um pequeno empréstimo apenas para atravessar o inverno e foi aí que seu sogro entrou na história. Preferiria ter tentado com outra pessoa, mas nenhum outro seria capaz de dispor de dinheiro tão facilmente.

Achou que seria uma boa ideia pôr o pedido na forma de uma proposta para vender a mobília, coisa que sabia que o velho jamais seria capaz de fazer por conta própria. Estava ciente, de modo não muito específico, de empréstimos ainda pendentes do passado – mas dava um jeito de pensar neles como quantias que lhe haviam sido confiadas, por aguentar Marcelle durante um período de mau comportamento (dela, numa época em que o seu próprio ainda não começara) e por aceitar Sabitha como sua filha, quando tinha suas dúvidas. Além disso, os McCauley eram as únicas pessoas de seu conhecimento com dinheiro que de fato tinham merecido.

Trouxe sua mobília.

Não conseguia imaginar o que aquilo podia significar para ele, neste momento. Estava cansado demais. Tinha mais necessidade de sono do que de comer quando ela chegou com os pãezinhos (e nenhum cigarro). Para satisfazê-la, comeu metade de um. Depois ferrou num sono profundo. Acordou apenas parcialmente quando ela o rolou para um lado, depois para o outro, tirando o lençol sujo que estava sob ele, então abrindo o limpo e rolando-o sobre este, tudo sem tirá-lo da cama e sem fazer com que acordasse de fato.

– Achei um lençol limpo, mas está fino como um trapo – disse.
– E também não cheira muito bem, por isso pendurei-o no varal por algum tempo.

Mais tarde ele percebeu que o som que estivera ouvindo por um longo tempo em sonho era na verdade o som da máquina de lavar. Perguntou-se como aquilo era possível – o reservatório de água quente já se fora. Ela devia ter aquecido tinas de água no fogão. Mais tarde ainda, ouviu o som inconfundível de seu próprio carro

ÓDIO, AMIZADE, NAMORO, AMOR, CASAMENTO 59

sendo ligado e partindo. Provavelmente pegara as chaves no bolso de sua calça.

Talvez estivesse fugindo em seu único patrimônio digno deste nome, abandonando-o, e não poderia nem mesmo ligar para a polícia para prendê-la em flagrante. O telefone fora cortado, mesmo que fosse capaz de alcançá-lo.

Esta era sempre uma possibilidade – roubo e fuga –, mas mesmo assim virou-se para o lençol limpo, que cheirava a brisa do campo e relva, e voltou a dormir, sabendo com certeza que saíra apenas para comprar leite, ovos, manteiga, pão e outros suprimentos – até cigarros – necessários para uma vida decente, e que iria voltar e ficar atarefada no andar de baixo, e o som de sua atividade seria como uma rede sob ele, mandada pelo céu, uma dádiva que não devia ser questionada.

Havia um problema feminino em sua vida neste preciso instante. Dois problemas, na verdade, um jovem e outro mais velho (ou seja, um com cerca da sua idade), que sabiam uma da outra e estavam prontas para arrancar-se os cabelos. Tudo que conseguira delas recentemente era choramingos e queixas, entremeados de suas afirmações iradas de que o amavam.

Talvez uma solução para isso tivesse chegado, também.

Enquanto comprava mercadorias na loja, Johanna ouviu um trem e, quando voltava para o hotel, viu um carro estacionado na estação. Antes mesmo que houvesse parado o carro de Ken Boudreau, notou as caixas da mobília empilhadas na plataforma. Falou com o chefe da estação – era seu carro estacionado – e o homem ficou surpreso e irritado com a chegada de toda aquela carga grande. Quando conseguiu arrancar dele o nome de um homem com um caminhão – um caminhão limpo, insistiu – que morava a cerca de trinta quilômetros dali e às vezes fazia transportes, usou o telefone da estação para ligar para ele e em parte acenando com dinheiro, em parte ordenando, disse-lhe que viesse imediatamente. Depois forçou o chefe da estação a aguardar junto às caixas até que o caminhão chegasse. À hora do jantar, o caminhão apareceu, e o homem e seu filho descarregaram toda a mobília e a levaram ao saguão principal do hotel.

No dia seguinte, ela deu uma boa olhada em torno. Começava a tomar uma resolução.

Um dia depois de julgar Ken Boudreau apto a sentar-se para ouvi-la, disse: – Este lugar é um ralo para o dinheiro. A cidade está muito mal das pernas. O certo a fazer é pegar tudo que puder dar algum dinheiro e vender. Não estou me referindo à mobília que foi enviada, quero dizer coisas como a mesa de sinuca e o fogão industrial. Depois devemos vender o prédio para alguém, que vai aproveitar o estanho como sucata. Sempre se pode conseguir tirar algo de coisas que a gente não imagina que tenham valor. Então... O que tencionava fazer antes de virar dono do hotel?

Disse que sua ideia era ir para a Colúmbia Britânica, em Salmon Arm, onde um amigo seu lhe dissera certa vez que conseguiria trabalho cuidando de pomares. Mas não pôde ir porque o carro necessitava de pneus novos e de uma mecânica antes de poder fazer uma viagem longa e tudo o que tinha era gasto apenas com sua subsistência. Depois o hotel caiu em seu colo.

– Como uma tonelada de tijolos – disse ela. – Pneus e conserto do carro seriam um investimento melhor do que enterrar qualquer coisa neste lugar. É uma boa ideia sair daqui antes de começar a nevar. E mandar a mobília por trem outra vez, para usá-la quando chegarmos lá. Dispomos de tudo que precisamos para montar uma casa.

– Talvez não haja uma proposta muito firme.

Ela disse: – Sei disso. Mas vai dar tudo certo.

Compreendeu que ela sabia, que tudo daria certo, e assim foi. Dava para perceber que um caso como o dele estava em boas mãos.

Não que não ficasse grato. Chegara a um ponto em que a gratidão não era um fardo, onde era natural – principalmente quando não era exigida.

Pensamentos de renascimento começaram. *Esta é a mudança de que preciso.* Já dissera isso antes, mas com certeza chegaria o momento em que isso seria verdadeiro. Os invernos amenos, o cheiro de florestas sempre verdejantes e de frutos maduros. *Tudo de que precisamos para fazer uma casa.*

Tinha seu orgulho, ela pensou. Isso era algo a ser considerado. Talvez fosse melhor jamais mencionar as cartas nas quais se abrira tanto. Antes de partir, ela as destruíra. Na verdade, destruíra uma por uma mal as acabara de ler bem o bastante para sabê-las de cor, e isso não demorava muito. Uma coisa que certamente não queria era que as cartas caíssem nas mãos da pequena Sabitha e de sua amiga insidiosa. Especialmente aquela parte da última carta sobre a camisola e estar na cama. Não que esse tipo de coisa não existisse, mas podiam ser consideradas vulgares, piegas ou um convite ao ridículo quando postas no papel.

Duvidava que percebessem muita coisa sobre Sabitha. Mas ela jamais o frustraria, se era isso que ele esperava.

Isso não era uma experiência inteiramente nova, este sentimento revigorante de expansão e responsabilidade. Ela sentira alguma coisa parecida pela sra. Willets – outra pessoa negligente e de aparência distinta necessitada de cuidados e atenção. Ken Boudreau revelou-se um pouco mais desse jeito do que se preparara para ver, e existiam as diferenças que seriam de se esperar num homem, mas certamente não havia nada em relação a ele de que não pudesse dar conta.

Após a sra. Willets, seu coração secara, e costumava considerar que poderia ser assim para sempre. E agora esta comoção acalorada, este amor atarefado.

O sr. McCauley morreu cerca de dois anos após a partida de Johanna. Seu funeral foi o último realizado na igreja anglicana. Muita gente compareceu à cerimônia. Sabitha – que foi com a mãe de sua prima, a mulher de Toronto – era agora uma pessoa reservada, bonita e, notável, incrivelmente magra. Usou um chapéu preto sofisticado e não falou com ninguém, a não ser que lhe dirigissem a palavra antes. Mesmo então, parecia não se lembrar das pessoas. A notícia do falecimento no jornal dizia que o sr. McCauley sobreviveria em sua neta, Sabitha Boudreau, seu genro, Ken Boudreau, na esposa do sr. Boudreau, Johanna, e no filho do casal, Omar, de Salmon Arm, Colúmbia Britânica.

A mãe de Edith leu essas coisas em voz alta – a própria Edith jamais olhava o jornal local. Claro que o casamento não era nenhuma novidade para nenhuma delas – nem para o pai de Edith, que estava ali perto, na sala da frente, assistindo à televisão. Já sabiam disso havia um bom tempo. A única novidade era Omar.

– Ela, com um *bebê* – disse a mãe de Edith.

Edith fazia sua tradução de latim na mesa da cozinha. *Tu ne quaesieris, scire nefas, quem mihi, quem tibi...*

Na igreja tomara a precaução de não falar com Sabitha primeiro; logo, Sabitha não poderia falar com ela.

Ela realmente não estava com medo, não mais, de ser descoberta – embora ainda não conseguisse entender por que não haviam sido. E de certo modo, parecia simplesmente perfeito que as travessuras de seu antigo eu não devessem guardar nenhuma relação com seu presente eu – muito menos com o verdadeiro eu que, assim esperava, viria à tona logo que deixasse aquela cidade e todas aquelas pessoas que pensavam conhecê-la. Era a guinada completa daquela conclusão que a deixara boquiaberta – parecia fantástica, embora estúpida. E insultuosa, também, como algum tipo de piada ou advertência inepta, tentando cravar suas garras nela. Pois onde, dentre a lista de coisas que planejava conseguir em sua vida, havia qualquer menção ao fato de que seria a responsável pela existência no mundo de uma pessoa chamada Omar?

Ignorando sua mãe, escreveu: "Não pergunta, é-nos vedado saber...".

Fez uma pausa, mastigando o lápis, depois terminou com um arrepio de satisfação: "... o que o destino a mim reserva, ou a ti...".

PONTE FLUTUANTE

UMA VEZ ELA O LARGOU. O motivo imediato era bastante trivial. Ele se juntara a uma dupla dos Young Offenders (Ioiôs, era como os chamava),* devorando um bolo que acabara de fazer e pretendia servir após uma reunião naquela noite. Sem ser notada – ao menos por Neal e os Ioiôs –, saíra de casa e fora sentar-se no abrigo da rua principal, por onde o ônibus municipal passava duas vezes por dia. Nunca estivera lá antes e deveria esperar ainda umas duas horas. Sentou-se e leu tudo que havia sido entalhado ou pichado nas paredes de madeira. Várias iniciais com votos de amor eterno. Laurie G. chupa pau. Dunk Cultis é viado. E o sr. Garner também (matemática). *H. W. é um bosta. Gange domina. Skate or die. Deus odeia imundície. Kevin S. vai morrer. Amanda W. é linda e meiga e gostaria de nunca tê-la mandado para a cadeia porque sinto sua falta de todo meu coração. Quero que o vice-presidente se foda. Senhoras, sentem-se aqui e leiam estas coisas sujas e nojentas que vocês escreveram.*

Olhando para aquele painel de mensagens humanas – e detendo-se admirada em particular sobre a frase sincera e limpidamente

---

* Menores enquadrados na lei de delinquência juvenil (Young Offenders Act), no Canadá, que passam por programas de recuperação. [N.T.]

escrita referente a Amanda W. –, Jinny se perguntou se as pessoas se sentiam solitárias quando escreveram aquelas coisas. E começou a imaginar a si mesma sentada ali ou num lugar parecido, esperando um ônibus, sozinha, como certamente ficaria caso seguisse adiante com o plano que agora punha em andamento. Será que se sentiria compelida a escrever frases em paredes públicas?

No presente momento, sentia-se ligada pela forma como as pessoas se sentiam quando tinham de dizer determinadas coisas por escrito – estava ligada por intermédio de seus sentimentos de raiva, de ultraje mesquinho (será que era mesquinho?) e a empolgação pelo que fazia com Neal, dando o troco. Mas a vida para a qual ela própria se conduzia talvez não lhe trouxesse ninguém com quem se enfurecer, ou ninguém que lhe devesse coisa alguma, ninguém que pudesse possivelmente ser recompensado, punido ou afetado de fato pelo que fosse capaz de fazer. Quem sabe seus sentimentos viessem a adquirir importância apenas para ela mesma e mais ninguém e, mesmo assim, iriam inchar dentro de si, oprimindo seu coração e sua respiração.

Não era, afinal de contas, o tipo de pessoa para ser tangida como uma ovelha neste mundo. E contudo era exigente, à sua própria maneira.

Ainda não avistara o ônibus quando se levantou e foi para casa.

Neal não estava. Levava os meninos de volta para a escola e, no momento em que regressava, alguém já havia chegado, adiantado, para a reunião. Ela lhe contou o que fizera depois de superar bem o ocorrido e ser capaz de rir daquilo. Na verdade, tornou-se uma piada que contava na presença das pessoas – ir embora ou simplesmente descreverem linhas gerais as coisas que lera nas paredes – inúmeras vezes.

– Algum dia pensou em vir atrás de mim? – disse para Neal.

– Claro. Até onde fosse preciso.

O oncologista tinha um comportamento clerical e, de fato, usava uma camisa de gola olímpica sob o guarda-pó branco – uma roupa que sugeria ser recém-chegado de algum cerimonial de receitas e dosagens. Sua pele era jovem e lisa – parecia-se com uma bala de açúcar queimado. Em seu cocuruto havia apenas um ralo tufo de cabelo preto, um matinho delicado, bem parecido com a penugem exibida pela própria Jinny. Mas o dela era cinza-amarronzado, como pelo de rato. De início Jinny se perguntara se era possível que fosse tanto um paciente como um médico. Depois, se adotara aquele estilo para deixar os pacientes mais à vontade. Mais provavelmente, era um implante. Ou simplesmente o jeito como gostava de usar o cabelo.

Poderia perguntar. Vinha da Síria, da Jordânia ou de algum lugar onde os médicos conservavam sua dignidade. Sua polidez era gélida.

– Bem – disse. – Não quero deixá-la com a impressão errada.

Saiu do ar-condicionado do edifício para a claridade atordoante de um fim de tarde de agosto, em Ontário. Às vezes o sol queimava direto, às vezes permanecia atrás de uma fina camada de nuvens – dos dois jeitos era igualmente quente. Os carros estacionados, o asfalto, os tijolos dos outros prédios pareciam positivamente bombardeá-la, como se fossem todos fatos separados criados em ridícula sequência. As mudanças de cena não lhe caíam muito bem nesses dias, queria tudo familiar e estável. Ocorria o mesmo com mudanças de informação.

Avistou a van sair de sua vaga junto ao meio-fio e seguir caminho descendo a rua para apanhá-la. Era de uma cor azul-clara, opaca, doentia. Os pontos de ferrugem haviam sido pintados com um azul ainda mais pálido. Os adesivos diziam "SE ME ACHA UM DESASTRE AO VOLANTE, DEVIA VER MINHA CASA" e "HONRA TUA MÃE – TERRA" e (este mais recente) "USE PESTICIDA, ACABE COM O MATO, PROMOVA O CÂNCER".

Neal aproximou-se para ajudá-la.

– Ela está na van – disse. Havia um tom de ansiedade em sua voz que denotava um aviso ou apelo. Um zumbido em torno dele, uma tensão, que fez Jinny perceber que não era hora de lhe dar as novas, se é que novas era o nome certo para isso. Quando Neal encontrava-se em meio a outras pessoas, mesmo que uma única pessoa além de Jinny, seu comportamento mudava, ficava mais animado, entusiasmado, amigável. Jinny já não se aborrecia mais com isso – viviam juntos havia vinte e um anos. E ela própria mudara – como uma reação, costumava pensar –, tornando-se mais reservada e levemente irônica. Alguns disfarces eram necessários, ou simplesmente constituíam hábitos fortes demais para serem largados. Como a aparência antiquada de Neal – a bandana na cabeça, o descuidado rabo de cavalo grisalho, o pequeno brinco dourado que captava a luz como os aros de ouro em torno de seus dentes e suas surradas roupas de rebelde.

Enquanto ela passava pela consulta, ele fora pegar a garota que iria ajudá-los em sua nova vida a partir de agora. Ele a conhecia do Correctional Institute for Young Offenders, onde era professor, e ela trabalhava na cozinha. O instituto correcional ficava fora da cidade onde moravam, a cerca de trinta quilômetros dali. A garota largara seu emprego na cozinha havia alguns meses e arrumara trabalho numa fazenda, indo cuidar de uma família cuja mãe estava doente. Algum lugar não muito maior do que esta cidade. Felizmente, agora estava livre.

– O que aconteceu com a mulher? – perguntara Jinny. – Morreu?

Neal respondeu: – Está no hospital.

– É a mesma coisa.

Tiveram de fazer um monte de ajustes práticos num tempo um tanto curto demais. Limpar o quarto da frente de todos os arquivos, jornais e revistas contendo artigos relevantes que ainda não haviam sido passados para o computador – eles enchiam as prateleiras junto à parede até o teto. Também os dois computadores, as velhas máquinas de datilografia, a impressora. Para tudo isso tinham de achar um lugar – temporariamente, embora ninguém dissesse isso – na casa de alguma outra pessoa. O quarto da frente seria o quarto da doente.

Jinny dissera para Neal que ele poderia ficar com um computador, pelo menos, no quarto de dormir. Mas ele recusara. Não disse, mas ela supôs, que acreditava que não haveria tempo para isso. Neal passara quase todo seu tempo livre, nos anos em que estivera a seu lado, organizando e executando campanhas. Não só campanhas políticas (estas inclusive), como também empenhando esforços de preservar prédios, pontes e cemitérios históricos, de impedir que árvores fossem cortadas tanto nas ruas da cidade como em trechos isolados da velha floresta, de salvar rios dos despejos venenosos, terras boas, da especulação imobiliária, a população local, dos cassinos. Estava sempre escrevendo cartas e petições, organizando *lobbies* junto a departamentos do governo, distribuindo pôsteres, organizando protestos. O quarto da frente era palco de explosões indignadas (o que proporcionava muita satisfação às pessoas, pensava Jinny), de propostas e discussões confusas, da inquebrantável coragem de Neal. E agora que era abruptamente esvaziado, levava-a a pensar na primeira vez em que entrara naquele lugar, vinda diretamente da casa cheia de cortinas festonadas de seus pais, e em todas aquelas prateleiras cheias de livros, nas venezianas de madeira nas janelas e naqueles lindos tapetes orientais cujo nome sempre se esquecia, sobre o piso polido. A reprodução de Canaletto que comprara para pôr em seu quarto na faculdade sobre a única parede nua. *O dia de Lord Mayor no Tâmisa*. Chegara mesmo a pendurá-la, embora nunca mais a tivesse notado.

Alugaram uma cama de hospital – na verdade, ainda não tinham necessidade dela, mas fora melhor pegar uma assim que possível, porque em geral a oferta não era grande. Neal pensou em tudo.

Pendurou algumas cortinas pesadas que haviam sido descartadas do salão de jogos de um amigo. Tinham uma coleção de canecas de cerveja com tampa e objetos equestres de bronze que Jinny achava muito feios. Porém ela sabia agora que havia épocas em que o feio e o bonito serviam exatamente para o mesmo propósito, quando qualquer coisa para a qual se olha é apenas um gancho onde pendurar as sensações descontroladas de seu corpo e os bocados e pedaços de sua mente.

Tinha quarenta e dois e, até recentemente, aparentava ser jovem demais para sua idade. Neal era dezesseis anos mais velho do que ela. Então pensara que no curso natural das coisas ela estaria na posição em que ele se encontrava agora e algumas vezes chegara a se preocupar sobre como lidaria com isso. Certa vez, quando segurava sua mão na cama antes de adormecerem, sua mão quente e presente, pensara que iria segurar, ou tocar, sua mão pelo menos uma vez quando estivesse morto. E que não seria capaz de acreditar neste fato. O fato de que estivesse morto e impotente. Não importava quanto esse estado já tivesse sido presenciado, seria incapaz de dar-lhe crédito. Não seria capaz de acreditar que, bem no fundo, não tivesse alguma consciência daquele momento. Dela. Pensar nele não tendo isso suscitou uma espécie de vertigem emocional, uma horrenda sensação de queda.

E, ainda assim, uma euforia. A euforia indizível que se sente quando um desastre galopante guarda a promessa de libertar a pessoa de toda a responsabilidade de sua própria vida. Então, graças à culpa, é melhor se recompor e ficar bem quieto.

– Aonde vai? – perguntara ele, quando soltou sua mão.

– Lugar nenhum. Só quero me virar.

Não sabia se Neal sentia algo assim, agora que acontecera de ser ela. Havia lhe perguntado se já se acostumara com a ideia. Ele balançou a cabeça.

Ela disse: – Eu também não.

Então ela disse: – Apenas não deixe que os consultores de luto* entrem. Talvez já estejam rodeando. Querendo realizar uma investida antecipada.

– Não me atormente – disse ele, numa voz de rara fúria.

– Desculpe.

– Você não precisa ter sempre a opinião mais crua.

– Eu sei – ela disse. Mas o fato era que, com tanta coisa acontecendo e os eventos presentes roubando tanto de sua atenção, achava difícil ter qualquer opinião que fosse.

– Esta é Helen – disse Neal. – É quem vai cuidar de nós daqui pra frente. Ela não está pra brincadeira, também.

– Sorte dela – disse Jinny. Estendeu a mão, assim que se sentou. Mas a garota provavelmente não a viu, afundada na parte de trás entre os dois bancos da frente.

Ou provavelmente não soube o que fazer. Neal contara que vinha de uma situação inacreditável, uma família absolutamente bestial. Haviam acontecido coisas que não se poderia imaginar serem possíveis em nossos dias, em nosso século. Uma fazenda isolada, uma mãe morta, uma filha deficiente mental e um velho pai tirânico e insano, e incestuoso, e suas duas jovens filhas. Helen, a mais velha, que fugira com catorze anos de idade após golpear o velho. Fora protegida por um vizinho que ligou para a polícia, e a polícia veio, pegou a irmã mais nova e deixou as duas crianças sob os cuidados de uma casa de amparo. E o velho e sua filha – ou seja, sua mãe e seu pai – foram internados num hospital psiquiátrico. Pais adotivos levaram Helen e sua irmã, que eram normais, física e mentalmente. Foram mandadas para a escola e passaram por um período

---

* *Grief counsellor*: espécie de psicoterapeuta oportunista presente em situações traumáticas. [N. T.]

miserável ali, precisando ser colocadas na primeira série. Mas ambas aprenderam o suficiente para conseguir emprego.

Quando Neal deu partida na van, a garota decidiu falar.

– Escolheu um dia bem quente pra sair – disse. Era o tipo de coisa que devia ter ouvido alguém dizer para encetar uma conversa. Falava num tom duro e inexpressivo de hostilidade e desconfiança, mas mesmo assim, Jinny sabia, não devia tomar aquilo como coisa pessoal. Era apenas o modo como algumas pessoas soavam – particularmente pessoas rústicas – nesta parte do mundo.

– Se está com calor pode ligar o ar-condicionado – disse Neal.

– Nós preferimos do velho estilo; abaixamos as janelas.

A guinada que deram na próxima esquina foi algo que Jinny não esperava.

– Temos de ir ao hospital – disse Neal. – Não fique assustada. A irmã de Helen trabalha lá e tem algo que Helen quer pegar. É isso mesmo, Helen?

Helen disse: – É. Meus sapatos bons.

– Os sapatos bons de Helen. – Neal olhou no retrovisor. – Os sapatos bons de Miss Helen Rosie.

– Meu nome não é Helen Rosie – disse Helen. Parecia que não era a primeira vez que dizia isso.

– Só disse isso porque você tem um rosto muito rosado – disse Neal.

– Não tenho.

– Tem sim. Não tem, Jinny? Jinny concorda comigo, seu rosto é rosado. Miss Helen Rosto Rosado.

A garota de fato tinha a pele cor-de-rosa. Jinny havia notado isso, assim como suas sobrancelhas e cílios quase brancos, seu cabelo lanoso e dourado de bebê e sua boca, que tinha uma aparência estranhamente desguarnecida, não apenas a aparência normal de uma boca sem batom. Uma aparência de recém-saída do ovo era o que tinha, como se lhe faltasse uma camada de pele e uma cobertura mais grossa de pelo crescido. Devia ser suscetível a erupções de pele e infecções, a apresentar rapidamente arranhões e contusões, feridas em torno da boca e terçóis entre suas pestanas brancas. Contudo, não parecia frágil. Seus ombros eram largos, era esguia porém ossuda. Não parecia estúpida, tampouco, embora tivesse uma expressão na fronte como a de um bezerro ou cervo. Com ela, tudo devia acontecer bem na superfície, sua atenção e toda sua personalidade vindo direto em sua direção, com um inocente e – para Jinny – desagradável poder.

Subiam a comprida ladeira da colina em direção ao hospital – o mesmo lugar onde Jinny fizera sua operação e passara pela primeira sessão de quimioterapia. Do outro lado da estrada, diante do prédio do hospital, havia um cemitério. Era uma via principal, e toda vez que passavam por este caminho – nos velhos tempos, quando vinham a esta cidade apenas para fazer compras ou para o raro divertimento de um cinema –, Jinny costumava dizer algo como "Que visão desoladora" ou "Isso é levar a conveniência longe demais".

Agora ficava calada. O cemitério não a incomodava. Percebeu que não tinha importância.

Neal deve ter percebido também. Disse, olhando no espelho: – Adivinha quem está morto neste cemitério?

Helen não disse nada por um segundo. Depois, mais para taciturna: – Sei lá.

– Estão *todos* mortos aí.

– Ele me pegou com essa também – disse Jinny. – É uma piadinha de criança de quarta série.

Helen não respondeu. Provavelmente jamais chegara tão longe.

Passaram com o carro pelo portão principal do hospital, depois, seguindo instruções de Helen, contornaram o prédio e chegaram nos fundos. Pessoas com camisolões hospitalares, algumas arrastando seus aparatos de soro, haviam saído para fumar.

– Está vendo aquele banco? – perguntou Jinny. – Ah, deixa pra lá, já passamos. Tinha uma placa – OBRIGADO POR NÃO FUMAR. Mas está lá para que as pessoas se sentem quando passeiam fora do prédio. E pra que elas saem? Para fumar. Então não devem sentar? Não entendo.

— A irmã de Helen trabalha na lavanderia — disse Neal. — Como é o nome dela, Helen? Como se chama sua irmã?

— Lois — respondeu Helen. — Pare aqui. Isso. Aqui.

Estavam num estacionamento no fundo de uma ala do hospital. Não havia portas neste piso, a não ser uma porta de garagem, completamente fechada. Nos outros três andares, havia portas que davam para uma saída de incêndio.

Helen estava saindo.

— Sabe como achar a entrada? — disse Neal.

— É fácil.

A escada de incêndio ficava a cerca de um metro, um metro e meio, do chão, mas ela subiu em questão de segundos, agarrando o ferro e balançando-se no ar, talvez apoiando o pé num vão dos tijolos. Jinny não entendeu como conseguiu. Neal ria.

— Segurem essa garota — disse.

— Será que não tem outro jeito? — perguntou Jinny.

Helen correra até o terceiro andar e sumira.

— Se tem, ela não costuma usar — respondeu Neal.

— Que coragem — disse Jinny, com um esforço.

— Se não fosse assim, nunca teria conseguido escapar — disse. — Precisou de toda coragem de que foi capaz.

Jinny usava um chapéu de palha de aba larga. Tirou-o e começou a se abanar.

Neal falou: — Pena. Parece não haver nenhuma sombra para estacionar. Ela vai sair logo.

— Estou com cara de muito assustada? — disse Jinny. Ele se acostumara a ouvi-la fazer essa pergunta.

— Parece bem. De qualquer modo não tem mais ninguém por aqui.

– O homem que vi hoje não era o mesmo da outra vez. Acho que esse era mais importante. O mais esquisito é que sua cabeça parecia com a minha. Talvez faça isso para deixar os pacientes mais à vontade.

Pretendia prosseguir e contar-lhe o que o médico havia dito, mas ele interrompeu: – A irmã não é tão esperta quanto ela. Helen meio que cuida dela e lhe diz o que fazer. Esse negócio dos sapatos – isso é típico. Não é capaz de comprar os próprios sapatos? Não tem nem mesmo um lugar seu para morar – ainda mora com as pessoas que cuidaram delas, lá no mato, em algum lugar.

Jinny não continuou. Abanar-se sugara quase toda sua energia. Examinou o edifício.

– Cristo ajude que não a peguem por entrar desse jeito – ele disse. – Burlando as regras. Simplesmente não é uma garota para quem regras foram feitas.

Após vários minutos, deixou escapar um assobio.

– E aí vem ela. Aí-vem-ela. Chegando na reta final. Terá juízo bastante de parar antes de pular? Terá-terá-terá? Olhar antes de pular? Terá-terá... nada disso. Nada disso. Ah-*haaa*.

Helen não tinha sapato algum nas mãos. Pulou dentro da van, bateu a porta com violência e disse: – Imbecis idiotas. Primeiro entrei lá e aquele babaca me parou. Cadê seu crachá? Precisa de um crachá. Não pode entrar sem um crachá. Vi você entrar pela escada de incêndio, não pode fazer isso. Tá, tá, vim ver minha irmã. Não pode vê-la, não é intervalo. Sei disso, foi por isso que entrei pela escada de incêndio, só preciso pegar um negócio. Não quero conversar nem atrapalhar seu trabalho, só quero pegar um negócio. É, mas não pode. É, mas eu posso. É, mas não pode. E então comecei a gritar *Lois. Lois.* Todas aquelas máquinas funcionando, quarenta graus lá dentro, todo mundo com a cara suando, as coisas pra lá e pra cá e *Lois, Lois.* Não sei onde ela está, se pode me ouvir ou não. Mas ela aparece rápido assustada e quando me vê – Ai, merda. Ai merda, ela diz, eu fui e esqueci. *Ela esqueceu de trazer meus sapatos.* Liguei pra ela na outra noite para lembrar, mas olha só, ai, merda, ela *esqueceu.* Não posso bater nela. Saia – disse o homem. Vá pelas escadas e caia fora. Não pela saída de emergência, é proibido. Ele que se dane.

Neal morria de rir e balançava a cabeça.

– Então foi isso que ela fez? Deixou seus sapatos lá?

– Na casa de June e Matt.

– Que tragédia.

Jinny disse: – Será que dá pra gente ir, pegar um pouco de ar? Acho que o chapéu não está adiantando muita coisa.

– Tudo bem – disse Neal. Deu ré e manobrou, e mais uma vez passaram diante da conhecida fachada frontal do edifício, com os mesmos ou diferentes fumantes parados em suas tristes roupas de hospital e com seus soros enfiados nas veias. – Helen só precisa nos dizer para onde.

Virou-se para o banco de trás: – Helen?

– O quê?

– Que caminho a gente faz para ir até a casa desse pessoal?

– Que pessoal?

– Onde sua irmã mora. Onde estão seus sapatos. Diga pra gente como chegar na casa deles.

– Não digo porque não vamos pra casa deles.

Neal voltou pelo caminho de onde tinham vindo.

– Vou continuar nesse caminho até você explicar direito. Não seria melhor se pegássemos a rodovia? Ou é pelo centro da cidade? Por onde começo?

– Não comece em lugar nenhum. Comece não indo.

– Não é longe, é? Por que não vamos?

– Você já me fez um favor e foi o suficiente. – Helen sentou o mais para a frente que conseguiu, enfiando sua cabeça entre o banco de Neal e o de Jinny. – Você me levou para o hospital e isso não é o bastante? Não precisa sair dirigindo por aí, me fazendo favores.

Diminuíram a marcha, viraram numa rua lateral.

– Isso é bobagem – disse Neal. – Vai ficar a trinta quilômetros de distância e pode não voltar aqui por algum tempo. Talvez precise daqueles sapatos.

Sem resposta. Ele tentou outra vez.

– Ou será que não sabe o caminho? Não sabe ir daqui?

– Sei, mas não vou dizer.

– Então vamos simplesmente ficar andando por aí. Rodar e rodar até decidir nos dizer.

– Bom, não vou ficar pronta. Então não digo.

– A gente pode voltar e ver sua irmã. Aposto que ela vai dizer. Já deve estar quase na hora de sair, a gente podia levá-la para casa.

– Está no último turno, então ah-ah-AH.

Atravessavam uma parte da cidade que Jinny nunca vira antes. Andavam bem devagar e viravam em muitas ruas, de modo que dificilmente alguma brisa entrava no carro. Uma fábrica fechada com tábuas, lojas de ponta de estoque, casas de penhores. DINHEIRO, DINHEIRO, DINHEIRO, dizia um letreiro luminoso piscando sobre janelas com barras. Mas havia casas, velhos sobrados geminados de aparência duvidosa e aquele tipo de casas simples de madeira que foram construídas às pressas durante a Segunda Guerra Mundial. Um minúsculo jardim estava cheio de coisas para vender – roupas pregadas num varal, mesas cheias de pratos e utensílios domésticos. Um cachorro farejava em torno de uma mesa e poderia tê-la derrubado, mas a mulher sentada no degrau, fumando e observando a ausência de compradores, não parecia se importar.

Diante de uma loja de esquina, algumas crianças chupavam picolés. Um menino no canto da turma – provavelmente não tinha mais do que quatro ou cinco anos – jogou seu picolé na van. Um arremesso surpreendentemente forte. Atingiu a porta de Jinny bem abaixo de seu braço e ela deu um pequeno grito.

Helen pôs a cabeça para fora da janela traseira.

– Quer ver seu braço numa tipoia?

A criança começou a gritar. Não havia contado com Helen e talvez não houvesse contado em perder seu picolé para sempre.

Novamente dentro da van, Helen falou para Neal.

– Só está desperdiçando gasolina.

– Norte da cidade? – disse Neal. – Sul? Norte sul leste oeste: que região?, Helen diz a direção certa.

– Eu já disse. Fez tudo que vai fazer por mim hoje.

– E eu disse: vamos buscar aqueles sapatos pra você antes de voltar para casa.

Independentemente de quanto estivesse inflexível, Neal sorria. Seu rosto exibia uma expressão de tolice consciente, mas involuntária. Sinais de uma invasão de felicidade. Todo o ser de Neal era invadido, transbordava de tola felicidade.

– Como você é teimoso – disse Helen.

– Vai ver como sou teimoso.

– Também sou. Sou tão teimosa quanto você.

Pareceu a Jinny que podia sentir o ardor na bochecha de Helen, que estava tão perto deles. E certamente conseguia ouvir a respiração da menina, rouca e carregada de agitação, exibindo algum indício de asma. A presença de Helen era como a de um gato doméstico que jamais deveria ser levado em veículo algum, sendo irritável demais para ter juízo, disposto demais a projetar-se entre os bancos.

O sol queimava através das nuvens outra vez. Um disco de latão ainda alto no céu.

Neal entrou com o carro numa rua de árvores grandes e antigas e casas um pouco mais respeitáveis.

– Melhor aqui? – disse para Jinny. – Mais sombra pra você? – falou num tom de voz discreto, confidencial, como se o que estivesse ocorrendo com a garota pudesse ser deixado de lado por um momento, não passasse de bobagem.

– Pegando o caminho bonito – disse, elevando a voz novamente para o banco de trás. – Pegando o caminho bonito hoje, cortesia de Miss Helen Rosto Rosado.

– Talvez a gente devesse simplesmente ir embora – disse Jinny.

– Talvez apenas ir pra casa.

Helen interrompeu, quase gritando: – Não quero atrapalhar ninguém a ir pra casa.

– Então basta me explicar o caminho – disse Neal. Fazia esforço para manter a voz sob controle, para conseguir dar-lhe uma inflexão normal e séria. E para expulsar o sorriso, que continuava a deslizar de volta para o lugar, independentemente de quantas vezes o engolisse. – Só nos leve até lá, a gente faz o que precisa e volta pra casa.

Um longo meio quarteirão depois, Helen resmungou.

– Se sou obrigada então acho que sou obrigada – disse.

Não era muito longe o lugar aonde iam. Passaram por um loteamento, e Neal, dirigindo-se a Jinny, disse: – Não vejo riacho nenhum. Nem latifúndios, também.

Jinny perguntou: – O quê?

– *Silver Creek Estates.** Na placa.

Ele devia ter visto uma placa que ela não notara.

– Vire – disse Helen.

– Direita ou esquerda?

– No desmanche.

Passaram por um pátio de sucata, com as carcaças dos carros apenas parcialmente ocultas por um tapume meio caído de folha de flandres. Depois subiram um morro, cruzaram os portões e passaram por um poço de pedregulhos que era uma grande cavidade no centro da colina.

---

* *Estate* é uma grande propriedade rural, e *creek*, riacho. [N.T.]

– É ali. Veja a caixa de correio deles bem na frente – Helen disse com alguma importância, quando chegaram perto o bastante para ler o nome.

– Matt e June Bergson. São eles.

Dois cães vieram latindo pelo pequeno caminho. Um era grande e preto, e o outro pequeno e amarelo, parecendo um filhote. Avançaram para as rodas do carro, e Neal tocou a buzina. Então outro cachorro – este mais furtivo e determinado, com um pelo liso e manchas azuladas – surgiu do meio do alto relvado.

Helen gritou para que se calassem, sentassem, não enchessem o saco.

– Não precisam se preocupar com eles, só com o Pinto – disse.

– Os outros dois são uns covardes.

Pararam num espaço amplo e mal definido onde um pouco de cascalho fora esparramado. De um lado havia um celeiro ou barracão de ferramentas com telhado de flandres e, mais além de uma das laterais, no fim de um milharal, avistava-se uma casa de fazenda abandonada em que a maioria dos tijolos havia sido removida, exibindo as paredes de madeira escurecida. A casa habitada atualmente era um trailer, graciosamente munido de um deque e um toldo e de um jardim florido atrás do que parecia ser uma cerca de brinquedo. O trailer e seu jardim tinham aparência decente e bem-cuidada, enquanto o restante da propriedade estava cheio de coisas que talvez tivessem um propósito ou simplesmente haviam sido abandonadas para enferrujar e apodrecer.

Helen saltara e distribuía tapas entre os cães. Mas continuavam a correr para longe dela e a pular e latir para o carro, até que um homem saiu do barracão e os chamou. As ameaças e palavrões que gritou não eram compreensíveis para Jinny, mas os animais se calaram.

Jinny enfiou o chapéu. Todo esse tempo ela permanecera segurando-o na mão.

– Só querem se mostrar – disse Helen.

Neal também havia descido do carro e lidava com os cachorros de maneira firme. O homem do barracão veio em sua direção. Usava uma camiseta roxa molhada de suor, grudada no peito e na barriga. Era gordo o bastante para ter peitos e dava para ver seu umbigo protuberante como de uma mulher grávida. Estava montado em sua barriga como numa gigantesca almofada.

Neal foi a seu encontro com a mão estendida. O homem esfregou suas próprias mãos em sua calça de trabalhar, riu e sacudiu a de Neal. Jinny não conseguia ouvir o que diziam. Uma mulher saiu do trailer, abriu o portãozinho de brinquedo e fechou o trinco atrás de si.

— Lois esqueceu que devia levar meus sapatos — falou Helen para ela. — Eu liguei e tudo mais, mas ela foi e esqueceu assim mesmo, então o senhor Lockyer me trouxe para buscá-los.

A mulher também era gorda, mas não tão gorda quanto o marido. Usava uma bata cor-de-rosa com sóis astecas estampados e seu cabelo tinha mechas loiras. Caminhou pelo cascalho com um ar sereno e hospitaleiro. Neal virou-se e se apresentou, depois a levou até a van e apresentou Jinny.

— Prazer em conhecer a senhora — disse a mulher. — Deve ser a senhora que não está muito bem...

— Estou bem — disse Jinny.

— Bom, já que está aqui é melhor entrar. Vamos sair desse calor.

— Ah, a gente está só de passagem — disse Neal.

O homem chegou mais perto. — Tem ar-condicionado lá dentro — disse. Estava inspecionando a van e sua expressão era cordial, mas de menosprezo.

— Só passamos para pegar os sapatos — disse Jinny.

— Vão ter de fazer mais do que isso, já que vieram aqui — disse a mulher, June, rindo como se a ideia de não entrarem fosse uma piada escandalosa. — Entrem e descansem.

— Não queremos atrapalhar seu jantar — disse Neal.

— A gente já comeu — disse Matt. — A gente janta cedo.

– Mas sobrou um monte de *chili* – disse June. – Precisam entrar e ajudar a acabar com aquele *chili*.

Jinny disse: – Ah, obrigada. Mas não acho que consiga comer. Não sinto vontade de comer nada neste calor.

– Então é melhor beber alguma coisa – disse June. – A gente tem *ginger ale* e Coca. E *schnapps* de pêssego.

– Cerveja – Matt disse para Neal. – Que tal uma Blue?

Jinny fez um sinal para que Neal se aproximasse da janela.

– Não posso fazer isso – disse. – Diga-lhes que simplesmente não posso.

– Sabe que vai deixá-los magoados – sussurrou. – Estão tentando ser legais.

– Mas não posso. Talvez você possa.

Ele se inclinou mais perto. – Sabe que não é isso que vai parecer. Vai parecer que se acha boa demais para eles.

– Vá você.

– Vai se sentir melhor assim que estiver lá dentro. O ar-condicionado pode fazer bem a você, de verdade.

Jinny balançou a cabeça.

Neal se endireitou.

– Jinny acha que é melhor ficar e descansar aqui, onde não está sol.

June disse: – Mas será bem-vinda para descansar na casa...

– Uma Blue até que cairia bem, pra falar a verdade – disse Neal. Virou-se para Jinny com um sorriso duro. Para ela, parecia que estava desolado e furioso. – Tem certeza de que vai ficar bem? – disse para que todos ouvissem. – Tem certeza? Não se importa se eu entrar um pouco?

– Vou ficar bem – disse Jinny.

Ele pôs uma mão no ombro de Helen e outra no ombro de June, conduzindo-as amigavelmente na direção do trailer. Matt deu um sorriso curioso para Jinny e os seguiu.

Dessa vez, quando chamou os cães para virem atrás dele, Jinny conseguiu entender os nomes.

Goober. Sally. Pinto.

A van estava estacionada sob uma fileira de salgueiros. Eram árvores grandes e antigas, mas suas folhas eram delgadas e faziam uma sombra oscilante. Mas estar sozinha era um grande alívio. Mais cedo naquele dia, andando pela rodovia vindos da cidade onde moravam, haviam parado numa barraca junto à estrada e comprado algumas maçãs temporãs. Jinny puxou uma do saco perto dos pés e deu uma pequena mordida – mais ou menos para ver se conseguia sentir o gosto, engolir e segurar em seu estômago. Precisava de alguma coisa para contrabalançar o pensamento do *chili* e do prodigioso umbigo de Matt.

Boa. A fruta estava firme e ácida, mas não ácida demais, e dando pequenas mordidas e mastigando zelosamente conseguiria comê-la.

Vira Neal desse jeito – ou de um jeito parecido – algumas vezes antes. Podia ser sobre um garoto na escola. Uma menção ao nome de forma súbita, até depreciativa. Um olhar piegas, uma risadinha de desculpa, embora um pouco desafiadora.

Mas nunca era alguém que tivesse de ter pela casa e isso nunca levava a nada. O tempo do menino se esgotaria, iria embora.

Assim como este tempo se esgotaria. Não devia importar.

Tinha de se perguntar se teria importado menos ontem do que hoje.

Saiu da van, deixando a porta aberta para que pudesse segurar a alça de dentro. Tudo o que havia do lado de fora estava quente demais para segurar por qualquer tempo que fosse. Precisava verificar se tinha firmeza. Então caminhou um pouco à sombra.

Algumas das folhas do salgueiro já amarelavam. Algumas estavam caídas no chão. Olhou além da sombra para todas as coisas espalhadas pelo terreno. Um caminhão de entregas amassado com os dois faróis quebrados e uma pintura por cima do nome na lateral. Um carrinho de bebê cujo assento fora mastigado pelos cachorros, um punhado de lenha para fogueira, antes um amontoado do que uma pilha, uma pilha de pneus imensos, uma quantidade enorme de frascos plásticos e algumas latas de óleo, pedaços de tábuas velhas, um par de lonas plásticas cor de laranja amarrotadas junto à parede do barracão. No próprio barracão havia um pesado caminhão GM, uma picape Mazda avariada, um trator, além de ferramentas inteiras e quebradas e rodas, cabos, varas jogados por toda parte, que poderiam ou não ser úteis, dependendo dos usos que se pudesse imaginar. Quantas coisas as pessoas podiam ter a seu encargo. Como estiveram a seu próprio encargo todas aquelas fotografias, cartas formais, minutas de reuniões, recortes de jornal, mil categorias que ela havia divisado e passava para o computador quando teve de começar a quimioterapia e tudo foi levado para outro lugar. Talvez tudo acabasse sendo jogado fora. Como tudo isso também seria, se Matt morresse.

O milharal era o lugar onde queria chegar. Os pés de milho estavam acima de sua cabeça, talvez mais altos do que a cabeça de Neal – queria entrar à sua sombra. Atravessou o terreno com esse pensamento em mente. Os cães graças a Deus deviam ter sido levados para dentro.

Não havia cerca. O milharal simplesmente terminava dentro do terreno. Caminhou direto para ele, entrando pelo estreito caminho entre duas fileiras. As folhas batiam em seu rosto e contra seus braços como faixas soltas de tecido. Teve de tirar o chapéu para que não o arrancassem. Cada talo com seu sabugo, como um bebê num cueiro. Havia um cheiro forte e quase nauseante de vegetação exuberante, de amido verde e seiva quente.

O que pensara que tinha a fazer, uma vez que estivesse ali, era se deitar. Deitar-se à sombra daquelas folhas rudes e grandes e não sair até que ouvisse Neal chamando seu nome. Talvez nem nessa hora. Mas as fileiras eram muito próximas para permitir tal coisa e estava ocupada demais pensando em outra coisa para se dar o trabalho. Estava furiosa demais.

Não era sobre nada que acontecera recentemente. Lembrava-se de como um grupo de pessoas estivera sentado certa noite no chão de sua sala de estar – ou sala de reuniões –, profundamente envolvidas em um daqueles jogos psicológicos. Um desses jogos que supostamente deveriam tornar a pessoa mais honesta e resiliente. As pessoas têm de simplesmente dizer o que lhes vem à cabeça quando olham umas para as outras. E uma mulher de cabelos brancos chamada Addie Norton, amiga de Neal, dissera: "Odeio lhe dizer isso, Jinny, mas sempre que olho para você tudo em que consigo pensar é – *Bela Bicha*".

Jinny não se lembrava de ter dado nenhuma resposta à época. Talvez não se esperava que o fizesse. O que dizia, agora, em sua mente, era: – Por que diz que odeia dizer isso? Nunca notou que toda vez que as pessoas dizem que odeiam dizer alguma coisa, na verdade, adoram dizê-lo? Não acha que uma vez que estamos sendo tão honestos não poderíamos ao menos começar por aí?

Não era a primeira vez que dava essa resposta mental. E mentalmente observava para Neal que grande farsa era aquele jogo. Pois quando era a vez de Addie, alguém ousava dizer-lhe alguma coisa desagradável? Ah, não. "Briguenta", diziam, ou "Honesta como um balde de água fria". Tinham medo dela, só isso.

Ela disse "balde de água fria" em voz alta, numa voz aguda.

Outras pessoas lhe diziam coisas mais gentis. "Criança florida" ou "madona das nascentes". Por acaso sabia que fosse lá quem dissesse tal coisa queria dizer – mandão dos nascentes, mas não os corrigia. Sentia-se insultada de ter de se sentar ali e ouvir as opiniões das pessoas a seu respeito. Todos estavam errados. Não era tímida, aquiescente, natural nem pura.

Quando a pessoa morre, é claro, tudo que fica são essas opiniões equivocadas.

Enquanto essas coisas lhe passavam pela cabeça, ela fizera a coisa mais fácil de se fazer num milharal – perder-se. Passara por uma fileira e por outra e provavelmente virara em algum lugar. Tentou voltar pelo caminho de onde viera, mas obviamente não era o caminho certo. Havia nuvens cobrindo o céu mais uma vez, e por isso ela não sabia dizer onde ficava o Oeste. E teria de saber que direção tomara quando entrara na plantação, de modo que isso não seria de grande ajuda, de qualquer maneira. Parou e escutou: nada, a não ser o murmúrio do milharal e o som de carros distantes.

Seu coração batia como um coração qualquer que tivesse anos e anos de vida pela frente.

Então uma porta se abriu, ouviu o latido dos cães e os gritos de Matt e a porta fechando com uma batida. Abriu caminho entre as hastes e folhas na direção do som.

E descobriu que não fora muito longe. Vagara tropegamente numa parte pequena da plantação o tempo todo.

Matt acenou para ela e advertiu os cachorros.

– Não precisa ter medo deles, não precisa – gritou. Andava na direção do carro, assim como ela, embora vindo de outro lado. Quando estavam mais próximos um do outro, falou num tom mais baixo, mais íntimo, talvez.

– A senhora devia ter ido lá e batido na porta.

Pensou que entrara no milharal para urinar.

– Acabei de dizer a seu marido que ia sair e ver se a senhora estava bem.

Entrou na van, Jinny disse: – Estou bem, obrigada – mas deixou a porta aberta. Talvez ele ficasse ofendido se a fechasse. Além disso, sentia-se fraca demais.

– O homem estava mesmo com vontade de comer aquele *chili*.
De quem ele falava?
Neal.
Ela tremia e suava e ouvia um zumbido em sua cabeça, como
se houvesse um fio esticado entre suas duas orelhas.
– Posso trazer um pouco para a senhora, se quiser.
Ela fez que não com a cabeça, sorrindo. Ele ergueu a garrafa de
cerveja em sua mão – parecia brindar à sua saúde.
– Quer?
Balançou a cabeça outra vez, ainda sorrindo.
– Nem beber água? Tem água boa lá dentro.
– Não, obrigada.
Se virasse a cabeça e olhasse para seu umbigo roxo, iria vomitar.
– Sabe, tinha esse sujeito – disse, mudando de tom. Uma voz
preguiçosa, dando risadinhas por dentro. – O sujeito ia passando
pela porta com um pote de carvalhinha numa mão. Então o pai dele
pergunta, Onde cê tá indo com essa carvalhinha?
"Bom, vou pegar uma égua", ele diz.
"Cê não vai pegar uma égua com carvalhinha.
"No dia seguinte ele volta, com a eguinha mais linda de se ver.
Olha só minha égua aqui. Põe ela no celeiro."
*Não quero deixá-la com a impressão errada. Não devemos nos
deixar empolgar pelo otimismo. Mas ao que parece temos alguns resul-
tados inesperados aqui.*
"No dia seguinte o pai vê que o sujeito tá saindo outra vez. Com
um pé de pato debaixo do braço. Onde cê vai?
"Bom, ouvi a mãe dizer que queria um pato gostoso pro jantar.
"Seu cabeça-oca, cê acha que vai pegar um pato com um pé de
pato?
"Me aguarde.
"Ele volta no dia seguinte, com um patão gordo debaixo do
braço."

Parece que houve um encolhimento bastante significativo. Algo de que não havíamos perdido a esperança, é claro, mas sobre o qual francamente não alimentávamos expectativas. E não quero dizer que a batalha terminou, só que é um sinal favorável.

"O pai não sabe o que dizer. Não faz a menor ideia do que dizer daquilo.

"Na noite seguinte, a outra noite, vê o filho passando pela porta com uma penca enorme de galhos na mão."

Um sinal muito favorável. Não sabemos se pode ou não haver mais problemas no futuro, mas podemos afirmar que estamos cautelosamente otimistas.

"O que são esses galhos que cê tem na mão?

"Isso é boceta-de-mula.

"Certo, diz o pai. Aguarde só um bocadinho.

"guarde só um bocadinho, vou pegar meu chapéu. Vou pegar meu chapéu e já vou junto!"

– É mais do que posso aguentar – disse Jinny em voz alta.

Conversando em sua cabeça com o médico.

– O quê? – disse Matt. Um olhar aflito e infantil tomou conta de sua fisionomia enquanto ainda dava suas risadinhas. – Qual o problema?

Jinny sacudia a cabeça, apertando a mão sobre a boca.

– Foi só uma piada – ele disse. – Não quis ofender a senhora.

Jinny disse: – Não, não. Eu... Não.

– Deixa pra lá, já vou indo. Não vou mais tomar o tempo da senhora. – E deu-lhe as costas, nem se incomodando de chamar os cães.

Não dissera nada como aquilo para o médico. Por que deveria? Não era culpa sua. Mas era verdade. Era mais do que podia aguentar. O que ele disse tornara tudo mais difícil. Seria obrigada a voltar e começar o ano todo outra vez. Isso removia certa liberdade relativa. Uma membrana protetora, entorpecente, que nem ao menos sabia que estava lá, fora arrancada e a deixara em carne viva.

A ideia de Matt de que fora ao milharal para urinar fizera com que percebesse que estava de fato com vontade. Saiu da van, postou-se cuidadosamente, abriu as pernas e ergueu a saia branca de algodão. Começara a usar saias grandes e não mais calça comprida neste verão, porque sua bexiga já não era muito confiável. Uma torrente escura gotejou de dentro dela pelo cascalho. O sol já se pusera, a noite se aproximava. Lá no alto o céu estava limpo, as nuvens haviam ido embora.

Um dos cachorros latiu sem muita convicção, para anunciar que vinha alguém, mas alguém conhecido. Não vieram incomodá-la quando saiu – já haviam se acostumado com ela. Saíram correndo para encontrar quem quer que fosse sem alarde ou agitação.

Era um garoto, um jovem, andando de bicicleta. Ele se desviou da van, e Jinny deu a volta para ir a seu encontro, com a mão no metal um pouco mais frio, mas ainda com o calor do dia, para se equilibrar. Quando falou com ela, não quis que o fizesse em cima da poça que deixara. E talvez para distraí-lo de até mesmo olhar para o chão e ver tal coisa, falou primeiro.

Disse: – Oi... vai entregar alguma coisa?

Ele riu, pulando da bicicleta e baixando-a ao solo, tudo num só movimento.

– Eu moro aqui – disse. – Só estou voltando pra casa depois do trabalho.

Ela pensou que deveria explicar quem era, dizer-lhe como foi parar ali e desde quando. Mas tudo isso era difícil demais. Segurando--se na van daquele jeito, devia se parecer com alguém recém-saída de um naufrágio.

– É, eu moro aqui – disse ele. – Mas trabalho num restaurante da cidade. Trabalho no Sammy's.

Um garçom. A camisa branca brilhando e a calça preta eram roupas de garçom. E ele tinha um ar de garçom, paciente e alerta.

– Eu sou Jinny Lockyer – disse ela. – Helen. Helen é...

– Tudo bem, eu sei – disse. – É para você que Helen vai trabalhar. Onde ela está?

– Na casa.

– Ninguém a convidou a entrar?

Tinha mais ou menos a idade de Helen, achou ela. Dezessete ou dezoito. Magro, gracioso, atrevido, com um entusiasmo sincero que provavelmente nunca iria levá-lo tão longe quanto esperava. Ela vira alguns como ele que terminaram como Young Offenders. Parecia entender as coisas, porém. Parecia entender que estava exausta e em algum tipo de desordem mental.

– June está lá também? – disse. – June é minha mãe.

A cor de seu cabelo era igual à de June, mechas loiras sobre um tom escuro. Usava-o mais para comprido e repartido ao meio, pendendo para os dois lados.

– Matt também? – disse.

– E meu marido. Isso.

– Que vergonha.

– Ah, não – ela disse. – Eles me convidaram. Eu disse que preferia esperar aqui fora.

Neal costumava às vezes levar para casa alguns de seus Ioiôs, para supervisioná-los cortando a grama, pintando ou fazendo alguma carpintaria. Achava que era bom para eles serem aceitos na casa de alguém. Jinny flertava com eles ocasionalmente, de um modo que nunca se poderia culpá-la. Apenas num tom gentil, uma forma de fazê-los notar suas saias leves e seu cheiro de sabonete de maçã. Não foi por isso que Neal parou de trazê-los. Disseram-lhe que era proibido.

– Então, quanto tempo faz que está esperando?

– Não sei – disse Jinny. – Não uso relógio.

– É mesmo? – disse ele. – Eu também não. É difícil encontrar outra pessoa que não usa relógio. Nunca usou um?

Ela disse: – Não. Nunca.

– Nem eu. Nunca. Nunca quis. Sei lá por quê. Nunca quis usar. Isto é, parece que eu sempre sei que horas são, de qualquer jeito. Erro só por uns minutos. Cinco, no máximo. E também sei onde ficam todos os relógios. Estou indo para o trabalho e penso, vou olhar, sabe, só pra saber que horas são de verdade. E sei que o primeiro lugar que dá pra ver é o relógio do tribunal entre os prédios. Sempre não tem mais do que uns três, quatro minutos de diferença. Às vezes um freguês me pergunta, que horas são, e eu digo. Eles nem percebem que não estou usando um relógio. Eu vou lá e olho, assim que consigo, o relógio da cozinha. Mas nem uma vez precisei voltar e dizer outra coisa.

– Eu costumava ser capaz de fazer isso também, de vez em quando – disse Jinny. – Acho que a gente desenvolve um sentido, se nunca usa um relógio.

– É, é verdade.

– Então, que horas acha que são?

Ele riu. Olhou para o céu.

– Quase oito. Seis, sete minutos pras oito? Mas eu tenho uma vantagem. Sei que horas saí do trabalho, então fui comprar uns cigarros no 7-Eleven e depois conversei com uns caras uns minutos, daí vim para casa. Você não mora na cidade, mora?

Jinny disse "não".

– Então onde mora?

Ela lhe disse.

– Está cansada? Quer voltar para casa? Quer que vá lá dentro e diga a seu marido que quer voltar para casa?

– Não. Não faça isso – ela disse.

– Tá, tá. Não vou. Provavelmente, June está lá lendo a sorte, de qualquer jeito. Ela sabe ler a mão.

– Sabe?

– Claro. Vai até o restaurante umas duas vezes por semana. Chá também. Folhas de chá.

Ele pegou sua bicicleta e pedalou-a até sair do caminho da van. Então olhou pela janela do motorista.

– As chaves estão lá – ele disse. – E aí... quer que a leve pra casa, hein? Posso pôr minha bicicleta na traseira. Seu marido pode pedir uma carona pra ele, e Helen para o Matt quando terminarem. Ou se Matt não puder, June pode. June é minha mãe, mas Matt não é meu pai. Você não dirige, dirige?

– Não – disse Jinny. Não dirigia havia meses.

– Não. Acho que não. Tudo bem, então? Quer que eu vá? Tudo bem?

– Esta é só uma estrada que conheço. Eu a levo até lá tão rápido quanto se fosse pela rodovia.

Não passaram pelo loteamento. Na verdade, tomaram outra direção, pegando uma estrada que parecia circundar o poço de cascalho. Pelo menos iam para o Oeste agora, em direção à parte mais brilhante do céu. Ricky – esse era seu nome, segundo lhe disse – ainda não acendera os faróis do carro.

– Não tem perigo de encontrar alguém – disse ele. – Acho que nunca encontrei um único carro nesta estrada, nunca. Sabe... a maioria das pessoas nem sabe que esta estrada existe. – E se eu acendesse os faróis – continuou – então o céu ficaria preto e tudo ia ficar escuro e a gente não conseguiria ver onde estava. Vamos esperar só mais um pouquinho e então, quando der para enxergar as estrelas, a gente acende os faróis.

O céu estava como que tingido fracamente de vermelho, amarelo, verde ou azul vítreo, dependendo de que parte se olhasse.

– Tudo bem com você?

– Tudo bem – disse Jinny.

Os arbustos e árvores ficariam negros, assim que as luzes fossem acesas. Tudo que veriam seriam as silhuetas dos matagais ao longo da estrada e a massa escura dos arvoredos deixados para trás, em vez de, como agora, individualmente e ainda identificáveis, abetos, cedros, lariços plumosos, balsaminas com suas flores semelhantes a pequenas línguas de fogo cintilantes. Pareciam próximas o bastante para serem tocadas, e andavam devagar. Ela pôs o braço para fora.

Não conseguiu. Mas chegou perto. A estrada mal parecia ser mais larga que o carro.

Ela pensou vislumbrar o reflexo de regatos cheios de água mais adiante.

– Tem água lá embaixo? – perguntou.

– Lá embaixo? – disse Ricky. – Lá embaixo e em toda parte. Tem água dos dois lados da gente e num monte de lugar debaixo da gente. Quer ver?

Reduziu a marcha. Parou a van. – Olhe aí embaixo, do seu lado – disse. – Abra a porta e olhe para baixo.

Quando fez isso viu que estavam sobre uma ponte. Uma ponte estreita com não mais do que três metros de comprimento, feita de tábuas entrecruzadas. Nenhuma proteção. E água imóvel sob ela.

– Pontes por toda parte – disse ele. – E onde não tem ponte, tem valas. Porque a água está sempre se movendo pra cá e pra lá sob a estrada. Ou apenas parada aí, sem se mover para lugar nenhum.

– É fundo? – disse ela.

– Não. Não nesta época do ano. Não até a gente chegar no açude grande – lá é mais fundo. E depois na primavera enche de tudo que é lado da estrada, não dá pra andar de carro aqui, fica fundo. Esta estrada é plana por muitos quilômetros e segue retinha de uma ponta até outra. Não tem nem mesmo outras estradas que cruzam com ela. É a única estrada que eu conheço que atravessa o pântano de Bornéu.

– Pântano de Bornéu? – repetiu Jinny.

– É assim que se chama, pelo que sei.

– Existe uma ilha chamada Bornéu – disse ela. – Fica quase do outro lado do mundo.

– Disso eu não sei nada. Tudo que já ouvi falar foi só do pântano de Bornéu.

Havia uma faixa de capim escuro, crescendo no meio da estrada.

– Hora dos faróis – ele disse. Acendeu-os, e viram-se em um túnel na noite súbita.

– Uma vez eu fiz isso – disse ele. – Acendi os faróis como agora e tinha um porco-espinho lá na frente. Sentado, parado, no meio da estrada. Estava sentado meio ereto, nas patas traseiras, olhando bem pra mim. Parecia um velho em miniatura. Estava morrendo de medo e não conseguia se mexer. Dava pra ver seus dentinhos batendo.

Ela pensou: "É aqui que ele traz suas garotas".

– Então o que eu faço? Toquei a buzina, e ele mesmo assim não fez nada. Eu não estava a fim de descer do carro e de ir atrás dele. O bicho estava assustado, mas mesmo assim era um porco-espinho e podia sumir voando. Então parei o carro. Tinha tempo. Quando acendi os faróis outra vez, tinha ido embora.

Os galhos pareciam bem mais próximos e raspavam contra a porta, mas se havia flores, ela não conseguia vê-las.

– Vou lhe mostrar uma coisa – disse. – Vou mostrar uma coisa que aposto que você nunca viu antes.

Se isso estivesse ocorrendo no passado, em sua vida antiga, normal, possivelmente começaria a ficar assustada neste momento. Se estivesse de volta ao passado, à sua vida antiga, normal, não estaria ali de forma alguma.

– Quer me mostrar um porco-espinho? – ela disse.

– Negativo. Não é isso. Um negócio que não tem tanto quanto tem porco-espinho. Pelo menos até onde eu saiba, não tem.

Cerca de oitocentos metros depois, ele apagou os faróis.

– Está vendo as estrelas? – disse. – Eu falei. As estrelas.
Parou a van. No início, por toda parte o que havia era um profundo silêncio. Depois esse silêncio começou a ser preenchido, nas beiradas, por um tipo de zumbido que podia ser o som de carros distantes e pequenos ruídos que passavam antes de serem ouvidos de verdade, que podiam ser provocados por animais que saíam à noite para comer, pássaros ou morcegos.

– Venha aqui na primavera – disse ele – não dá pra ouvir nada a não ser as rãs. A gente quase acredita que vai ficar surdo com o som das rãs.

Ele abriu a porta de seu lado.

– Pronto. Desça do carro e venha comigo.

Ela fez como lhe pediu. Caminhou sobre uma das faixas de pneus, ele pela outra. O céu acima de suas cabeças parecia mais claro e havia um som diferente – algo como uma conversa calma e ritmada. A estrada passou a ser de madeira e as árvores de ambos os lados ficaram para trás.

– Ande nisso aí – disse ele. – Pode ir.

Ele chegou perto e tocou sua cintura, como que para guiá-la. Depois puxou-a pela mão, mostrando aonde ir, fazendo com que caminhasse sobre aquelas tábuas que eram como o deque de um barco. Como no deque de um barco, subiam e desciam. Mas não era um movimento das águas, eram seus passos, os dele e os dela, que provocavam a suave ondulação das tábuas sob eles.

– Já sabe onde está? – ele disse.

– Numa doca? – ela disse.

– Numa ponte. Isto aqui é uma ponte flutuante.

Agora ela conseguia perceber – a pista de tábuas apenas alguns centímetros acima das águas imóveis. Ele a puxou para o lado e olharam para baixo. Havia estrelas flutuando na superfície.

– A água é muito escura – ela disse. – Quer dizer... não está escura só porque é de noite?

– É escura o tempo todo – ele falou orgulhoso. – É porque é um pântano. Tem no fundo a mesma coisa que tem num chá e parece chá preto.

Ela conseguiu avistar a linha da margem e o leito de caniços. A água nas plantas, rumorejando contra as hastes, era o que provocava aquele som.

– Tanino – ele disse, pronunciando a palavra orgulhoso, como se a houvesse capturado no meio da escuridão.

O leve movimento da ponte fez com que imaginasse que todas as árvores e canas estivessem assentadas sobre discos de terra e que a estrada fosse uma faixa de terra flutuante e sob ela tudo que houvesse fosse água. E a água parecia tão imóvel, mas não poderia estar imóvel de verdade, porque se tentava fixar o olhar numa estrela flutuante, via como cintilava, mudava de forma e furtava-se à vista. Depois aparecia outra vez – mas talvez não fosse a mesma.

Não foi senão nesse momento que percebeu que não estava com seu chapéu. Não era que simplesmente não o estivesse usando, nem sequer o tivera junto consigo no carro. Não o estava usando quando saíra do carro para urinar ou quando começou a conversar com Ricky. Não o estava usando quando se sentou no carro com a cabeça reclinada contra o banco e com os olhos fechados, quando Matt contava sua piada. Devia tê-lo deixado cair no milharal; em seu pânico deixara-o lá.

Enquanto ficara com medo de olhar para a montanha umbilical de Matt com o tecido roxo da camisa esticado sobre aquilo, ele não se importara de olhar para seu morro desolado.

– É uma pena que a lua ainda não tenha saído – disse Ricky. – Aqui é mesmo lindo quando a lua está no céu.

– Está lindo agora, também.

Passou seus braços em torno dela como se não houvesse dúvida alguma sobre o que ia fazer e dispusesse de todo o tempo do mundo para fazê-lo. Beijou-a na boca. Pareceu a ela que pela primeira vez na vida compartilhava um beijo que era em si mesmo um evento. A história completa, encerrada no beijo. Um terno prólogo, uma pressão eficiente, uma exploração e uma aceitação sinceras, uma prolongada gratidão e um sentimento de satisfação quando afastou-o com as mãos.

– Oh – ele disse. – Oh.

Ele a virou e caminharam de volta na direção de onde vieram.

– E aí, foi a primeira vez que esteve numa ponte flutuante?

Ela disse que sim.

– E agora é por ela que você vai passar com o carro.

Ele pegou sua mão e a balançou como se fosse jogá-la longe.

– E esta é a primeira vez que eu beijo uma mulher casada.

– Acho que vai beijar um montão delas – disse. – Antes que chegue sua vez.

Ele suspirou. – É – disse. Espantado e sóbrio pelo pensamento do que se oferecia diante de si. – É, acho que vou.

Jinny teve um súbito pensamento de Neal, lá atrás na terra firme. Neal zonzo e desconfiado, abrindo sua mão para o exame da mulher com cabelos de mechas brilhantes, a leitora da sorte. Oscilando na beirada de seu futuro.

Tanto faz.

O que sentia era uma espécie de compaixão despreocupada, quase como riso. Um zunido de terna hilaridade, extraindo o melhor de todas suas feridas e vazios, pelo tempo que fosse.

MOBÍLIA DE FAMÍLIA

ALFRIDA. MEU PAI A CHAMAVA DE FREDDIE. Os dois eram primos em primeiro grau e moravam em fazendas adjacentes e depois, por algum tempo, na mesma casa. Um dia estavam do lado de fora nos campos de restolhos brincando com o cão de meu pai, cujo nome era Mack. Nesse dia o sol brilhava, mas não derretera o gelo nos sulcos do arado. Eles pisoteavam o gelo e apreciavam o som de estalidos sob seus pés.

Como poderia ela lembrar-se de uma coisa como essa?, disse meu pai. Ela inventou, ele disse.

– Eu não inventei – ela disse.

– Inventou.

– Não inventei.

De repente ouviram sinos repicando, apitos soprando. O sino da prefeitura e os sinos da igreja soavam. Os apitos da fábrica tocavam na cidade a cinco quilômetros de distância. O mundo abrira suas suturas para a alegria, e Mack disparou estrada afora, pois tinha certeza de que uma parada se aproximava. Era o fim da Primeira Guerra Mundial.

Três vezes por semana, podíamos ver o nome de Alfrida no jornal. Só seu primeiro nome – Alfrida. Estava impresso como se escrito à mão, uma assinatura fluida de caneta-tinteiro. A Cidade de Alto a Baixo, com Alfrida. A cidade mencionada não era a que ficava perto, mas a cidade ao sul, onde Alfrida morava, e que minha família visitava talvez uma vez a cada dois ou três anos.

Está na época de todas vocês, futuras noivas de junho, começarem a registrar suas preferências no guarda-louças, e devo lhes dizer que se eu estivesse prestes a me casar – o que, ai de mim, não estou –, talvez resistisse a todos os jogos de jantar padronizados, por mais elegantes que sejam, e optaria pela ultramoderna Rosenthal perolada...

Tratamentos de beleza vêm e vão, provavelmente, mas as abundantes máscaras que esparramam em você no Salão de Fantine são uma garantia – falando em noivas – de fazer sua pele brilhar como flores de laranjeira. E de fazer a mãe da noiva – e as tias da noiva e, até onde as conheço, suas avós – sentir-se como se acabasse de dar um mergulho na fonte da juventude...

Ninguém seria capaz de imaginar Alfrida escrevendo nesse estilo, pela forma como falava.

Era também uma das pessoas que escrevia sob o nome de Flora Simpson, na Página de Flora Simpson para a Dona de Casa. Mulheres do país inteiro acreditavam que escreviam suas cartas para a mulher rechonchuda de cabelo grisalho ondulado e sorriso benevolente retratada no alto da página. Mas a verdade – que não deveria vir à tona – era que as observações que apareciam no final de cada uma de suas cartas eram criadas por Alfrida e um homem chamado Henry Cavalo, que no mais fazia também os obituários. As mulheres alcunhavam-se de nomes como Estrela da Manhã, Lírio do Vale, Polegar Verde, Little Annie Rooney, Rainha do Esfregão. Certos nomes eram tão populares que era preciso acrescentar números a eles – Amor-Perfeito 1, Amor-Perfeito 2, Amor-Perfeito 3.

Querida Estrela da Manhã, escrevia Alfrida ou Henry Cavalo, *eczema é uma praga detestável, especialmente se estiver fazendo calor, e espero que bicabornato de sódio a ajude a melhorar. Tratamentos caseiros com certeza merecem respeito, mas procurar o aconselhamento de seu médico não vai matá-la. É maravilhoso ouvir que seu maridinho está restabelecido novamente. Não deve ter sido nem um pouco divertido para nenhum de vocês dois sob o clima...*

Em todas as pequenas cidades dessa parte de Ontário, donas de casa que pertenciam ao Clube Flora Simpson promoviam um piquenique de verão anual. Flora Simpson sempre mandava suas cordiais saudações, mas explicava que simplesmente havia eventos demais para que aparecesse em todos eles e que não gostava de fazer distinções. Alfrida contou ter ouvido dizer que iriam mandar Henry Cavalo comparecer com uma peruca e peitos de almofada, ou quem sabe ela própria com seu olhar maligno de Bruxa da Babilônia (nem mesmo ela, na mesa de meus pais, ousava citar a Bíblia corretamente e dizer "Prostituta") e um se-me-dão pendurado nos lábios. Mas, ai, dizia, aquele jornal vai nos matar. E, de qualquer modo, seria muita maldade.

Sempre chamou seus cigarros de "se-me-dão". Quando eu estava com quinze ou dezesseis anos, inclinou-se sobre a mesa e me perguntou: "Quer experimentar um se-me-dão também?". A refeição terminara e meu irmão e minha irmã menores haviam saído da mesa. Meu pai balançava a cabeça. Começara a enrolar o seu.

Eu agradeci, deixei Alfrida acender e fumei pela primeira vez na vida diante de meus pais.

Fingiram que era uma grande piada.

– Ah, olhe só sua filha – disse minha mãe para meu pai. Ela revirava os olhos, batia com as mãos no peito e falava numa voz artificial e enfraquecida. – Acho que vou desmaiar.

– Melhor buscar o chicote – disse meu pai, erguendo-se parcialmente da cadeira.

O momento foi incrível, como se Alfrida nos tivesse transformado em outras pessoas. Normalmente, minha mãe dizia que não gostava de ver uma mulher fumando. Não dizia que era indecente, ou pouco feminino – apenas que não gostava. E quando afirmava num certo tom que não gostava de algo, parecia que estava fazendo não uma confissão de irracionalidade, mas bebendo de uma fonte de sabedoria privada, intacável e quase sagrada. Era quando atingia esse tom, que vinha acompanhado por uma expressão de que ouvia vozes interiores, que eu particularmente a odiava.

Quanto a meu pai, ele me batera, naquela mesma sala, não com um chicote de equitação, mas com seu cinto, por eu ter ido contra as regras de minha mãe e ter ferido os sentimentos dela, e por responder. Agora, parecia que essas surras podiam ocorrer apenas em outro universo.

Meus pais haviam sido colocados contra a parede por Alfrida – e também por mim –, mas reagiram de forma tão esportiva e elegante que era realmente como se nós três – minha mãe, meu pai e eu mesma – tivéssemos sido alçados a um novo patamar de autoconfiança e riqueza. Nesse instante pude enxergá-los – em particular minha mãe – como sendo capazes de uma espécie de leveza de espírito difícil de encontrar.

Tudo graças a Alfrida.

As pessoas sempre se referiam a Alfrida como uma moça destinada a fazer carreira. Isso fazia com que parecesse mais nova do que meus pais, embora soubéssemos que tinha mais ou menos a mesma idade. Também costumavam chamá-la "uma mulher da cidade". E a cidade, quando dito dessa forma, significava aquela onde vivia e trabalhava. Mas também significava algo mais – não apenas uma determinada configuração de prédios, calçadas, trilhos de bonde ou mesmo um conjunto aglomerado de indivíduos separados. Significava algo mais abstrato que podia ser repetido vezes sem conta, algo como um enxame de abelhas, tempestuoso mas organizado, não exatamente inútil ou enganoso, mas perturbador e às vezes perigoso. As pessoas iam a um lugar como esse quando eram obrigadas e ficavam felizes quando vinham embora. Algumas, contudo, sentiam-se atraídas por ele – como Alfrida deveria ter sido, muito tempo antes, e como eu era agora, soprando a fumaça de meu cigarro e tentando segurá-lo com graça, embora parecesse ter ficado do tamanho de um bastão de beisebol entre meus dedos.

Minha família não desfrutava de uma vida social regular – ninguém vinha em casa para almoçar, muito menos para festas. Era uma questão de classe social, talvez. Os pais do rapaz com quem me casei, cerca de cinco anos depois dessa cena à mesa, convidavam pessoas que não eram parentes seus para almoçar e frequentavam reuniões vespertinas às quais chamavam, despreocupadamente, de "festas". Era uma vida como a que eu lia nas histórias das revistas, e a mim parecia situar meus parentes por afinidade num mundo de privilégios de contos de fada.

O que nossa família fazia era pôr a mesa na sala de jantar duas ou três vezes por ano para receber minha avó e minhas tias – as irmãs mais velhas de meu pai – e seus maridos. Fazíamos isso nos natais e ações de graças, quando era nossa vez, e talvez também quando um parente de alguma outra parte aparecia pela região para uma visita. Esse visitante sempre seria uma pessoa mais do tipo de minhas tias e seus maridos, jamais alguém como Alfrida, sob hipótese alguma.

Minha mãe e eu começávamos os preparativos para esses almoços com uns dois dias de antecedência. Passávamos a ferro as boas toalhas de mesa, que eram tão pesadas quanto um edredom, lavávamos os melhores pratos, que haviam permanecido na cristaleira acumulando poeira, e passávamos um pano nas pernas das cadeiras da sala de jantar, além de fazer as saladas com gelatina, as tortas e pães que deveriam acompanhar o prato principal, peru assado, ou o presunto cozido e as tigelas de verduras. Era necessário haver uma abundância de comida além da conta, e a maior parte da conversa à mesa tinha a ver com a comida, com os convivas dizendo quanto estava gostosa e sendo instados a aceitar mais, e dizendo que não aguentavam, que já estavam satisfeitos, e então com os maridos das tias enfim cedendo, pegando mais, e as tias pegando só mais um bocadinho, dizendo que não deveriam, que já estavam quase explodindo. E a sobremesa ainda nem chegara.

Muito dificilmente havia qualquer coisa parecida com uma conversa e, de fato, pairava uma sensação de que a conversa que ultrapassasse determinados limites aceitos podia ser uma interrupção, um exibicionismo. A compreensão que minha mãe tinha desses limites era pouco confiável e, às vezes, era incapaz de resguardar os silêncios ou respeitar a aversão geral pelo prosseguimento do assunto. Assim, quando alguém dizia: "Encontrei o Harley ontem na rua", era provável que dissesse, talvez: "Acha que um homem como Harley é um solteirão convicto? Ou ele apenas ainda não encontrou a pessoa certa?".

Como se ao mencionar ter visto uma pessoa, consequentemente se devesse ter algo mais a dizer, alguma coisa *interessante*.

Depois disso talvez se seguisse uma pausa, não porque as pessoas à mesa queriam ser mal-educadas, mas porque ficavam pasmas. Até meu pai acrescentar embaraçado uma censura oblíqua: – Ele parece estar se saindo perfeitamente bem *sozinhu*.

Se seus parentes não estivessem presentes, seria mais provável que dissesse – sozinho.

E então todo mundo seguiria cortando, dando colheradas, engolindo, contra o brilho da toalha de mesa limpa, com a luz resplandecente filtrada através das janelas recém-lavadas. Essas refeições eram sempre no meio do dia.

As pessoas à mesa tinham uma tremenda capacidade de falar. Lavando e secando os pratos, na cozinha, as tias falavam sobre quem tinha um tumor, uma infecção de garganta, uma terrível quantidade de furúnculos. Falavam sobre o funcionamento de sua própria digestão, seus rins, seu sistema nervoso. A menção de assuntos íntimos do corpo parecia menos despropositada, ou questionável, que a menção de algo lido numa revista, ou uma notícia de jornal – de certo modo era inapropriado prestar atenção a qualquer coisa que não estivesse imediatamente à mão. Enquanto isso, descansando na varanda, ou durante uma breve caminhada para ver a plantação, os maridos das tias poderiam informar que fulano encontrava-se em apuros com o banco, ou ainda que sicrano devia dinheiro, emprestado para pagar uma peça de maquinário cara, ou que beltrano investira num touro que se revelara uma decepção em sua obrigação.

Podia ser também que se sentissem constrangidos pela formalidade da sala de jantar, da presença de pratos desnecessários e colheres de sobremesa, quando era o costume, em outros tempos, pôr um pedaço de torta direto num prato de jantar que fora limpo com pão. (Teria sido uma desfeita, contudo, não servir as coisas assim do jeito apropriado. Em suas próprias casas, em ocasiões semelhantes, submeteriam seus convidados aos mesmos procedimentos.) Quem sabe, apenas, comer fosse uma coisa, e falar, outra totalmente diversa.

Quando Alfrida vinha, a história era bem diferente. A toalha de mesa boa e os melhores pratos seriam deixados de lado. Minha mãe passava uns maus bocados com a comida e ficava nervosa com os resultados – era provável que abandonasse o usual cardápio de peru-recheado-e-purê-de-batatas e fizesse algo como salada de frango cercada por montanhas de arroz esculpido num determinado formato com pimentões picados e a isso se seguiria uma sobremesa incluindo gelatina, claras em neve e creme batido, que levava um tempo enorme, exasperante, para ser servida, porque não possuíamos geladeira e tinha de ser resfriada no chão do porão. Mas o constrangimento, o tédio à mesa, era totalmente ausente. Alfrida não só aceitava as repetições, como também as reclamava. E fazia isso

MOBÍLIA DE FAMÍLIA 105

quase que distraída, assim como distribuía elogios quase que da mesma forma, como se a comida, comer a comida, fosse algo secundário porém agradável, e estivesse ali na verdade para conversar e fazer com que os demais conversassem, e tudo sobre o que você quisesse falar – quase qualquer coisa – estaria perfeitamente bem.

Sempre nos visitava no verão e, em geral, usava algum tipo de vestido leve e sedoso, listrado, exibindo as costas nuas com sua frente única. Suas costas não eram bonitas, mas pontilhadas de pequenas pintas escuras; tinha ombros ossudos e o peito era quase chato. Meu pai sempre observava que por mais que comesse, continuava magra. Ou então dava voz a seus pensamentos, notando que seu paladar continuava exigente como sempre, mas que ainda se permitia comer coisas gordurosas. (Não era considerado despropositado em nossa família fazer comentários sobre gordura, magreza, palidez, vermelhidão ou calvície.)

Seu cabelo escuro era arrumado em anéis a emoldurar-lhe o rosto, à moda da época. Tinha a pele de uma tonalidade bronzeada, cheia de pequenas rugas, e uma boca ampla, com o lábio inferior mais grosso, quase pendente, pintado com um batom forte que deixava um borrão na xícara de chá e no copo d'água. Quando sua boca estava bem aberta – como quase sempre estava, falando ou rindo –, dava para ver que alguns dentes do fundo haviam sido arrancados. Ninguém poderia dizer que era bonita – qualquer mulher com mais de vinte e cinco me parecia muito além da possibilidade de ser bonita, de qualquer modo, como se tivesse perdido o direito a tal coisa, e quem sabe até mesmo o desejo –, mas era apaixonada e espirituosa. Meu pai dizia, meditativo, que era *cheia de elã*.

Alfrida conversava com meu pai sobre coisas que aconteciam no mundo, sobre política. Meu pai lia jornais, ouvia o rádio, tinha opiniões sobre essas coisas, mas raramente se lhe apresentava uma chance de falar sobre elas. Os maridos das tias também tinham suas opiniões, mas as deles eram sucintas, uniformes, expressando perpetuamente uma desconfiança de todas as figuras públicas e em particular de todos os estrangeiros, de modo que a maior parte do tempo tudo que se podia extrair deles eram grunhidos de desprezo. Minha avó era surda – ninguém poderia dizer o quanto ela sabia ou o que pensava a respeito de qualquer assunto – e minhas próprias tias pareciam antes orgulhosas do quanto não sabiam ou da quantidade de coisas para as quais não davam importância. Minha mãe fora professora e era capaz de rapidamente enumerar todos os países da Europa no mapa, mas via todas as coisas através de uma névoa pessoal, com o Império Britânico e a família real avultando-se enormes e tudo o mais apequenado, enfiado num saco de gatos que para ela era fácil descartar.

As opiniões de Alfrida na verdade não eram assim tão diferentes das dos tios. Ou pelo menos era o que parecia. Mas em lugar de grunhir e deixar o assunto morrer, ela dava sua risada escandalosa e contava histórias de primeiros-ministros, do presidente americano, de John L. Lewis e do prefeito de Montreal – histórias em que todos eles se revelavam uns grandes patifes. Contava histórias sobre a família real, também, mas aí fazia uma distinção entre os bonzinhos, como o rei, a rainha, a linda duquesa de Kent, e os pérfidos, como os Windsor e o velho rei Eddy, que – segundo ela – sofria de determinada doença e deixara uma marca no pescoço de sua esposa ao tentar estrangulá-la, e que esse era o motivo de ela sempre usar suas pérolas. Essa distinção coincidia muito bem com uma que minha mãe fazia, mas sobre a qual dificilmente falava, de modo que não fazia objeções – embora a referência à sífilis lhe provocasse um estremecimento.

Eu sorria ante isso tudo, versadamente, com uma compostura atrevida.

Alfrida chamava os russos de nomes engraçados. Mikoyanski. Tio Joeski. Ela acreditava que tapeavam todo mundo bem diante de seus olhos, que as Nações Unidas eram uma farsa que jamais funcionaria, e que o Japão se ergueria novamente, e deveriam dar cabo deles enquanto ainda tinham uma chance. Tampouco confiava no Quebec. Nem no papa. Tinha uma diferença com o senador McCarthy – seu desejo era apoiá-lo, mas o fato de ser católico constituía um obstáculo. Chamava o papa de sumo-prostático. Deliciava-se com o pensamento de todos os escroques e velhacos encontráveis no mundo.

Às vezes parecia que dava um show – uma exibição, talvez para provocar meu pai. Para deixá-lo acabrunhado, como ele próprio teria dito, para apoquentá-lo. Mas não porque não gostava dele ou porque quisesse fazê-lo se sentir desconfortável. Muito pelo contrário. Provavelmente ela o atormentava como fazem as garotas que atormentam garotos numa escola, quando discussões são um deleite peculiar para ambos os lados e insultos são tomados como elogios. Meu pai discutia com ela, sempre num tom de voz firme mas suave, e mesmo assim ficava patente que sua intenção era cutucá-la para que continuasse. Por vezes adotava a direção oposta e dizia que ela talvez tivesse razão – que com seu trabalho no jornal devia ter fontes de informação que para ele eram inacessíveis. Você me põe a par das coisas, dizia, se eu tivesse algum bom senso, deveria ficar-lhe grato. E ela diria, Não me venha com toda essa conversa-fiada.

"Vocês dois", dizia minha mãe, fingindo desespero e, quem sabe, sinceramente exausta, e Alfrida lhe dizia para ir descansar um pouco, afinal merecia, depois de uma refeição maravilhosa como aquela; ela e eu cuidaríamos da louça. Minha mãe era sujeita a um tremor em seu braço direito, uma rigidez nos dedos, que acreditava sobrevir-lhe quando ficava extenuada.

Enquanto trabalhávamos na cozinha, Alfrida conversava comigo sobre celebridades – atores, até mesmo estrelas de cinema menores, que se apresentaram nos palcos da cidade quando morava lá. Falando em voz um pouco mais baixa, mas ainda entremeada de risadas desrespeitosas que não conseguia segurar, contava-me histórias sobre o comportamento escuso deles, os boatos de escândalos particulares que jamais haviam chegado às páginas das revistas. Falava de bichas, peitos falsos, triângulos domésticos – tudo coisas cujos indícios eu havia encontrado no que havia lido mas que me deixavam zonza ao ouvir a respeito, mesmo que em terceira ou quarta mão, na vida real.

Os dentes de Alfrida sempre chamaram minha atenção, de modo que mesmo nesses colóquios confidenciais eu às vezes perdia o fio da meada do que dizia. Os dentes que ficavam à esquerda, bem na frente, eram cada um de uma cor ligeiramente diferente, não havia dois do mesmo tom. Alguns com um esmalte mais forte tendiam para nuanças mais próximas do marfim escuro, enquanto outros eram opalescentes, matizados de lilás, rebrilhando como peixes com halos prateados e, ocasionalmente, emitindo um reflexo dourado. Os dentes das pessoas nessa época dificilmente apresentavam um aspecto maciço e bonito como os das pessoas de hoje, a menos que fossem falsos. Mas esses dentes de Alfrida eram invulgares em sua individualidade, seu espaçamento linear e seus tamanhos avantajados. Quando Alfrida deixava escapar alguma zombaria que fosse particular e sabidamente ultrajante, eles pareciam saltar adiante como guardas palacianos, como lanceiros impetuosos.

– Ela sempre teve problemas com seus dentes – diziam as tias.
– Tinha aqueles abscessos, lembram-se?, o veneno se espalhou por todo seu corpo.

Quem, senão elas, pensei, para repudiar a inteligência e o estilo de Alfrida e transformar seus dentes num problema miserável.

– Por que simplesmente não arranca todos eles e dá um ponto final nisso? – diziam.

– Como se não pudesse pagar por isso – dizia minha avó, surpreendendo todo mundo, como às vezes costumava fazer, ao mostrar que acompanhara toda a conversa.

E surpreendendo a mim com o novo e prosaico tipo de luz que lançava sobre a vida de Alfrida. Eu acreditava que Alfrida era rica – rica pelo menos em comparação com o restante da família. Ela morava num apartamento – eu nunca o vira, mas para mim o fato transmitia ao menos a ideia de uma vida muito civilizada –, usava roupas que não eram feitas em casa e seus sapatos não eram Oxfords, como os sapatos de praticamente todas as demais mulheres adultas que eu conhecia – eram sandálias feitas de tiras brilhantes de um novo plástico. Era difícil saber se minha avó simplesmente vivia no passado, quando obter falsos dentes era a despesa solene, excepcional, de uma vida inteira, ou se realmente havia coisas novas acerca da vida de Alfrida que eu jamais teria adivinhado.

O restante da família jamais estava presente quando Alfrida vinha comer em nossa casa. Ela ia ver minha avó, que era sua tia, a irmã de sua mãe. Minha avó já não morava mais em sua própria casa, mas vivia alternadamente com uma uma tia e outra, e Alfrida ia a qualquer casa em que estivesse morando na época, mas não a uma outra casa, para ver a outra tia que era tanto sua prima quanto meu pai era. E a refeição que fazia nunca era com nenhum deles. Em geral, vinha primeiro à nossa casa e ficava de visita por algum tempo, e depois criava coragem, ainda que relutantemente, para realizar a outra visita. Quando voltava mais tarde e sentávamo-nos para comer, nada de depreciador era dito abertamente contra minhas tias e seus maridos e certamente nada desrespeitoso sobre minha avó. De fato, foi a forma como minha avó era mencionada por Alfrida – uma súbita sobriedade e preocupação em sua voz, até mesmo uma nota de medo (e quanto à sua pressão sanguínea, tem ido ao médico ultimamente, o que tinha a dizer?) – que me fez tomar consciência da diferença, uma frieza ou possivelmente uma reserva inamistosa, com a qual perguntava pelos outros. Depois havia uma reserva similar na resposta de minha mãe e uma gravidade extra na de meu pai – uma caricatura de gravidade, pode-se dizer –, que revelava o quanto todos concordavam sobre algo que não podiam enunciar.

No dia em que fumei o cigarro, Alfrida decidiu levar isso um pouco mais adiante, e disse solenemente: – E Asa, como está? Continua sôfrego por uma conversa como sempre?

Meu pai balançou a cabeça tristemente, como se o pensamento da garrulice de meu tio fosse um peso que talvez nos arrastasse a todos para o fundo.

– Continua – disse. – Como sempre.

Então, essa foi minha deixa.

– Parece que os parasitas pegaram nos porcos – eu disse. – Uai.

Exceto pelo "uai", isso fora exatamente o que meu tio dissera, e o dissera nessa mesmíssima mesa, sendo tomado de assalto por uma pouco característica necessidade de quebrar o silêncio ou de passar adiante algo importante que acabara de lhe ocorrer. E eu repeti aquilo precisamente com os mesmos grunhidos pomposos, sua seriedade ingênua.

Alfrida deu uma enorme gargalhada de aprovação, exibindo seus dentes festivos. – É isso mesmo, ela fez direitinho.

Meu pai curvou-se sobre o prato, como que para ocultar quanto ria também, mas é claro que não o ocultava de fato, e minha mãe balançou a cabeça, mordendo os lábios, sorrindo. Eu senti uma onda de triunfo perspicaz. Nada foi dito para me pôr em meu lugar, nenhuma reprimenda para o que às vezes era chamado de meu sarcasmo, minha mania de esperta. A palavra – esperta, quando usada a meu respeito, na família, podia significar "inteligente", e então era usada meio que a contragosto – "ah, ela é bastante esperta de vez em quando" – ou talvez fosse usada para dizer arrogante, carente de atenção, detestável. *Não banque a esperta.*

Às vezes minha mãe dizia: – Você tem uma língua ferina.

Às vezes – e isso era muito, muito pior – meu pai mostrava-se desgostoso comigo.

– O que a faz pensar que tem o direito de fazer pouco de gente decente?

Nesse dia nada disso aconteceu – eu pareci tão livre quanto uma convidada à mesa, quase tão livre quanto Alfrida, medrando sob o estandarte de minha própria personalidade.

Mas havia um abismo prestes a se abrir e talvez essa tenha sido a última vez, a última de fato, que Alfrida sentou-se à nossa mesa. Cartões de Natal continuavam a ser trocados, possivelmente até mesmo cartas – na medida em que minha mãe fosse capaz de manejar uma caneta –, e ainda líamos o nome de Alfrida no jornal, mas não sou capaz de me lembrar de nenhuma visita ao longo do último par de anos em que morei em casa.

Talvez houvesse sido o fato de que Alfrida perguntara se podia trazer seu amigo e lhe disseram que não. Se ela já vivia junto com ele, isso já teria sido um motivo; mas se era o mesmo homem com quem ficaria depois, o fato de ser um homem casado teria sido ainda mais grave. Meus pais ficariam fechados quanto a uma questão como essa. Minha mãe tinha horror a sexo impróprio, ou sexo ostensivo – ou qualquer sexo, pode-se dizer, pois a existência de sexo apropriado, dentro do casamento, não era absolutamente admitida – e meu pai também fazia um juízo severo de tais questões nessa época de sua vida. Talvez fizesse uma objeção especial, além disso, a um homem que ganhasse o coração de Alfrida.

Ela teria se rebaixado a seus olhos. Posso imaginar cada um dos dois dizendo isso. *Ela não precisava se rebaixar desse jeito.*

Mas talvez ela não tenha perguntado absolutamente nada, talvez soubesse o bastante para não fazê-lo. Durante essas visitas antigas e animadas, podia ser que não houvesse nenhum homem em sua vida e então, quando houvesse um, sua atenção talvez tivesse se desviado inteiramente. Quem sabe tornou-se uma pessoa diferente na época, como certamente passou a ser mais tarde.

Ou talvez tenha ficado cautelosa por causa da atmosfera especial de uma família onde há uma pessoa doente que continua a ficar cada vez mais doente e nunca melhora. Que era o caso de minha mãe, cujos sintomas convergiram e tomaram um rumo e, em vez de uma preocupação e um inconveniente, tornaram-se todo seu destino.

– Uma coisa lamentável – diziam as tias.

E conforme minha mãe passava de mãe a uma presença inca-pacitada vagando pela casa, aquelas outras mulheres, cujo raio de ação era antes tão restrito na família, pareceram ganhar um pouco mais de vivacidade e ter sua competência na vida aumentada. Até minha avó obteve uma melhora em sua audição – algo que ninguém teria lhe sugerido. Um dos maridos das tias – não Asa, mas o que se chamava Irvine – morreu, e a tia que fora casada com ele aprendeu a dirigir, conseguiu um emprego fazendo pequenos consertos numa loja de roupas e parou de usar uma rede no cabelo.

Ligavam para ver minha mãe e viam sempre a mesma coisa – aquela que havia sido a mais bonita, que jamais as deixara esquecer que era uma professora, ficando mês após mês mais vagarosa, com os movimentos dos membros cada vez mais enrijecidos, com a fala mais pastosa e suplicante, e nada iria ajudá-la.

Disseram-me para cuidar bem dela.

– É sua mãe – lembravam-me.

– Uma coisa lamentável.

Alfrida teria sido incapaz de dizer tais coisas e talvez não fosse capaz de encontrar nada para dizer no lugar.

O fato de não vir nos visitar não era um problema para mim. Eu não queria que viesse ninguém. Não tinha tempo para as pessoas, tornei-me uma dona de casa furiosa – encerando o piso e passando a ferro até mesmo os panos de prato, e isso tudo era feito para man-ter certo tipo de desgraça encurralada (a deterioração de minha mãe parecia ser uma desgraça única que nos afetava a todos). Isso era feito para fazer parecer como se eu houvesse vivido com meus pais, meu irmão e minha irmã numa família normal em uma casa comum, mas no momento em que alguém punha o pé em nossa soleira e via minha mãe, percebia que isso não era verdade e então se apiedava de nós. Coisa que eu não podia suportar.

MOBÍLIA DE FAMÍLIA 113

Ganhei uma bolsa. Não continuei em casa para tomar conta de minha mãe ou de qualquer outra coisa. Fui para a faculdade. A faculdade ficava na cidade onde Alfrida morava. Depois de alguns meses, ela me convidou para um almoço, mas não pude ir, porque trabalhava todos os dias da semana, com exceção dos domingos. Eu trabalhava na biblioteca da cidade, no centro, e na biblioteca da faculdade, e as duas ficavam abertas até as nove da noite. Algum tempo depois, durante o inverno, Alfrida convidou-me novamente e, dessa vez, o convite caiu num domingo. Eu lhe disse que não podia ir porque ia assistir a um concerto.

– Ah... um encontro? – indagou ela, e eu disse que sim, mas na época isso não era verdade. Eu costumava ir a concertos dominicais gratuitos no anfiteatro da faculdade com outra garota, ou com outras duas ou três garotas, para ter algo que fazer e na tênue esperança de encontrar alguns garotos por lá.

– Bom, você podia vir com ele até aqui algum dia – disse Alfrida. – Estou louca para conhecê-lo.

Perto do fim do ano, eu tinha de verdade alguém para apresentar e, de fato, acabei conhecendo-o num concerto. Ou pelo menos ele me vira num concerto, me telefonara e me convidara para sair. Mas eu nunca o levava para conhecer Alfrida. Eu nunca levava nenhum de meus novos amigos para conhecê-la. Meus novos amigos eram pessoas que diziam: "Você leu *Look Homeward, Angel*? Ah, precisa ler. Já leu *Os Buddenbrook*?". Eram pessoas com quem eu ia assistir *Jeux interdits* e *Les enfants du paradis*, quando a Sociedade Cinematográfica os trazia para apresentar. O garoto com quem saía, e de quem mais tarde fiquei noiva, havia me levado ao Music Building, onde dava para ouvir gravações na hora do almoço. Ele me apresentou Gounod e por causa de Gounod eu adorei ópera e por causa de ópera me apaixonei por Mozart.

Quando Alfrida deixou um recado em minha pensão, pedindo que ligasse de volta, jamais liguei. Depois disso ela nunca mais ligou.

Ainda escreve para o jornal – ocasionalmente, dou uma olhada em uma de suas extravagâncias literárias sobre estatuetas Royal Doulton, biscoitos de gengibre importados ou *négligés* de lua de mel. Era muito provável que continuasse a responder cartas de donas de casa de Flora Simpson e ainda rindo delas. Agora que eu morava na cidade, raramente lia o jornal que outrora me parecera o centro da vida urbana – e mesmo assim, de certo modo, o centro de nossa vida em casa, a cem quilômetros dali. As piadas, a insinceridade compulsiva de pessoas como Alfrida e Henry Cavalo agora me pareciam afetadas e enfadonhas.

Nunca me preocupei em dar de cara com ela, mesmo nessa cidade que não era, afinal de contas, assim tão grande. Nunca frequentei as lojas que ela mencionava em sua coluna. Não tinha razão nem para passar diante do prédio do jornal, e ela morava longe de minha pensão, em algum lugar na zona sul da cidade.

Tampouco imaginava que Alfrida fosse o tipo de pessoa que resolvesse aparecer na biblioteca. A própria palavra "biblioteca" provavelmente faria sua boca grande se curvar para baixo numa paródia de consternação, como costumava fazer diante dos livros na estante de nossa casa – aqueles livros que não haviam sido comprados em minha época, alguns deles ganhos como prêmios de escola por meus pais em sua adolescência (lá estava o nome de solteira de minha mãe, em sua esmerada letra agora perdida), livros que a mim não pareciam de forma alguma coisas compradas numa loja, mas entidades da casa, assim como as árvores do outro lado da janela não eram plantas, mas entidades enraizadas no solo. *O moinho do rio Floss, O chamado da selva, The Heart of Midlothian.* – Quanto figurão pra ler aqui, dizia Alfrida. – Aposto que você não costuma abrir muitos destes com frequência. E meu pai dizia, não, eu não, condescendendo com seu tom cordial de quem queria pôr um ponto final no assunto, ou até de desprezo, e em certa medida dizendo uma mentira, porque ele de fato os abria, de vez em muito, quando tinha tempo.

MOBÍLIA DE FAMÍLIA 115

Esse era o tipo de mentira que eu esperava nunca ter de contar outra vez, o desprezo que esperava nunca ter de mostrar, sobre algo que realmente importava para mim. E a fim de não precisar fazer isso, era perfeitamente capaz de ficar longe das pessoas que eu costumava conhecer.

No final de meu segundo ano, eu deixava a faculdade – minha bolsa só compreendia dois anos ali. Não importava – eu planejava ser escritora, de todo modo. E ia me casar.

Alfrida ouviu falar disso e entrou em contato comigo mais uma vez.

– Acho que deve estar ocupada demais para ligar para mim, ou talvez ninguém tenha lhe passado meus recados – disse.

Eu disse que talvez estivesse, ou talvez eles não tivessem.

Dessa vez concordei em ir. Uma visita não iria me comprometer em nada, uma vez que não pretendia morar naquela cidade no futuro. Escolhi um domingo, assim que meus exames finais terminaram, quando meu noivo encontrava-se em Ottawa para uma entrevista de emprego. Fazia um dia brilhante e ensolarado – era começo de maio, mais ou menos. Decidi ir caminhando. Eu dificilmente passara alguma vez pelo lado sul da Dundas Street ou a leste da Adelaide, de modo que havia partes da cidade que eram inteiramente estranhas para mim. As árvores frondosas ao longo das ruas do norte haviam acabado de perder as folhas e os lilases, as macieiras ornamentais, os canteiros de tulipas estavam todos em flor, os gramados como tapetes de frescor. Mas após algum tempo, peguei-me andando por ruas onde não havia árvores copadas, ruas onde as casas mal ficavam à distância de um braço da calçada e onde os lilases que via – lilases cresciam em qualquer parte – eram pálidos, como que alvejados pelo sol, e sua fragrância não se espalhava. Nessas ruas, além de casas, havia estreitos prédios de apartamentos, com apenas dois ou três andares – alguns com uma decoração utilitária feita de uma borda de tijolos em torno de suas portas e alguns com janelas erguidas e cortinas pendentes esvoaçando para fora dos peitoris.

Alfrida morava numa casa, não num apartamento. Tinha todo o andar de cima de uma casa. A parte de baixo, pelo menos a parte da frente, fora transformada em uma loja, que estava fechada, porque era domingo. Era uma espécie de loja de usados – dava para ver através das janelas da frente sujas um monte de mobília comum com pilhas de velhos pratos e utensílios espalhados por toda parte. A única coisa em que detive a vista foi um baldinho de mel, de metal, exatamente como o balde com um céu azul e uma colmeia dourada no qual eu levava meu almoço para a escola quando tinha seis ou sete anos de idade. Pude lembrar-me de ler incontáveis vezes as palavras na lateral. *Mel puro cristaliza.*

Eu não fazia ideia então do que queria dizer – cristaliza, mas gostava do som da palavra. Parecia algo elaborado e delicioso.

Eu levara menos tempo para chegar lá do que imaginara e fazia muito calor. Não tinha pensado que Alfrida, ao me convidar para o almoço, iria me oferecer uma refeição como os almoços de domingo em minha casa, mas foi o cheiro de carne assada e legumes que senti quando subi os degraus além da porta.

– Pensei que tivesse se perdido – gritou Alfrida lá de cima. – Já estava prestes a enviar um esquadrão de resgate.

Em vez de um vestido de verão, ela usava uma blusa cor-de-rosa de gola larga no pescoço, por dentro de uma saia plissada marrom. Seu cabelo não estava mais arrumado em suaves cacheados, mas cortado curto e frisado em torno do rosto, com seu tom castanho-escuro agora tingido aqui e ali de um vermelho berrante. E seu rosto, que eu me lembrava ser magro e bronzeado, estava mais cheio e um pouco papudo. Sua maquiagem destacava-se nas faces como tinta laranja e cor-de-rosa sob a luz do meio-dia.

Mas a maior diferença de todas era que usava dentes falsos, de uma cor uniforme, que sobravam ligeiramente em sua boca e emprestavam um ar ansioso à sua antiga expressão de vivacidade descuidada.

– Ora... não é que você ficou mais cheinha – disse. – Costumava ser tão magra.

Isso era verdade, mas eu não gostava de ouvi-lo. Junto com as garotas da pensão, eu me alimentava de comida vagabunda – fazia copiosas refeições de comida industrializada semipronta e devorava pacotes de bolachas recheadas de geleia. Meu noivo, tão veemente e possessivo em aprovar tudo que me dizia respeito, afirmava gostar de mulheres encorpadas e que eu o lembrava Jane Russell. Não me incomodava que dissesse isso, mas em geral ficava injuriada que as pessoas falassem qualquer coisa sobre minha aparência. Particularmente se fosse alguém como Alfrida – alguém que perdera toda importância em minha vida. Eu acreditava que essas pessoas não tinham o menor direito de olhar para mim ou de tecer opiniões a meu respeito, muito menos de dizê-las em voz alta.

A casa era estreita quando vista de frente, mas comprida de uma ponta a outra. Havia uma sala de estar sob um telhado aparente de duas águas e cujas janelas davam para a rua, uma sala de jantar que estava mais para um corredor do que para uma sala, sem nenhuma janela, pois era adjacente a dois quartos laterais com águas-furtadas, uma cozinha, um banheiro sem janelas que recebia luz através da abertura de vidro fosco em sua porta e, nos fundos da casa, uma varanda envidraçada por onde penetrava o sol.

O telhado aparente fazia os quartos parecerem provisórios, como se quisessem ser tudo menos quartos de dormir. Mas estavam atulhados de mobília considerável – mesas e cadeiras de sala de jantar e de cozinha, um sofá e uma espreguiçadeira –, tudo mais apropriado para ambientes maiores. Toalhinhas sobre as mesas, mantas brancas bordadas protegendo os encostos e braços do sofá e das cadeiras, cortinas finas sobre as janelas com pesados drapeados cheios de floreios nas laterais – era muito mais parecido com as casas das tias do que eu poderia supor. E na parede da sala de jantar – não no banheiro ou nos quartos, mas na sala de jantar – fora pendurado um quadro, a figura de uma garota numa saia-balão, toda feita com tiras de cetim cor-de-rosa.

Um pedaço comprido de um grosso linóleo fazia as vezes de tapete no piso da sala de jantar, no caminho que ligava a cozinha à sala de estar.

Alfrida pareceu adivinhar em parte o que eu estava pensando.

– Sei que tem coisa demais enfiada aqui dentro – disse. – Mas são coisas dos meus pais. É mobília da família e não poderia deixar que se perdesse.

Nunca pensei nela como tendo pais. Sua mãe morrera havia muito tempo e fora criada por minha avó, que era sua tia.

– Coisas do meu pai e da minha mãe – disse Alfrida. – Quando papai se foi, sua avó guardou tudo porque disse que tinha de ficar para mim quando eu crescesse, e aqui está. Eu seria incapaz de recusar, depois de todo o trabalho que ela teve.

Agora me ocorria – a parte da vida de Alfrida da qual eu me esquecera. Seu pai se casara novamente. Ele largara a fazenda e arrumara um emprego na companhia ferroviária. Tinha mais outros filhos, a família se mudava de uma cidade para outra e às vezes Alfrida costumava mencioná-los, de uma forma jocosa que tinha algo a ver com o número de crianças que havia, quanto eram próximos e quantas vezes a família teve de se mudar para cima e para baixo.

– Venha conhecer o Bill – disse Alfrida.

Bill estava na varanda. Sentado, como se aguardasse ser chamado, num tipo de divã ou sofá-cama, sobre um cobertor xadrez marrom. O cobertor estava todo amarrotado – provavelmente se deitara sobre ele havia pouco – e as janelas haviam sido todas fechadas completamente. A luz no lugar – a quente luz do sol que penetrava pelas venezianas amarelas manchadas pela chuva –, o grosso cobertor amarrotado, a velha almofada enrugada, mesmo o cheiro do cobertor e de chinelos de homem, chinelos velhos e tão arrastados por ali que haviam ficado deformados, perdido o feitio, lembravam-me – assim como fora com as toalhinhas de mesa, a pesada mobília encerada dos outros ambientes e a garota de faixas na parede – das casas das minhas tias. Lá, também, encontrávamos esses surrados refúgios masculinos com seus odores furtivos mas penetrantes, a aparência acanhada mas resoluta de resistência aos domínios femininos.

Bill ficou de pé e apertou minha mão, coisa que os tios jamais teriam feito com uma garota estranha. Ou com qualquer garota. Não era nenhuma rudeza específica o que os mantinha à distância, apenas uma apreensão quanto a parecer cerimoniosos.

Era um homem alto, com um cabelo grisalho ondulado e brilhante e um rosto suave, mas não de aspecto jovem. Um homem bonito, cujo vigor de sua beleza havia de certa forma se exaurido – seja por uma saúde negligente, um pouco de má sorte ou falta de iniciativa. Mas ainda possuía uma polidez gasta, uma forma de se curvar diante de uma dama que sugeriam que o encontro seria um prazer, para ela e para ele.

Alfrida nos conduziu à sala de jantar sem janelas onde as luzes haviam sido acesas no meio de um dia ofuscante. Tive a impressão de que a comida já ficara pronta há algum tempo e que minha chegada tardia tivesse atrapalhado seus horários habituais. Bill serviu o frango assado e os acompanhamentos, Alfrida, os legumes. Alfrida disse para Bill: – Querido, o que acha que é isso aí ao lado de seu prato? – e então ele se lembrou de pegar seu guardanapo.

Ele não tinha muita coisa a dizer. Ofereceu o molho de carne, perguntou se eu preferia mostarda ou sal e pimenta, acompanhou a conversa virando a cabeça ora para Alfrida, ora para mim. De vez em quando, emitia um pequeno som sibilante entre os dentes, um som fricativo que parecia significar cordialidade e apreciação e que pensei de início tratar-se talvez do prelúdio a alguma observação. Mas nunca era, e Alfrida nunca parava por causa disso. Tenho visto desde então alcoólatras contritos se comportarem de modo semelhante a esse – concordando amigavelmente mas incapazes de levar as coisas além disso, irremediavelmente preocupados. Nunca soube se isso era verdadeiro em relação a Bill, mas ele de fato parecia trazer um histórico de derrota, de problemas suportados e lições aprendidas. Tinha um ar de obsequiosidade cavalheiresca para com quaisquer escolhas que tivessem dado errado ou oportunidades que não tivessem sido bem-sucedidas.

Aquilo eram ervilhas e cenouras congeladas, disse Alfrida. Legumes congelados eram uma verdadeira novidade nessa época.

– São melhores do que os enlatados – disse. – Praticamente tão gostosos quanto se fossem frescos.

Então Bill deu uma declaração completa. Disse que eram melhores do que legumes frescos. A cor, o sabor, tudo era melhor do que fresco. Disse que era extraordinário o que eram capazes de fazer hoje e o que seria feito com coisas congeladas no futuro.

Alfrida inclinou-se para a frente, sorrindo. Parecia quase prender a respiração, como se ele fosse seu filho dando passos incertos, sem apoiar-se em nada, ou numa primeira volta bamboleante com a bicicleta.

Havia uma forma de conseguir injetar alguma coisa num frango, contou-nos, um novo processo que faria com que qualquer frango ficasse do mesmo jeito, gordo e saboroso. Não havia mais aquele negócio de correr o risco de obter um frango inferior.

– A área de Bill é a química – disse Alfrida.

Quando eu não disse nada depois disso, ela acrescentou: – Ele trabalhava para a Gooderhams.

Nada ainda.

– A destilaria – disse. – Gooderhams Whisky.

O motivo pelo qual eu não tinha nada a dizer não era que estivesse sendo mal-educada ou sentindo-me entediada (ou nem um pouco mais mal-educada do que era naturalmente na época, ou mais entediada do que esperava ficar), mas sim não ter compreendido que eu deveria fazer perguntas – talvez qualquer pergunta que fosse, para arrastar um homem tímido a uma conversa, sacudi-lo de seu retraimento e investi-lo de certa autoridade, ou seja, o homem da casa. Não compreendia por que Alfrida o observava com um sorriso tão ardentemente encorajador. Toda minha experiência de uma mulher com homens, de uma mulher escutando seu homem, ansiando que se revelasse como alguém de quem poderia sensatamente sentir orgulho, residia no futuro. A única observação que fizera de casais fora de meus tios e tias e de meu pai e minha mãe, e esses maridos e esposas pareciam compartilhar ligações remotas e formais, e nenhuma dependência óbvia um do outro.

Bill seguiu comendo como se não tivesse ouvido essa menção a sua profissão e seu empregador, e Alfrida começou a fazer perguntas sobre meus cursos. Continuava a sorrir, mas seu sorriso mudara. Havia uma leve contorção de impaciência e desagrado nele, como se apenas estivesse à espera de que eu chegasse ao fim de minhas explicações para que pudesse dizer – como de fato disse – Você não me obrigaria a ler essas coisas nem por um milhão de dólares.

– A vida é curta demais – disse. – Sabe de uma coisa, lá no jornal às vezes aparecem umas pessoas que fizeram tudo isso. Doutores em Filosofia. Doutores em Inglês. A gente não sabe o que fazer com eles. O que escrevem não vale um centavo. Eu já lhe contei isso, não contei? – disse para Bill, e Bill ergueu os olhos e sorriu, obediente.

Ela deixou por isso mesmo.

– Então, o que você faz para se divertir? – disse.

Havia uma montagem de *Um bonde chamado desejo* sendo apresentada em um teatro de Toronto nessa época e eu lhe contei que fora até lá de trem com mais duas amigas para assistir.

Alfrida deixou a faca e o garfo caírem com estardalhaço no prato.

– Aquela porcaria – gritou. Seu rosto mudou de expressão subitamente olhando para mim, contorcido de desgosto. Então falou um pouco mais calma, mas ainda com um desgosto virulento.

– Você foi *até Toronto* para ver aquela porcaria?

Havíamos terminado a sobremesa, e Bill aproveitou o momento para perguntar se lhe dávamos licença. Perguntou a Alfrida, então inclinando-se muito suavemente perguntou para mim. Regressou à sua varanda e logo em seguida pudemos sentir o cheiro de seu cachimbo. Alfrida, acompanhando sua saída, pareceu esquecer-se de mim e da peça. Seu olhar exibia uma ternura tão sentida que pensei que fosse segui-lo. Mas apenas saiu atrás de seus cigarros.

Estendeu-os para mim e, quando peguei um, disse-me, fazendo um esforço deliberado de parecer jovial: – Vejo que manteve o mau hábito em que a iniciei. – Talvez houvesse se lembrado de que eu já não era mais uma criança, que não era obrigada a estar em sua casa e que não havia sentido em provocar minha inimizade. E eu não estava a fim de discutir – não dava a mínima para a opinião de Alfrida sobre Tennessee Williams. Ou para sua opinião sobre qualquer outro assunto.

– Acho que isso não é da minha conta – disse Alfrida. – Você pode ir aonde achar melhor. – E acrescentou: – Afinal de contas, logo, logo vai ser uma mulher casada.

Por seu tom de voz, isso podia significar tanto – Tenho de reconhecer que é uma mulher adulta agora quanto – Logo, logo vai ter de andar na linha.

Ficamos de pé e começamos a juntar os pratos. Trabalhando uma ao lado da outra no reduzido espaço entre a mesa da cozinha, o balcão e a geladeira, em breve desenvolvemos, sem necessidade de trocar palavras sobre o assunto, certa ordem e harmonia em raspar os pratos e empilhá-los, pôr a comida que sobrara em pequenos recipientes para guardá-la, encher a pia com água quente e ensaboada, atacar cada talher que fora tocado e enfiá-lo dentro da gaveta forrada de feltro verde do bufê da sala de jantar. Levamos o cinzeiro para a cozinha e parávamos de vez em quando para uma baforada revigorante, proficiente, em nossos cigarros. Há coisas sobre as quais duas mulheres concordam ou não quando trabalham juntas dessa forma – se não há problema em fumar, por exemplo, ou se é preferível não fumar porque alguma cinza errante pode ir parar num prato limpo, ou se cada uma das coisas que foram levadas à mesa deve ser lavada mesmo que não tenha sido utilizada – e aconteceu de Alfrida e eu concordarmos. Além disso, o pensamento de que poderia ir embora, uma vez que a louça estivesse terminada, deixou-me mais relaxada e generosa. Eu já havia dito que tinha de encontrar uma amiga naquela tarde.

– Estes pratos são lindos – eu disse. Eram de cor creme, quase amarelados, com uma borda de flores azuis.

– É... foram presente de casamento de minha mãe – disse Alfrida. – Isso foi outra coisa boa que sua avó fez por mim. Embrulhou todos os pratos de mamãe e guardou-os até chegar a hora em que me seriam úteis. Jeanie jamais soube de sua existência. Não teriam durado muito, com aquele bando.

Jeanie. Aquele bando. Sua madrasta e seus meios-irmãos e irmãs.

– Sabe disso, não sabe? – disse Alfrida. – Sabe o que aconteceu com minha mãe?

Claro que eu sabia. A mãe de Alfrida morrera quando um lampião explodiu em suas mãos – quer dizer, morreu das queimaduras que sofreu quando um lampião explodiu em suas mãos – e minhas tias e minha mãe falavam disso regularmente. Nada podia ser dito sobre a mãe de Alfrida ou sobre seu pai e muito pouco sobre a própria Alfrida, sem que aquela morte fosse trazida à baila e comentada. Fora por esse motivo que o pai de Alfrida deixara a fazenda (de algum modo, sempre um degrau mais abaixo moralmente, quando não financeiramente, falando). Era um motivo para sermos desesperadamente cuidadosos com querosene e um motivo para ficarmos gratos pela existência da eletricidade, fosse qual fosse o custo. E era uma coisa horrível para uma criança na idade de Alfrida, de qualquer modo. (Quer dizer... de qualquer modo que houvesse passado a encarar aquilo desde então.) *Se não fosse por aquela tempestade, ela jamais tentaria acender um lampião no meio da tarde.*

Ela se manteve viva por toda a noite, e no dia seguinte, e na noite seguinte, e teria sido a melhor coisa do mundo para ela se não tivesse continuado viva.

E no ano seguinte, a energia das hidrelétricas chegou à região e ninguém mais teve necessidade de lampiões.

As tias e minha mãe dificilmente sentiam-se da mesma forma sobre qualquer coisa, mas compartilhavam um sentimento comum quanto a essa história. O sentimento se fazia presente em suas vozes sempre que pronunciavam o nome da mãe de Alfrida. A história parecia um tesouro macabro para elas, algo que nossas famílias podiam reivindicar e ninguém mais, uma distinção que nunca abandonariam. Escutá-las sempre me fizera sentir como se houvesse uma conivência obscena em andamento, um trato afetivo do que quer que fosse horrível ou desastroso. Suas vozes eram como vermes deslizando por minhas entranhas.

Os homens não eram desse jeito, por minha experiência. Homens desviavam o olhar de acontecimentos assustadores assim que conseguiam e agiam, tão logo as coisas fossem superadas, como se não vissem qualquer utilidade em mencioná-los ou pensar a respeito, nunca mais. Não queriam perturbar a si mesmos ou às outras pessoas.

Assim, se Alfrida ia falar sobre isso, pensei, era uma boa coisa que meu noivo não estivesse junto. Uma boa coisa que não tivesse de ouvir falar sobre a mãe de Alfrida e por tabela descobrir alguma coisa sobre minha mãe e a relativa, ou quem sabe substancial, pobreza de minha família. Ele era um admirador de ópera e do *Hamlet* de Laurence Olivier, mas não tinha tempo para a tragédia – para a sordidez da tragédia – na vida comum. Seus pais eram saudáveis, bem-apessoados, prósperos (embora ele dissesse, é claro, que eram estúpidos), e parecia que não tivera de conhecer ninguém que não vivesse em circunstâncias igualmente felizes. Admirava-se dos fracassos da vida – fracassos na sorte, na saúde, nas finanças –, que lhe soavam como lapsos, e sua aprovação sem ressalvas de minha pessoa não se estendia às minhas dilapidadas origens.

– Não me deixavam entrar para vê-la, no hospital – disse Alfrida, e pelo menos dizia isso com sua voz normal, não preparando o terreno com algum tipo especial de piedade, ou animação pegajosa. – É, provavelmente nem eu mesma me deixaria entrar, se estivesse na posição deles. Não faço ideia de como era seu aspecto. Provavelmente, estava toda enfaixada como uma múmia. Ou se não estava, era melhor que estivesse. Eu não me encontrava presente quando aconteceu, tinha ido à escola. Ficou muito escuro e a professora acendeu as luzes – a gente tinha luz elétrica na escola –, e fomos obrigados a esperar na classe até que a tempestade acabasse. Então minha tia Lily – bem, sua avó – veio me procurar e me levou para sua casa. E eu nunca mais vi minha mãe outra vez.

Pensei que fosse tudo que tivesse a dizer, mas um segundo depois ela prosseguiu, numa voz que chegara até mesmo a ganhar um pouco de vivacidade, como que se preparando para soltar uma risada.

– Eu gritei feito uma louca que queria vê-la. Arrancava os cabelos e, finalmente, quando desistiram de calar minha boca, sua avó me disse: "É melhor que você não a veja. Não ia querer vê-la se soubesse como está agora. Não gostaria de se lembrar dela do jeito que está agora". – Mas sabe o que eu disse?, lembro-me de dizer. Eu disse: Mas ela vai querer me ver. *Ela vai querer me ver.*

Então deu uma gargalhada de verdade, ou produziu um som resfolegante evasivo e escarnecedor.

– Eu devia me achar uma grande figurona, não é? *Ela vai querer me ver.*

Essa era uma parte da história que eu jamais ouvira.

E no minuto em que a ouvi, algo aconteceu. Foi como se uma arapuca caísse, prendendo essas palavras em minha cabeça. Eu não compreendia exatamente que utilidade teria para elas. Apenas soube quanto me sobressaltaram e me libertaram, na hora, para respirar um diferente tipo de ar, disponível somente para mim.

Ela vai querer me ver.

A história que escrevi, com isso incluso, não seria escrita senão anos mais tarde, apenas quando se tornou insignificante o suficiente para que eu pensasse em quem enfiara a ideia em minha cabeça, para começo de conversa.

Agradeci Alfrida e disse que precisava ir. Alfrida foi chamar Bill para me dizer adeus, mas voltou e informou que caíra no sono.

— Vai ficar aborrecido quando acordar — disse. — Ele gostou de conhecer você.

Tirou o avental e me acompanhou descendo a escada até o andar de baixo. Ao pé da escada, havia uma trilha de cascalho que conduzia à calçada. O cascalho era esmagado ruidosamente sob nossos pés, e ela caminhava tropegamente com os sapatos de sola fina que usava dentro de casa.

Disse: — Ai! Droga — e agarrou-se em meu ombro.

— Como está seu pai? — disse.

— Está bem.

— Ele trabalha bastante.

Eu disse: — Ele precisa.

— Ah, sei. E sua mãe, como está?

— Continua do mesmo jeito.

Ela se virou para o lado, na direção da vitrine da loja.

— Quem eles pensam que vai comprar todo esse lixo? Olhe só aquele baldinho de mel. Seu pai e eu costumávamos levar nosso almoço para a escola em baldes como este.

— E eu também — eu disse.

– Você também? – semicerrou os olhos, me encarando. – Diga ao pessoal da sua casa que mando lembranças, tá?

Alfrida não compareceu ao enterro de meu pai. Fiquei pensando se isso era porque não queria me encontrar. Até onde sei, ela nunca tornou público o que tinha contra mim; ninguém mais saberia sobre isso. Mas meu pai sabia. Quando fui em casa vê-lo e fiquei sabendo que Alfrida não morava muito longe dali – na casa de minha avó, na verdade, que finalmente herdou –, eu sugerira que fôssemos visitá-la. Isso foi na agitação tempestuosa entre meus dois casamentos, quando atravessava um estado de espírito expansivo, com a liberdade recém-conquistada para fazer contato com quem eu bem entendesse.

Meu pai disse: – Bom, sabe, Alfrida está um pouco aborrecida.

Ele a chamava de Alfrida, agora. Quando começara a chamá-la assim?

Eu não conseguia nem imaginar, no início, o que poderia aborrecer Alfrida. Meu pai precisou me lembrar da história, publicada muitos anos antes, e fiquei surpresa, até mesmo impaciente e um pouco irritada, em pensar em Alfrida fazendo objeção a algo que agora me parecia ter tão pouco a ver com ela.

– Não era Alfrida, de jeito nenhum – disse a meu pai. – Eu a mudei, não estava nem mesmo pensando nela. Era uma personagem. Qualquer um é capaz de perceber isso.

Mas, para falar a verdade, ainda havia a explosão do lampião, a mãe envolta em gazes no funeral, a criança obstinada, consternada pela perda.

– Bom – disse meu pai. De modo geral, sentia-se bastante satisfeito de que eu houvesse me tornado escritora, mas tinha suas reservas quanto ao que se poderia chamar de minha personagem. E quanto ao fato de que eu terminara meu casamento por motivos pessoais – ou seja, imorais – e ao modo como ficava me justificando – ou talvez, como ele poderia ter dito, enfiando a cabeça no buraco. Ele não diria isso – não era mais seu problema.

Perguntei-lhe como sabia que Alfrida se sentia dessa maneira.

Ele disse: – Uma carta.

Uma carta, ainda que não morassem longe. Fiquei definitivamente triste em pensar que tivesse de carregar o fardo do que podia ser encarado como minha irresponsabilidade, ou até minha má conduta. E também que ele e Alfrida parecessem achar-se agora em termos tão formais. Fiquei pensando no que deixava de me contar. Será que se sentira compelido a me defender diante de Alfrida, assim como tinha de defender o que eu escrevia das outras pessoas? Faria isso agora, embora nunca fosse fácil para ele. Em sua defesa apreensiva talvez houvesse dito alguma coisa rude.

Por minha causa, tivera dificuldades peculiares.

Havia um perigo sempre que me encontrava em terreno familiar. O perigo de enxergar minha vida através de outros olhos que não os meus. Enxergá-la como um rolo de palavras cada vez maior, como um arame farpado, intrincado, confuso, desconfortável – contra o pano de fundo das ricas realizações, das comidas, das flores, das roupas tricotadas, da domesticidade de outras mulheres. Ficou cada vez mais difícil dizer que valia o aborrecimento.

Valia meu aborrecimento, quem sabe, mas e quanto ao dos outros?

Meu pai havia dito que Alfrida estava morando sozinha. Perguntei-lhe o que tinha acontecido com Bill. Disse que isso estava fora de sua alçada. Mas acreditava que houvera algo como uma operação de resgate.

– De Bill? Por quê? Quem?

– Bom, acho que havia uma esposa.

– Eu o conheci na casa de Alfrida uma vez. Gostei dele.

– As pessoas gostavam. As mulheres.

Precisei considerar que o rompimento talvez não tivesse nada a ver comigo. Minha madrasta forçara meu pai a levar um novo tipo de vida. Estavam sempre agitando, saindo, regularmente encontravam outros casais para um café com *donuts* no Tim Horton's. Ela ficara viúva por um bom tempo antes de se casar com ele e tinha muitos amigos dessa época que se tornaram os novos amigos de meu pai. O que ocorrera entre ele e Alfrida talvez tivesse sido simplesmente uma dessas mudanças, o desgaste de velhas relações, que eu aceitava tão bem em minha própria vida mas não esperava que ocorresse nas vidas de outras pessoas – em particular, como eu teria dito, nas vidas de pessoas de casa.

Minha madrasta morreu pouco tempo antes de meu pai. Após seu casamento curto e feliz, foram mandados a cemitérios separados para que repousassem ao lado de seus antigos e mais problemáticos companheiros. Antes de qualquer uma dessas mortes, Alfrida se mudara de novo para a cidade. Não vendeu a casa, simplesmente foi embora e abandonou-a. Meu pai me escreveu: "É um jeito bem engraçado de fazer as coisas".

Havia uma porção de gente no enterro de meu pai, um monte de gente que eu não conhecia. Uma mulher atravessou o gramado do cemitério para conversar comigo – pensei de início que pudesse ser uma amiga de minha madrasta. Depois percebi que a mulher tinha apenas uns poucos anos a mais do que eu. Sua silhueta robusta, a cabeça cacheada de cabelos louro-acinzentados e o casaco de padrão floral faziam com que parecesse mais velha.

– Eu a reconheci pela foto – disse. – Alfrida vivia se gabando a seu respeito.

Eu disse: – Alfrida não morreu?

– Ah, não – disse a mulher, e contou-me que Alfrida estava numa casa de repouso numa cidade ao norte de Toronto.

– Eu a levei para lá para que pudesse ficar de olho nela.

Ficou então fácil de dizer – até mesmo por sua voz – que era alguém de minha própria geração e me ocorreu que devia ser alguém da outra família, uma meia-irmã de Alfrida, que nascera depois de Alfrida ser já uma adulta.

Disse-me seu nome e é claro que não era o mesmo sobrenome de Alfrida – devia ter se casado. Não conseguia me lembrar de Alfrida jamais mencionar alguém de sua meia família pelo primeiro nome.

Perguntei como Alfrida ia e a mulher disse que sua vista estava tão ruim que se podia dizer que praticamente ficara cega. E sofria de um grave problema nos rins, o que significava que tinha de passar pela hemodiálise duas vezes por semana.

– No mais... – disse, e riu. Pensei, claro, uma irmã, porque pude perceber alguma coisa de Alfrida naquela risada sacudida e desleixada.

– Então viajar não lhe faz muito bem – disse. – Senão eu a teria trazido junto. Ela ainda recebe o jornal daqui e eu leio para ela às vezes. Foi assim que fiquei sabendo de seu pai.

Perguntei-me em voz alta, impulsivamente, se não deveria fazer-lhe uma visita, na casa de repouso. As emoções do enterro – todo o afeto, o alívio, os sentimentos de conciliação suscitados dentro de mim pela morte de meu pai a uma idade razoável – deixaram-me predisposta a essa sugestão. Seria algo difícil de fazer. Meu marido – meu segundo marido – e eu tínhamos apenas mais dois dias antes de partir para a Europa, para umas férias já postergadas.

– Não sei se vai valer muito a pena pra você – disse a mulher. – Ela tem dias bons, mas outros não tão bons. A gente nunca sabe. Às vezes acho que está de brincadeira. Como quando fica sentada o dia inteiro e depois de qualquer coisa que a gente lhe diz, sempre repete a mesma coisa. *Forte como um touro e pronto pro amor.* Coisas assim, é o que diz o dia inteiro. *Forte-como-um-touro-e-pronto-pro-amor.* Deixa você maluca. Então, em outros dias, responde direito.

MOBÍLIA DE FAMÍLIA   131

Mais uma vez, sua voz e a risada – agora meio sufocada – lembraram-me Alfrida, e eu disse: – Sabe que já devo tê-la visto antes, lembro-me de uma vez em que a madrasta e o pai de Alfrida vieram nos visitar, ou talvez fosse somente seu pai e alguns dos filhos...

– Ai, não era eu – disse a mulher. – Está pensando que sou irmã de Alfrida? Santo Deus. Acho que estou parecendo muito velha.

Comecei a dizer que não podia vê-la bem, o que era verdade. O sol da tarde em outubro ficava baixo e vinha direto em meus olhos. A mulher estava de pé contra a luz, então era difícil enxergar seus traços ou sua expressão.

Aprumou os ombros abruptamente, num gesto nervoso e importante. Disse: – Alfrida é minha mãe legítima.

Minha nossa. Mãe.

Então me contou, sem se alongar demais, a história que devia contar com frequência, pois referia-se a um evento de destaque em sua vida e a uma aventura na qual embarcara sozinha. Fora adotada por uma família do leste de Ontário; era a única família que conhecera ("e os amava de todo coração"), casara-se e tivera seus filhos, que cresceram antes que se sentisse compelida a descobrir quem era sua própria mãe. Isso não era muito fácil, devido à forma como os registros costumavam ser guardados e ao sigilo ("Fizeram total segredo de que me tivera"), mas alguns anos antes conseguira rastrear Alfrida.

– Bem na hora, também – disse. – Quer dizer, na hora de alguém aparecer para cuidar dela. Na medida do que posso.

Eu disse: – Eu nunca fiquei sabendo.

– É. Naqueles dias, acho que poucos sabiam. Eles avisam, quando começa a fazer isso, que pode ser um choque no dia em que você aparecer. Gente mais velha, mesmo assim isso é duro de engolir. Seja lá como for. Não acho que tenha se importado. Se fosse antes, talvez tivesse.

Havia certa sensação de triunfo nela, que não era difícil de entender. Se temos alguma coisa para contar que vai deixar alguém desnorteado, e a contamos, e isso provoca essa reação, então tem de haver um balsâmico momento de poder. Neste caso foi tão completo que ela sentiu necessidade de se desculpar.

– Desculpe-me por ficar falando sobre mim mesma e não dizer o quanto lamento por seu pai.

Agradeci.

– Sabe que Alfrida me contou que seu pai e ela voltavam da escola um dia, quando estavam no colegial. Não podiam caminhar o tempo todo juntos porque, sabe, naqueles dias, um garoto e uma garota, iriam provocá-los dizendo coisas terríveis. Então se ele saía primeiro, esperava bem onde o caminho deles se encontrava com a estrada principal, fora da cidade, e se ela saía primeiro, fazia a mesma coisa, esperava por ele. E um dia iam caminhando juntos, ouviram todos os sinos começar a tocar e sabe o que era? O fim da Primeira Guerra Mundial.

Eu disse que também já ouvira essa história.

– Só que eu pensava que eram apenas crianças.

– Mas então como poderiam estar voltando do colegial se fossem apenas crianças?

Eu expliquei que achava que estivessem brincando pelos campos. – O cachorro de meu pai estava com eles. Chamava-se Mack.

– Talvez o cachorro estivesse junto, mesmo. Quem sabe foi ao encontro deles. Não acho que ela pudesse fazer confusão quanto ao que me contou. Sua memória era muito boa com qualquer coisa relacionada a seu pai.

Acabava de saber duas coisas. Primeiro, que meu pai nascera em 1902, e que Alfrida tinha quase a mesma idade. Então era muito mais provável que estivessem voltando para casa vindos do colégio do que brincando pelos campos, e era estranho que nunca houvesse pensado nisso antes. Talvez tivessem me dito que estavam no campo, quer dizer, atravessando o campo para voltar para casa. Talvez nunca tivessem dito "brincando".

MOBÍLIA DE FAMÍLIA 133

Além disso, que o sentimento de justificativa ou cordialidade, o ar inofensivo que sentira nessa mulher alguns instantes antes não estavam mais lá.

Eu disse: – As coisas se embaralharam um pouco.

– Isso mesmo – disse a mulher. – As pessoas embaralham as coisas. Quer saber o que Alfrida disse a seu respeito? Agora. Eu sabia que seria agora.

– O quê?

– Disse que era esperta, mas nem de longe tão esperta quanto pensava que era.

Fiz força para continuar a encarar o rosto ensombrecido contra a luz.

Esperta, esperta demais, não esperta o suficiente.

Eu disse: – Isso é tudo?

– Disse que você era uma pessoa meio que fria. Foi ela quem disse isso, não eu. Não tenho nada contra você.

Naquele domingo, após o almoço na casa de Alfrida, predispus-me a empreender toda a caminhada de volta até minha pensão. Se caminhasse ida e volta, calculava que teria feito cerca de quinze quilômetros, o que deveria compensar os efeitos da refeição que comera. Sentia-me cheia demais, não só por causa da comida, mas também de tudo que vi e percebi no apartamento. A mobília antiquada e atulhada. Os silêncios de Bill. O amor de Alfrida, renitente como um coágulo, inadequado, sem futuro – até onde pude perceber – pela simples questão da idade.

Depois de caminhar por algum tempo, meu estômago ficou mais leve. Jurei que não comeria mais nada pelas vinte e quatro horas seguintes. Andei Norte e Oeste, Norte e Oeste, pelas ruas da pequena cidade meticulosamente retangular. Numa tarde de domingo dificilmente havia tráfego, a não ser nas vias principais. Às vezes meu caminho coincidia com um trajeto de ônibus por alguns quarteirões. Um ônibus podia passar com apenas duas ou três pessoas dentro. Gente que eu não conhecia e que não me conhecia. Que bênção. Eu tinha mentido, não ia encontrar amiga nenhuma. Todas minhas amigas, na maioria, haviam ido para casa, fosse lá onde vivessem. Meu noivo ficaria fora até o dia seguinte – ele fazia uma visita a seus pais, em Cobourg, ao voltar de Ottawa. Não haveria ninguém na pensão quando chegasse lá – ninguém para se encher me escutando ou para me encher falando. Eu não tinha nada para fazer.

Depois de caminhar por mais de uma hora, vi uma *drugstore* aberta. Entrei e pedi uma xícara de café. Um café requentado, preto e amargo – com gosto de remédio, bem o que eu precisava. Já começava a me sentir aliviada e então comecei a me sentir feliz. Que felicidade, estar só. Ver a quente luz do entardecer na calçada lá fora, os ramos de uma árvore desfolhada, projetando suas parcas sombras. Ouvir nos fundos do lugar os sons de um jogo de beisebol que o homem que me servira ouvia no rádio. Eu não pensava na história que iria fazer sobre Alfrida – não sobre aquela em particular –, mas no trabalho que queria fazer, que parecia mais com agarrar algo no ar do que com construir histórias. Os gritos da multidão me atingiam como enormes batidas de coração, carregadas de tristezas. Adoráveis ondas de sons metódicos, com seu lamento e sua aceitação distantes, quase inumanos.

Era isso que eu queria, era isso que achava merecedor de minha atenção, era assim que queria minha vida.

CONFORTO

NINA ESTIVERA JOGANDO TÊNIS no fim de tarde, na quadra da escola. Depois que Lewis parou de trabalhar ali, ela boicotara a quadra por algum tempo, mas isso já fazia quase um ano, e sua amiga Margaret – outra professora aposentada, cuja saída fora rotineira e cerimoniosa, ao contrário da de Lewis – a convencera a jogar novamente.

– Melhor sair um pouco enquanto você ainda pode.

Margaret já havia deixado a escola quando ocorreu o problema com Lewis. Escrevera uma carta da Escócia para apoiá-lo. Mas era uma pessoa tão simpática, com o espírito tão aberto e com amizades tão abrangentes, que a carta talvez não tivesse exercido grande efeito. Só mais uma amostra da boa índole de Margaret.

– E Lewis? – disse, quando pegou uma carona com Nina para casa naquela tarde.

Nina disse: – Esquiando.

O sol já descera quase até a margem do lago. Algumas árvores que ainda não haviam perdido suas folhas formavam labaredas de ouro, mas o calor de verão da tarde já se fora. Os arbustos diante da casa de Margaret estavam todos embrulhados em aniagem, como múmias.

Esse momento do dia fazia Nina pensar nas caminhadas que ela e Lewis costumavam fazer depois da escola e antes do jantar. Caminhadas inevitavelmente curtas, à medida que os dias tornavam-

-se escuros, ao longo de trilhas fora da cidade e antigos aterros da ferrovia. Mas povoadas com todas aquelas observações específicas, ditas ou não ditas, que aprendera ou absorvera de Lewis. Insetos, larvas, lesmas, musgos, caniços nos regos e cogumelos de chapéu felpudo no relvado, pegadas de animais, viburnos, mirtilos – uma mistura profunda com combinações ligeiramente diferentes a cada dia. E a cada dia mais um passo rumo ao inverno, ao aumento da frugalidade, do definhamento.

A casa onde Nina e Lewis moravam fora construída na década de 1840, com pouco recuo em relação à calçada, como era o estilo da época. Se você estivesse na sala de estar ou de jantar dava para ouvir não apenas os passos, como também as conversas do lado de fora. Nina esperava que Lewis tivesse escutado a porta da garagem se fechando.

Entrou assobiando, o melhor que pôde. *See, the conquering hero comes!**

– Eu venci. Eu venci. Olá?

Mas enquanto estava fora, Lewis morria. Na verdade, se suicidava. No criado-mudo havia quatro envelopinhos plásticos, com fundo de papel-alumínio. Cada um continha dois potentes analgésicos. Havia dois outros envelopes ao lado deles, sem abrir, com os comprimidos brancos ainda estufando a embalagem de plástico. Quando Nina os apanhou, mais tarde, perceberia que um deles tinha uma marca no alumínio, como se ele tivesse começado a abri-lo, com a unha, e depois desistido, como que tendo decidido que já tomara o bastante, ou como se houvesse caído inconsciente.

Seu copo estava praticamente vazio. Não derramara água.

Era uma coisa sobre a qual já haviam conversado. Chegaram a um acordo sobre o plano, mas sempre como sendo algo que poderia

---

* Do oratório *Judas Macabeu*, de Händel. [N. T.]

acontecer – e iria – no futuro. Nina pressupunha que estaria presente e que haveria alguma cerimônia para marcar o fato. Música. Os travesseiros seriam arrumados, e uma cadeira, arrastada para perto da cama, para que pudesse segurar sua mão. Duas coisas nas quais não pensara – seu extremo desprezo por qualquer tipo de cerimônia e o fardo que uma participação como aquela significaria sobre seus ombros. Perguntas feitas, opiniões trocadas, o risco para ela como sua participação no ato. Ao fazê-lo dessa forma, ele lhe concedera o mínimo possível do que era digno de ser acobertado.

Ela procurou um bilhete. O que imaginou que estaria escrito? Não precisava de instruções. Certamente, não precisava de uma explicação, muito menos de um pedido de desculpas. Não havia nada que uma nota pudesse dizer que já não soubesse. Até mesmo a pergunta *Por que tão cedo?* era uma questão cuja resposta era capaz de conceber sem ajuda. Haviam falado – ou ele falara – sobre o limite do desamparo, da dor ou da aversão a si mesmo e sobre quanto era importante reconhecer esse limite, não ultrapassá-lo. Antes cedo do que tarde.

Mesmo assim, parecia impossível que não tivesse nada a lhe dizer. Olhou primeiro para o chão, pensando que pudesse ter empurrado o papel para fora do criado-mudo com a manga de seu pijama quando pousou o copo d'água pela última vez. Ou poderia ter tomado um cuidado especial para não fazer isso – olhou sob a base do abajur. Depois na gaveta. Depois debaixo e dentro de seus chinelos. Pegou o livro que andara lendo ultimamente e sacudiu as páginas, um livro de paleontologia sobre o que acreditava ser chamado de "explosão cambriana de formas de vida multicelulares".

Nada ali.

Passou a vasculhar a roupa de cama. Puxou o edredom, depois o lençol de cima. Lá ele jazia, com o pijama de seda azul-escuro que ela lhe comprara duas semanas antes. Ele se queixara de frio – logo ele, que jamais sentira frio na cama –, então ela saiu e comprou o pijama mais caro que havia na loja. Comprou aquele porque a seda era tão luminosa quanto cálida e porque todos os demais pijamas que viu – com suas listras e seus dizeres estapafúrdios ou maliciosos – faziam-na pensar em homens velhos ou em maridos de tiras humorísticas, embusteiros derrotados. Era quase da mesma cor dos lençóis, de modo que uma pequena parte dele se revelava diante dela. Pés, tornozelos, canelas. Mãos, pulsos, pescoço, cabeça. Jazia em seu próprio lado da cama, com o rosto virado na outra direção. Ainda com o pensamento no bilhete, tirou o travesseiro, puxou-o rispidamente de sob sua cabeça.

Não. Não.

Caindo do travesseiro para o colchão, a cabeça fez um certo som, um som mais pesado do que seria de esperar. E foi isso, tanto quanto a superfície vazia dos lençóis, que lhe pareceu dizer que sua busca era inútil.

As pílulas haviam-no posto para dormir, se apossado furtivamente de todas suas ações e, assim, não exibia nenhum olhar fixo de morto, nenhuma contorção. Sua boca estava levemente aberta, mas seca. Os dois últimos meses haviam feito com que mudasse muito – de fato somente agora via quanto. Enquanto seus olhos permaneceram abertos, ou mesmo quando estivera dormindo, algum esforço da parte dele mantivera a ilusão de que os danos eram temporários – que o rosto vigoroso, sempre potencialmente agressivo, de um homem de sessenta e dois anos de idade continuava lá, sob as dobras da pele azulada, a pétrea vigilância da doença. Nunca fora a estrutura óssea que dera a seu rosto aquela qualidade feroz e intensa – tudo residia nos fundos olhos brilhantes, na boca contraída, na facilidade de expressão, no complexo de rugas rapidamente cambiável que efetuava seu repertório de zombaria, descrença, paciência irônica, sofrido desgosto. Um repertório de sala de aula – e nem sempre confinado a ela.

Nunca mais. Nunca mais. Agora, cerca de duas horas após a morte (pois ele deve ter posto mãos à obra assim que ela saiu, não querendo se arriscar a que seu trabalho não estivesse finalizado quando voltasse), agora ficava claro que a devastação e a dissolução haviam levado a melhor, e seu rosto enrugara profundamente. Um rosto selado, remoto, envelhecido e infantil – talvez como o rosto de um bebê natimorto.

A enfermidade tinha três estilos de ataque. Um envolvia as mãos e os braços. Os dedos ficavam cada vez mais insensíveis e estúpidos, agarrando desajeitadamente; depois, nem isso. Ou podia ser que as pernas se enfraquecessem primeiro e os pés, que no início tropicavam, logo se recusassem a erguer-se em degraus ou até mesmo na beirada de tapetes. O terceiro e provavelmente pior tipo de agressão era operado na garganta e na língua. Engolir tornava-se um drama incerto, assustador, asfixiante, e a fala transformava-se num fluxo coagulado de palavras importunas. Os músculos voluntários eram sempre afetados e no começo aquilo parecia de fato apenas um mal menor. Nenhum tiro malogrado contra o coração ou o cérebro, nada de indícios enviesados, nada de reajustes malignos de personalidade. Visão, audição, paladar, tato e, acima de tudo, inteligência, viva e forte como sempre. O cérebro continua ocupado monitorando todas as paralisações periféricas, totalizando as omissões e depleções. Não seria isso preferível?

É claro, Lewis havia dito. Mas apenas por causa da oportunidade que oferece, de agir.

Seus próprios problemas haviam começado com os músculos das pernas. Entrara para um grupo de ginástica da terceira idade (embora odiasse a ideia) para ver se podia forçar o vigor de volta a elas. Achou que estivesse funcionando, por uma semana ou duas. Mas então veio o pé de chumbo, o arrastar e as passadas curtas e, em breve, o diagnóstico. Assim que souberam o bastante, conversaram sobre o que deveria ser feito quando o momento chegasse. No começo do verão, caminhava com duas bengalas. Perto do fim da estação, não caminhava mais. Mas suas mãos ainda eram capazes de virar as páginas de um livro e manusear, com dificuldade, um garfo, uma colher, uma caneta. Sua fala parecia a Nina quase igual, embora as visitas tivessem dificuldade de entendê-la. Decidira de todo modo que visitas deveriam ser proibidas. Sua dieta fora alterada, para tornar mais fácil engolir, e, às vezes, os dias passavam sem nenhuma dificuldade desse tipo. Nina fez algumas sondagens quanto a uma cadeira de rodas. Não se opusera a isso. Já não conversavam mais sobre o que chamavam de O Grande Desligamento. Ela até chegara a se perguntar se eles – ou ele – não poderiam ter entrado numa fase sobre a qual lera algo, uma mudança que ocorria com as pessoas às vezes no meio de uma doença terminal. Uma dose de otimismo forcejando adiante, não porque fosse permitido, mas porque toda a experiência tornara-se uma realidade e não uma abstração, as formas de enfrentamento tornaram-se permanentes, não um aborrecimento.

O fim ainda não chegou. Viva o presente. Aproveite o dia.

Esse tipo de mudança não parecia fazer o tipo de Lewis. Nina não o achava capaz nem da mais útil autoilusão. Mas jamais poderia tê-lo imaginado tomado pelo colapso físico, tampouco. E já que algo tão improvável ocorrera, não poderia haver outras coisas? Não seria possível que as mudanças que aconteceram com outras pessoas pudessem acontecer também com ele? As esperanças secretas, as mudanças de rumo, os tratos dissimulados?

Não.

Apanhou o catálogo telefônico sobre o criado-mudo e procurou por "agenciadores de enterros", nome que obviamente não constava. "Agentes funerários". A exasperação que sentiu era do tipo que normalmente compartilhava com ele. Agenciadores de enterro, pelo amor de Deus, qual o problema com agenciadores de enterro. Virou-se para ele e viu como o deixara, desamparadamente descoberto. Antes de discar o número, puxou o lençol e o edredom de volta.

Uma voz jovem de homem perguntou se o médico estava lá, o médico ainda não chegou?

– Ele não precisa de um médico. Quando eu cheguei, encontrei-o morto.

– Quando foi isso, então?

– Não sei... vinte minutos atrás.

– Encontrou-o falecido? Então... quem é seu médico? Vou ligar e mandá-lo até aí.

Em suas desapaixonadas discussões sobre suicídio, Nina e Lewis nunca, até onde ela se lembrava, diziam se o fato era para ser mantido em segredo ou levado ao conhecimento de todos. Por um lado, tinha certeza, Lewis teria gostado de divulgar a verdade. Teria preferido tornar público e notório que essa era sua ideia de um modo honrado e sensível de lidar com a situação na qual se encontrava. Mas por outro lado, talvez tivesse achado melhor não fazer nenhuma revelação do tipo. Não queria que ninguém pensasse que aquilo era resultado de ter perdido o emprego, o fracasso de sua luta na escola. Fazê-los pensar que desmoronara daquele jeito por causa de sua derrota lá – isso o teria feito espumar de raiva.

Ela recolheu os envelopes sobre o criado-mudo, tanto os cheios como os vazios, jogou-os no vaso do banheiro e puxou a descarga.

Os funcionários da funerária eram uns rapagões locais, antigos alunos, um pouco mais nervosos do que gostariam de parecer. O médico era jovem, também, e um estranho – o médico regular de Lewis estava de férias, na Grécia.

– Foi uma bênção, assim – disse o médico quando se pôs a par dos fatos. Ela ficou meio surpresa de ouvi-lo admitir isso tão abertamente e pensou que Lewis, se fosse capaz de ouvir, talvez captasse um indesejável ranço religioso. O que o médico disse em seguida foi menos surpreendente.

– Gostaria de conversar com alguém? Temos pessoas que podem, bem, sabe, ajudá-la a desabafar.

– Não. Não. Obrigada, estou bem.

– Mora aqui há muito tempo? Tem amigos pra quem pode ligar?

– Ah, sim. Claro.

– Vai ligar para alguém?

– Vou – disse Nina. Era mentira. Assim que o médico, os jovens carregadores e Lewis deixaram a casa – Lewis, carregado como uma peça de mobília, embrulhado para ficar protegido de choques –, teve de retomar sua busca. Parecia-lhe que fora uma tola de restringir-se às proximidades da cama. Pegou-se fuçando os bolsos de seu penhoar, que estava pendurado no lado de dentro da porta do quarto. Um lugar excelente, uma vez que era uma roupa que usava todas as manhãs antes de apressar-se para fazer café, e sempre checava seus bolsos atrás de um lenço de papel ou de um batom; exceto pelo fato de que ele não teria se erguido da cama e atravessado o quarto – logo ele, que fora incapaz de dar um passo sem sua ajuda por semanas.

Mas por que o bilhete não poderia ter sido escrito e escondido no dia anterior? Não teria mais sentido tê-lo escrito e ocultado em algum lugar semanas antes, especialmente porque não sabia em que ritmo sua escrita iria se deteriorar? E se fosse esse o caso, poderia estar em qualquer parte. Nas gavetas da escrivaninha – que revistava agora. Ou sob a garrafa de champanhe, que comprara para beber no aniversário dele e pusera no armário da cozinha, para lembrá-lo da data dali a duas semanas – ou entre as páginas de qualquer um dos livros que ela abriu nesses dias. Ele de fato perguntara, não fazia muito tempo: "O que está lendo, sozinha?". Queria dizer, à parte o livro que lia para ele – *Frederick the Great*, de Nancy Mitford. Decidira ler para ele uma biografia – ele não suportaria ficção – e deixar que lidasse com os livros de ciência por si mesmo. Ela dissera: "São só umas histórias japonesas", e lhe mostrara o livro. Agora jogava livros para o lado a fim de localizar aquele, para segurá-lo e chacoalhar suas páginas. Todos os livros que puxava recebiam o mesmo tratamento. Almofadas das poltronas onde habitualmente se sentava eram jogadas no chão, para que visse o que havia atrás delas. Acabou fazendo o mesmo com todas as almofadas do sofá. Sacudiu a lata cheia de grãos de café, para o caso de ter (um capricho?) escondido um adeus ali.

Não quisera ninguém perto dela, ninguém para observar sua procura – que conduzia, porém, com todas as luzes acesas e as cortinas abertas. Não quisera ninguém para lembrá-la de que deveria se controlar. Já escurecera havia algum tempo e percebeu que precisava comer alguma coisa. Podia ligar para Margaret. Mas não fez nada. Ergueu-se para fechar as cortinas, mas em vez disso apagou as luzes.

Nina tinha pouco mais de um metro e oitenta. Desde a adolescência, professores de ginástica, orientadores da escola, preocupados amigos de sua mãe insistiam com ela para que deixasse de andar curvada. Fez o melhor que pôde, mas mesmo agora, quando via fotografias de si mesma, ficava boquiaberta de ver quanto se dobrara – os ombros juntados, a cabeça pendendo para um lado, toda uma atitude de balconista sorridente. Quando era jovem, acostumara-se a encontros arranjados, amigas que lhe apresentavam homens altos. Parecia que pouca coisa além disso importava num homem – se tinha bem mais de um metro e oitenta, devia servir de parceiro para Nina. Com bastante frequência, o sujeito ficava amuado com a situação – um homem alto, afinal de contas, podia escolher quem bem entendesse –, e Nina, ainda curvando-se e sorrindo, afundava de vergonha.

Seus pais, pelo menos, comportavam-se como se sua vida só dissesse respeito a ela mesma. Ambos eram médicos, viviam numa pequena cidade do Michigan. Nina morou com eles depois de terminar a faculdade. Dava aulas de latim na escola secundária local. Nas férias, partia para a Europa com as amigas da faculdade que ainda não haviam pego o hábito de casar e recasar, e provavelmente nunca o fariam. Numa caminhada pelas Cairngorm, ela e seu grupo deram com um bando de australianos e neozelandeses, hippies ocasionais cujo líder aparentemente era Lewis. Poucos anos mais velho do que os demais, menos um hippie do que um andarilho experimentado e, definitivamente, a pessoa certa quando ocorriam disputas e dificuldades. Não era particularmente alto – uns oito, dez centímetros mais baixo. No entanto, gostou dela, persuadiu-a a mudar seu itinerário e partir com ele – abandonando seu grupo de bom grado para que cuidassem da própria vida.

Aconteceu de ele ser um viajante inveterado, também com ótima formação em biologia e uma licenciatura de professor da Nova Zelândia. Nina lhe falou sobre a cidade na margem leste do Huron, no Canadá, onde visitara parentes quando era criança. Descreveu as árvores altas ao longo das ruas, as casas velhas e simples, os pores do sol sobre o lago – um lugar excelente para uma vida juntos e um lugar onde, graças às ligações da *Commonwealth*, Lewis acharia emprego com facilidade. E de fato conseguiram seus empregos, os dois, na escola – embora Nina desistisse de dar aulas uns poucos anos depois, quando o latim foi eliminado do currículo. Poderia ter feito cursos de extensão, preparando-se para lecionar alguma outra coisa, mas ficou feliz, em segredo, de não trabalhar mais no mesmo lugar, e no mesmo tipo de emprego, que Lewis. A força de sua personalidade, seu estilo turbulento de dar aulas renderam-lhe tanto amigos como inimigos, e foi um alívio, para ela, não se ver mais no meio disso tudo.

Desistiram de ter um filho após algum tempo. E ela suspeitava que ambos eram um pouco egocêntricos demais – não gostavam do pensamento de se verem enredados nas ligeiramente cômicas e aviltantes identidades de papai e mamãe. Os dois – mais Lewis, em particular – eram admirados pelos estudantes por serem diferentes dos outros adultos da escola. Dotados de mais energia mental e física, mais complexos e vivazes, capazes de extrair algum prazer da vida. Ela ingressou num grupo de coral. Muitos dos recitais eram executados em igrejas, e foi então que aprendeu quanto Lewis detestava lugares como esses. Ela argumentava que dificilmente havia outros espaços adequados e disponíveis e que isso não queria dizer que a música era religiosa (embora fosse um pouco difícil sustentar seu ponto de vista quando a música era o *Messias*). Dizia-lhe que estava sendo antiquado e que nenhuma religião poderia fazer muito mal, nos dias atuais. Isso suscitou uma enorme discussão. Tiveram de correr pela casa batendo janelas, para que suas vozes elevadas não fossem escutadas pelos que passassem na calçada na quente noite de verão.

Uma briga como aquela era de assustar, revelando não só quanto ele era propenso a fazer inimigos, mas como ela era incapaz de abandonar uma discussão que beirava as raias da violência. Nenhum dos dois recuava, agarrando-se tenazmente a seus princípios.

Você não tolera que as pessoas sejam diferentes, por que isso é tão importante?

Se isso não é importante, então nada é.

O ar pareceu ficar espesso de repulsa. Tudo a respeito de um assunto que não poderia ser resolvido. Foram se deitar sem se falar, saíram de casa sem se falar na manhã seguinte e passaram o dia todo subjugados pelo medo – o dela, de que ele nunca mais voltasse para casa, o dele, de que quando voltasse, ela não estivesse lá. Mas sua sorte continuou. Chegaram juntos no fim da tarde, pálidos de arrependimento, tremendo de amor, como pessoas que escapassem por muito pouco de um terremoto e ficassem perambulando a esmo, desprotegidos e desolados.

Não foi a última vez. Nina, criada para ser uma pessoa pacífica, perguntava-se se aquela era uma vida normal. Não podia discutir isso com ele – seus reatamentos eram muito cheios de gratidão, doces e tolos demais. Ele a chamava Nina Hiena e ela o chamava Lewis Tempo Ameno.

Alguns anos antes, um novo tipo de outdoor começou a aparecer ao lado da estrada. Por um longo tempo houve outdoors incitando à conversão, além daqueles com imensos corações cor-de-rosa e a linha contínua de batimentos, destinados a desencorajar o aborto. O que se via agora eram palavras do Gênesis.

No princípio, Deus criou o céu e a terra.
Deus disse: – Haja luz e houve luz.
Deus criou o homem à sua imagem, à imagem de Deus ele
o criou, homem e mulher ele os criou.

Em geral havia um arco-íris, uma rosa ou algum símbolo de amabilidade edênica pintado em torno das palavras.

– O que isso significa? – disse Nina. – É uma mudança, afinal de contas. De "Deus amou tanto o mundo".

– É criacionismo – disse Lewis.

– Pensei nisso mesmo. Quer dizer, por que isso aparece em anúncios espalhados por toda parte?

Lewis disse que existia um movimento determinado a reafirmar a crença na literalidade histórica da Bíblia.

– Adão e Eva. As bobagens de sempre.

Ele não parecia muito incomodado com isso – nem mais injuriado do que ficaria com o presépio que era montado todo Natal, não diante da igreja, mas no gramado do prédio da prefeitura. Em propriedade da igreja era uma coisa, dizia, propriedade do município, outra. A criação quacre de Nina não dera muita ênfase a Adão e Eva, então, quando chegou em casa, pegou a Bíblia do rei Jaime e leu a história do começo ao fim. Ficou deliciada com o andamento majestoso daqueles primeiros seis dias – a separação das águas, a criação do sol e da lua, o aparecimento de coisas que rastejam sobre a terra, os pássaros do céu e assim por diante.

– É lindo – disse. – É ótima poesia. As pessoas deviam ler isso.

Ele disse que não era melhor nem pior do que toda a imensidade de mitos da criação que surgiram nos quatro cantos do mundo e que estava de saco cheio de ficar ouvindo como era lindo aquilo, e a poesia.
– É só uma cortina de fumaça, disse. – Eles estão pouco se cagando para a poesia.
Nina deu risada. – Quatro cantos do mundo – disse. – Que tipo de conversa era essa, vinda de um cientista? Aposto que tirou isso da Bíblia.
Ela não perdia a chance, de vez em quando, de provocá-lo sobre esse assunto. Mas tinha de tomar cuidado para não ir longe demais. Precisava observar o ponto em que ele podia pressentir a ameaça mortal, o insulto desonroso.

De vez em quando, ela encontrava um panfleto na caixa do correio. Não os lia inteiros e por algum tempo pensou que todo mundo estivesse recebendo aquele tipo de coisa, junto com o lixo oferecendo férias tropicais e outras dádivas extravagantes. Depois descobriu que Lewis recebia o mesmo material na escola – "propaganda criacionista", como chamava –, deixado em sua mesa ou enfiado em seu escaninho da sala dos professores.
– A garotada tem acesso à minha mesa, mas quem, diacho, está enchendo minha caixa de correspondência aqui? – disse ao diretor.
O diretor afirmou que não podia imaginar, que também vinha recebendo aquilo. Lewis mencionou o nome de dois professores do corpo docente, uma dupla de criptocristãos, como os chamava, e o diretor disse que não valia a pena se incomodar de forma alguma, sempre se podia jogar tudo fora.
Na classe eram feitas perguntas. Claro, sempre foram. Pode-se contar com elas, dizia Lewis. Alguma santinha enjoativa ou um sabichão ou sabichona tentando meter um dente de coelho na evolução. Lewis tinha suas técnicas testadas e aprovadas para lidar com

isso. Dizia a quem interrompesse que, se queriam a interpretação religiosa da história do mundo, havia a Christian Separate School na cidade ao lado, onde suas matrículas seriam bem-vindas. Se as perguntas ficassem mais frequentes, acrescentava que havia ônibus para levá-los até lá e que podiam pegar seus livros e ir embora no mesmo minuto se assim desejassem.

— E irem todos tomar em vossos... — disse. Mais tarde houve controvérsias — se ele de fato usou a palavra "cus" ou se a deixou pairando no ar. Mas mesmo que não a tivesse dito, certamente os insultara, pois todos sabiam como a frase poderia ser completada.

Os alunos andavam usando uma nova tática nesses dias.

— Não é que necessariamente a gente queira o ponto de vista religioso, professor. É só que a gente não sabe por que o senhor não dá tempo igual para as duas coisas.

Lewis se deixou arrastar para a discussão.

— É porque estou aqui para ensiná-los ciência, não religião.

Isso foi o que ele disse que dissera. Houve alguns que o descreveram como tendo dito: "Porque não estou aqui para ensinar esta merda". E de fato, de fato — disse Lewis, após a quarta ou quinta interrupção, a pergunta sendo feita de modo ligeiramente diferente ("O senhor acha que vai doer se alguém ouvir o outro lado da história? Se a gente aprendeu ateísmo, não seria justo aprender um pouco de religião?"), a palavra podia ter escapado de seus lábios e, sob tal provocação, ele não pediu desculpas por isso.

— Acontece que eu mando na classe e decido o que vai ser ensinado.

— A gente achava que Deus é que mandava, professor.

Houve alunos expulsos da classe. Pais apareceram para falar com o diretor. Ou talvez tivessem intenção de falar com Lewis, mas o diretor se certificou de que isso não acontecesse. Lewis ouviu sobre essas entrevistas somente mais tarde, de comentários feitos, mais ou menos na brincadeira, na sala dos professores.

– Não precisa se preocupar com isso – disse o diretor. Seu nome era Paul Gibbings e era um pouco mais jovem do que Lewis. – Só querem sentir que alguém lhes dá ouvidos. Precisam apenas de alguns tapinhas nas costas.

– Eu providencio os tapas – disse Lewis.

– É. Não era bem isso que eu tinha em mente.

– Devia haver uma placa. Proibida a entrada de cães e pais.

– Mais ou menos isso – disse Paul Gibbings, suspirando amigavelmente. – Mas acho que eles têm seus direitos.

Começaram a aparecer cartas no jornal local. Uma a cada duas semanas, assinadas "Pai preocupado", ou "Contribuinte cristão", ou "Onde vamos parar?". Eram todas escritas em parágrafos dispostos ordenadamente, como se houvessem saído de uma única mão incumbida para esse fim. O argumento era que nem todos os pais podiam arcar com as mensalidades da escola particular cristã e ainda assim todos os pais pagavam impostos. Logo, mereciam ter seus filhos sendo educados na escola pública de uma forma que não fosse ofensiva, ou deliberadamente destrutiva, para sua fé. Em linguagem científica, algumas explicavam como o registro fóssil fora mal compreendido e como as descobertas que pareciam apoiar a evolução na verdade ratificavam o relato bíblico. Então se seguiam citações de textos bíblicos predizendo os falsos ensinamentos de nossos dias e o consequente abandono de todos os preceitos decentes da vida.

No momento oportuno, o tom mudava; tornava-se irado. Agentes do anticristo a cargo do governo e da sala de aula. As garras de satã estendidas na direção das almas das crianças, que na verdade eram forçadas a reiterar, em suas provas, as doutrinas da danação.

– Qual a diferença entre satã e o anticristo, se é que existe uma? – disse Nina. – Os quacres eram bastante omissos quanto a isso.

Lewis disse que não podia tratar do assunto senão como piada.

– Desculpe – ela disse com seriedade. – Quem você acha que está escrevendo essas cartas, de verdade? Algum pastor?

Ele respondeu que não, eram muito bem escritas para isso. Uma campanha organizada por um cérebro, algum escritório central, cartas feitas ali para serem enviadas de endereços locais. Duvidava que alguma delas tivesse começado ali, em sua classe. Era tudo planejado, visando às escolas, provavelmente em áreas onde havia uma boa esperança de obter alguma simpatia pública.

– Então? Não é coisa pessoal?

– Isso não serve de consolo.

– Não? Pensei que servisse.

Alguém escreveu "INFERNO" no carro de Lewis. Mas não com tinta *spray* – só o traçado do dedo na poeira.

Suas aulas para o último ano começaram a ser boicotadas por uma minoria de alunos, que ficavam sentados no chão do lado de fora, armados com bilhetes escritos por seus pais. Quando a aula de Lewis tinha início, começavam a cantar.

All things bright and beautiful
All creatures great and small
All things wise and wonderful
*The Lord God made them all...**

O diretor lembrou-os de que havia um regulamento contra sentar no chão do corredor, mas não ordenou que entrassem novamente na classe. Tiveram de ir para o depósito junto ao ginásio, onde continuaram cantando – tinham outros hinos prontos, também. Suas vozes misturavam-se de forma desconcertante com as ríspidas instruções do professor de ginástica e o som surdo dos pés contra o chão do ginásio.

Numa segunda de manhã, uma petição apareceu na mesa do diretor e ao mesmo tempo uma cópia do que foi entregue na redação do

---

* Todas as coisas brilhantes e belas/ Todas as criaturas grandes e pequenas/ Todas as coisas sábias e maravilhosas/ O Senhor Deus as fez todas. [N.T.]

jornal. Assinaturas haviam sido colhidas não só dos pais das crianças envolvidas, como também de várias congregações eclesiásticas espalhadas pela cidade. A maioria era de igrejas fundamentalistas, mas havia ainda algumas de igrejas unionistas, anglicanas e presbiterianas. A petição não fazia menção a inferno. Tampouco a satã ou anticristo. Tudo que reivindicava era que a versão bíblica da criação recebesse tempo igual e fosse respeitosamente considerada como uma opção.

"Nós, abaixo assinados, acreditamos que Deus já foi deixado de fora por tempo demais."

– Isso é absurdo – disse Lewis. – Eles não acreditam em igualdade de tempo... não acreditam em opções. Absolutistas, é o que são. Fascistas.

Paul Gibbings viera à casa de Lewis e Nina. Não queria discutir o assunto onde pudesse haver espiões à escuta. (Uma das secretárias era um membro da Bible Chapel.) Não alimentava muitas esperanças de convencer Lewis, mas tinha de fazer uma tentativa.

– Estão me pondo contra a parede – disse.

– Me mande embora – disse Lewis. – Contrate algum criacionista velhaco e estúpido.

O filho da puta está gostando disso, pensou Paul. Mas ele se controlou. O que mais parecia fazer nesses dias era se controlar.

– Não vim aqui para falar sobre isso. Quer dizer, um monte de gente vai achar que essa turma está apenas sendo razoável. Incluindo gente do corpo diretivo.

– Faça-os felizes. Me mande embora. Avante com Adão e Eva.

Nina lhes trouxe café. Paul agradeceu e procurou seu olhar, para ver de que lado estava naquilo. Não adiantou.

– É, tá certo – disse. – Eu poderia fazer isso se quisesse. E não quero. O sindicato ia ficar no meu pé. Ele está presente na província inteira, pode até acontecer de resultar em greve, a gente precisa pensar nas crianças.

Talvez achasse que isso mexeria com Lewis – pensar nas crianças. Mas ele estava longe, em sua própria viagem, como sempre.

– Avante com Adão e Eva. Com ou sem folhas de figueira.

– Tudo que desejo é pedir que escreva um pequeno discurso sugerindo que existe uma interpretação diferente e que algumas pessoas acreditam numa coisa, enquanto outros, em outra. Detenha-se na história do Gênesis por quinze ou vinte minutos. Leia-o em voz alta. Apenas faça isso com respeito. Você percebe do que se trata tudo isso, não? As pessoas se sentem destratadas. As pessoas simplesmente não gostam de se sentir destratadas.

Lewis permaneceu sentado em silêncio tempo suficiente para criar uma expectativa – em Paul, e talvez em Nina, quem podia dizer? –, mas como se veria a longa pausa era apenas um recurso para absorver a iniquidade percebida na sugestão.

– E então? – disse Paul, cautelosamente.

– Vou ler o livro inteiro do Gênesis em voz alta, se quiser, e então anunciarei que é um saco de gatos de autoexaltação tribal e conceitos teológicos chupados de outras culturas melhores...

– Mitos – disse Nina. – Um mito, afinal, não é uma inverdade, é apenas...

Paul não viu muito sentido em prestar atenção nela. Lewis não prestou.

* * *

Lewis escreveu uma carta para o jornal. A primeira parte era moderada e erudita, descrevendo a deriva dos continentes e a abertura e fechamento de mares, e os pouco auspiciosos primórdios da vida. Micro-organismos remotos, oceanos sem peixes e céus sem pássaros. Florescimento e destruição, o reinado dos anfíbios, répteis, dinossauros; as mudanças do clima, os primeiros e desprezíveis pequenos mamíferos. Tentativa e erro, primatas tardios e pouco promissores no cenário, os humanoides erguendo-se em suas patas traseiras e concebendo o fogo, pedras afiadas, demarcando seu território e, finalmente, numa arremetida recente, construindo barcos, pirâmides, bombas, criando línguas e deuses, sacrificando e assassinando uns aos outros. Lutando para determinar se seu Deus se chamava Jeová ou Krishna (aqui o linguajar ficava mais acalorado) ou se era certo comer porco, ajoelhar e uivar suas preces para um Velho Esquisitão no céu que tinha enorme interesse em quem ganhava guerras e jogos de futebol. Finalmente, de modo surpreendente, executando algumas coisas e começando a saber um pouco sobre si mesmos e o universo onde se encontravam e então decidindo que era melhor jogar fora todo aquele conhecimento adquirido a duras penas, trazer de volta o Velho Esquisitão e forçar todo mundo a ficar de joelhos outra vez, para aprender e acreditar na velha patacoada, e, por falar nisso, por que não resgatar a Terra Plana?

Sinceramente seu, Lewis Spiers.

O chefe de redação do jornal era de fora da cidade e recém-formado pela Escola de Jornalismo. Ficou feliz com o alvoroço e continuou a publicar as réplicas ("Não se zomba de Deus", assinado por todos os membros da congregação Bible Chapel, "O argumento barato de um escritor", de um tolerante porém entristecido pastor da Igreja Unionista que ficou ofendido com "patacoada" e "Velho Esquisitão"), até o editor do jornal deixar claro que esse tipo de confusão era antiquado e despropositado, e afastava os anunciantes. Ponha uma pedra sobre esse assunto, disse.

Lewis escreveu outra carta, esta de demissão. Foi aceita com relutância, assegurou Paul Gibbings – esta também no jornal –, sendo o motivo problemas de saúde.

Isso era verdade, embora não fosse um motivo que Lewis gostasse de tornar público. Por várias semanas, sentira uma fraqueza nas pernas. Bem no momento em que era importante para ele ficar de pé diante da classe e andar para um lado e para o outro na frente dos alunos, percebeu que tremia, ansiando por ficar sentado. Nunca cedeu, mas às vezes tinha de se apoiar no encosto de sua cadeira, como que buscando ênfase. E de vez em quando percebia que não era capaz de dizer onde estavam seus pés. Se houvesse um tapete, poderia tropeçar até num calombo mínimo, e mesmo na classe, onde não havia tapete algum, um pedaço de giz caído, um lápis teriam significado um desastre.

Ficou furioso com a doença, pensando que suas causas fossem psicossomáticas. Jamais tivera um ataque dos nervos diante da classe, ou diante de qualquer grupo de pessoas. Quando recebeu o verdadeiro diagnóstico, no consultório do neurologista, o que sentiu primeiro – conforme contou a Nina – foi um alívio absurdo.

"Tinha medo de ficar neurótico", disse, e os dois caíram na risada.

"Tinha medo de ficar neurótico, mas estou só com esclerose lateral amiotrófica". Riram e riram, cambaleando pelo corredor acarpetado e silencioso, e entraram no elevador, onde se quedaram de olhos arregalados um para o outro – risadas eram muito incomuns neste lugar.

A Casa Funerária LakeShore era um espaçoso prédio novo de tijolos dourados – tão novo que o terreno em torno ainda não ganhara grama nem qualquer tipo de planta. A não ser pela placa, podia ser tomado por uma clínica médica ou algum prédio público. O nome LakeShore não significava que ficava junto ao lago, mas na verdade era uma astuta incorporação do nome familiar do agente funerário – Bruce Shore. Algumas pessoas julgavam-na de mau gosto. Enquanto o negócio fora tocado em uma das enormes casas vitorianas da cidade e pertencera ao pai de Bruce, chamara-se simplesmente Casa Funerária Shore. E era de fato uma casa, com inúmeros quartos para Ed e Kitty Shore e seus cinco filhos no segundo e no terceiro andares.

Ninguém morava nesse novo estabelecimento, mas havia um quarto com instalações de cozinha e um chuveiro. Isso era para o caso de Bruce Shore achar mais conveniente passar a noite ali em vez de dirigir oitenta quilômetros até sua casa no campo, onde ele e a mulher criavam cavalos.

A noite anterior fora uma dessas noites, por causa do acidente no norte da cidade. Um carro cheio de adolescentes colidira contra a estrutura de uma ponte. Esse tipo de coisa – um motorista que recém-adquirira sua carteira ou que não tinha carteira alguma, todos bêbados como gambás – em geral ocorria na primavera, perto da formatura, ou com a empolgação das duas primeiras semanas de escola, em setembro. Agora era a época em que o mais comum eram as fatalidades envolvendo recém-chegados – enfermeiras vindas das Filipinas, no último ano –, pegos de surpresa por uma primeira nevasca com a qual não estivessem habituados.

Entretanto, numa noite límpida e com estrada seca, foram dois garotos de dezessete anos, ambos da cidade. E antes disso, chegara Lewis Spiers. Bruce estava atolado em trabalho – o serviço que tinha de fazer nos meninos, para torná-los apresentáveis, estendera-se noite adentro. Havia ligado para seu pai. Ed e Kitty, que continuavam a passar os verões na casa da cidade, ainda não haviam partido para a Flórida, e Ed apareceu para cuidar de Lewis.

Bruce saíra para uma corrida, a fim de espairecer um pouco. Ainda nem tomara café da manhã e continuava a vestir seu agasalho esportivo quando viu a sra. Spiers chegar com seu Honda Accord. Andou apressado para a sala de espera e abriu a porta para ela.

Era uma mulher alta, magra, grisalha, mas cheia de jovialidade e rapidez em seus movimentos. Não parecia pesarosa demais naquela manhã e, contudo, ele notou que não se dera o trabalho de vestir um casaco.

– Desculpe, desculpe – disse. – Acabei de voltar de um pouco de exercício. Receio que Shirley ainda não tenha chegado. Sentimos muito por sua perda.

– Claro – disse ela.

– O senhor Spiers foi meu professor de ciências nos dois últimos anos da escola, um professor que nunca vou esquecer. Gostaria de se sentar? Sei que de certo modo a senhora veio se preparando para isso, mas mesmo assim é uma experiência para a qual a gente nunca está pronto. Gostaria que cuidássemos da papelada ou prefere ver seu marido?

Ela disse: – Tudo que desejamos é uma cremação.

Ele balançou a cabeça. – Certo. Uma cremação depois.

– Não. Era para ele ser cremado imediatamente. Era seu desejo. Pensei que eu poderia pegar as cinzas.

– Bem, a gente não tem nenhuma instrução a esse respeito – disse Bruce com firmeza. – Preparamos o corpo para ser exposto. Seu aspecto está muito bom, na verdade. Acho que a senhora ficará satisfeita.

Ela permaneceu de pé, encarando-o.

– Não quer se sentar? – disse. – A senhora deve ter planejado algum tipo de visita, não? Algum tipo de serviço? Deve ter um montão de gente com a intenção de apresentar seus respeitos ao senhor Spiers. Sabe, já conduzimos outros serviços por aqui sem que houvesse qualquer tipo de fé religiosa. Apenas alguém para fazer um elogio, em vez de um padre. Ou se a senhora não quiser nem mesmo essa formalidade, as pessoas podem simplesmente erguer-se e manifestar seus pensamentos. Depende de a senhora optar pelo caixão aberto ou fechado. Mas as pessoas por aqui em geral parecem preferir deixá-lo aberto. Quando é escolhida a cremação, não se dispõe da mesma variedade de caixões, é claro. Temos caixões muito bonitos, mas por apenas uma fração do custo.

De pé, encarando.

O fato era que o trabalho fora feito e não havia instrução alguma de que não devesse ser feito. Um trabalho como qualquer outro pelo qual se deveria pagar. Para não mencionar os materiais.

– Estou apenas dizendo o que acho que a senhora pode querer, quando tiver tempo de se sentar e considerar tudo isso. Estamos aqui para cumprir seus desejos...

Talvez dizer isso fosse ir longe demais.

– Mas não podemos proceder dessa forma porque não existem instruções do contrário.

Um carro parou do lado de fora, uma porta de carro bateu, e Ed Shore apareceu na sala de espera. Bruce ficou imensamente aliviado. Ainda havia muito que aprender naquele negócio. A parte de lidar-com-o-remanescente.

Ed disse: – Oi, Nina. Vi seu carro. Pensei em entrar para apresentar meus sentimentos.

Nina passou a noite na sala de espera. Pensou ter dormido, mas seu sono foi tão leve que teve consciência todo o tempo de onde estava – no sofá da sala de espera – e onde Lewis estava – na casa funerária.

Quando tentou falar, seus dentes começaram a bater. Foi uma grande surpresa para ela.

– Quero que seja cremado imediatamente – era o que tentava dizer, e o que começara a dizer, pensando que falava normalmente. Então ouviu, ou sentiu, seus próprios engasgos e gaguejos incontroláveis.

– Eu quero... eu quero... ele queria...

Ed Shore segurou seu antebraço e pôs seu outro braço em torno de seus ombros. Bruce erguera os braços, mas não tocara nela.

– Eu não deveria ter feito com que se sentasse – disse chorosamente.

– Tudo bem – disse Ed. – Quer ir até meu carro, Nina? Vamos tomar um pouco de ar fresco.

Ed dirigiu com os vidros abaixados, atravessou a parte velha da cidade e entrou numa rua sem saída que tinha uma curva dominando o lago. Durante o dia, as pessoas iam ali pela vista – às vezes, enquanto comiam seus almoços –, mas à noite era um lugar para casais. A lembrança disso deve ter ocorrido a Ed, assim como a ela, quando estacionou o carro.

– Tem ar fresco suficiente? – disse. – Não vá ficar resfriada, saindo sem um casaco.

Ela disse cuidadosamente: – Está esquentando. Como ontem.

Jamais haviam se sentado juntos num carro estacionado, fosse após escurecer, fosse à luz do dia, nunca procuraram um lugar como aquele para ficar a sós.

Parecia um pensamento exagerado e vulgar de se ter agora.

– Desculpe – disse Nina. – Eu me descontrolei. Só queria dizer que Lewis... que nós... que ele...

E começou tudo outra vez. Novamente os dentes batendo, o tremor, as palavras rachando ao meio. A horrível comiseração daquilo. Não era nem mesmo uma expressão genuína de seus sentimentos. O que sentira antes era raiva e frustração, de falar com – e ouvir – Bruce. Dessa vez sentia-se – achava que se sentia – totalmente calma e razoável.

E dessa vez, como estavam completamente sozinhos, ele não a tocou. Simplesmente começou a falar. Não se preocupe com isso. Eu cuido de tudo. Imediatamente. Vou cuidar para que tudo corra bem. Eu compreendo. Cremação.

– Respire – disse. – Respire fundo. Agora segure. Agora solte.

– Estou bem.

– Claro que está.

– Não sei qual é o problema.

– O choque – disse ele, calmamente.

– Eu não sou assim.

– Olhe para o horizonte. Isso também ajuda.

Tirava algo do bolso. Um lenço? Mas ela não precisava de lenço. Não havia lágrimas. Só os tremores.

Era um pedaço de papel muito bem dobrado.

– Eu guardei isso para você – disse. – Estava no bolso do pijama.

Ela enfiou o papel na bolsa, com cuidado e sem nervosismo, como se fosse uma receita médica. Então se deu conta do que ele lhe dizia.

– Você estava lá quando o trouxeram.

– Eu cuidei dele. Bruce me chamou. Houve um acidente de carro e ele ficou sobrecarregado.

Ela nem mesmo disse: Que acidente? Não se importava. Tudo que queria era ficar sozinha para poder ler o bilhete. O bolso do pijama. O único lugar que não olhara. Não havia tocado seu corpo.

Tomou o caminho de casa dirigindo seu próprio carro, depois de Ed tê-la levado de volta. Assim que o perdeu de vista, acenando para ela, parou após uma curva. Com uma das mãos, tirara o papel da bolsa mesmo enquanto dirigia. Leu o que estava escrito, sem desligar o motor, e depois continuou a andar.

Na calçada diante de sua casa havia outra mensagem.

A vontade divina.

Uma escrita apressada, rabiscada com giz. Seria fácil de limpar.

O que Lewis escrevera e deixara para ela encontrar era um poema. Inúmeros versos sarcásticos de má poesia. Tinha um título: "A batalha dos genesitas e dos filhos de Darwin pela alma da geração frouxa."

Houve certa vez um Templo de Sabedoria
Junto ao lago Huron, às suas margens frias,
Onde estultos de olhar apalermado
Acorriam a escutar, sem nenhum enfado,

O Rei dos Palermas, um sujeito como ninguém,
Com um sorriso de orelha a orelha (senão mais além...),
Um asno com uma grande ideia no coco –
Dê-lhes apenas o que querem ouvir (nem mais um pouco!).

Certo inverno Margaret teve a ideia de organizar uma série de reuniões noturnas nas quais as pessoas falassem – por não muito tempo – sobre qualquer assunto que conhecessem e pelo qual mais se interessassem. Pensou em fazer isso para professores ("Professores estão sempre de pé, tagarelando para uma audiência cativa", disse. "Precisam sentar-se e escutar alguma outra pessoa dizendo algo a *eles*, só pra variar"), mas então ficou decidido que seria mais interessante se não professores também fossem convidados. Haveria um jantar simples com vinho, primeiro, na casa de Margaret.

Foi assim que, numa noite fria e clara, Nina viu-se de pé parada do lado de fora da porta da cozinha de Margaret, no alpendre às escuras, apinhado de casacos, mochilas escolares e bastões de hóquei dos filhos de Margaret – isso foi antes, quando eles todos ainda moravam lá. Na sala de estar – de onde mais nenhum som chegava aos ouvidos de Nina –, Kitty Shore falava sobre o assunto de sua escolha, que era "santos". Kitty e Ed Shore encontravam-se entre as "pessoas de verdade" convidadas para o grupo – além disso, eram vizinhos de Margaret. Ed falara na noite anterior, sobre escalada de montanhas. Ele chegara a escalar um pouco, nas Rochosas, mas na maior parte do tempo falou dos perigos e das expedições trágicas sobre as quais gostava de ler. (Margaret dissera para Nina, quando tomavam o café naquela noite: "Fiquei um pouco preocupada que fosse falar sobre embalsamamento", e Nina riu e disse: – "Mas isso não é seu assunto favorito. Não é um *hobby*. Imagino que não existam muitas pessoas que pratiquem embalsamamento por *hobby*".)

Ed e Kitty eram um belo casal. Margaret e Nina concordavam, em segredo, que Ed seria um homem muito desejável, não fosse por sua profissão. A extraordinária palidez de intermináveis enxaguadas de suas mãos esguias e capazes dava o que pensar, como: Por onde andaram estas mãos? A sinuosa Kitty era com frequência chamada de adorável – uma morena baixa, peituda, de olhar cálido, com uma voz vibrante e cheia de entusiasmo. Entusiasmo por seu casamento, seus filhos, as estações, a cidade e, particularmente, sua religião. Na Igreja Anglicana, à qual pertencia, entusiastas como ela eram incomuns e dizia-se que era um problema, com seu caráter rigoroso, imaginativo, dado a cerimônias arcanas tais como o serviço de ação de graças após o parto. Nina e Margaret, também, achavam-na difícil de aguentar, e Lewis dizia que ela era venenosa. Mas a maioria das pessoas ficava cativada. Nessa noite ela usava um vestido de lã vermelho-escuro e brincos que um de seus filhos lhe fizera no Natal. Acomodara-se num canto do sofá com as pernas enfiadas debaixo do corpo. Conquanto se ativesse à ocorrência histórica e geográfica de santos estava tudo bem – quer dizer, tudo bem para Nina, que esperava que Lewis não julgasse ser necessário partir para o ataque.

Kitty disse que fora obrigada a deixar de fora todos os santos do Leste Europeu e se concentrar mais nos santos das Ilhas Britânicas, particularmente aqueles da Cornualha, do País de Gales e da Irlanda, os santos celtas com seus nomes maravilhosos, que eram seus favoritos. Quando chegou na parte de curas e milagres, e especialmente quando sua voz tornou-se mais jovial e confiante, e seus brincos tilintavam, Nina começou a ficar apreensiva. Ela sabia que as pessoas podiam achá-la frívola – disse Kitty, por rezar para algum santo quando ocorresse um desastre na cozinha, mas era exatamente para isso que acreditava existirem santos. Não eram tão elevados e poderosos que não pudessem se interessar por nossas provações, os detalhes de nossas vidas que teríamos timidez de levar ao Deus do Universo. Com a ajuda dos santos, é possível ficar parcialmente no mundo de uma criança, com a esperança que tem uma criança de ajuda e consolo. *Se não vos converterdes e vos tornardes como as crianças.* E eram os pequenos milagres... de fato, não eram os pequenos milagres que nos ajudavam a ficar preparados para os grandes?

Bom. Alguma pergunta?

Alguém perguntou sobre o *status* dos santos numa igreja anglicana. Numa igreja protestante.

– Bem, estritamente falando, não acho que a Igreja Anglicana seja protestante – disse Kitty. – Mas não quero entrar nesse mérito. Quando dizemos no credo: "Creio na Santa Igreja Católica", presumo que quer dizer toda a imensa e universal Igreja Cristã. E então dizemos: "Creio na comunhão dos santos". É claro que não temos estátuas na igreja, embora pessoalmente eu acho que seria lindo se tivéssemos.

Margaret disse: – Café? – e ficou subentendido que a parte formal da reunião terminara. Mas Lewis puxou sua cadeira para perto de Kitty e disse, quase cordial: – Então? Presumo que você acredita nesses milagres?

Kitty riu. – É claro. Eu não poderia nem existir se não acreditasse em milagres.

Então Nina soube o que viria a seguir. Lewis movendo-se silenciosa e incansavelmente, Kitty retrucando com alegre convicção e com o que julgava serem inconsistências femininas e encantadoras. Sua fé residia nisso, certamente – em seu próprio encanto. Mas Lewis não se deixaria encantar. Queria saber: que formas esses santos assumem no presente momento? No céu, eles ocupam o mesmo território dos que estão meramente mortos, os virtuosos ancestrais? E como são escolhidos? Não é pelos milagres comprovados, os milagres atestados? E como se pode comprovar os milagres de alguém que viveu há quinze séculos? Como comprovar um milagre, afinal? No caso dos pães e dos peixes, somando. Mas é somar de verdade, ou apenas fazer uma ideia? Fé? Ah, sim. Então tudo diz respeito à fé. Nas coisas cotidianas, em toda sua vida, Kitty vive pela fé?

Vive.

Não se apóia na ciência de forma alguma? Certamente, não. Quando seus filhos estão doentes, não dá remédio para eles. Não se incomoda com a gasolina do carro, tem sua fé...

Uma dúzia de conversas espocou em torno deles e mesmo assim, devido à sua intensidade e perigo – a voz de Kitty agora alterando-se como um pássaro numa gaiola, dizendo não seja bobo, e você acha que sou uma desequilibrada completa?, e Lewis provocando-a, cada vez mais desdenhoso, mais implacável –, a conversa deles será ouvida através dos outros, o tempo todo, por toda a sala.

Nina sente um gosto amargo na boca. Vai até a cozinha para ajudar Margaret. Passam uma pela outra, Margaret levando o café. Nina passa direto através da cozinha e vai lá fora, no alpendre. Pela pequena vidraça na porta dos fundos, observa a noite sem luar, os montes de neve ao longo da rua, as estrelas. Encosta sua bochecha quente contra o vidro.

Endireita-se de repente quando a porta da cozinha se abre, vira-se e sorri, e está quase dizendo: "Só saí para ver como estava o tempo". Mas quando vê o rosto de Ed Shore contra a luz, no minuto em que ele fecha a porta, pensa que não precisa dizer isso. Cumprimentam-se com uma risada breve, sociável, com um leve traço de desculpa e desaprovação, por meio da qual parece que muitas coisas são comunicadas e compreendidas.

Estão abandonando Kitty e Lewis. Só por algum tempo – Kitty e Lewis não vão notar. Lewis não vai perder o gás, e Kitty encontrará um jeito – lamentando-se por Lewis não concordar – de sair do dilema de ser devorada. Kitty e Lewis não vão se fartar um do outro.

É assim que Ed e Nina se sentem? Fartos dos outros, ou pelo menos fartos de discussão e convicção. Cansados de nunca se verem livres daquelas personalidades contenciosas?

Jamais diriam tal coisa. Diriam apenas que estavam cansados.

Ed Shore põe um braço em torno de Nina. Ele a beija – não na boca, não no rosto, mas na garganta. O lugar onde um pulso agitado pode estar batendo, em sua garganta.

Ele é um homem que precisa se curvar para fazer isso. Para uma porção de homens, seria o lugar natural para beijar Nina, quando está de pé. Mas é alto o bastante para se curvar e beijá-la deliberadamente naquele lugar delicado e exposto.

– Vai se resfriar aqui fora – disse.

– Eu sei. Já vou entrar.

Depois desse dia Nina nunca mais fez sexo com nenhum outro homem além de Lewis. Nunca nem chegou perto.

Fazer sexo. Fazer sexo com. Por um longo tempo foi incapaz de dizer isso. Dizia fazer amor. Lewis não dizia nada. Era um parceiro atlético e inventivo num sentido físico, não sem ter consciência dela. Não sem consideração. Mas estava sempre em guarda contra qualquer coisa que tendesse para o sentimentalismo e, de seu ponto de vista, muita coisa tendia. Ela se tornou uma pessoa muito sensível a essa aversão, chegou quase a compartilhá-la.

Sua lembrança do beijo de Ed Shore ali fora junto à porta da cozinha, contudo, tornou-se de fato um tesouro. Quando Ed cantava seus solos tenor na apresentação da Sociedade Coral do *Messias*, todo Natal, aquele momento regressava. "Conforta-te, meu povo", trespassava ele sua delicada garganta com agulhas estelantes. Como se tudo acerca dela fosse reconhecido, então, honrado e iluminado.

* * *

Paul Gibbings não esperara problemas da parte de Nina. Sempre a julgou uma pessoa equilibrada, a seu modo reservado. Não cáustica como Lewis. Mas perceptiva.

– Não – ela disse. – Ele não teria gostado disso.

– Nina. Ensinar foi sua vida. Ele deu muita coisa. Há tanta gente, não sei se percebe quanta gente, que se recorda de simplesmente ficar ali sentada na classe, fascinada. Provavelmente não se lembram de mais nada na escola tanto quanto se lembram de Lewis. Ele tinha muita presença, Nina. Ou você tem, ou não tem. Lewis tinha às pencas.

– Não estou discutindo isso.

– Então tem toda essa gente querendo de algum modo se despedir. Todo mundo tem necessidade de se despedir. E também de homenageá-lo. Entende o que estou dizendo? Depois daquele negócio todo. Ponto final.

– É. Ouvi. *Ponto final.*

Um tom mal-educado aqui, pensou ele. Mas ignorou. – Não precisa ter o menor vestígio de religiosidade nisso. Nada de orações. Nada de discursos. Sei tão bem quanto você que ele teria odiado isso.

– Teria.

– Eu sei. Eu meio que posso bancar o mestre de cerimônias da coisa toda, se é que esta palavra não está errada. Tenho uma ideia muito clara sobre o tipo exato de pessoa a quem posso pedir que faça uma apreciação. Talvez uma meia dúzia de pessoas, terminando com um pequeno encerramento meu. "Elogio", acho que é a palavra, mas prefiro "apreciação"...

– Lewis ia preferir nada.

– E por mim sua participação pode ser em qualquer nível que quiser...

– Paul. Ouça. Me ouça.

– Claro. Estou ouvindo.

– Se você for em frente com isso, eu vou participar.

– Puxa. Ótimo.

– Quando Lewis morreu ele deixou um... deixou um poema, na verdade. Se você continuar com isso, eu vou lê-lo.

– É?

– Quer dizer, vou lê-lo na ocasião, em voz alta. Vou ler um trecho para você.

– Certo. Vá em frente.

Houve certa vez um Templo de Sabedoria
Junto ao lago Huron, às suas margens frias,
Onde estultos de olhar apalermado
Acorriam a escutar, sem nenhum enfado,

– Parece coisa do Lewis, com certeza.

O Rei dos Palermas, um sujeito como ninguém,
Com um sorriso de orelha a orelha (senão mais além...),
Um asno com uma grande ideia no coco –
Dê-lhes apenas o que querem ouvir (nem mais
um pouco!)

– Nina. Tá bom. Tá bom. Já entendi. Então é isso que você quer, é? Harper Valley PTA?*
   – Tem mais.
   – Tenho certeza que sim. Acho que você está muito perturbada, Nina. Não acho que iria agir desse modo se não estivesse perturbada. E quando estiver se sentindo melhor, vai se arrepender.
   – Não vou.
   – Acho que vai se arrepender. Preciso desligar. Tenho de dizer tchau.

– Uau – disse Margaret. – Como foi que ele reagiu?
   – Disse que tinha de dizer tchau.
   – Quer que eu vá até aí? Poderia lhe fazer companhia.
   – Não. Obrigada.
   – Não quer ver ninguém?
   – Acho que não. Não agora.
   – Tem certeza? Você está bem?
   – Estou.
   Na verdade, não estava muito contente consigo mesma sobre seu procedimento ao telefone. Lewis havia dito: – Certifique-se de cortar logo o assunto se começarem a encher o saco com alguma homena-

---

* Título de uma comédia, baseada em canção pop da década de 1960, sobre jovem mãe perseguida pela Associação de Pais e Mestres (PTA – Parent Teacher Association) de uma pequena cidade puritana. [N. T.]

gem. Aquela bichinha é capaz disso. – Assim, fora necessário deter Paul de alguma maneira, mas a forma como o fizera pareceu rudemente teatral. O insulto sempre ficava a cargo de Lewis, a retaliação era sua especialidade – tudo que conseguiu fazer foi citá-lo. Estava além de sua capacidade imaginar como poderia viver apenas com seus velhos hábitos pacíficos. Fria e muda, desnudada dele.

Algum tempo depois de escurecer, Ed Shore bateu na porta dos fundos. Tinha uma caixa de cinzas e um buquê de rosas brancas. Entregou-lhe as cinzas primeiro.

– Ah – disse ela. – Pronto.

Sentiu um calor através do grosso invólucro cartonado, que não veio de imediato, mas gradualmente, como o calor do sangue através da pele.

Onde ela deveria pôr aquilo? Não na mesa da cozinha, ao lado de seu jantar quase intocado. Ovos mexidos e salsa, uma combinação que sempre aguardava ansiosamente nas noites em que Lewis ficava preso até tarde por alguma razão e ia comer com os outros professores no Tim Horton's ou no *pub*. Nesta noite provara-se uma má escolha.

Tampouco no balcão. Iria parecer com um enorme item de mercearia. E também não no chão, onde poderia ser ignorado mais facilmente, mas ficaria relegado a uma posição inferior – como se contivesse fezes de gato ou algum fertilizante de jardim, algo que não devesse ficar muito próximo de pratos e comida.

Queria, de verdade, levá-lo para outra sala, deixá-lo pousado em algum lugar das ensombrecidas salas frontais da casa. De preferência à distância, na prateleira de um armário. Mas de algum modo ainda era cedo demais para esse tipo de banimento. Além disso, considerando que Ed Shore a estava observando, poderia parecer uma rápida e brutal limpeza de área, um convite vulgar.

Finalmente colocou a caixa na pequena mesa do telefone.

– Não tive intenção de deixá-lo esperando de pé – disse. – Sente--se, por favor.

– Eu interrompi sua refeição.

– Não estava com vontade de comer.

Ele continuava a segurar as flores. Ela disse: – São para mim? A imagem dele com o buquê, a imagem dele com a caixa de cinzas e o buquê, quando abriu a porta – aquilo parecia grotesco, agora que pensava a respeito, e horrivelmente engraçado. Era o tipo de coisa que poderia tê-la deixado histérica, ao contar para alguém. Como Margaret. Esperava nunca fazê-lo.

São para mim?

Poderia perfeitamente também ser para o morto. Flores para a casa do morto. Ela começou a procurar um vaso, então encheu a chaleira, dizendo: "Eu já ia fazer um pouco de chá", foi até o fundo para buscar um vaso e encontrou um, encheu-o de água, procurou uma tesoura para cortar os talos e finalmente o aliviou das flores. Então se deu conta de que ainda não havia acendido a boca sob a chaleira. Mal podia se controlar. Sentiu como se pudesse facilmente atirar as rosas no chão, quebrar o vaso, esmagar as coisas congeladas no prato com a comida entre seus dedos. Mas por quê? Não tinha raiva. É que simplesmente era um esforço enorme continuar a fazer uma coisa depois da outra. Agora teria de esquentar a panela, medir o chá.

Disse: – Você leu o que achou no bolso de Lewis?

Ele fez que não com a cabeça, sem olhar para ela. Sabia que mentia. Estava mentindo, tremia, até onde estava disposto a entrar na vida dela? E se não aguentasse e lhe contasse sobre a perplexidade que sentiu – por que não dizer, o balde de água fria em seu coração – quando viu o que Lewis escrevera? Quando viu que aquilo era tudo que tinha a escrever.

– Deixe pra lá – disse. – Eram só alguns versos.

Eram duas pessoas sem meio-termo, nada situado entre as formalidades educadas e uma intimidade avassaladora. O que houvera entre eles, por todos esses anos, fora mantido em equilíbrio por causa de seus dois casamentos. Seus casamentos eram o verdadeiro conteúdo de suas vidas – o casamento dela com Lewis, o às vezes áspero e desconcertante, indispensável conteúdo de sua vida. Essa outra coisa dependia desses casamentos, por sua afabilidade, sua promessa de consolo. Não era como se fosse algo que pudesse se sustentar sobre si mesmo, ainda que ambos fossem livres. E contudo, não era um nada. O perigo residia em testá-lo, em vê-lo desmoronar e então pensar que não havia sido nada.

A boca do fogão estava acesa, o bule pronto para ser aquecido. Ela disse: – Você tem sido muito gentil e eu nem mesmo agradeci. Tome um pouco de chá.

– Isso seria ótimo, disse.

E quando se sentaram à mesa, as xícaras cheias, leite e açúcar oferecidos – no momento em que poderiam ter entrado em pânico –, teve uma estranha inspiração.

Ela disse: – O que você faz, realmente?

– O que eu faço?

– Quer dizer... o que você fez nele, na outra noite? Ou não costuma ouvir esse tipo de pergunta?

– Não com essas palavras.

– Não se incomoda? Não me responda se achar ruim.

– Só estou surpreso. Eu não me incomodo.

– Eu estou surpresa de perguntar.

– Bom, tudo bem – disse ele, voltando a pôr a xícara sobre o pires. – Basicamente, o que você tem a fazer é drenar os vasos sanguíneos e a cavidade corporal, e aí pode se deparar com problemas, dependendo de coágulos e outras coisas, então faz o que é preciso para resolver. Na maioria dos casos é possível usar a veia jugular, mas às vezes é preciso dar algumas pancadas no coração. E a gente drena a cavidade corporal com um negócio chamado trocarte, que é mais ou menos uma longa agulha presa num tubo flexível. Mas é claro que é diferente se houve uma autópsia e os órgãos foram retirados. A gente tem de usar algum enchimento, para restaurar o formato natural...

Manteve um olho nela todo o tempo em que lhe contava isso e prosseguia com cautela. Estava tudo bem – o que sentia despertar dentro de si era apenas uma curiosidade fria e espaçosa.

– Era isso mesmo que queria saber?

– Era, respondeu com firmeza.

Ele viu que estava tudo bem. Ficou aliviado. Aliviado e quem sabe agradecido. Devia estar acostumado com as pessoas se mantendo completamente à distância de seu trabalho, ou então fazendo piadas.

– E então a gente injeta o líquido, que é uma solução de formaldeído, fenol e álcool, e muitas vezes alguma tintura é adicionada a ela, para as mãos e o rosto. Todo mundo acha que o rosto é importante e que há muito que fazer nele tapando os olhos e passando arame nas gengivas. Além da massagem e todo o trabalho com os cílios e uma maquiagem especial. Mas as pessoas tendem igualmente a se preocupar com as mãos e as querem suaves e naturais, e não enrugadas na ponta dos dedos...

– Você teve todo esse trabalho.

– Isso mesmo. Não era o que você queria. São coisas mais cosméticas, na maioria. É nossa maior preocupação nos dias de hoje, mais do que qualquer preservação que dure muito. Mesmo o velho Lênin, sabia disso?, tinham de continuar a injetar líquido nele para que não dessecasse ou descolorisse – não sei se ainda fazem isso.

Um tom mais expansivo, ou desembaraçado, combinado à seriedade de sua voz, a fez pensar em Lewis. Lembrava-se de Lewis na noite anterior à última, contando-lhe com voz fraca mas satisfeita sobre as criaturas unicelulares – sem núcleo, sem pares de cromossomos, sem mais o quê? – que haviam sido a única forma de vida na Terra por quase dois terços da história da vida.

– Agora, os antigos egípcios – disse Ed, – sua ideia era que a alma parte para uma jornada, que leva três mil anos para ser completada, e então ela regressa ao corpo, e seu corpo deve estar razoavelmente em boas condições. Assim, a principal preocupação deles era a preservação, o que não fazemos hoje em dia com nada em tal medida.

Sem cloroplastos e sem... mitocôndrias.

– Três mil anos – ela disse. – Então ela volta.

– Bem, segundo eles – disse. Abaixou sua xícara vazia e disse que já estava na hora de voltar para casa.

"Obrigada" – disse Nina. Depois, apressadamente: "Acredita em algo como uma alma?".

Ele permaneceu com as mãos pressionadas contra a mesa da cozinha. Suspirou, balançou a cabeça e disse: "Acredito."

Pouco depois que ele partiu, ela pegou as cinzas e ajeitou-as no banco do passageiro de seu carro. Depois entrou novamente em casa para pegar as chaves e um casaco. Dirigiu cerca de um quilômetro e meio fora da cidade, até uma encruzilhada, estacionou, desceu e caminhou por uma pequena estrada secundária, levando a caixa. A noite estava muito fria e silenciosa, a lua já surgia alta no céu.

Aquela estrada no início passava através de terrenos alagados onde cresciam tabuas – estavam todas ressecadas, altas e com aspecto hibernal. Havia também asclepiadáceas, cujos frutos vazios brilhavam como conchas. Tudo era nítido sob o luar. Podia sentir o cheiro de cavalos. Sim – havia dois deles ali perto, formas negras e sólidas além das tabuas e da cerca da fazenda. Esfregavam seus corpos volumosos um contra o outro, observando-a.

Ela abriu a caixa e enfiou a mão nas cinzas frias, atirou-as para o alto ou deixou-as cair – com outros pedacinhos mais recalcitrantes do corpo – entre a vegetação de beira de estrada. Fazer isso era como se dobrar toda e então atirar-se no lago para o primeiro mergulho enregelado, em junho. Um choque nauseante no início, depois a perplexidade de que a pessoa ainda se movimenta, alçada por uma corrente de adamantina devoção – calmamente pairando na superfície de sua vida, sobrevivendo, embora a dor do frio continue a envolver o corpo submerso.

URTIGAS

NO VERÃO DE 1979, entrei na cozinha da casa da minha amiga Sunny, perto de Uxbridge, Ontário, e vi um homem de pé junto ao balcão, preparando um sanduíche de ketchup para si mesmo.

Passei de carro pelas colinas a nordeste de Toronto, com meu marido – meu segundo marido, não o que eu havia deixado para trás naquele verão –, e procurei pela casa, com uma persistência indolente; tentando localizar a estrada onde ficava, mas nunca consegui. Provavelmente havia sido destruída. Sunny e seu marido a venderam poucos anos depois que os visitei. Ficava longe demais de Ottawa, onde moravam, para que servisse de casa de veraneio. Seus filhos, à medida que iam entrando na adolescência, recusavam-se a ir para lá. E havia trabalho de manutenção em demasia para Johnston – o marido de Sunny –, que gostava de passar seus fins de semana jogando golfe.

Encontrei o campo de golfe – acho que é o certo, embora seus limites irregulares tenham sido limpos e haja uma sede mais cuidada.

No campo onde vivi minha infância, os poços ficavam secos no verão. Isso acontecia uma vez a cada cinco ou seis anos, mais ou menos, quando não havia chuva suficiente. Esses poços eram buracos cavados no chão. Nosso poço era um buraco mais profundo do que os demais, mas nós necessitávamos de uma boa reserva de água para nossos animais de cativeiro – meu pai criava raposas de pelo prateado e martas; assim, um dia, o homem da broca chegou com um equipamento impressionante e o buraco foi afundando, afundando, cada vez mais fundo na terra, até que deu com a água na rocha. Desse momento em diante, podíamos bombear uma água pura e refrescante, independentemente da época do ano e por mais que o tempo estivesse seco. Isso era motivo de orgulho. Havia uma caneca de alumínio pendurada na bomba, e quando eu bebia dela num dia escaldante, pensava em rochas negras onde a água corria cintilante como diamante.

O homem da broca – ele às vezes era chamado de escavador, como se ninguém pudesse se dar o trabalho de ser preciso sobre o que ele fazia e a antiga descrição fosse mais confortável – chamava-se Mike McCallum. Morava na cidade perto de nossa fazenda mas não possuía casa lá. Ele vivia no Clark Hotel – chegara na primavera, e continuaria ali até que terminasse qualquer eventual trabalho que encontrasse nessa parte do país. Depois se mudaria para outro lugar.

Mike McCallum era um homem mais novo que meu pai, mas tinha um filho um ano e dois meses mais velho do que eu. Esse garoto morava com seu pai em quartos de hotel ou casas de pensão, onde quer que seu pai estivesse trabalhando, e ia a qualquer escola que se achasse à mão. Seu nome era Mike McCallum, também.

Sei exatamente sua idade porque isso é uma coisa que as crianças estabelecem imediatamente, é uma das questões essenciais sobre a qual negociam se serão amigas ou não. Ele estava com nove anos, e eu, com oito. Seu aniversário era em abril, o meu, em junho. As férias de verão estavam muito próximas quando ele chegou em nossa casa com seu pai.

Seu pai dirigia um caminhão vermelho-escuro sempre coberto de lama ou poeira. Mike e eu íamos na cabine quando chovia. Não me lembro se seu pai entrou em nossa cozinha então, para umas tragadas e uma xícara de chá, ou ficou parado sob uma árvore, ou foi direto para o trabalho. A chuva golpeava os vidros do caminhão e fazia um estardalhaço como de pedras caindo no teto. O odor era de homens – suas roupas de trabalho, ferramentas, tabaco, botas imundas, meias cheirando a queijo rançoso. E também de um cão de pelos longos encharcado, pois trouxéramos Ranger junto conosco. A presença de Ranger era normal, eu estava acostumada a tê-lo por perto me seguindo e às vezes sem nenhuma boa razão ordenava que permanecesse em casa, fosse até o celeiro, me deixasse em paz. Mike, porém, gostava do cachorro e sempre se dirigia a ele com gentileza, chamando-o pelo nome, contando-lhe nossos planos e ficando à sua espera quando saía para um de seus projetos caninos, como caçar uma marmota ou um coelho. Vivendo como vivia com seu pai, Mike jamais poderia ter seu próprio cão.

Certo dia, quando Ranger encontrava-se conosco, ele caçou um cangambá, e o cangambá virou-se e soltou seu jato sobre ele. Mike e eu de certo modo levamos a culpa por aquilo. Minha mãe teve de parar fosse lá o que estava fazendo, pegar o carro, ir até a cidade e comprar várias latas enormes de suco de tomate. Mike persuadiu Ranger a entrar numa tina e derramamos o suco de tomate sobre ele, esfregando o líquido em seu pelo. Parecia pelo que estávamos lhe dando um banho com sangue. Quantas pessoas seriam necessárias para fornecer todo aquele sangue?, a gente se perguntava. Quantos cavalos? Elefantes?

Eu tinha mais familiaridade com sangue e matança de animais do que Mike. Levei-o para ver a mancha num canto do pasto, próximo ao portão do curral anexo ao celeiro, onde meu pai sacrificava e cortava os cavalos com os quais alimentava as raposas e martas. O chão era liso de tão pisoteado e parecia tingido de cor de sangue, um vermelho-ferrugem escuro. Então eu o levei para o açougue no celeiro, onde as carcaças dos cavalos ficavam dependuradas antes de serem moídas para virar ração. O açougue era apenas um barracão com paredes de tela, que ficavam cobertas de moscas, enlouquecidas com o cheiro de carne apodrecendo. A gente pegava as leves telhas de madeira e esmagava um monte delas. Nossa fazenda era pequena – menos de quatro hectares. Pequena o bastante para que eu houvesse explorado cada canto dela, e cada canto tinha um aspecto e uma característica particulares, que eu era incapaz de pôr em palavras. É fácil perceber o que poderia haver de especial no barracão de tela de arame com as longas e pálidas carcaças de cavalo penduradas nos ganchos brutais, ou no putrefato chão embebido em sangue em que elas haviam sido transformadas de cavalos vivos em suprimento de carne. Mas havia outras coisas, como as pedras nos dois lados da estreita passagem de tábuas do celeiro, que eram, tanto quanto as outras coisas, carregadas de significado para mim, embora nada de memorável tenha jamais ocorrido ali. Em um dos lados, havia uma grande pedra esbranquiçada e lisa que se sobressaía e dominava todas as demais e, assim, esse lado tinha para mim um ar mais expansivo e público, e eu sempre escolhia subir por esse caminho, em vez de ir pelo outro lado, em que as pedras eram mais escuras e aglutinadas, de uma forma mais mesquinha. Cada uma das árvores do lugar apresentava de modo similar uma atitude e uma presença – o olmo parecia sereno, o carvalho, ameaçador, os bordos, cordiais e prosaicos, e o pilriteiro, velho e rabugento. Até mesmo as depressões nos baixios do rio – de onde meu pai tirara e vendera o cascalho anos antes – tinham seu caráter distinto, talvez mais fácil de localizar se fossem vistas cheias d'água durante a vazante das cheias de primavera. Havia aquela que era pequena, circular, profunda, perfeita; aquela distendida como uma cauda; e ainda aquela que era ampla e incerta quanto ao formato e sempre ondulando na superfície, porque a água era muito rasa.

Mike via todas essas coisas de um ângulo diferente. Assim como eu, agora que estava em sua companhia. Eu as via de seu jeito e do meu, e meu jeito era por sua própria natureza incomunicável, de modo que tinha de permanecer secreto. O seu tinha a ver com a vantagem imediata. A grande pedra clara na passagem do celeiro era para servir de apoio num pulo, tomando impulso e então atirando-se no ar, para vencer as pedras menores na rampa sob si e aterrissar no solo batido junto à porta do estábulo. Todas as árvores eram para subir, mas principalmente o bordo perto da casa, com o galho no qual a gente podia se arrastar, de modo a soltar o corpo quando estivesse sobre o telhado da varanda. E as depressões de cascalho eram simplesmente para pisar, gritando como animais ao encalço de suas presas, após uma furiosa carreira através do alto relvado. Se fosse mais para o começo do ano, dizia Mike, quando elas retinham mais água, poderíamos construir uma jangada.

Esse projeto foi levado em consideração, com respeito ao rio. Mas o rio em agosto era quase tanto um caminho pedregoso quanto um curso d'água e em vez de tentar flutuar ou nadar nele, tiramos nossos sapatos e por ele vadeamos – saltando de uma pedra imaculadamente branca para outra e escorregando nas rochas espumosas sob a superfície, laboriosamente caminhando através dos tapetes de nenúfares com suas folhas achatadas e outras plantas aquáticas cujos nomes não sou capaz de me lembrar ou nunca soube (pastinaca silvestre?, cicuta?). Estas cresciam tão espessas que pareciam como que enraizadas em ilhas, sobre terra seca, mas estavam na verdade medrando com a sujeira do rio e prendiam nossas pernas em suas raízes serpentiformes.

O rio era o mesmo que corria à vista de todos através da cidade, e, caminhando contra a corrente, chegávamos a ver a ponte de arco duplo da rodovia. Quando eu estava sozinha ou apenas com Ranger, nunca cheguei tão longe, porque geralmente havia gente da cidade ali. Vinham para pescar nas margens, e, quando a água ficava funda o bastante, os garotos pulavam sobre a balaustrada. Não fariam isso agora, mas era muito provável que alguns deles chapinhassem na água mais abaixo – ruidosos e hostis, como meninos da cidade sempre são.

Os vagabundos eram outra possibilidade. Mas não disse nada disso para Mike, que seguia adiante de mim como se a ponte fosse um destino trivial e não houvesse nada desagradável ou proibitivo sobre dela. As vozes chegavam até nós e, como eu esperava, eram as vozes de garotos gritando – podia-se pensar que a ponte era deles. Ranger nos seguira até ali, sem muito entusiasmo, mas já estava dando uma guinada na direção da margem. Era um cão velho, a essa altura, e jamais fora afeiçoado sem reservas a crianças.

Havia um homem pescando, não da ponte, mas da margem, e praguejou com o escândalo feito por Ranger ao sair da água. Perguntou-nos se não podíamos ter deixado a bosta do cachorro em casa. Mike seguiu direto em frente, como se o homem apenas tivesse assobiado para nós, e então passamos através da sombra da ponte, onde jamais estivera em toda minha vida.

O chão da ponte era nosso teto, com os riscos da luz do sol filtrando-se por entre as tábuas. E agora um carro passava acima, fazendo um som de trovão e provocando a intermitência da luz. Paramos quando isso aconteceu, olhando. O sob-a-ponte era um lugar só nosso, mais do que um simples trecho do rio. Quando o carro terminou de passar e o sol brilhou desimpedido através das fendas outra vez, seu reflexo na água projetou ondas de luz, fantásticas bolhas de luz, no alto dos pilotis de cimento. Mike gritou para testar o eco e eu fiz o mesmo, só que mais fracamente, porque os garotos na margem, os estranhos, do outro lado da ponte, assustavam-me mais do que teriam feito os mendigos.

Fui para a escola rural que ficava pouco depois de nossa fazenda. As matrículas ali haviam tido tão pouca procura que cheguei a ser a única criança em minha classe. Mas Mike estivera na escola da cidade desde a primavera e aqueles garotos não eram estranhos para ele. Provavelmente estaria brincando com eles, e não comigo, não fosse seu pai ter a ideia de levá-lo consigo em seus trabalhos, para que pudesse – de vez em quando – ficar de olho nele.

Tinha de haver alguma troca de saudações entre aqueles meninos da cidade e Mike.

Ei. O que pensa que tá fazendo aqui?

Nada. O que acha que você tá fazendo?

Nada. Quem é esta que tá aí com você?

Ninguém. Só ela.

Né-Ninguéém. Só ela.

Havia na verdade um jogo em andamento, que constituía o centro da atenção de todo mundo. E todo mundo incluía as garotas – havia garotas bem no alto da margem, concentradas em seus próprios afazeres –, embora já houvéssemos passado todos da idade em que grupos de meninos e meninas brincam juntos como uma coisa habitual. Talvez houvessem seguido os garotos desde a cidade – fingindo que não seguiam – ou os garotos poderiam ter vindo atrás delas, planejando importuná-las, mas de algum modo, quando se juntaram, aquele jogo tomara forma e precisaram que todos participassem, de modo que as restrições usuais caíram por terra. E quanto mais gente participava, melhor ficava o jogo, então foi fácil para Mike envolver-se com ele e me fazer entrar junto.

Era um jogo de guerra. Os garotos haviam se dividido em dois exércitos que lutavam um contra o outro atrás de barricadas precárias feitas de galhos de árvores, e também protegidos pelo capim inculto e afiado, e pelos juncos e elódeas que se prolongavam acima de nossas cabeças. As principais armas eram bolas de lama, de lodo, aproximadamente do tamanho de bolas de beisebol. Aconteceu de haver uma fonte especial de lama, um poço cinzento e profundo, parte oculto pelas plantas aquáticas, parte pela margem (sua descoberta é que talvez tenha sugerido o jogo), e era ali que as garotas trabalhavam, preparando a munição. Elas apertavam e amassavam a lama pegajosa, fazendo a bola mais sólida que podiam – talvez houvesse um pouco de cascalho dentro e materiais para dar liga, como mato, folhas, pedacinhos de galhos ajuntados no local, mas nenhuma pedra era acrescentada propositalmente – e era necessária uma enorme quantidade delas, pois serviam para não mais do que um único tiro. Era impossível pegar as bolas que haviam errado o alvo, voltar a moldá-las e atirá-las outra vez. As regras de combate eram simples. Se fôssemos atingidos por uma bola – o nome oficial delas era balas de canhão – no rosto, na cabeça ou no tronco, tínhamos de cair mortos. Se fôssemos atingidos nos braços ou nas pernas, tínhamos de cair, mas era apenas ferimento. Então outra coisa que as garotas precisavam fazer era rastejar e arrastar os feridos até um lugar pisoteado, que era o hospital. Seus ferimentos eram emplastrados com folhas e deveriam ficar parados contando até cem. Depois disso, podiam ficar de pé e voltar à luta. Os soldados mortos não deveriam se levantar até que a guerra acabasse, e a guerra só acabaria quando todo mundo de um dos lados morresse.

As garotas, a exemplo dos garotos, estavam divididas em dois lados, mas uma vez que não havia tantas meninas quanto meninos, não podíamos servir de fabricantes de munição e enfermeiras para apenas um soldado. Havia alianças, ainda. Cada garota tinha sua própria pilha de bolas e trabalhava para alguns soldados em particular, e quando um soldado tombava ferido, gritava o nome de uma garota, de modo que pudesse arrastá-lo e cuidar de seus ferimentos o quanto antes. Fiz armas para Mike, e quando ele gritava por socorro, era meu nome que chamava. Havia tanto barulho acontecendo – gritos constantes de "Você morreu", triunfantes ou ofendidos (ofendidos porque é claro que as pessoas que deveriam estar mortas tentavam o tempo todo voltar furtivamente para a luta), e os latidos de um cachorro, não Ranger, que de algum modo se envolvera na batalha –, tanto barulho, que tínhamos de permanecer o tempo todo alertas para a voz do garoto que iria chamar nosso nome. Havia um sentimento penetrante de alarme quando o grito vinha, uma eletricidade zunindo por todo o corpo, uma sensação de fanática devoção. (Pelo menos era assim para mim, que, ao contrário das demais garotas, prestava meus serviços a um único guerreiro.) Imagino, também, que jamais tomei parte de um grupo como esse novamente. Que alegria imensa foi participar de uma aventura tão arrebatadora e abrangente e ser escolhida, dentro dela, para empenhar-me essencialmente aos serviços de um combatente. Quando Mike se feria ele nunca abria os olhos, ficava lânguido e imóvel enquanto eu pressionava as folhas enlameadas em sua testa, sua garganta e – tirando sua camisa – seu abdômen pálido e macio, com seu doce e vulnerável umbigo.

Ninguém venceu. O jogo se desmanchou, depois de muito tempo, em meio a discussões e ressurreições em massa. Tentamos tirar um pouco do lodo de nossos corpos, a caminho de casa, deitando espremidos na água do rio. Nossos shorts e camisas estavam imundos e pingando.

A tarde já chegava ao fim. O pai de Mike se aprontava para partir.

– Pelo amor de Deus – ele disse.

Tínhamos um homem empregado em meio período para ajudar meu pai quando era preciso cortar a carne dos cavalos ou havia algum serviço extra a ser feito. Sua aparência era de um menino envelhecido e sua respiração assobiava como de um asmático. Ele gostava de me agarrar e fazer cócegas até eu achar que fosse sufocar. Ninguém intervinha nisso. Minha mãe não gostava, mas meu pai lhe dizia que era só uma brincadeira.

Ele estava ali no quintal, ajudando meu pai.

– Vocês dois rolando na lama – disse. – Fiquem sabendo que vão ter de casar.

Atrás da porta de tela minha mãe ouviu tudo. (Se os homens soubessem que estava ali, nem um nem outro teria falado daquela maneira.) Ela saiu e disse alguma coisa para o empregado, numa voz baixa e reprovadora, antes de dizer qualquer coisa sobre nosso aspecto.

Eu escutei parte do que disse.

URTIGAS 183

Como irmão e irmã.

O empregado olhou para suas botas, sem conseguir deixar de sorrir.

Ela estava enganada. O empregado chegara mais perto da verdade do que ela. Não éramos como irmão e irmã, nem como nenhum irmão e irmã que eu já houvesse visto. Meu único irmão era pouco mais do que um bebê, de modo que não tive nenhuma experiência como essa em primeira mão. E não éramos como as esposas e maridos que eu conhecia, que para começo de conversa eram velhos, e viviam em mundos tão separados que pareciam mal reconhecer um ao outro. Éramos como um casalzinho íntimo e vigoroso, cuja ligação não necessitava de muita expressão exterior. Algo, pelo menos para mim, solene e emocionante.

Eu sabia que o empregado falara sobre sexo, embora ache que eu não conhecia a palavra "sexo". E odiei-o por isso ainda mais do que costumava odiá-lo. Principalmente porque estava errado. A gente não se punha a exibir-se, esfregar-se, trocar intimidades culpadas – não havia nada da procura aborrecida de esconderijos, nada do prazer tagarela, da frustração, da vergonha imediata, crua. Cenas como essas ocorreram para mim com um garoto que era meu primo e com uma dupla de garotas ligeiramente mais velhas, duas irmãs, que entraram em minha escola. Eu não gostava desses meus parceiros nem antes nem depois do evento e negava furiosamente, mesmo em meu pensamento, que alguma dessas coisas houvesse ocorrido. Tais escapadas jamais deveriam ser consideradas, com qualquer um por quem eu sentisse algum respeito ou carinho – somente com gente que me dava nojo, assim como aquelas ânsias lascivas e repelentes deixavam-me enojada comigo mesma.

Em meus sentimentos por Mike, o demônio localizado foi transformado numa empolgação e ternura difusas, espalhadas por toda a parte sob a pele, um prazer dos olhos e dos ouvidos e um contentamento palpitante na presença da outra pessoa. Eu acordava toda manhã faminta de sua visão, do som do caminhão que trazia a broca sacolejando e resfolegando pela estradinha. Eu venerava, sem dar o menor sinal disso, sua nuca e o formato de sua cabeça, o franzir de suas sobrancelhas, seus compridos dedões do pé descalço e seus cotovelos sujos, sua voz alta e confiante, seu cheiro. Eu aceitava de pronto, até devotadamente, os papéis que não tinham de ser explicados ou ensaiados entre nós – que eu o ajudaria e admiraria, e ele me guiaria e ficaria a postos para me proteger.

E certa manhã o caminhão não veio. Certa manhã, é claro, o trabalho terminou, o poço foi tampado, a bomba posta para funcionar outra vez, a água fresca maravilhou a todos. Houve duas cadeiras a menos na mesa para o almoço. Ambos os Mikes, o velho e o novo, faziam aquela refeição conosco. O jovem Mike e eu nunca conversávamos e mal olhávamos um para o outro. Ele gostava de pôr ketchup em seu pão. Seu pai conversava com o meu, e a conversa era na maior parte sobre poços, acidentes, lençóis de água. Um homem sério. Puro trabalho, dizia meu pai. E mesmo assim ele – o pai de Mike – encerrava quase toda fala com uma risada. A risada tinha um estrondo solitário, como se ainda estivesse dentro do poço.

Eles não vieram. O trabalho terminara, não havia razão para que algum dia voltassem. E aconteceu de esse trabalho ser o último que o homem da broca precisou fazer em nossa parte do país. Ele tinha outros trabalhos à sua espera em toda parte e queria cuidar deles o mais breve possível, enquanto durasse o bom tempo. Vivendo como vivia, num hotel, bastava fazer as malas e partir. E foi isso que fez.

Por que não compreendi o que estava acontecendo? Será que não houve despedidas, sequer a consciência de que quando Mike subiu no caminhão, naquele derradeiro entardecer, ia-se embora para sempre? Nenhum aceno, nenhuma cabeça virada em minha direção – ou não virada em minha direção –, quando o caminhão, pesado com todo o equipamento, saiu pela estradinha que conduzia à nossa casa pela última vez? Quando a água jorrou – lembro-me de vê-la jorrando e de todos reunidos em torno para beber um gole –, por que não compreendi quanta coisa chegara a um termo, para mim? Pergunto-me hoje se havia um plano deliberado para não criar grande alarde sobre a ocasião, para eliminar as despedidas, de modo que eu – ou nós – não ficasse muito infeliz ou criasse demasiados problemas.

Não parece provável que alguém pudesse levar em tal consideração os sentimentos de crianças, naqueles dias. Eram o nosso ofício, sofrer ou reprimir.

Eu não criei problemas. Após o choque inicial, não permiti que ninguém visse coisa alguma. O empregado me provocava sempre que punha os olhos em mim ("Seu namorado fugiu de você?"), mas eu nunca lhe dei atenção.

Eu devo ter sabido que Mike iria embora. Assim como sabia que Ranger era velho e que em breve morreria. A ausência futura eu aceitava – é que eu simplesmente não fazia ideia, até Mike desaparecer, de como podia ser a ausência. Como todo meu território seria alterado, como se tivesse sofrido um deslizamento de terra e todo significado houvesse sido varrido, exceto a perda de Mike. Nunca mais eu poderia olhar para a pedra branca na passagem sem pensar nele e, assim, fui tomada por um sentimento de aversão a ela. Também comecei a me sentir assim em relação ao galho do bordo e, quando meu pai o serrou, porque estava muito perto da casa, senti o mesmo quanto à cicatriz que ficou.

Um dia, muitas semanas depois, quando usava meu casaco de outono, eu estava parada junto à porta da loja de calçados enquanto minha mãe experimentava alguns sapatos, e ouvi uma mulher chamando: "Mike". Ela passou correndo pela loja, chamando: "Mike". Subitamente, convenci-me de que essa mulher que eu não conhecia devia ser a mãe de Mike – eu sabia, embora não por seu intermédio, que era separada de seu pai, não morrera – e que haviam retornado à cidade por algum motivo. Não levei em consideração se sua volta podia ser temporária ou permanente, apenas – eu saíra correndo da loja – que dentro de um minuto iria ver Mike.

A mulher foi ao encontro de um garoto de cinco anos de idade, que acabara de se servir de uma maçã num cesto de maçãs defronte da mercearia ao lado.

Parei e fiquei olhando para a criança, sem acreditar no que via, como que ofendida, um encantamento desleal que tinha lugar diante de meus olhos.

Um nome comum. Uma criança estúpida de rosto sem graça com um cabelo loiro-escuro.

Meu coração pulsava com batidas enormes, como uivos dentro de meu peito.

Sunny foi ao encontro de meu ônibus em Uxbridge. Era uma mulher de ossos grandes, com um rosto luminoso e um cabelo marrom prateado, cacheado, puxado para trás com pentes diferentes de cada lado do rosto. Mesmo quando ganhou peso – o que de fato ocorrera –, não ficou com um aspecto de matrona, mas de uma garota majestosa.

Ela me arrastara no torvelinho de sua vida como sempre fizera, dizendo-me que tinha pensado que iria se atrasar porque havia entrado um inseto no ouvido de Claire naquela manhã e a menina tinha de ser levada ao hospital para fazer uma lavagem, então o cachorro fez cocô no degrau da cozinha, provavelmente porque odiava a viagem, a casa, o campo, e quando ela – Sunny – saiu para me encontrar, Johnston estava fazendo os meninos limpar a sujeira porque eles quiseram um cachorro, e Claire se queixava de que continuava a ouvir um *bzz-bzz* na orelha.

– Então imagino que a gente vá a um lugar legal e calmo, fique bêbada e nunca mais volte lá? – disse. – Só que precisamos ir.

Johnston convidou um amigo cuja esposa e os filhos estão fora, na Irlanda, e querem jogar golfe.

Sunny e eu tínhamos sido amigas em Vancouver. Nossas gestações haviam combinado perfeitamente, de modo que fomos capazes de nos virar com um único jogo de roupas de grávida. Em minha cozinha ou na sua, uma vez por semana, mais ou menos, distraídas com nossas crianças e às vezes cambaleando por privação de sono, a gente se mantinha de pé à força de cigarros e café forte e desembestávamos a falar – sobre nossos casamentos, nossas brigas, nossos defeitos pessoais, nossos motivos de orgulho e vergonha, nossas ambições deixadas para trás. Líamos Jung ao mesmo tempo e tentávamos nos lembrar de nossos sonhos. Ao longo daquela época da vida em que supostamente uma mulher atravessa um período de entorpecimento reprodutivo, com a mente submergida em humores maternais, ainda nos sentíamos estimuladas a discutir Simone de Beauvoir, Arthur Koestler, *The Cocktail Party*.

Nossos maridos não se encontravam absolutamente dentro desse estado de espírito. Quando tentávamos conversar com eles sobre tais coisas, diziam: "Oh, isso é só literatura" ou "Isso soa como iniciação à filosofia".

Hoje, ambas nos mudamos de Vancouver. Mas Sunny se mudou com seu marido, seus filhos, sua mobília, do jeito normal e pelos motivos usuais – seu marido trocou de emprego. E eu me mudei pelo motivo moderníssimo, sancionado em alto grau, mas temporariamente, e apenas em alguns círculos restritos – deixar o marido, a casa, todas as coisas adquiridas durante o casamento (exceto, é claro, os filhos, que precisam ser divididos) na esperança de construir uma vida que possa ser vivida sem hipocrisia, privação ou vergonha.

Moro agora no segundo andar de uma casa em Toronto. As pessoas do andar de baixo – os donos da casa – vieram de Trinidad doze anos atrás. Por toda a rua, as velhas casas de tijolos com suas varandas e janelas altas e estreitas, antigas residências de metodistas e presbiterianos com nomes como Henderson, Grisham e McAllister, viviam cheias de uma gente de pele marrom ou azeitonada que falava inglês, quando o faziam, de um modo pouco familiar para mim e que enchiam o ar ao longo de todas as horas do dia com o cheiro de suas comidas agridoces. Eu me sentia feliz com tudo isso – fazia-me sentir como se tivesse passado por uma autêntica mudança, uma viagem longa e necessária desde o lar do casamento. Mas era esperar demais de minhas filhas, com dez e doze anos de idade, que se sentissem da mesma maneira. Eu saíra de Vancouver na primavera e ficava com elas no início das férias de verão, presumivelmente para permanecermos juntas dois meses inteiros. Achavam os cheiros da rua enjoativos e o barulho assustador. Fazia calor, e eram incapazes de dormir até mesmo com o ventilador que comprei. Tínhamos de deixar as janelas abertas e as festas nos quintais duravam às vezes até as quatro da manhã.

Os passeios ao Science Centre, à C. N. Tower, ao Museu e ao Zoológico, comer nos restaurantes refrigerados das lojas de departamento, uma viagem de barco até a ilha de Toronto, nada disso conseguia fazer com que deixassem de sofrer a ausência de suas amigas ou se habituar com o lar postiço que lhes providenciei. Sentiam falta de seus gatos. Queriam seus próprios quartos, a liberdade da vizinhança, os ociosos dias sem sair de casa.

Por algum tempo não se queixaram. Ouvi a mais velha dizer para a outra: – Vamos deixar a mamãe pensar que a gente está feliz. Ou ela vai ficar triste.

E finalmente uma explosão. Acusações, confissões de sofrimento (até mesmo exageros de sofrimento, como eu pensava, feitos às minhas expensas). A mais nova choramingando: "Por que a gente não pode ficar em casa?" e a mais velha respondendo asperamente: "Porque ela odeia o papai".

Liguei para meu marido – que fez praticamente a mesma pergunta e forneceu, por conta própria, praticamente a mesma resposta. Troquei as passagens, ajudei minhas filhas a fazer as malas e levei-as ao aeroporto. No caminho brincamos de um jogo infantil sugerido pela mais velha. É preciso escolher um número – 27, 42 – e então olhar pela janela e contar os homens que vê, e o vigésimo sétimo ou quadragésimo segundo homem, ou seja lá o que for, será aquele com quem vai se casar. Quando voltei, sozinha, juntei tudo que me lembrava delas – um desenho feito pela mais nova, uma revista *Glamour* comprada pela mais velha, várias bijuterias e roupas apropriadas para Toronto, mas não para sua casa – e enfiei num saco de lixo. E fazia mais ou menos a mesma coisa toda vez que pensava nelas – trancava minha mente com um estalo. Havia sofrimentos que eu era capaz de suportar – os relacionados a homens. E outros sofrimentos – os relacionados aos filhos – que não.

Voltei a viver como vivia antes da chegada delas. Parei de preparar o café da manhã e saía todos os dias para um café com pãezinhos na *delicatessen* italiana. A ideia de estar tão remotamente livre da domesticidade me deixava encantada. Mas percebia agora, como não o fizera antes, os olhares em alguns rostos das pessoas que se sentavam todas as manhãs em banquinhos atrás das janelas ou em mesinhas nas calçadas – pessoas para quem isso não podia ser de forma alguma uma coisa boa e maravilhosa de ser feita, mas o hábito cediço de uma vida solitária.

De volta em casa, então, eu me sentava e escrevia por horas numa mesa de madeira sob as janelas de um antigo jardim de inverno transformado em cozinha improvisada. Tinha esperanças de viver como escritora. O sol em pouco tempo aqueceu o pequeno ambiente e a parte posterior de minhas coxas – eu usava short – grudou na cadeira. Dava para sentir o cheiro químico adocicado e peculiar de minhas sandálias de plástico molhadas com o suor de meus pés. Gostava disso – era o cheiro de minha diligência e, assim esperava, de minha realização. O que escrevia não era nem um pouco melhor do que aquilo que eu conseguia escrever no passado, na velha vida, enquanto as batatas cozinhavam ou as roupas centrifugavam ruidosamente em seu ciclo automático. Simplesmente, a quantidade era maior, e não era nem um pouco pior – isso era tudo. Mais tarde eu tomava um banho e provavelmente ia encontrar uma ou outra de minhas amigas. Bebíamos vinho em mesinhas nas calçadas diante de pequenos restaurantes na Queen Street, Baldwin Street ou Brunswick Street e conversávamos sobre nossas vidas – principalmente sobre nossos namorados, mas a gente ficava desconfortável de dizer "namorado", então nos referíamos a eles como "o homem com quem estou envolvida". E às vezes eu encontrava o homem com quem eu estava envolvida. Ele fora proibido de entrar em casa quando as crianças ficaram comigo, embora eu tivesse quebrado a regra duas vezes, deixando minhas filhas num cinema glacial.

Eu conhecera esse homem antes de desmanchar meu casamento e ele foi o motivo imediato por eu ter desmanchado, embora eu fingisse para ele – e para todo mundo – que não era isso. Quando o encontrava, tentava parecer despreocupada e mostrar um espírito independente. Trocávamos novidades – eu cuidava para que houvesse novidades –, ríamos e saíamos para caminhadas pela ravina, mas tudo que eu queria na verdade era levá-lo a fazer sexo comigo, pois achava que o entusiasmo em alto grau pelo sexo amalgamava o que havia de melhor em duas pessoas. Eu era uma estúpida nessas questões, de um modo bastante temerário, particularmente para uma mulher com minha idade. Havia momentos em que ficava tão feliz, depois de nossos encontros – deslumbrada e segura –, e havia outros em que eu paralisava como uma pedra, apreensiva. Depois que ele saía, eu sentia as lágrimas vertendo de meus olhos antes de perceber que estava chorando. E isso era por causa de alguma sombra que vislumbrara nele ou de alguma precipitação, ou uma advertência oblíqua que me houvesse feito. Além de minhas janelas, à medida que escurecia, as festas nos quintais começariam, com música, gritos e provocações, que mais tarde poderiam enveredar para brigas, e eu ficava com medo, não de qualquer hostilidade, mas de uma espécie de inexistência.

Com um desses estados de espírito, eu liguei para Sunny e fui convidada para passar o fim de semana no campo.

– É lindo aqui – eu disse.

Mas o campo que atravessávamos de carro não tinha o menor significado para mim. As colinas eram uma série de calombos verdes, algumas com vacas. Havia pequenas pontes de concreto sobre os cursos d'água sufocados pelo matagal. O feno era colhido de um novo jeito, ajuntado e largado pelo prado.

– Espere até ver a casa – disse Sunny. – Uma imundície. Tinha um rato no encanamento. Morto. Ficavam aparecendo uns cabelinhos na banheira. Já cuidamos de tudo, mas nunca se sabe o que virá em seguida.

Ela não me perguntou – seria delicadeza ou censura? – sobre minha nova vida. Talvez simplesmente não soubesse como começar, fosse incapaz de imaginar um jeito. Eu lhe teria contado mentiras, de qualquer maneira, ou meias verdades. *A separação foi difícil, mas tinha de ser feita. Sinto uma falta terrível das crianças, mas sempre existe um preço a ser pago. Estou aprendendo a deixar que um homem seja livre e também a ser livre eu mesma. Estou aprendendo a encarar o sexo com leveza, o que é difícil para mim, porque não foi desse jeito que comecei a fazer e não sou jovem, mas estou aprendendo.*

Um fim de semana, pensei. Parecia tempo demais.

Os tijolos da casa exibiam a marca do lugar que antes fora ocupado por uma varanda, agora arrancada. Os meninos de Sunny corriam pesadamente no jardim.

– Mark perdeu a bola – o mais velho, Gregory, gritou.

Sunny mandou que me dissesse oi.

– Oi. Mark jogou a bola por cima da cerca e agora a gente não acha.

A garota de três anos, nascida depois da última vez que eu vira Sunny, atravessou correndo a porta da cozinha e então estacou, surpresa de ver uma estranha. Mas recobrou-se e me disse: – Tinha um bichinho voando na minha cabeça.

Sunny a pegou, eu apanhei minha bolsa de roupas e entramos na cozinha, onde Mike McCallum passava *ketchup* num pedaço de pão.

– É você – dissemos, quase num mesmo fôlego. Rimos, apressei-me em ir ao seu encontro e ele veio em minha direção. Apertamos as mãos.

– Eu pensei que fosse seu pai – eu disse.

Não sei se cheguei a ponto de pensar no homem da broca. Eu pensei: Quem é esse homem que me parece familiar? Um homem que conduzia seu corpo com leveza, como se não pensasse em outra coisa a não ser subir e descer de poços. O cabelo cortado rente, ficando grisalho, olhos profundos e luminosos. Um rosto magro, bem--humorado, porém austero. A reserva costumeira, não desagradável.

– Não poderia ser – ele disse. – Papai morreu.

Johnston entrou na cozinha com as sacolas de golfe, cumprimentou-me e disse a Mike que se apressasse, e Sunny disse: – Eles se conhecem, querido. Já se conheciam. Que coisa!

– Quando a gente era criança – disse Mike.

Johnston disse: – Sério? Isso é incrível. – E todos dissemos juntos o que percebemos que ele estava prestes a dizer.

– Mundo pequeno.

Mike e eu continuávamos a olhar um para o outro e a rir – parecíamos deixar claro um para o outro que essa descoberta, talvez tida como incrível por Sunny e Johnston, era para nós um clarão comicamente ofuscante de boa sorte.

Por toda a tarde enquanto os homens estiveram fora fiquei repleta de uma feliz energia. Fiz uma torta de pêssego para nosso jantar e li para Claire, de modo que ela se acalmasse para uma soneca, enquanto Sunny levou os meninos para pescar, sem conseguir nada, no riacho espumoso. Então ela e eu nos sentamos no chão da sala da frente com uma garrafa de vinho e nos tornamos amigas outra vez, falando de livros, em vez de falar da vida.

As coisas de que Mike se lembrava eram diferentes das coisas de que eu me lembrava. Ele se lembrava de caminhar pelo topo estreito de alguma velha fundação de cimento, fingindo que era alta como um arranha-céu, e que se nós perdêssemos o equilíbrio, seria um mergulho para a morte. Eu disse que isso devia ter sido em algum outro lugar, então lembrei-me de que as fundações de uma garagem haviam sido lançadas, mas a garagem jamais fora erguida, onde o caminho para nossa casa cruzava com a estrada. Nós andamos mesmo sobre aquilo?

Andamos.

Lembrei-me de querer gritar alto sob a ponte, mas de ter medo dos meninos da cidade. Ele não se lembrou de ponte alguma.

Nós dois nos lembramos das balas de canhão de lama e da guerra.

Estávamos lavando os pratos juntos, de modo que podíamos falar tudo que quiséssemos sem ser mal-educados.

Ele me contou como seu pai morrera. Fora num acidente na estrada, voltando de um trabalho perto de Bancroft.

– Seus pais ainda estão vivos?

Disse que minha mãe morrera e que meu pai se casara novamente.

A certa altura lhe contei que havia me separado de meu marido, que eu morava em Toronto. Disse que minhas filhas ficaram comigo por algum tempo, mas agora estavam de férias com seu pai.

Contou-me que morava em Kingston, mas não ficara muito tempo por lá. Tinha conhecido Johnston recentemente, por causa do trabalho. Ele era, assim como Johnston, um engenheiro civil. Sua esposa era uma garota irlandesa, nascida na Irlanda mas trabalhando no Canadá quando a conheceu. Era enfermeira. Nesse momento encontrava-se na Irlanda outra vez, em County Claire, fazendo uma visita à sua família. Teve filhos com ela.

– Quantos filhos?

– Três.

Quando terminamos de lavar a louça, fomos para a sala da frente e sugerimos jogar palavras cruzadas com os meninos, assim Sunny e Johnston poderiam dar uma volta. Um jogo só – depois seria hora de ir para a cama. Mas os dois nos convenceram a começar outra rodada e ainda estávamos jogando quando seus pais chegaram.

– O que foi que eu disse? – falou Johnston.

– É o mesmo jogo – disse Gregory. – Você disse que a gente podia acabar o jogo e é o mesmo jogo.

– Aposto que sim – disse Sunny.

Ela disse que a noite estava deliciosa e que ela e Johnston iam ficar mal-acostumados, com duas babás em casa.

– Na noite passada até mesmo fomos ao cinema enquanto Mike ficou com as crianças. Um filme antigo. *A ponte sobre o rio Kwai.*

– *Do* – disse Johnston. – *Do rio Kwai.*

Mike disse: – Eu já assisti, de qualquer maneira. Faz anos.

– É muito bom – disse Sunny. – Mas eu não concordo com o final. Achei o final errado. Sabem quando Alec Guinness vê o fio na água, de manhã, e percebe que alguém planeja explodir a ponte? E ele fica furioso e então tudo fica tão complicado, todas aquelas mortes e tudo mais? Sabem, acho que ele simplesmente deveria ter visto o fio, percebido o que ia acontecer, ter ficado na ponte e explodido junto com ela. Acho que é isso que o personagem deveria ter feito, daria um efeito mais dramático.

– Nada disso – disse Johnston, em um tom que sugeria alguém que já passara antes por essa discussão. – Onde está o suspense?

– Concordo com Sunny – eu disse. – Lembro de achar o final muito complicado.

– E você, Mike? – disse Johnston.

– Achei tudo ótimo – disse Mike. – Está ótimo do jeito que está.

– Homens contra mulheres – disse Johnston. – Os homens vencem.

Então mandou os meninos guardarem o jogo, coisa que obedeceram. Mas Gregory pensou em pedir para ver as estrelas. – É o único lugar de onde dá pra vê-las – ele disse. – Em casa tem as luzes e toda aquela merda.

– Olhe essa boca – disse seu pai. Mas disse: – Tudo bem, então, cinco minutos, vamos todos lá fora dar uma olhada no céu. Ficamos procurando a estrela polar, perto da segunda estrela na extremidade da Ursa Menor. Se desse para vê-la – disse Johnston, então sua vista seria boa o bastante para entrar na Força Aérea; pelo menos era assim durante a Segunda Guerra Mundial.

Sunny disse: – É, eu consigo ver, mas eu já sabia antes onde ela estava.

Mike disse que com ele era a mesma coisa.

– Eu podia ver – disse Gregory com desprezo. – Eu podia ver se soubesse se está lá ou não.

– Eu também podia ver – disse Mark.

Mike estava de pé quase à minha frente, mais para o lado. Na verdade, encontrava-se mais perto de Sunny do que de mim. Não havia ninguém atrás de nós e eu queria encostar nele – apenas encostar, leve e acidentalmente, em seu braço ou seu ombro. Então, se não se afastasse – por educação, tomando meu toque por um acidente genuíno? –, queria pôr um dedo em sua nuca. Será que teria feito isso, se fosse ele que estivesse atrás de mim? Será que seria nisso que estaria se concentrando, em vez de nas estrelas?

Tive uma sensação, contudo, de que era um homem escrupuloso, de que não iria adiante.

E por essa razão, certamente, não viria à minha cama esta noite. Era arriscado demais, impossível, em todo caso. Havia três quartos no andar de cima – tanto o quarto de hóspedes quanto os dos pais davam no quarto maior onde as crianças dormiam. Qualquer um que se aproximasse de um dos dois quartos menores teria de fazê-lo atravessando o quarto das crianças. Mike, que dormira no quarto de hóspedes na noite anterior, fora transferido para o andar de baixo, para a bicama da sala da frente. Sunny lhe dera uma nova roupa de cama em vez de desfazer e fazer de novo a cama que passaria a ser minha.

– Ele é muito asseado – disse. – E depois, é um velho amigo.

Ficar naqueles mesmos lençóis não contribuiu muito para uma noite tranquila. Em meus sonhos, embora não na realidade, cheiravam a elódeas, lodo de rio, caniços sob o sol escaldante.

Eu sabia que não viria até mim por menor que fosse o risco. Seria uma coisa muito baixa de se fazer, na casa de seus amigos, que um dia seriam – se já não o fossem – amigos de sua esposa também. E como ele poderia ter certeza de que era isso que eu queria? Ou de que era isso que ele queria de fato? Nem mesmo eu tinha certeza. Até então, eu sempre fora capaz de pensar em mim mesma como uma mulher fiel à pessoa com quem estivesse vivendo no momento.

Meu sono foi leve, meus sonhos, monotonamente libidinosos, com variantes irritantes e desagradáveis. Às vezes, Mike estava pronto a cooperar, mas interpunham-se obstáculos. Às vezes, era desviado de seu intento, como quando dizia que me trouxera um presente, mas que esquecera onde o guardara e que era muito importante que o encontrasse. Eu lhe dizia que não se incomodasse, que não estava interessada no presente, pois ele mesmo era meu presente, a pessoa que eu amava e sempre amara, e disse isso. Mas ele permanecia preocupado. E às vezes me repreendia.

Por toda noite – ou pelo menos toda vez que eu acordava, e acordava com frequência –, os grilos cantavam do lado de fora de minha janela. No início, pensei que fossem passarinhos, um coro de infatigáveis pássaros noturnos. Vivera na cidade tempo suficiente para esquecer como grilos podem criar uma perfeita cascata sonora.

É preciso dizer, também, que às vezes, quando acordava, achava-me em uma faixa seca de terra junto à água. Lucidez indesejável. O que você realmente quer desse homem? Ou ele de você? De que música gosta, qual é sua política? O que espera das mulheres?

– Dormiram bem? – perguntou Sunny.

Mike respondeu: – Como uma pedra.

Eu disse: – Dormi. Bem.

Todos haviam sido convidados para o *brunch* nessa manhã na casa de alguns vizinhos que tinham uma piscina. Mike disse que pensava em ir até o campo de golfe, perguntou se tudo bem.

Sunny disse: "Claro", e olhou para mim. Eu disse: – Bom, não sei se eu... – e Mike perguntou: – Você não joga golfe, joga?

– Não.

– Mesmo assim. Podia vir junto e ser minha *caddy*.

– Eu quero ser *caddy* – disse Gregory. Estava pronto para embarcar em qualquer passeio nosso, certo de que teria muito mais liberdade e diversão do que com seus pais.

Sunny disse não. – Você vem com a gente. Não quer ir na piscina?

– Todas as crianças fazem xixi naquela piscina. Pode ficar sabendo.

Johnston nos avisou antes de irmos que havia previsão de chuva. Mike disse que nós iríamos arriscar. Gostei de ouvi-lo dizendo – nós e gostei de me sentar a seu lado no carro, no banco da esposa. Sentia um prazer ante a ideia de nós como um casal – um prazer que eu sabia ser estouvado como de uma adolescente. A ideia de ser uma esposa me iludia, como se eu nunca houvesse sido uma. Isso nunca ocorrera com o homem que era meu namorado atual. Será que eu poderia mesmo ter sossegado, com um amor verdadeiro, e de algum modo simplesmente me livrado daquelas partes de mim mesma que não se encaixavam, e ter sido feliz?

Mas agora que estávamos a sós, havia algum constrangimento.

– O campo aqui não é lindo? – eu disse. E estava sendo sincera. As colinas pareciam mais suaves, sob o céu nublado e branco, do que tinham parecido no dia anterior à luz dourada do sol. As árvores, no fim do verão, principiavam a exibir galhos mais desnudos, com várias folhas começando a escurecer nas extremidades e muitas ficando já inteiramente marrons ou vermelhas. Eu reconhecia folhas diferentes, agora. Disse: – Carvalhos.

– Isso é solo arenoso – disse Mike. – Por toda parte – chamam o lugar de Oak Ridges.*

Eu disse achar que a Irlanda devia ser linda.

– Algumas partes na verdade são bem inóspitas. Pura rocha.

– Sua esposa cresceu lá? Ela tem aquele sotaque encantador?

– Você ia achar que sim, se a ouvisse. Mas quando volta para lá, eles dizem a ela que o perdeu. Dizem que soa como uma americana. Americanos, é o que sempre dizem – não estão nem aí para os canadenses.

– E seus filhos – aposto que não têm o menor sotaque irlandês.

– Não mesmo.

– O que são, afinal... meninos ou meninas?

– Dois meninos e uma menina.

Sentia uma urgência de lhe contar sobre as contradições, as angústias, as necessidades de minha vida. Eu disse: – Sinto falta de minhas crianças.

---

* "Serra do carvalho". [N. T.]

Mas ele não disse nada. Nenhuma palavra de simpatia, de encorajamento. Talvez achasse inapropriado falar de nossos esposos ou de nossos filhos, nas presentes circunstâncias.

Pouco depois disso, entramos no estacionamento ao lado da sede, e ele disse, com certa aspereza agitada, como que para recuperar sua rigidez: – Parece que o medo da chuva manteve os golfistas domingueiros em casa. Havia apenas um carro no estacionamento. Desceu e foi ao escritório pagar a taxa de visitantes.

Eu nunca estivera num clube de golfe. Já vira o jogo sendo praticado na televisão, uma ou duas vezes, não por escolha própria, e fazia uma ideia de que alguns tacos eram chamados ferros, ou alguns dos tacos de ferro, e que havia um deles chamado *niblick*, e que o próprio campo era chamado *links*.* Quando lhe contei isso, Mike disse: – Talvez você fique muito entediada.

– Se ficar, vou andar um pouco.

Aquilo pareceu diverti-lo. Soltou o peso de seu braço sobre meu ombro e disse: – E ficaria, mesmo assim.

Minha ignorância não importava – é claro que eu não tinha de servir como *caddy* – e não fiquei entediada. Tudo que tinha a fazer era segui-lo por lá e observá-lo. Não tinha nem mesmo de observá-lo. Poderia ter ficado observando as árvores nos extremos do campo – árvores altas com copas plumosas e troncos esguios, cujos nomes eu não tinha certeza – acácias? – e que eram agitadas por ventos ocasionais que não podíamos nem mesmo sentir, dali de baixo. Havia também bandos de pássaros, melros ou estorninhos, voando em volta com um senso comunitário de premência, mas apenas de uma copa a outra. Lembrei-me então de que pássaros faziam isso mesmo;

---

* *Niblick*, literalmente, bicada, é o ferro nº 9, e *links*, de origem escocesa, assim como o jogo, designa tanto o campo de golfe como um tipo de solo arenoso junto à costa. [N. T.]

em agosto ou mesmo no fim de julho, começavam seus ruidosos encontros maciços, preparando-se para a viagem rumo sul.

Mike conversava de vez em quando, mas dificilmente era comigo. Não havia a menor necessidade de que eu respondesse e, de fato, eu teria sido incapaz de fazê-lo. Achei que falava mais, contudo, do que um homem teria feito se estivesse ali jogando sozinho. Suas palavras desconexas eram reprimendas, congratulações cautelosas ou advertências a si mesmo, ou dificilmente poderiam ser chamadas de palavras – apenas o tipo de sons destinados a transmitir algo e que de fato transmitem algo, na longa intimidade de vidas vividas de bom grado em proximidade.

Era para isso que eu estava lá, afinal – para lhe proporcionar uma ideia ampliada, expandida, de si mesmo. Uma ideia mais confortável, pode-se dizer, uma sensação reconfortante de passos humanos em torno de sua solidão. Ele não teria esperado por isso exatamente da mesma forma, ou pedido com tanta naturalidade e despreocupação, se eu fosse outro homem. Ou se eu fosse uma mulher com quem não sentisse uma ligação estabelecida.

Eu não tirei isso de minha cabeça. Estava tudo lá, no prazer que senti tomar conta de mim conforme andávamos pelo campo. A luxúria que me dera pontadas de dor à noite fora purgada e reorganizada agora como uma ordenada chama-piloto, solícita, esponsal. Eu ia atrás dele observando-o ajeitar, escolher, ponderar, mirar, balançar o corpo, e acompanhava a trajetória da bola, que sempre me parecia triunfante, mas para ele, em geral, problemática, seguia adiante até o local de nosso próximo desafio, nosso futuro imediato.

Caminhando por lá, dificilmente dizíamos qualquer coisa. Será que vai chover?, dissemos. Sentiu uma gota? Acho que senti uma gota. Talvez não. Isso não era uma conversa por obrigação sobre o tempo – estava tudo no contexto do jogo. Terminaríamos ou não o circuito?

Como se veria, não. Houve uma gota de chuva, definitivamente uma gota de chuva, depois outra, depois várias. Mike olhou por toda a extensão do campo, para onde as nuvens haviam mudado de cor, tornando-se azul-escuras em vez de brancas, e disse sem nenhum alarme ou desapontamento em particular: "Aí vem nosso tempo". Começou metodicamente a guardar as coisas e a fechar a sacola. Estávamos então o mais longe possível da sede do clube. Os pássaros haviam aumentado seu alarde e rodopiavam acima de nossas cabeças de modo agitado, indeciso. A copa das árvores oscilava e havia um som – que parecia estar acima de nós – como que de uma onda carregada de pedras arrebentando na praia. Mike disse: – Tudo bem, então. É melhor ir para lá, pegou minha mão e correu comigo através do gramado aparado, até os arbustos e o mato alto que crescia entre o campo e o rio.

Os arbustos logo na beirada do gramado tinham folhas escuras e um aspecto quase artificial, como se fosse uma sebe deixada ali. Mas eram um enorme emaranhado, crescendo selvagemente. Também pareciam impenetráveis, mas ao se aproximar era possível notar pequenas aberturas, caminhos estreitos que animais ou pessoas à procura de bolas de golfe haviam feito. O chão inclinava-se levemente para baixo e, uma vez que se penetrasse na parede irregular de arbustos, dava para ver um pedacinho do rio – o rio que na verdade era o motivo da placa no portão, o nome escrito na sede. Riverside Golf Club. A água era cor de aço e parecia rolar, não abrir caminho turbulentamente de modo como fazem águas de uma lagoa com o tempo ruim. Entre o rio e a gente havia um trecho de mato, tudo aparentemente florescendo. Lancetas, balsaminas, com suas corolas vermelhas e amarelas, e o que pensei serem urtigas em flor com suas pencas púrpura-rosadas, além de agateias silvestres. Trepadeiras também, agarrando-se e enroscando-se em qualquer coisa que se pudesse ver, e emaranhando-se sob os pés. O solo era macio, não muito pegajoso. Mesmo as plantas de caule mais frágil, aparentemente delicadas, haviam crescido a uma altura acima de nossas cabeças. Quando paramos e olhamos através delas, pudemos ver árvores não muito longe, sendo sacudidas como buquês. E alguma coisa vindo, da direção das nuvens negras. Era a chuva para valer, vindo até nós atrás das gotas esparsas que nos atingiam, mas parecia ser muito mais do que chuva. Era como se uma enorme parte do céu houvesse se destacado e estivesse desabando, arrasadora e resoluta, assumindo uma forma não perfeitamente compreensível, porém animada. Cortinas de chuva – não véus, mas cortinas espessas chicoteando com verdadeira fúria – moviam-se acima daquilo. Podíamos vê-las distintamente, quando tudo que sentíamos, ainda, eram as gotas leves e preguiçosas. Era quase como se estivéssemos olhando através de uma janela, sem acreditar muito que a janela fosse se estilhaçar, até que o fez, e a chuva e o vento nos atingiram, de um só golpe, e meu cabelo foi erguido e soprado sobre minha cabeça. Senti como se minha pele pudesse fazer o mesmo, em seguida.

Tentei me virar, então – tive um ímpeto, que não sentira antes, de sair correndo dos arbustos em direção à sede do clube. Mas não podia me mexer. Era bastante difícil permanecer de pé – em campo aberto, o vento derrubaria uma pessoa de uma vez.

Inclinando-se, arremetendo com a cabeça dentro do mato e contra o vento, Mike lutava à minha frente, todo o tempo segurando meu braço. Então virou o rosto para mim, com seu corpo entre o meu e a tempestade. Isso fazia tanta diferença quanto um palito de dentes teria feito. Disse algo, bem perto de meu rosto, mas não podia ouvi-lo. Gritava, mas nenhum som vindo dele chegava até mim. Segurava meus dois braços, descera suas mãos até meus pulsos e os agarrava com força. Fez com que me abaixasse – ambos cambaleando, no momento em que tentávamos qualquer mudança de posição – de modo que ficássemos agachados juntos no chão. Tão perto um do outro que éramos incapazes de nos olhar – só olhar para baixo, para os rios em miniatura que já irrompiam na terra em torno de nossos pés, das plantas esmagadas, de nossos sapatos encharcados. E até mesmo isso tinha de ser visto em meio à torrente que corria sobre nossos rostos.

Mike liberou meus pulsos e pousou as mãos sobre meus ombros. Seu toque ainda era para restringir, mais do que confortar. Continuamos assim até que o vento passasse. Não pode ter durado mais do que cinco minutos, talvez apenas dois ou três. A chuva continuava a cair, mas já se tornara uma chuva pesada qualquer. Ele tirou suas mãos, e ficamos de pé, tremendo. Nossas calças e camisas estavam grudadas no corpo. Meu cabelo pendia sobre meu rosto em longos cachos de bruxa, e o dele caíra sobre a testa em pequenos rabichos achatados e escuros. Tentamos sorrir, mas mal tínhamos força para isso. Então nos beijamos e nos apertamos brevemente. Isso foi antes um ritual, um reconhecimento de sobrevivência, mais do que a inclinação de nossos corpos. Nossos lábios pressionados escorregavam, lisos e frios, e a força do abraço provocou um leve calafrio, quando a água fria foi espremida de nossas roupas.

A cada minuto que passava, a chuva se tornava mais fraca. Abrimos caminho, hesitando um pouco, através do mato levemente abaixado, e depois entre os arbustos espessos e encharcados. Grandes galhos de árvores haviam sido arremessados por todo o campo de golfe. Só mais tarde dei-me conta de que qualquer um deles poderia ter nos matado.

Caminhamos pelo gramado, desviando dos galhos caídos. A chuva praticamente cessara e o ar estava brilhante. Eu caminhava com a cabeça inclinada – de modo que a água de meu cabelo escorresse para o chão, não por meu rosto – e senti o calor do sol atingindo meus ombros antes de erguer os olhos para sua festa de luzes.

Parei, respirei profundamente e com um impulso tirei os cabelos do rosto. Era agora o momento, quando estávamos ensopados, a salvo, defronte aquele fulgor. Agora, alguma coisa tinha de ser dita.

– Tem algo que não mencionei para você.

Sua voz me surpreendeu, como o sol. Mas de modo oposto. Havia um peso nela, uma advertência – uma determinação envolta em desculpas.

– Sobre nosso menino mais novo – ele disse. – Nosso menino mais novo morreu no verão passado.

Oh.

– Ele foi atropelado – disse. – Eu o atropelei. Dando ré ao sair da garagem.

Eu parei outra vez. Ele parou comigo. Ambos fitávamos o infinito.

– Seu nome era Brian. Tinha três anos.

"Acontece que eu pensei que estivesse na cama, lá em cima. Os outros ainda estavam acordados, mas ele já fora para a cama. Só que saiu de novo.

"Eu devia ter olhado, mesmo assim. Eu devia ter olhado com mais cuidado."

Pensei no momento em que desceu do carro. O som que deve ter emitido. O momento em que a mãe da criança saiu correndo da casa. *Este não é ele, ele não está aqui, isto não aconteceu.*

Lá em cima, na cama.

Começou a andar outra vez, entrando no estacionamento. Caminhei atrás dele, um pouco mais recuada. E não disse nada – nenhuma palavra gentil, comum, inútil. Pulamos essa parte.

Ele não disse: Foi minha culpa e jamais vou superar. Nunca vou me perdoar. Mas faço o melhor que posso.

Ou: minha esposa me perdoou, mas também nunca vai superar.

Eu sabia disso tudo. Sabia que ele era uma pessoa que atingira o fundo do poço. Uma pessoa que sabia – como eu não soube, nunca chegara perto de saber – exatamente como era o fundo do poço. Ele e sua esposa sabiam disso juntos e isso os uniu, pois uma coisa como aquela ou separava um casal ou o mantinha atado para o resto da vida. Não que fossem viver no fundo do poço. Mas compartilhavam um conhecimento disso – aquele espaço central frio, vazio, inviolável.

Poderia ter acontecido com qualquer um.

É. Mas não parece ser desse jeito. Parece que aconteceu com este aqui, aquele outro, escolhidos especialmente aqui e ali, um de cada vez.

Eu disse: – Não é justo. – Eu me referia a lidar com essas punições inúteis, esses golpes perversos e ruinosos. Pior que isso, talvez, do que quando ocorrem em meio às mais abundantes aflições, em guerras ou desastres naturais. Pior que tudo isso é quando há alguém cujo ato, provavelmente um ato atípico, é o responsável isolado e permanente.

Era disso que eu falava. Mas também querendo dizer, *Não é justo. O que isso tem a ver com a gente?*

Um protesto tão brutal que parece quase inocente, vindo do âmago de um eu assim tão exposto. Isto é, inocente se é de você que ele parte e se não lhe foi dada voz.

– Bom – ele disse, com muita brandura. A justiça não estava aqui nem lá.

– Sunny e Johnston não sabem sobre isso – disse. – Nenhuma das pessoas que conhecemos desde que nos mudamos sabe. Parecia ser melhor desse jeito. Até mesmo as outras crianças... dificilmente chegam a mencionar isso. Nunca mencionam seu nome.

Eu não era uma das pessoas que haviam conhecido desde que se mudaram. Não era uma das pessoas dentre as quais eles construiriam sua nova vida, dura e normal. Eu era uma pessoa que sabia – isso era tudo. Uma pessoa que ele fez, por sua própria iniciativa, saber.

– É estranho – disse ele, olhando em volta antes de abrir o porta-malas do carro para guardar a sacola de golfe.

– O que aconteceu com o cara que estacionou aqui antes? Você não viu outro carro estacionado aqui quando a gente chegou? Mas não vi ninguém além de nós no campo de golfe. Lembrei disso agora. E você?

Eu disse não.

– Mistério – ele disse. E de novo: – Bom.

Essa era uma palavra que me acostumei a ouvir com muita frequência, dita no mesmo tom de voz, quando eu era criança. Uma ponte entre uma coisa e outra, ou uma conclusão, ou uma forma de dizer algo que não poderia ser dito, ou pensado, de forma mais plena. – Um poço é um buraco no chão.* Essa era a réplica engraçadinha.

A tempestade dera um fim à reunião na piscina. Gente demais fora até lá para que pudessem todos apinhar-se dentro da casa, e a maioria dos que tinham filhos decidiu voltar para casa.

No carro, enquanto regressávamos, Mike e eu notamos, e referimos o fato, pruridos, uma coceira ou queimação em nossos antebraços, nas costas das mãos e em torno dos tornozelos. Lugares que não estavam protegidos por nossas roupas quando nos agachamos no mato. Lembrei-me das urtigas.

Sentados na cozinha da casa de Sunny, vestindo roupas secas, contamos sobre nossa aventura e mostramos as inflamações.

Sunny sabia o que fazer por nós. O passeio com Claire até o pronto-socorro do hospital local, naquele dia, não fora a primeira visita da família. Num fim de semana anterior, os meninos haviam entrado no matagal de solo enlameado atrás do celeiro e voltado cobertos com vergões e pústulas. O médico disse que deviam ter entrado em algum arbusto de urtigas. Devem ter rolado sobre ela, foi o que disse. A prescrição incluía compressas, uma loção anti-histamínica e comprimidos. Ainda havia um vidro com um tanto de loção e também alguns comprimidos, pois Mark e Gregory se recuperaram rapidamente.

---

* *A well is a hole in the ground.* O trocadilho, já mencionado no início da história, é impossível de ser traduzido ou adaptado dentro do contexto. A palavra *well* significa tanto uma interjeição (bom, etc.) como "poço". [N.T.]

Dissemos não às pílulas – nosso caso não parecia suficientemente sério.

Sunny disse que conversara com a mulher do posto de gasolina da estrada que abastecera seu carro e ela afirmara haver uma planta cujas folhas constituíam a melhor cataplasma que se poderia encontrar para irritações de urtiga. Não precisa daquelas pílulas e dessa tralha toda – disse a mulher. O nome da planta era algo como pé de vaca. Pé frio? A mulher lhe contara que poderia achar a planta num determinado trecho da estrada, junto a uma ponte.

Estava ansiosa por fazer isso, gostava da ideia de medicina popular. Tivemos de lembrá-la que já tínhamos a loção e pagáramos por ela.

Sunny gostou de ministrá-la. De fato, nossa condição deixou toda a família de bom humor, resgatou-os de seu abatimento e dos planos cancelados pelo dia ruim. O fato de que escolhêramos sair juntos e de que passáramos por aquela aventura – uma aventura que deixara aquela evidência em nossos corpos – pareceu suscitar em Sunny e Johnston uma animação provocadora. Vindo dele, um ar brincalhão; vinda dela, uma solicitude alegre. Se houvéssemos trazido conosco evidências de um mau comportamento verdadeiro – vergões na bunda, manchas vermelhas nas coxas e na barriga –, com certeza não teriam sido tão clementes e encantadores.

As crianças acharam engraçado nos ver sentados ali com nossos pés em bacias, nossos braços e mãos desajeitados com seus envoltórios de roupas grossas. Claire, particularmente, ficou deliciada com a visão estúpida de nossos pés de adulto descalços. Mike mexeu seus longos dedões para ela, que irrompeu em espasmos de risadas assustadas.

Tudo bem. Seria o mesmo de sempre, se um dia nos víssemos outra vez. Ou se não. Amor não utilizável, que sabia seu lugar. (Alguns diriam não real, pois jamais correria o risco de ter seu pescoço torcido, ou de virar uma piada de mau gosto, ou de se desgastar tristemente.) Não arriscando nada e, contudo, permanecendo vivo como um suave gotejar, uma fonte subterrânea. Com o peso dessa nova tranquilidade sobre ele, esse selo.

Nunca pedi notícias dele a Sunny, nem tive nenhuma, ao longo de todos esses anos de nossa cada vez mais distante amizade.

Aquelas plantas com grandes flores púrpura-rosadas não são urtigas. Descobri depois que são chamadas de eupatórios. As dolorosas urtigas nas quais devíamos ter entrado são plantas mais insignificantes, com uma flor roxa mais clara e hastes malignamente equipadas com espinhos finos, ferozes, pontiagudos, venenosos. Elas poderiam ser encontradas também, incógnitas, em toda a vastidão inculta do prado verdejante.

COLUNA E VIGA

LIONEL LHES CONTOU como sua mãe havia morrido.

Ela pedira a maquiagem. Lionel segurou o espelho.

— Vai demorar mais ou menos uma hora — ela disse.

Base, pó de arroz, lápis para as sobrancelhas, rímel, lápis para os lábios, batom, ruge. Estava lenta e tremia, mas não foi um trabalho ruim.

— Não levou nem uma hora — disse Lionel.

Ela disse, não, não foi isso que quis dizer.

Quis dizer, morrer.

Ele perguntou se queria que ligasse para o pai. O pai, seu marido, seu pastor.

Ela disse: Pra quê.

Estava apenas cerca de cinco minutos atrasada, segundo suas previsões.

Sentavam-se atrás da casa — a casa de Lorna e Brendan — num pequeno pátio com vista para Burrard Inlet e as luzes de Point Grey. Brendan se levantou para mudar o irrigador para outro pedaço de gramado.

Lorna conhecera a mãe de Lionel apenas alguns meses antes. Uma bela mulherzinha de cabelos brancos com uma impetuosidade charmosa, que viera a Vancouver de uma cidade nas Montanhas Rochosas, para ver a Comédie-Française em turnê. Lionel convidara Lorna para ir junto com eles. Depois da apresentação, enquanto Lionel segurava sua capa de veludo azul, a mãe dissera a Lorna:

– Estou tão feliz em conhecer a *belle-amie* de meu filho.

– Não vamos nos exceder no francês – disse Lionel.

Lorna nem mesmo tinha certeza do que aquilo queria dizer. *Belle-amie*. Linda amiga? Amante?

Lionel erguera as sobrancelhas para ela, por cima da cabeça de sua mãe. Como que dizendo, seja lá o que ela disser, não é minha culpa.

Lionel fora aluno de Brendan na universidade. Um prodígio bruto, dezesseis anos de idade. A mente matemática mais brilhante que Brendan já vira. Lorna se perguntou se Brendan não estaria dramatizando essa lembrança, por causa de sua generosidade incomum com alunos talentosos. Também por causa do modo como as coisas acabaram acontecendo. Brendan dera as costas a todo o pacote irlandês – a família, a igreja, as canções sentimentais –, mas tinha um fraco pela narrativa trágica. E sem dúvida, após seu começo fulgurante, Lionel sofrera algum tipo de colapso, teve de ser hospitalizado, sumir de circulação. Até Brendan encontrá-lo no supermercado e descobrir que morava a pouco mais de um quilômetro de sua casa, na zona norte de Vancouver. Desistira completamente da matemática e trabalhava na editora da Igreja Anglicana.

– Venha nos visitar – tinha dito Brendan. Lionel pareceu-lhe um pouco abatido e solitário. – Venha conhecer minha esposa.

Estava feliz de ter uma casa, de convidar as pessoas.

– Eu não sabia como você seria – disse Lionel quando contou isso para Lorna. – Achava que devia ser horrorosa.

– Oh – disse Lorna. – Por quê?

– Sei lá. Uma esposa.

Vinha vê-los à noite, quando as crianças já haviam ido para a cama. As pequenas intromissões da vida doméstica – o choro do bebê chegando até eles através da janela aberta, as broncas que Brendan às vezes precisava dar em Lorna por causa de brinquedos jogados pela grama, em vez de terem sido guardados na caixa de areia, o grito vindo da cozinha perguntando se se lembrara de comprar limão para o gim-tônica – pareciam todas causar-lhe um arrepio, um enrijecimento do corpo alto e magro de Lionel e de seu rosto atento, desconfiado. Precisava haver uma pausa, então, uma mudança de volta a um nível satisfatório de contato humano. Uma vez ele cantarolou baixinho, com a melodia de "Ó, pinheirinho de Natal", "Ó, *essa vida de casal...*". Sorriu ligeiramente, ou Lorna imaginou que o fez, no escuro. Esse sorriso lhe pareceu igual ao sorriso de sua filha de quatro anos, Elizabeth, quando sussurrava alguma observação ligeiramente ofensiva para sua mãe num lugar público. Um sorrisinho furtivo, satisfeito, um pouco assustado.

Lionel percorria a colina em sua bicicleta alta e antiquada – isso numa época em que dificilmente alguém, a não ser as crianças, andava de bicicleta. Não tirava a roupa de seu dia de trabalho. Calça escura, uma camisa branca que sempre parecia suja e gasta em torno dos punhos e do colarinho, uma gravata das mais comuns. Quando foram ver a Comédie-Française ele acrescentara a esse vestuário um paletó de *tweed* largo demais nos ombros e curto demais nas mangas. Quem sabe não tivesse mais nenhuma roupa além daquelas.

– Eu trabalho por uma ninharia – dizia. – E nem sequer nos vinhedos do Senhor. Na diocese do arcebispo.

E: – Às vezes acho que estou num romance de Dickens. E o engraçado é que nem mesmo sou muito chegado a Dickens.

Falava normalmente com a cabeça meio de lado, olhando para algo ligeiramente além da cabeça de Lorna. Sua voz era clara e vivaz, e às vezes esganiçada devido a uma espécie de hilaridade nervosa. Dizia tudo de uma forma um pouco espantada. Contava sobre seu trabalho na editora, no prédio atrás da catedral. As pequenas janelas góticas no alto e o madeiramento lustroso (para dar um ar eclesiástico às coisas), a chapeleira com sua bandeja para os guarda-chuvas (que por alguma razão enchiam-no de uma profunda melancolia), a datilógrafa, Janine, e a editora de *Notícias da Igreja*, a sra. Penfound. As aparições ocasionais, espectrais e abstraídas, do arcebispo. Havia uma disputa insolúvel acerca de chá em saquinhos entre Janine, que era a favor, e a sra. Penfound, que não. Todos mastigavam seus lanches em segredo e nunca os partilhavam. Com Janine era caramelos, e o próprio Lionel preferia amêndoas açucaradas. O prazer secreto da sra. Penfound era algo que ele e Janine nunca descobriram, pois a sra. Penfound não jogava os papéis de embrulho no cesto do lixo. Mas seus maxilares viviam ocupados, com uma diligência furtiva.

Ele mencionou o hospital onde ficara internado por algum tempo e falou de que maneira parecia-se com a editora, quanto a comer em segredo. Quanto a segredos em geral. Mas a diferença era que de vez em quando, no hospital, eles vinham, amarravam-no, arrastavam-no dali e o conectavam, como ele dizia, ao soquete da lâmpada.

— Era muito interessante. Na verdade, excruciante. Mas não consigo descrever. Essa é a parte esquisita. Posso me lembrar, mas não posso descrever.

Devido aos eventos no hospital, ele disse, ficara meio curto de memória. Os detalhes lhe escapavam. Gostava de ouvir Lorna contar suas lembranças.

Ela contou a ele sua vida antes do casamento com Brendan. Sobre as duas casas exatamente iguais, que ficavam uma ao lado da outra na cidade onde crescera. Diante delas havia um regato profundo chamado Dye Creek,* porque nele costumava correr água colorida com a tintura da fábrica de malhas. Atrás havia um prado selvagem onde supostamente garotas não deviam ir. Em uma das casas, ela vivia com seu pai — na outra, moravam sua avó, sua tia Beatrice e sua prima Polly.

* "Riacho tingido". [N.T.]

Polly não tinha pai. Isso era o que diziam, e o que Lorna acreditara por algum tempo. Polly não tinha pai, assim como um gato *manx* não tem cauda.

Na sala da frente da casa da avó, havia um mapa da Terra Santa, bordado com várias tonalidades de lã, mostrando locações bíblicas. Fora deixado em testamento para a United Church Sunday School. Tia Beatrice jamais tivera vida social que envolvesse algum homem, desde a época de sua desgraça, cuja lembrança fora abafada, e era tão entojada, tão desesperada sobre a conduta na vida, que na verdade era fácil pensar na concepção de Polly como imaculada. A única coisa que Lorna aprendera com tia Beatrice era que se deve sempre passar o tecido amarrotado a partir dos lados, não por cima, de modo que a marca do ferro não apareça, e que nunca se deve usar uma blusa fina sem a combinação por baixo para esconder as alças do sutiã.

– Ah, é. Claro – disse Lionel. Esticou as pernas, como se a aprovação houvesse atingido até mesmo seus dedões. – E quanto a Polly? Saída dessa família obscurantista, como ela é?

Polly era legal, disse Lorna. Cheia de energia, amigável, afetuosa, confiante.

– Oh – disse Lionel. – Me conte de novo sobre a cozinha.

– Que cozinha?

– A que não tinha o canário.

– A nossa. – Ela descreveu como esfregava o fogão industrial com papel de pão encerado para fazê-lo brilhar, as prateleiras escurecidas atrás dele, que continham as frigideiras, a pia e o pequeno espelho acima dela, com o pedaço triangular de vidro faltando num dos cantos, e a latinha que ficava guardada sob ela – feita por seu pai –, na qual sempre havia um pente, uma velha alça de xícara, um pote minúsculo de ruge ressecado que outrora devia ter pertencido à sua mãe.

Contou-lhe a única lembrança que tinha da mãe. Estava no centro, com ela, num dia de inverno. Havia neve entre a calçada

COLUNA E VIGA   215

e a rua. Acabara de aprender a ler as horas, ergueu os olhos para o relógio da agência dos correios e viu que era a hora do programa que ela e sua mãe ouviam todos os dias no rádio. Sentiu uma forte preocupação, não de perdê-lo, mas porque ficou imaginando o que aconteceria com as pessoas na história se o rádio não fosse ligado e ela e sua mãe não estivessem ouvindo. Foi mais do que preocupação que sentiu, foi pavor, pensar na forma como as coisas poderiam se perder, poderiam não acontecer, devido ao acaso ou a uma ausência ocasional.

E mesmo nessa lembrança, sua mãe era apenas um par de ancas e ombros, dentro de um pesado casaco.

Lionel disse que dificilmente seria capaz de uma percepção muito maior de seu próprio pai, ainda que este continuasse vivo. Uma vara ou um sobretudo? Lionel e a mãe costumavam apostar sobre quanto tempo seu pai passaria sem falar com eles. Ele perguntara a ela certa vez sobre o que deixava o pai tão furioso, e sua mãe respondera que definitivamente não fazia a menor ideia.

– Acho que talvez não goste de seu trabalho – disse.

Lionel disse: – Por que não arruma outro?

– Talvez não consiga pensar em nenhum de que goste.

Lionel lembrava-se então de que, quando a mãe o levou ao museu, ele ficara com medo das múmias e ela lhe dissera que não estavam mortas de verdade, mas poderiam sair de seus receptáculos quando todo mundo fosse para casa. Então ele disse: – Será que ele pode ser uma múmia? – Sua mãe confundira *mummy* com *mommy*,* e mais tarde repetia essa história como piada, e ele ficara acanhado demais, na verdade, para corrigi-la. Acanhado demais, em sua tenra idade, quanto ao poderoso problema da comunicação.

Essa era uma das poucas lembranças que haviam permanecido com ele.

* Respectivamente, "múmia" e "mamãe". [N. T.]

Brendan riu – ria com essa história mais do que Lorna ou Lionel o faziam. Brendan sentava-se com eles por algum tempo, dizendo: – Sobre o que vocês dois estão tagarelando? – e então, com certo alívio, como se houvesse cumprido com sua obrigação de permanecer algum tempo, levantava-se, dizendo que tinha trabalho a fazer, e entrava na casa. Como se ficasse feliz com a amizade deles, como se houvesse de certa forma previsto e contribuído para sua concretização – mas a conversa o deixava impaciente.

– É ótimo para ele subir até aqui e ser normal por algum tempo, em vez de ficar sentado em seu quarto – disse para Lorna. – É claro que está louco por você. Pobre coitado.

Ele gostava de dizer que os homens ficavam loucos por Lorna. Particularmente quando compareceram a uma festa do departamento, e ela era a esposa mais jovem por ali. Teria ficado muito envergonhada se alguém o ouvisse dizer aquilo, receando que achassem um exagero pretensioso e tolo. Mas às vezes, principalmente se estivesse um pouco bêbada, isso lhe subia à cabeça, do mesmo modo que com Brendan, e achava que talvez fosse mesmo universalmente atraente. No caso de Lionel, contudo, tinha certeza absoluta de que isso não era verdade e rezava para que Brendan jamais sugerisse tal coisa diante dele. Lembrava-se do olhar que ele lhe lançara sobre a cabeça de sua mãe. Um ar de negação, de suave advertência.

Não contou a Brendan sobre os poemas. Uma vez por semana ou coisa assim, um poema chegava devidamente selado e postado, pelo correio. Não eram anônimos – Lionel os assinava. Sua assinatura não passava de um rabisco, muito difícil de desvendar – mas o mesmo ocorria com cada palavra do poema. Felizmente, nunca havia palavras em demasia – às vezes, apenas uma ou duas dúzias no total – e traçavam um curioso trajeto no papel, como o incerto percurso dos pássaros. A um primeiro olhar, Lorna nunca era capaz de compreender absolutamente nada. Achava que era melhor não tentar com muito afinco, apenas segurar a página diante de seus olhos e fitá-la do modo mais firme e demorado de que fosse capaz, como se entrasse num transe. Depois, em geral, as palavras surgiam. Não todas – sempre havia duas ou três em cada poema que era incapaz de decifrar –, mas isso não era muito importante. A única pontuação resumia-se a travessões. As palavras eram em sua maioria nomes. Lorna não era uma pessoa desacostumada com poesia ou uma pessoa que desistisse facilmente de qualquer coisa que não pudesse compreender com rapidez. Mas sentia em relação a esses poemas de Lionel mais ou menos o que sentia em relação, digamos, à religião budista – que constituíam riquezas que talvez fosse apta a compreender, a destrinchar, no futuro, mas que simplesmente não seria capaz de fazê-lo nesse preciso momento.

Após o primeiro poema, torturou-se imaginando o que deveria dizer. Algumas palavras de apreciação, mas nada estúpido. Tudo que conseguiu foi: "Obrigado pelo poema" – quando Brendan encontrava-se a uma distância segura. Não se permitia dizer: "Eu gostei". Lionel fez que sim com a cabeça, num espasmo, e emitiu um som que encerrou a conversa. Poemas continuaram a chegar, e mais uma vez não foram mencionados. Começou a pensar que poderia encará-los como oferendas, não mensagens. Mas não oferendas de amor – como Brendan, por exemplo, presumiria. Não havia nada neles acerca dos sentimentos de Lionel por ela, nada absolutamente pessoal. Eles a lembravam daquelas tênues impressões que às vezes era possível identificar nas calçadas na primavera – silhuetas, deixadas pelas folhas úmidas esmagadas um ano antes.

Havia outra coisa, mais urgente, sobre a qual não disse nada a Brendan. Ou a Lionel. Não disse que Polly vinha visitá-los. Polly, sua prima, vinda de casa.

Polly era cinco anos mais velha do que Lorna e trabalhara, desde que terminara o segundo grau, no banco local. Quase chegara a juntar o dinheiro necessário para fazer essa viagem uma vez, mas decidira gastá-lo em vez disso numa bomba de drenagem. Contudo, estava a caminho, atravessando o país de ônibus. Para ela, parecia a coisa mais natural e apropriada a fazer – visitar a prima, o marido da prima, a família da prima. Para Brendan, pareceria quase certamente uma invasão, algo que ninguém tinha que fazer a menos que fosse convidado. Ele não tinha aversão a visitas – haja vista Lionel –, mas queria fazer as próprias escolhas. Todos os dias Lorna pensava como iria contar-lhe. Todos os dias postergava.

E isso não era o tipo de coisa que pudesse contar a Lionel. Não se podia conversar com ele sobre nada visto seriamente como um problema. Conversar sobre problemas significaria procurar, esperar, soluções. E isso não era interessante, não revelava uma atitude interessante em relação à vida. Estava mais para uma esperança vã e cansativa. As inquietações de costume, emoções descomplicadas não eram algo sobre o que gostasse de ouvir. Preferia que as coisas fossem inteiramente confusas e insuportavelmente suportadas, ainda que com ironia, até alegria.

Uma coisa que ela contara a ele talvez tivesse sido temerária. Contou como havia chorado no dia de seu casamento e durante a cerimônia propriamente dita. Mas conseguia fazer piada, pois disse como tentou puxar sua mão do aperto de Brendan para pegar o lenço, mas que ele não a soltou, para que continuasse a fungar. E na verdade não é que havia chorado porque não queria se casar, ou porque não amasse Brendan. Havia chorado porque tudo em sua casa parecia subitamente tão precioso para ela – embora sempre houvesse planejado ir embora –, e as pessoas ali pareciam-lhe mais próximas do que qualquer um poderia jamais ser, embora tivesse ocultado delas todos seus pensamentos íntimos. Chorou porque ela e Polly tinham rido quando limpavam as prateleiras da cozinha e esfregavam o linóleo um dia antes e ela fingira que participava de uma peça sentimental e dissera adeus, velho tapete, adeus, rachadura no bule, adeus, lugar onde eu costumava grudar meu chiclete sob a mesa, adeus.

Por que você simplesmente não lhe diz que não vai dar?, Polly havia dito. Mas é claro que ela não quis de fato dizer isso, estava orgulhosa, e a própria Lorna estava orgulhosa. Dezoito anos e nunca um namorado de verdade, e ali estava ela, casando-se com um homem bonito de trinta anos de idade, um professor. Mesmo assim, chorou, e chorou outra vez quando recebeu cartas de casa nos primeiros dias de casamento. Brendan a pegou chorando e disse: – Você adora sua família, não é?

Ela pensou que estivesse manifestando simpatia. Disse: – É.

Ele suspirou. – Acho que gosta mais deles do que de mim.

Ela disse que não era verdade, apenas que ficava triste por causa de sua família, às vezes. Passaram por maus bocados, sua avó dando aulas na quarta série ano após ano, embora seus olhos estivessem tão ruins que mal conseguia enxergar o que escrevia na lousa, e tia Beatrice, que se queixava tanto que jamais conseguia um emprego, e seu pai – o pai de Lorna – trabalhando na loja de ferragens que nem mesmo era sua.

– Maus bocados? – disse Brendan. – Não passaram por um campo de concentração, passaram?

Então ele disse que as pessoas precisavam ter iniciativa nessa vida. E Lorna atirou-se na cama de casal e entregou-se a um daqueles furiosos acessos de choro que agora tinha vergonha de lembrar. Brendan veio e a consolou, depois de algum tempo, mas ainda acreditava que chorava como sempre fazem as mulheres quando são incapazes, de outro modo, de levar a melhor numa discussão.

Algumas coisas quanto à aparência de Polly apagaram-se da memória de Lorna. Como era alta, como tinha um pescoço longo, a cintura muito estreita, o peito quase chato. O queixo pequeno e irregular e a boca torcida. A pele pálida, o curto cabelo castanho-claro, fino como uma plumagem. Aparentava ser tanto frágil quanto robusta, como uma margarida com um longo caule. Vestia uma saia de sarja franzida com bordados.

Por quarenta e oito horas Brendan soube que estava a caminho. Ela telefonara, a cobrar, de Calgary, e ele atendera o telefone. Teve três perguntas a fazer mais tarde. Seu tom de voz era distante, porém calmo.

Quanto tempo ela vai ficar?

Por que não me contou?

Por que ligou a cobrar?

Eu não sei, disse Lorna.

Da cozinha, onde preparava o jantar, Lorna ouvia com algum esforço o que diziam um ao outro. Brendan acabara de chegar em casa. Não conseguiu ouvir seu cumprimento, mas a voz de Polly era alta e cheia de uma temerária jovialidade.

– Então eu comecei mesmo com o pé esquerdo, Brendan, espere só até ouvir o que eu disse. Lorna e eu viemos descendo a rua desde o ponto de ônibus e eu ia dizendo: Ai, puxa, que bairro mais classudo este em que você mora, Lorna – e então eu disse: Mas olha só pra este lugar, o que ele está fazendo aqui? Eu disse: Parece um celeiro.

Ela não poderia ter começado pior. Brendan tinha muito orgulho da casa. Era uma casa contemporânea, construída num estilo da Costa Oeste chamado coluna e viga. Casas no estilo coluna e viga não eram pintadas; a ideia era que se integrassem às matas originais. Assim, o efeito era de simplicidade e funcionalidade quando vista de fora, com o teto horizontal projetando-se além das paredes. Do lado de dentro, as vigas eram aparentes, assim como todo o madeiramento da casa. A lareira feita de pedra subia até o teto, e as janelas eram compridas, estreitas e sem cortinas. A arquitetura é sempre preeminente, o construtor lhes dissera, e Brendan repetia isso, bem como a palavra "contemporânea", quando apresentava qualquer pessoa à casa pela primeira vez.

Ele não se deu o trabalho de dizer tudo isso a Polly ou de ir atrás de uma revista onde havia um artigo sobre o estilo, com fotografias – embora não desta casa em particular.

Polly trouxera de casa o hábito de começar suas frases com o nome da pessoa a quem se dirigia especificamente. "Lorna...", dizia, ou "Brendan...". Lorna havia se esquecido desse jeito de falar – lhe parecia agora mais para imperativo e mal-educado. Lorna sabia que não era intenção de Polly ser mal-educada, que fazia um esforço estridente porém corajoso de parecer à vontade. E tentara de início incluir Brendan. Tanto ela como Lorna fizeram isso, entregavam-se a explicações sobre qualquer coisa que estivessem conversando – mas nada funcionava. Brendan apenas abria a boca para chamar a atenção de Lorna para algo que faltava na mesa ou para dizer que Daniel derrubara sua papinha no chão em torno do cadeirão.

Polly continuava falando enquanto ela e Lorna tiravam a mesa e depois, enquanto lavavam os pratos. Lorna normalmente dava banho nas crianças e as levava para a cama antes de começar com a louça, mas esta noite ficara nervosa demais – pressentia que Polly estava à beira das lágrimas – para executar seus afazeres na ordem apropriada. Deixou que Daniel se arrastasse pelo chão enquanto Elizabeth, com seu interesse em ocasiões sociais e novas personalidades, ficasse por perto ouvindo a conversa. Isso durou até Daniel derrubar o cadeirão – felizmente, não em cima de si mesmo, mas gritou de susto – e Brendan surgir vindo da sala de estar.

– Parece que a hora de dormir foi adiada – disse, conforme tirava o filho dos braços de Lorna. – Elizabeth. Vá se aprontar para o banho.

Polly mudara do assunto das pessoas na cidade e passara a descrever como iam as coisas em casa. Nada bem. O dono da loja de ferragens – um homem a quem o pai de Lorna se referia sempre mais como um amigo do que como um patrão – passara o negócio para a frente sem lhe dizer uma palavra do que pretendia fazer até que tudo fosse concretizado. O novo dono estava expandindo a loja ao mesmo tempo que perdia a concorrência para a Canadian Tire e não havia um dia que não começasse algum tipo de discussão com o pai de Lorna. O pai de Lorna voltava do trabalho tão desanimado que tudo que queria fazer era deitar-se no sofá. Não estava interessado no jornal ou no noticiário da tevê. Bebia bicarbonato de sódio, mas não queria falar das dores no estômago.

Lorna mencionou uma carta de seu pai na qual a informara sobre esses problemas.

– Bom, acho que sim, não é? – disse Polly. – Pra você.

Conservar as duas casas – disse Polly, era um pesadelo contínuo. Deveriam todos se mudar para uma delas e vender a outra, mas agora que a avó se aposentara, atormentava a mãe de Polly o tempo todo, e o pai de Lorna não suportava a ideia de viver com aquelas duas. Polly muitas vezes sentia vontade de ir embora para nunca mais voltar, mas o que fariam sem ela?

– Você deveria viver sua própria vida – disse Lorna. Era uma situação estranha para ela, dar conselhos a Polly.

– Ah, claro, claro – disse Polly. – Eu deveria ter saído enquanto as coisas iam bem, acho que é isso que deveria ter feito. Mas quando foi isso? Eu nem ao menos me lembro das coisas indo particularmente bem. Para começar, eu fiquei presa enquanto esperava que você terminasse a escola.

Lorna falara num tom pesaroso, prestativo, mas se recusava a parar o que estava fazendo para dar a devida atenção às notícias que Polly trazia. Ela as ouvia como se dissessem respeito a pessoas que conhecia e de quem gostava, mas pelas quais não tinha responsabilidade. Pensou em seu pai deitado no sofá ao fim do dia, receitando-se coisas para dores que não admitia sentir, e tia Beatrice na casa ao lado, preocupada com o que as pessoas diziam a seu respeito, temerosa de que rissem às suas costas, escrevessem coisas nas paredes sobre ela. Chorando porque fora à igreja com sua combinação aparecendo. Pensar em casa fazia Lorna sofrer, mas não conseguia apagar a sensação de que Polly tentava martelar algo em sua cabeça, levá-la a algum tipo de capitulação, enredando-a numa miséria particular. E estava determinada a não se entregar.

Olhe só pra você. Veja sua vida. Sua pia de aço inoxidável. Sua casa de arquitetura preeminente.

– Se eu agora fosse embora acho que me sentiria culpada demais – disse Polly. – Eu não iria aguentar. Ia me sentir culpada demais de deixá-los sozinhos.

É claro que algumas pessoas nunca se sentem culpadas. Algumas pessoas nunca sentem nada.

– Que historinha triste essa – disse Brendan, quando se deitaram lado a lado no escuro.

– É que está preocupada – disse Lorna.

– Não se esqueça. Não somos ricos.

Lorna ficou chocada. – Ela não quer dinheiro.

– Não?

– Não foi pra isso que me contou.

– Não tenha tanta certeza.

Ela ficou rígida, sem responder. Então pensou em algo que talvez melhorasse seu humor.

– São só duas semanas.

Sua vez de não responder.

– Não acha ela bonita?

– Não.

Ia quase dizendo que Polly fizera seu vestido de casamento. Planejara casar-se com sua roupa azul-marinho, e Polly dissera, poucos dias antes da cerimônia: – Não pode se casar assim. – Então pegou seu próprio vestido de baile da escola (Polly sempre fora mais popular do que Lorna, costumava ir a bailes) e o guarneceu com rendas, costurando também mangas compridas de renda nele. Porque, ela disse, uma noiva não pode se casar sem mangas. Mas o que lhe interessava tudo isso?

Lionel estivera fora por alguns dias. Seu pai se aposentara, e Lionel foi ajudá-lo com a mudança da cidade nas Montanhas Rochosas para a ilha de Vancouver. Um dia depois da chegada de Polly, Lorna recebeu uma carta sua. Não um poema – uma carta de verdade, ainda que bem curta.

Sonhei que lhe dava uma carona em minha bicicleta. Andávamos muito rápido. Você não parecia ter medo, embora talvez fosse melhor que tivesse. Não devemos nos sentir obrigados a interpretar isso.

Brendan saíra cedo. Dava aulas de recuperação no verão; disse que tomaria o café da manhã na lanchonete da escola. Polly saiu de seu quarto assim que ele partiu. Usava calça em vez da saia de babados e sorria o tempo todo, como que lembrando de uma piada. Mantinha-se de cabeça baixa para evitar cruzar os olhos com Lorna.

– Acho melhor eu passear e conhecer um pouco de Vancouver – disse – ver alguma coisa, porque não é provável que eu volte aqui um dia.

Lorna marcou determinados pontos num mapa e lhe deu instruções, dizendo que sentia muito não poder ir junto, mas que não valia a pena, seria um transtorno, com as crianças.

– Ah. Ah, não. Eu não esperava que fosse. Não vim aqui para ficar em cima de você o tempo todo.

Elizabeth sentiu a tensão na atmosfera. Disse: – Por que a gente é um transtorno?

Lorna fez Daniel tirar uma soneca mais cedo e quando ele acordou enfiou-o no carrinho e disse a Elizabeth que iriam a um parque. O parquinho que escolheu não era o da praça ali perto – mas descendo a colina, perto da rua onde morava Lionel. Lorna sabia seu endereço, embora nunca tivesse visto a casa. Sabia que era uma casa, não um prédio de apartamentos. Ele morava num quarto no andar de cima.

Não levou muito tempo para chegar lá – embora sem dúvida levaria mais tempo para voltar, empurrando o carrinho ladeira acima. Mas já passara antes pela parte velha da zona norte de Vancouver, onde as casas eram menores, empoleiradas em terrenos estreitos. A casa onde Lionel morava tinha seu nome ao lado de uma campainha e o nome B. Hutchison ao lado da outra. Ela sabia que a sra. Hutchison era a senhoria. Apertou sua campainha.

– Sei que Lionel está fora e sinto muito incomodá-la – disse. – Mas emprestei-lhe um livro, um livro de biblioteca, o prazo já venceu, e imaginei que talvez pudesse subir até a casa dele e ver se consigo encontrá-lo.

A mulher disse: – Oh. – Era uma senhora de idade com um lenço em torno da cabeça e grandes manchas escuras no rosto.

– Meu marido e eu somos amigos de Lionel. Meu marido foi seu professor na faculdade.

A palavra – professor era sempre útil. Lorna pegou a chave. Estacionou o carrinho à sombra da casa e disse a Elizabeth para ficar de olho em Daniel.

– Isso não é um parquinho – disse Elizabeth.

– Só preciso ir lá em cima um pouco e já volto. É só um minuto, tá?

O quarto de Lionel tinha um recesso num canto onde ficava um fogãozinho de duas bocas e um armário. Nada de geladeira ou pia, exceto pela que havia no banheiro. Uma veneziana cobrindo a janela até a metade e um retalho de linóleo cujos motivos haviam sido cobertos com tinta marrom. Pairava no ar um leve cheiro de gás de cozinha, misturado ao odor de roupas pesadas que não tomavam ar, transpiração e um descongestionante nasal de pinho, que ela reconhecia – mal pensando sobre isso e de modo algum sentindo desagrado – como o cheiro íntimo do próprio Lionel.

No mais, o lugar dificilmente lhe sugeria qualquer pista. Viera até aqui não atrás de um livro de biblioteca, é claro, mas para estar por um momento dentro do espaço onde ele vivia, respirar seu ar, olhar por sua janela. A vista era de outras casas, provavelmente como esta repartida em pequenos apartamentos, na encosta arborizada de Grouse Mountain. A nudez, o anonimato do quarto era seriamente desafiador. Cama, cômoda, mesa, cadeira. Apenas a mobília que tinha de ser providenciada para que o quarto pudesse ser anunciado como mobiliado. Até mesmo a colcha marrom de chenile devia já estar ali antes de ele ter se mudado. Nada de quadros – nem mesmo um calendário – e, o mais surpreendente, nada de livros.

As coisas deviam estar escondidas em algum lugar. Nas gavetas da cômoda? Ela era incapaz de olhar. Não apenas porque não havia tempo – podia ouvir Elizabeth chamando lá do jardim –, mas a própria ausência de qualquer coisa que pudesse ser considerada pessoal tornava a sensação de Lionel mais forte. Não só a sensação de sua austeridade e seus segredos, mas de vigilância – quase como se houvesse preparado uma armadilha e estivesse à espera de ver o que ela faria.

O que ela realmente queria fazer não era mais investigar, mas sentar-se no chão, no meio do quadrado de linóleo. Sentar-se por horas, não tanto olhando para o quarto quanto submergindo nele. Ficar neste quarto onde não havia ninguém que a conhecesse ou quisesse algo dela. Ficar aqui por muito, muito tempo, cada vez mais aguçada e leve, leve como uma agulha.

No sábado pela manhã, Lorna, Brendan e as crianças foram de carro até Penticton. Um aluno os convidara para seu casamento. Ficariam no sábado à noite, domingo o dia inteiro e também passariam a noite de domingo, e voltariam para casa na segunda pela manhã.

— Você lhe contou? — disse Brendan.

— Tudo bem. Ela não espera ir junto.

— Mas *você lhe contou?*

A quinta-feira foi passada em Ambleside Beach. Lorna, Polly e as crianças foram até lá de ônibus, com duas baldeações, equilibrando toalhas, brinquedos de praia, fraldas, lanches e o golfinho inflável de Elizabeth. Os apuros em que se viram e a irritação e o aborrecimento que a visão de sua família provocava nos outros passageiros suscitaram uma reação peculiarmente feminina — uma disposição para a quase hilaridade. Afastar-se da casa onde Lorna estava instalada como esposa também ajudou. Chegaram à praia triunfantes em meio ao mais desordenado caos e montaram seu acampamento, de onde partiam em turnos para a água, cuidando das crianças, bebendo refrigerantes, chupando picolés, comendo batatas fritas.

Lorna estava levemente bronzeada; Polly, muito pelo contrário. Esticou uma perna ao lado da de Lorna e disse: — Olhe só. Falta tostar.

Com todo o trabalho que tinha de fazer nas duas casas e com o emprego no banco, disse, não lhe sobravam nem quinze minutos de liberdade para se sentar sob o sol. Mas falava agora de modo corriqueiro, sem aquela modulação implícita de virtude e sofrimento. Uma certa atmosfera amarga que a circundava — como um velho avental de cozinha — começava a desvanecer. Havia se virado sozinha em seu passeio por Vancouver — a primeira vez que fizera isso numa cidade. Conversara com estranhos em pontos de ônibus, perguntara que placas deveria procurar e, a conselho de alguém, tomara o teleférico para chegar ao topo da Grouse Mountain.

Sentadas sobre a areia, Lorna deu-lhe uma explicação.

— Esta é uma péssima época do ano para Brendan. As aulas de verão são de deixar os nervos à flor da pele, é preciso fazer muita coisa muito rápido.

Polly disse: — É? Então não sou só eu?

— Não seja boba. É claro que não é você.

— Puxa, que alívio. Eu meio que achava que ele não aguentava ver minha cara.

Então ela contou de um homem em casa que queria sair com ela.

— Ele é sério demais. Está procurando uma esposa. Acho que Brendan também estava, mas acho que você estava apaixonada por ele.

— Estava e estou — disse Lorna.

— Bom, acho que eu não. — Polly falou com o rosto pressionado contra o cotovelo. — Acho que poderia funcionar mesmo que a gente gostasse só mais ou menos de alguém e ficasse com ele, e estivesse determinada a ver as coisas boas.

— E aí, quais são as coisas boas? — Lorna sentou-se de modo que pudesse observar Elizabeth montada em seu golfinho.

— Deixe eu pensar um pouco — disse Polly, rindo. — Não. Tem muita coisa. Só estou sendo maldosa.

Conforme juntavam os brinquedos e as toalhas, ela disse:

— Eu não me importaria nem um pouco de fazer tudo isso de novo amanhã.

— Nem eu — disse Lorna —, mas preciso arrumar as coisas e ir para o Okanagan. Fomos convidados para um casamento. — Fez com que isso soasse como uma obrigação — algo sobre o que não se dera ao trabalho de falar até então porque era desagradável e chato demais.

Polly disse: — Ah. Bom, então talvez eu venha sozinha.

— Claro. Devia vir.

— Onde fica o Okanagan?

Na noite seguinte, depois de pôr as crianças para dormir, Lorna entrou no quarto onde Polly dormia. Entrara para tirar uma mala do armário, imaginando que o quarto estaria vazio – Polly, assim pensava, ainda no banheiro, imergindo as queimaduras de sol do dia numa tépida mistura de água e sais.

Mas Polly encontrava-se na cama, com o lençol puxado sobre ela como uma mortalha.

– Você não está na banheira – disse Lorna, como se achasse tudo isso muito natural. – Como está sua pele?

– Tudo bem – disse Polly, com a voz abafada. Lorna percebeu na hora que estivera, e provavelmente continuava, chorando. Permaneceu ao pé da cama, incapaz de sair do quarto. Uma decepção se abatera sobre ela como uma doença, uma onda de desgosto. Polly na verdade não pretendia continuar escondida, rolou sobre o corpo e olhou para ela, com o rosto todo marcado e indefeso, vermelho do sol e do choro. Novas lágrimas brotavam de seus olhos. Era um monumento à miséria, toda acusação.

– O que é isso? – disse Lorna. Fingiu surpresa, fingiu compaixão.

– Você não me quer.

Seus olhos permaneceram sobre Lorna todo o tempo, não só marejados de lágrimas, amargura e um ar acusador de traição, mas também ofendidos, exigindo carinho, acalento, conforto.

Lorna poderia avançar sobre ela bem ali. O que lhe dá o direito, gostaria de dizer. O que quer de mim, sua sanguessuga? O que lhe dá o direito?

Família. Família dá a Polly o direito. Ela guardou seu dinheiro e planejou sua fuga, com a ideia de que Lorna necessariamente a acolhesse. É verdade? – será que sonhou em ficar aqui e nunca precisar voltar? Tornar-se parte da boa sorte de Lorna, do mundo transformado de Lorna?

– O que você acha que posso fazer? – disse Lorna num tom quase raivoso, o que a surpreendeu. – Acha que tenho algum poder? Ele nunca me dá mais do que uma nota de vinte dólares de cada vez.

Arrastou a mala para fora do quarto.

Era tudo tão falso e asqueroso – enfiar suas próprias reclamações no meio da história, para não ficar atrás de Polly. O que os vinte dólares tinham a ver nesse momento com qualquer coisa? Tinha crédito, ele nunca recusava quando lhe pedia. Foi incapaz de dormir, ralhando com Polly na imaginação.

O calor do Okanagan fazia o verão parecer mais autêntico do que o verão no litoral. As colinas com a relva descorada, a sombra esparsa dos pinheiros na terra firme pareciam um cenário natural para um casamento tão festivo com seus oferecimentos infindáveis de champanhe, a dança, o flerte, a abundância excessiva de amizade e cordialidade. Lorna ficou rapidamente bêbada e espantada de ver como era fácil, com o álcool, livrar-se das amarras de seu espírito. Vapores rejeitados ascenderam. Foi para a cama ainda bêbada, e lasciva, para sorte de Brendan. Mesmo sua ressaca no dia seguinte pareceu fraca, mais uma limpeza do que uma punição. Sentindo-se frágil, mas nem um pouco decepcionada consigo mesma, deitou-se à beira do lago e observou Brendan ajudar Elizabeth a construir um castelo.

– Sabia que seu pai e eu nos conhecemos num casamento? – perguntou.

– Só que bem diferente deste – disse Brendan. Queria dizer que o casamento ao qual haviam comparecido, quando um amigo seu casou-se com a filha dos McQuaig (os McQuaig eram uma das principais famílias na cidade de Lorna), fora oficialmente a seco. A recepção se dera no salão da Igreja Unionista – Lorna era uma das garotas recrutadas para servir os sanduíches – e as bebidas foram servidas apressadamente, no estacionamento. Lorna não estava acostumada a sentir cheiro de uísque nos homens e pensou que Brendan talvez usasse algum desconhecido creme para os cabelos em excesso. Mesmo assim, ficou admirada com seus ombros fortes, seu pescoço de touro, sua risada e seus olhos castanho-dourados dominadores. Quando soube que era um professor de matemática, apaixonou-se pelo que havia dentro de sua cabeça também. Entusiasmava-se com qualquer conhecimento que um homem pudesse ter que lhe fosse completamente estranho. Um conhecimento de mecânica de automóveis teria funcionado tão bem quanto.

Que reagisse manifestando atração por ela parecia ser algo de natureza milagrosa. Soube posteriormente que estava à procura de uma esposa; tinha idade bastante, já era hora. Queria uma jovem. Não uma colega, ou uma aluna, talvez nem mesmo o tipo de garota cujos pais pudessem enviar à faculdade. Não contaminada. Inteligente, mas não contaminada. Uma flor silvestre, dizia, no calor daqueles primeiros dias, e às vezes até mesmo hoje.

A caminho de casa, deixavam aquela terra quente e dourada para trás, em algum lugar entre Keremeos e Princeton. Mas o sol continuava a brilhar, e Lorna tinha apenas uma leve preocupação em sua mente, como um cílio em sua vista que pudesse ser soprado ou sair sozinho, flutuando na umidade do olho.

Mas o que essa preocupação fazia era continuar a voltar. Tornar-se cada vez mais agourenta e persistente, até finalmente dar seu bote e mostrar-se em sua autêntica natureza.

Ela tinha medo – tinha quase certeza – de que enquanto estiveram fora no Okanagan Polly houvesse cometido suicídio na cozinha de sua casa, em Vancouver.

Na cozinha. Era um quadro definido para Lorna. Viu exatamente o modo como Polly teria feito aquilo. Teria se enforcado junto à porta dos fundos. Quando voltassem, quando entrassem na casa pela garagem, dariam com a porta trancada. Destrancariam-na e tentariam empurrá-la até abrir, mas não o conseguiriam por causa do volume do corpo de Polly contra ela. Iriam se dirigir apressados para a porta da frente e entrar correndo na cozinha, deparando-se com a visão de Polly morta. Estaria usando a saia de sarja com babados e sua blusa branca com cordão – o valoroso traje com que se apresentara a eles pela primeira vez para testar sua hospitalidade. Suas pernas compridas e brancas pendendo, a cabeça mortalmente torcida no pescoço delicado. Diante de seu corpo estaria a cadeira da cozinha na qual subira, de onde se soltara com um passo, ou um pulo, para ver como a miséria daria um fim a si mesma. Sozinha na casa de pessoas que não a queriam, onde as próprias paredes, as janelas, a xícara em que bebia café deviam parecer desprezá-la.

Lorna lembrou-se de uma ocasião em que ficara a sós com Polly, fora deixada a cargo de Polly por um dia, na casa da avó. Talvez seu pai estivesse na loja. Mas em sua cabeça ele também estava longe, todos os três adultos encontravam-se fora da cidade. Devia ter sido uma circunstância especial, uma vez que jamais excursionavam para fazer compras, quanto mais excursionar por prazer. Um enterro – quase com certeza um enterro. O dia era sábado, não tinham aula. Lorna era pequena demais para ir à escola, de todo modo. Seu cabelo não crescera o suficiente para fazer trancinhas. Esparramava-se em tufos em torno da cabeça, como o de Polly agora.

Polly passava por uma fase em que adorava fazer doces ou coisas saborosas de qualquer espécie, com o livro de culinária de sua mãe. Bolos de chocolate com tâmaras, bolinhos de amêndoas, divinos docinhos amanteigados. Estava a meio caminho de alguma mistura, nesse dia, quando descobriu que um ingrediente de que necessitava faltava no armário. Precisava ir até a cidade de bicicleta para pegá-lo no armazém onde tinham conta. Fazia frio e ventava, o chão exibia pouca vegetação – a época devia ser o fim do outono ou o começo da primavera. Antes de ir, Polly fechou a porta do forno a lenha. Mas continuou a pensar nas histórias que ouvira sobre crianças que morreram em casas incendiadas quando suas mães saíam para tarefas rápidas semelhantes. Então mandou Lorna apanhar o casaco e levou-a para o lado de fora, deixando-a num canto entre a cozinha e a parte principal da casa, onde o vento não era tão forte. A casa do outro lado da rua devia estar sem ninguém, ou ela poderia tê-la levado lá. Disse-lhe para não sair dali e partiu para o armazém. Fique aqui, não se mexa, não se preocupe, disse. Então beijou a orelha de Lorna. Lorna obedeceu-lhe ao pé da letra. Por dez minutos, quem sabe quinze, permaneceu agachada atrás do arbusto de lilases brancos, observando os formatos das pedras, das escuras e das menores, nas fundações da casa. Até que Polly voltou chorando, largou a bicicleta no jardim e veio gritando seu nome. Lorna, Lorna, derrubando o saco de açúcar mascavo ou de nozes e beijando-a na cabeça. Pois lhe ocorrera o pensamento de que Lorna pudesse ter sido vista ali por raptores à espreita – os homens maus que eram o motivo por que garotas não deveriam ir atrás das casas. Rezara todo o caminho de volta para que isso não houvesse ocorrido. E não ocorrera. Fez Lorna entrar correndo para aquecer os joelhos e mãos.

Ai, coitadas de suas mãozinhas, disse. Ai, você ficou com medo? Lorna adorava que lhe fizessem festa nos cabelos e inclinou a cabeça para ser acariciada, como um pônei.

Os pinheiros davam lugar à floresta mais densa e perene, e às encostas beges das montanhas, às elevações de colinas verde-azuladas. Daniel começou a choramingar, e Lorna apanhou a mamadeira de suco. Mais tarde pediu a Brendan que parasse para trocar a fralda do bebê, deitando-o no banco da frente. Brendan caminhou um pouco para longe enquanto ela fazia isso, fumando um cigarro. O ritual das fraldas sempre lhe parecia um pouco como uma afronta.

Lorna também aproveitou a oportunidade para tirar da mala um dos livros de histórias de Elizabeth e, quando se puseram a caminho novamente, leu para as crianças. Era um livro do Dr. Seuss. Elizabeth conhecia todas as rimas e até Daniel fazia alguma ideia do que cantarolar combinando com as palavras inventadas.

Polly não era mais aquela pessoa que esfregara as mãozinhas de Lorna entre as suas, a pessoa que sabia todas as coisas que Lorna não sabia e que era digna de confiança para cuidar dela. Tudo mudara completamente, e parecia que nos anos em que Lorna esteve casada Polly estagnara. Lorna a ultrapassara. E agora Lorna tinha os filhos no banco de trás para cuidar e amar e era inconveniente que uma pessoa da idade de Polly cravasse as garras nela reclamando sua parte.

Era inútil para Lorna pensar essas coisas. Nem bem formulara a argumentação, já sentia o corpo batendo contra a porta conforme a empurravam e tentavam abri-la. O peso morto, o corpo cinzento. O corpo de Polly, que não ganhara nada. Não descobrira sua cota na família e nenhuma esperança de mudança na vida que talvez sonhasse estar a caminho.

– Agora leia *Madeline* – disse Elizabeth.

– Acho que eu não trouxe *Madeline* – disse Lorna. – Não. Não trouxe. Deixa pra lá, você já sabe de cor.

Ela e Elizabeth começaram juntas.

> *In an old house in Paris that was covered with vines,*
> *Lived twelve little girls in two straight lines.*
> *In two straight lines they broke their bread*
> *Brushed their teeth and went to bed...*

Que idiotice, isso é melodrama, isso é culpa. Isso não vai ter acontecido.

Mas coisas como essa acontecem de verdade. Algumas pessoas se afundam, elas não são ajudadas a tempo. Não são ajudadas de forma alguma. Algumas pessoas estão mergulhadas em trevas.

In the middle of the night,
Miss Clavel turned on her light.
And said, 'Something is not right...**

– Mamii – disse Elizabeth. – Por que cê parou?
Lorna disse: – Eu preciso, só um minuto. Minha boca está seca.

Em Hope comeram hambúrgueres e tomaram milk-shakes. Depois, quando desciam o vale Fraser, as crianças adormeceram no banco de trás. Ainda tinha tempo. Até que chegassem a Chilliwack, até que chegassem a Abbotsford, até que avistassem as colinas de New Westminster mais adiante e as outras encostas repletas de casas, no início da cidade. Pontes sobre as quais passariam, desvios que tomariam, ruas que atravessariam, esquinas que dobrariam. Tudo isso no tempo antes. A próxima vez que visse qualquer uma dessas coisas seria o tempo depois.

Quando entraram em Stanley Park, ocorreu-lhe rezar. Isso era uma vergonha – a oração oportunista de uma infiel. A algaravia de que-não-aconteça, que-não-aconteça. *Que não tenha acontecido.*

O dia continuava sem nuvens. Da Lion's Gate Bridge eles avistaram o estreito da Georgia.

– Dá pra ver a ilha de Vancouver hoje? – disse Brendan. – Olhe você, eu não posso.

Lorna esticou o pescoço para olhar além dele.

– Bem longe – disse. – Muito fraca, mas dá.

---

* "Numa velha casa em Paris coberta de trepadeiras,/ moravam doze garotinhas em duas filas certinhas./ Em duas filas certinhas elas dividiam seu pão,/ escovavam os dentes e iam para a cama... // No meio da noite,/ A srta. Clavel acendeu a luz./ E disse, 'tem alguma coisa errada'..." [N.T.]

E diante da visão daquelas elevações azuis, progressivamente mais indistintas, finalmente quase se dissolvendo, que pareciam flutuar no mar, pensou na única coisa que restava a fazer. Um acordo. Acreditar que isso ainda era possível, até o último minuto era possível fazer um acordo. Tinha de ser sério, uma promessa ou oferta que fosse o mais terminante e privadora imaginável. Fique com isto. Eu prometo isto. Se isso puder não ser verdade, se isso puder não ter acontecido. As crianças, não. Afastou esse pensamento como se o tivesse tirado do fogo. Brendan, não, pelo motivo oposto. Não o amava o bastante. Dizia que o amava, e falava sério em certa medida, e queria ser amada por ele, mas havia um pequeno rumorejar de ódio zumbindo junto com esse amor, quase o tempo todo. Então seria repreensível – além de inútil – oferecê-lo em qualquer acordo.

Ela própria? Sua aparência? Sua saúde?

Ocorreu-lhe que talvez pudesse estar tomando um rumo equivocado. Num caso como este, a escolha podia não caber à pessoa. Não depender da pessoa fixar os termos. Você ficaria sabendo quais eram eles depois que os conhecesse. Devia prometer honrá-los sem saber quais viriam a ser. Prometa.

Mas nada a ver com as crianças.

Subindo a Capilano Road, em sua própria região da cidade, seu canto no mundo, onde suas vidas assumem peso de verdade e suas ações assumem consequências. Lá estavam as inexoráveis paredes de madeira de sua casa, assomando através das árvores.

– A porta da frente seria mais fácil – disse Lorna. – Assim não precisaríamos subir a escada.

Brendan disse: – Qual o problema com dois ou três degraus?

– Eu nunca consigo ver a ponte – choramingou Elizabeth, repentinamente acordada de vez e desapontada. – Por que vocês nunca me acordam pra ver a ponte?

Ninguém respondeu.

– O braço de Daniel está todo queimado – disse, num tom parcial de satisfação.

Lorna ouviu vozes que julgou virem do jardim da casa ao lado. Seguiu Brendan contornando a casa. Daniel, ainda adormecido, fazia peso em seu ombro. Ela carregava a bolsa de fraldas e a bolsa com livros de histórias, e Brendan carregava a mala.

Viu que as pessoas cujas vozes ouvira estavam em seu próprio quintal, nos fundos. Polly e Lionel. Haviam arrastado duas cadeiras de jardim para lá, para que pudessem sentar-se à sombra. Estavam de costas para a vista.

Lionel. Esquecera-se completamente dele.

Ele ergueu-se de um pulo e correu para abrir a porta dos fundos.

– A expedição regressou com todos os membros – disse, num tom de voz que Lorna não acreditava algum dia ter ouvido. Cheia de uma vivacidade fácil, uma confiança natural e oportuna. A voz do amigo da família. Conforme segurava a porta aberta, fitava-a direto no rosto – algo que quase nunca fazia – e lhe dava um sorriso de onde toda sutileza, sigilo, cumplicidade irônica e devoção misteriosa haviam sido varridos. Todas as complicações, todas as mensagens íntimas haviam sido varridas.

Ela fez com que sua voz ecoasse a dele.

– E então... quando foi que voltou?

– Sábado – ele disse. – Esqueci que vocês iam viajar. Dei o maior duro pra chegar aqui e dizer oi e vocês não estavam, mas Polly sim, e é claro que ela me disse, e aí eu me lembrei.

– Polly disse o quê – falou Polly, aparecendo às suas costas. Não era uma pergunta de verdade, mas o aparte meio provocador de uma mulher que sabe que quase qualquer coisa que disser será bem recebida. O queimado de sol de Polly se tornara um bronzeado, ou pelo menos um novo rubor, em sua fronte e no pescoço.

– Aqui – disse para Lorna, aliviando-a das duas bolsas que carregava no braço e da mamadeira vazia de suco em sua mão. – Eu carrego tudo, menos o bebê.

O cabelo escorrido de Lionel estava mais para castanho-escuro do que preto – é claro que o via pela primeira vez em plena luz do dia – e sua pele também estava bronzeada, o suficiente para que a testa perdesse aquele brilho pálido. Vestia a usual calça preta, mas a camisa era novidade para ela. Uma camisa amarela de mangas curtas de algum material com inúmeras horas de ferro, surrado, barato, grande demais nos ombros, talvez adquirida no brechó da igreja.

Lorna levou Daniel até o quarto. Deitou-o no berço e ficou a seu lado murmurando e dando tapinhas em suas costas.

Achou que Lionel talvez a estivesse punindo por ter cometido o erro de entrar em seu quarto. A senhoria certamente teria lhe avisado. Lorna já deveria ter contado com isso, caso houvesse parado para pensar. Não parara para pensar, provavelmente, porque em sua cabeça não fazia diferença. Chegou a pensar que ela mesma lhe contaria.

Eu estava indo para o parquinho e de repente pensei em entrar e sentar no meio do chão de sua casa. Não sei explicar. Parecia que ia me dar um momento de paz, ficar em seu quarto e sentar no meio do chão.

Ela havia pensado – depois da carta? – que havia uma ligação entre eles, não a ser explicitada, mas na qual se apoiar. E se enganara, ele ficara assustado. Presumivelmente, assustado demais. De repente, virou-se e lá estava Polly. Graças ao agravo de Lorna, ele se voltara para Polly.

Ou quem sabe não, talvez. Quem sabe não tivesse mudado, simplesmente. Ela pensou na pobreza extraordinária de seu quarto, a leveza em suas paredes. Delas talvez saíssem tais versões alteradas de si mesmo, criadas sem nenhum esforço num piscar de olhos. Isso poderia ser uma reação a algo que dera um pouco errado ou ao fato de ter percebido sua incapacidade de levar alguma coisa até o fim. Ou a nada assim tão claro – apenas o piscar de um olho.

Quando Daniel caiu num sono pesado, ela desceu as escadas. Quando chegou ao banheiro viu que Polly enxaguara as fraldas corretamente e as colocara no balde, mergulhadas no líquido azul desinfetante. Apanhou a mala deixada no meio da cozinha, carregou-a até o andar de cima e jogou-a sobre a cama de casal, abrindo-a para pegar roupas que tinham de ser lavadas e que precisava separar.

A janela desse quarto dava para o pátio nos fundos. Ela ouviu vozes – a de Elizabeth bem alta, quase gritando de empolgação por estar de volta em casa e talvez do esforço por tentar manter a atenção de um público tão grande; a de Brendan, autoritária mas cordial, fazendo um relato da viagem.

Foi até a janela e olhou para baixo. Viu Brendan se dirigir à edícula, destrancá-la e começar a arrastar a piscininha das crianças. A porta ia se fechando sobre ele, e Polly correu para segurá-la.

Lionel ergueu-se e foi buscar a mangueira para desenrolá-la. Ela jamais teria imaginado que ele pudesse sequer saber onde a mangueira ficava.

Brendan disse algo para Polly. Agradecendo? Parecia que se encontravam em ótimos termos.

Como isso tudo aconteceu?

Talvez agora Polly devesse ser levada em consideração, sendo escolha de Lionel. Escolha de Lionel, e não imposição de Lorna.

Ou talvez Brendan simplesmente estivesse mais feliz, porque estiveram fora. Talvez houvesse se livrado por algum tempo do fardo de manter o equilíbrio familiar. Poderia ter percebido, com todo o acerto, que aquela Polly alterada não constituía ameaça.

Uma cena tão comum e surpreendente, surgindo como que por magia. Todo mundo feliz.

Brendan começara a inflar a borda da piscina de plástico. Elizabeth tirara a roupa e estava só de calcinha, dançando em volta, impaciente. Brendan não se dera o trabalho de lhe dizer para ir vestir o maiô, que a calcinha não era adequada. Lionel abrira a água e, enquanto não fora necessária para a piscina, permaneceu regando as capuchinhas, como qualquer pai de família. Polly falou com Brendan e ele fechou a válvula em que estivera soprando, passando o amontoado de plástico cheio pela metade para ela.

Lorna lembrou-se de que fora Polly quem enchera o golfinho na praia. Como ela mesma disse, tinha bons pulmões. Soprou com firmeza e sem nenhum esforço aparente. Ficou ali de pé, de short, com as pernas desnudas firmemente afastadas, a pele brilhando como casca de bétula. E Lionel a observava. Exatamente do que preciso, podia estar pensando. Uma mulher competente e sensível, flexível mas sólida. Não uma pessoa vazia, sonhadora, descontente. Pode muito bem ser alguém com quem um dia fosse se casar. Uma esposa de quem cuidar. Depois ele mudaria de novo, e de novo, talvez se apaixonasse por alguma outra mulher, a seu modo, mas então a esposa estaria ocupada demais para notar.

Talvez isso acontecesse. Polly e Lionel. Ou talvez não. Polly talvez voltasse para casa, como o planejado, e se o fizesse, não haveria corações partidos. Ou assim pensava Lorna. Polly se casaria, ou não se casaria, mas de um jeito ou de outro as coisas que aconteciam com os homens não eram o que partia seu coração.

Em pouco tempo, a beirada da piscininha ficou inchada e lisa. A piscina foi posta no gramado, a mangueira, dentro dela, e Elizabeth chapinhava a água com seus pés. Olhou para cima, para Lorna, como se soubesse o tempo todo que estivera ali.

— Tá frio — gritou extasiada. — Mamãe... tá frio.

Brendan erguia os olhos para Lorna, também.

— O que está fazendo aí em cima?

— Desfazendo as malas.

– Não precisa fazer isso agora. Venha aqui fora.

– Já vou. Num minuto.

Desde que entrara em casa – na verdade, desde que percebera pela primeira vez que as vozes que ouvia vinham de seu próprio quintal e pertenciam a Polly e Lionel –, Lorna não pensara nem uma vez na visão que tivera, quilômetro após quilômetro, de Polly chocando-se contra a porta dos fundos. Era assaltada por isso agora, como às vezes somos assaltados, bem depois de acordar, pela lembrança de um sonho. Era tão potente e vergonhoso quanto um sonho. E tão inútil quanto um sonho, também.

Não ao mesmo tempo, mas lentamente, veio a lembrança de seu acordo. Sua débil e primária ideia neurótica de um acordo.

Mas o que foi que prometera?

Nada a ver com as crianças.

Alguma coisa a ver consigo mesma?

Prometera que faria o que fosse necessário, quando reconhecesse o que era.

Isso era uma salvaguarda, um acordo que não era um acordo, uma promessa sem absolutamente significado algum.

Mas ela tentou várias possibilidades. Quase como se estivesse montando aquela história para contar a alguém – não Lionel, agora, mas alguém, por diversão.

Parar de ler livros.

Ajudar a cuidar de crianças de lares carentes e países pobres. Trabalhar para curá-las de seus sofrimentos e negligência.

Ir à igreja. Concordar em crer em Deus.

Cortar o cabelo curto, parar de usar maquiagem, nunca mais deixar os peitos empinados usando um sutiã com armação.

Sentou-se na cama, cansada daquela brincadeira, daquela irrelevância.

O que mais tinha sentido era que o acordo estava destinado a seguir existindo como se ela o houvesse levado a sério. O acordo já entrara em pleno vigor. Aceitar o que acontecera e ser inequívoca sobre o que aconteceria. Dias, anos, sentimentos, dá quase na mesma, exceto que as crianças iriam crescer, e talvez houvesse mais uma ou duas delas, e cresceriam da mesma forma, e ela e Brendan ficariam mais velhos, e depois, velhos.

Não foi senão agora, senão nesse momento, que percebeu claramente que contava com alguma coisa acontecendo, alguma coisa que mudaria sua vida. Acolhera o casamento como uma grande mudança, mas não a última.

Assim, nada havia agora, a não ser o que ela ou qualquer outra pessoa pudesse prever com sensatez. Isso seria sua felicidade, fora por isso que fizera o acordo. Nada secreto, ou estranho.

Preste atenção nisto, pensou. Tinha uma ideia dramática de ficar de joelhos. Isto é sério.

Elizabeth gritou outra vez: – Mamii. Vem aqui. – E depois os outros – Brendan, Polly, Lionel, um após o outro, a chamaram, a provocaram.

Mamii.

Mamii.

Vem aqui.

Isso tudo aconteceu há muito tempo. Na zona norte de Vancouver, quando moravam na casa de coluna e viga. Quando tinha vinte e quatro anos de idade e era novata em fazer acordos.

O QUE É LEMBRADO

NUM QUARTO DE HOTEL EM VANCOUVER, uma jovem Meriel calça suas luvas de verão brancas e curtas. Ela usa um vestido de linho bege e um lenço branco fino sobre o cabelo. Preto, nessa época. Sorri porque se lembrou de algo que a rainha Sirikit, da Tailândia, disse, ou que foi citado como tendo dito, numa revista. Uma citação dentro de uma citação – algo que a rainha Sirikit disse que Balmain tinha dito.

– Balmain ensinou-me tudo. Ele disse: "Sempre use luvas brancas. É o máximo".

É o máximo. Por que está sorrindo com isso? Parece um sussurro de conselho, uma sabedoria tão absurda e concludente. Suas mãos enluvadas são cerimoniosas, mas com um aspecto meigo, como patas de um gatinho.

Pierre pergunta por que está sorrindo, e ela responde: "Nada", então lhe conta.

Ele diz: – Quem é Balmain?

Estavam se aprontando para ir a um enterro. Haviam chegado com a balsa na noite anterior, vindos de sua casa na ilha de Vancouver, para assegurar que chegariam a tempo da cerimônia pela manhã. Era a primeira vez que se hospedavam em um hotel desde sua noite de núpcias. Quando saíam de férias agora, era sempre com os dois filhos e procuravam hotéis baratos que aceitavam famílias.

Este era apenas o segundo enterro a que compareciam depois de casados. O pai de Pierre morrera, assim como a mãe de Meriel, mas essas mortes ocorreram antes de Pierre e Meriel se conhecerem. No ano anterior, um professor da escola de Pierre morrera repentinamente e houve um belo serviço funerário, com o coral de meninos e os versos do século XVI para o Sepultamento dos Mortos. O homem era um sexagenário e sua morte pareceu a Meriel e Pierre apenas um pouco surpreendente, mas não triste. Não fazia muita diferença, do modo como encaravam, se se morresse com sessenta e cinco, setenta e cinco ou oitenta e cinco.

O enterro de hoje era um caso diferente. Era Jonas quem estava sendo enterrado. O melhor amigo de Pierre por anos e da idade de Pierre – vinte e nove. Pierre e Jonas haviam crescido juntos na zona oeste de Vancouver – lembravam-se dela antes da construção da Lion's Gate Bridge, quando parecia uma cidade pequena. Seus pais eram amigos. Quando tinham onze ou doze anos, construíram um bote a remo e o lançaram no cais de Dundarave. Na universidade separaram-se por algum tempo – Jonas estudava para ser engenheiro, enquanto Pierre dedicava-se às letras clássicas, e os alunos de exatas e de literatura desprezavam-se mutuamente por tradição. Mas nos anos que se seguiram, sua amizade foi em certa medida retomada. Jonas, que não era casado, vinha visitar Pierre e Meriel e às vezes passava com eles uma semana inteira.

Os dois jovens foram surpreendidos pelo que ocorrera em suas vidas e faziam piada a esse respeito. Jonas era aquele cuja escolha da profissão parecera tranquilizadora para seus pais e suscitara uma inveja silenciosa nos pais de Pierre, embora fosse Pierre que houvesse se casado e arrumado trabalho como professor, assumindo as responsabilidades de praxe, enquanto Jonas, depois da universidade, jamais sossegara, nem com uma garota, nem em um emprego. Estava sempre numa espécie de experiência que não resultava em compromisso sério com nenhuma empresa, e quanto às garotas – pelo menos segundo dizia – estavam sempre fazendo alguma espécie de experiência com ele. Seu último emprego no ramo da engenharia foi na região norte da província, e ele continuou lá até pedir demissão ou ser demitido. "Emprego encerrado por mútuo consentimento", escreveu para Pierre, acrescentando que morava em um hotel, onde só vivia gente de classe alta, e talvez arrumasse trabalho num grupo de madeireiros. Também estava aprendendo a pilotar um avião e pensando em se tornar piloto de teco-teco. Prometeu fazer uma visita quando as complicações financeiras presentes estivessem resolvidas. Meriel tinha esperanças de que isso não aconteceria. Jonas dormia no sofá da sala de estar e de manhã jogava as cobertas no chão para que ela apanhasse. Mantinha Pierre acordado até tarde da noite conversando sobre coisas que haviam acontecido quando ambos eram jovens ou mesmo antes disso. Seu nome para Pierre era Piss-hair, um apelido daqueles anos, e se referia a outros velhos amigos como Stinkpool, Doc ou Buster, nunca pelos nomes que Meriel sempre ouvira – Stan, Don ou Rick.* Recordava com pedantismo brutal os detalhes de incidentes que Meriel não achava particularmente singulares ou engraçados (o saco de merda de cachorro atirado nos degraus da entrada do professor, a persistência do velho que oferecia uma moeda aos garotos para que abaixassem as calças) e ficava muito irritado se a conversa se referisse ao presente.

Quando precisou contar a Pierre que Jonas havia morrido, sentia-se cheia de culpa e tremia. Culpa porque não gostava de Jonas e tremedeira porque foi a primeira pessoa muito próxima, de sua faixa etária, que veio a morrer. Mas Pierre não pareceu surpreso ou particularmente abalado.

---

* *Piss-hair*, cabelo de mijo, e *Stinkpool*, poça de fedor. Os demais, apelidos comuns. [N.T.]

– Suicídio – ele disse.

Ela disse não, um acidente. Estava andando de motocicleta, depois que escureceu, numa trilha de cascalho, e saiu da estrada. Alguém o encontrou ou estava com ele, a ajuda veio, mas morreu depois de uma hora. Seus ferimentos foram fatais.

Isso foi o que disse a mãe dele, ao telefone. Seus ferimentos foram fatais. Soava tão imediatamente resignada, tão pouco surpresa. Como fez Pierre quando disse "Suicídio".

Depois disso, Pierre e Meriel dificilmente falaram sobre a morte, propriamente dita, só sobre o enterro, o quarto de hotel, a necessidade de uma babá para a noite toda. Precisavam lavar seu terno, conseguir uma camisa branca. Foi Meriel quem fez os arranjos, e Pierre continuou em cima dela agindo como marido. Ela compreendia que se esperasse que fosse controlada e pragmática, como ele, e não que alegasse sentir qualquer tristeza que – ele tinha certeza – não poderia na verdade sentir. Ela lhe perguntara por que havia dito "Suicídio" e ele respondeu: "Isso simplesmente veio à minha cabeça". Achou que a resposta evasiva pudesse ser algum tipo de advertência ou até mesmo uma censura. Como se suspeitasse que extraísse daquela morte – ou de sua proximidade com aquela morte – um sentimento vergonhoso e egoísta. Uma emoção mórbida, exultante.

Maridos jovens eram homens austeros, nesses dias. Não muito antes, haviam sido pretendentes, figuras quase risíveis, de joelhos, desesperados em sua agonia sexual. Casados, tornavam-se determinados e reprovadores. Saindo para o trabalho todas as manhãs, a barba feita, os pescoços juvenis em gravatas apertadas, dias passados em trabalhos desconhecidos, de volta à casa à hora do jantar para lançar um olhar crítico à refeição da noite e sacudir o jornal aberto, segurando-o entre eles e a bagunça da cozinha, as indisposições e emoções, os bebês. Quanto não tinham a aprender, tão rápido. Como prostrar-se diante de chefes e como lidar com esposas. Como mostrar competência diante de hipotecas, muros de arrimo, gramados, encanamentos, política, bem como dos empregos destinados a manter suas famílias pelo próximo quarto de século. Eram as mulheres, então, que podiam enveredar – durante as horas do dia e sempre consentindo com a espantosa responsabilidade que lhes fora confiada, na questão das crianças – por uma espécie de segunda adolescência. Que alívio para a alma quando os maridos saíam. Revolta sonhadora, reuniõezinhas subversivas, acessos de riso que eram uma recaída dos tempos de escola, proliferando entre as paredes que os maridos sustentavam, nas horas em que não estavam lá.

Após o enterro, algumas pessoas foram convidadas à casa dos pais de Jonas em Dundarave. A sebe de rododendro estava florida, uma explosão de vermelho, rosa e púrpura. O pai de Jonas foi cumprimentado pelo jardim.

– Bom, não sei – ele disse. – Tivemos de deixá-la no formato um pouco apressadamente. – A mãe de Jonas disse: – Receio que não seja bem um almoço, de verdade. Só alguns comes e bebes. – A maioria das pessoas bebia xerez, embora alguns homens tomassem uísque. A comida foi servida na longa mesa da sala de jantar – musse de salmão com torradas, tortas de cogumelo, pães de linguiça, um bolo diet de limão, frutas cortadas, biscoitos de amêndoas, além de camarão, presunto, sanduíches de pepino com abacate. Pierre amontoou tudo em seu pratinho de porcelana, e Meriel escutou sua mãe lhe dizer: – Você podia muito bem deixar para repetir depois, não?

A mãe dele não morava mais na zona oeste de Vancouver, mas viera de White Rock para o enterro. E não se sentia totalmente confiante ao fazer uma reprimenda direta, agora que Pierre era professor e um homem casado.

– Ou será que imagina que não vai sobrar nada? – disse.

Pierre disse cautelosamente: – Talvez não do que eu queira.

Sua mãe virou-se para Meriel. – Que vestido lindo.

– É, mas veja – disse Meriel, passando as mãos sobre as rugas que haviam se formado enquanto esteve sentada durante o cerimonial fúnebre.

– Este é o problema – disse a mãe de Pierre.

– Qual é o problema? – perguntou a mãe de Jonas com vivacidade, pondo algumas tortas na fôrma para esquentá-las.

– Este é o problema com o linho – disse a mãe de Pierre. – Meriel acabava de me dizer como seu vestido ficou amarrotado – não completou, "durante o cerimonial fúnebre" – e eu dizia que este é o problema com o linho.

A mãe de Jonas talvez não estivesse escutando. Olhando através da sala, disse: – Aquele é o médico que cuidou dele. Ele voou de Smithers em seu próprio avião. Sério, achamos que foi muita bondade de sua parte.

A mãe de Pierre disse: – É uma aventura e tanto.

– É. Bom. Imagino que se locomova desse jeito, para atender gente que se encontra em lugares inacessíveis.

O homem sobre o qual falavam conversava com Pierre. Não usava terno, embora vestisse um paletó apropriado por cima de seu suéter de gola olímpica.

– Imagino que sim – disse a mãe de Pierre, e a mãe de Jonas acrescentou: – É – e Meriel sentiu como se alguma coisa – acerca da maneira como estava vestida? – tivesse sido explicada e concluída, entre elas.

Baixou os olhos para os guardanapos sobre a mesa, dobrados em quatro. Não eram tão grandes quanto guardanapos de almoço, nem tão pequenos quanto guardanapos de coquetel. Haviam sido dispostos em fileiras de modo que o canto de cada guardanapo (o canto bordado com uma minúscula flor azul, rosa ou amarela) sobrepunha-se ao canto dobrado do guardanapo seguinte. Não havia dois guardanapos bordados com flores de mesma cor que fossem vizinhos um do outro. Ninguém os tocara, e, se o fizeram – pois podia ver algumas pessoas pela sala segurando guardanapos –, pegaram guardanapos na ponta da fileira, de forma cuidadosa, e a ordem fora mantida.

Durante as exéquias, o pastor comparara a vida de Jonas na Terra à vida de um bebê no útero. O bebê, ele disse, não sabe nada sobre qualquer outra existência e permanece em sua caverna quente, escura e úmida sem nem mesmo suspeitar do mundo imenso e brilhante no qual em breve será atirado. E nós aqui na Terra suspeitamos, mas somos totalmente incapazes de imaginar, a luz em que entraremos após termos superado o trabalho da morte. Se o bebê pudesse de algum modo ser informado sobre o que lhe aconteceria num futuro próximo, será que não ficaria incrédulo, além de receoso? E assim é conosco, a maior parte do tempo, mas não deveríamos ficar, pois recebêramos a garantia. Mesmo assim, nossas mentes cegas não conseguem imaginar, não conseguem conceber, onde iremos ingressar. O bebê está dobrado em sua ignorância, na fé de seu ser mudo, indefeso. E nós, que não somos inteiramente ignorantes nem inteiramente instruídos, devemos cuidar para nos abrigar em nossa fé, na palavra de nosso Senhor.

Meriel olhou para o pastor, parado junto à porta do corredor com um copo de xerez em sua mão, emprestando seus ouvidos a uma mulher cheia de energia com um cabelo loiro anelado. Não lhe parecia que estivessem conversando sobre os sofrimentos da morte e a luz adiante. O que ele faria se ela fosse até lá e o abordasse falando desse assunto?

Ninguém teria essa coragem. Ou os maus modos.

Em vez disso, olhou para Pierre e o médico-aviador. Pierre conversava com uma vivacidade juvenil poucas vezes vista nele nesses dias. Ou poucas vezes vista por Meriel. Ela se distraía fingindo que o via pela primeira vez. Seu cabelo curto, muito escuro, cacheado e rareando nas têmporas, desnudando a lisa pele marfim tingida de dourado. Seus ombros largos e pontudos e pernas longas e finas, e o crânio de belo formato, mais para pequeno. Sorria encantadoramente, mas nunca por estratégia, e parecia desconfiar de sorrisos desde que se tornara professor de meninos. Suaves linhas de um incômodo permanente franziam sua testa.

Ela pensou numa festa de professores — mais de um ano antes —, quando ambos se viram, em cantos opostos da sala, deixados de fora das conversas em torno. Ela circulara pelo lugar e chegara perto dele sem que notasse e então começara a conversar com ele como se fosse uma estranha, flertando discretamente. Ele sorriu como sorria agora — mas com uma diferença, como era natural ao se conversar com uma mulher sedutora — e sustentou a farsa. Trocaram olhares carregados e palavras bobas, até os dois caírem na gargalhada. Alguém chegou perto deles e lhes disse que piadas de casados não eram permitidas.

— O que o faz pensar que somos casados de verdade? — disse Pierre, cujo comportamento nessas festas em geral era tão circunspecto.

Ela atravessou a sala até ele, sem nenhuma frivolidade desse tipo em mente. Tinha de lembrá-lo que logo deveriam seguir cada um para um lado. Ele iria de carro para a Horseshoe Bay, a fim de pegar a próxima balsa, e ela teria de viajar pela costa norte até Lynn Valley de ônibus. Aproveitaria para visitar uma mulher que sua falecida mãe havia amado e admirado e que na verdade inspirara o nome de sua filha, a quem Meriel sempre chamara de tia, embora não fossem aparentadas por sangue. Tia Muriel. (Quando foi para a faculdade é que Meriel mudou a grafia.) Essa senhora de idade vivia numa casa de repouso em Lynn Valley, e Meriel não a visitava havia mais de um ano. Levava muito tempo para chegar lá, em suas infrequentes viagens de família para Vancouver, e as crianças ficavam aborrecidas com o ambiente na casa de repouso e o aspecto das pessoas que moravam ali. Assim como Pierre, embora não gostasse de admitir. Em vez disso, perguntava qual a ligação que ela tinha com Meriel, afinal de contas.

Não é como se fosse uma tia de verdade.

De modo que Meriel decidira vê-la sozinha. Dissera que iria se sentir culpada se não aproveitasse essa chance. Além disso, embora não o dissesse, ansiava pelo momento em que isso lhe permitiria ficar longe da família.

— Talvez eu possa levá-la de carro — falou Pierre. — Deus sabe quanto tempo você terá de esperar pelo ônibus.

— Não dá — ela disse. — Vai perder a balsa. — Lembrou-o do combinado com a babá.

Ele concordou: — Tem razão.

O homem com quem estivera conversando — o médico — não tivera outra escolha a não ser escutar essa conversa, e disse inesperadamente: — Posso levá-la em meu carro.

— Pensei que tivesse vindo até aqui de avião — disse Meriel, assim que Pierre disse: — Desculpe, esta é minha esposa. Meriel.

O médico falou um nome que ela mal ouviu.

— Não é tão fácil pousar um avião na Hollyburn Mountain — disse. — Então eu o deixei no aeroporto e aluguei um carro.

Um leve traço de cortesia forçada, de sua parte, fez Meriel pensar que tivesse soado detestável. Ela era muito insolente ou muito tímida, na maior parte do tempo.

— Não haveria mesmo problema? — perguntou Pierre. — Você tem tempo?

O médico olhou diretamente para Meriel. Não era um olhar ofensivo — nem insolente, nem dissimulado, também não era de avaliação. Mas tampouco mostrava deferência social.

Ele respondeu: — É claro.

Então ficou combinado que assim seria. Começariam a se despedir, e Pierre partiria para a balsa, e Asher, como era seu nome — ou dr. Asher —, levaria Meriel até Lynn Valley.

O que Meriel planejava fazer, depois disso, era visitar tia Muriel — possivelmente ficando até a hora do jantar com ela, então pegar o ônibus de Lynn Valley para a estação rodoviária no centro (os ônibus para o centro da "cidade" eram relativamente frequentes) e embarcar no ônibus da noite que a levaria para a balsa, e depois, casa.

A casa de repouso chamava-se Solar dos Príncipes. Era um prédio térreo com alas extensas, coberto de reboco marrom-rosado. A rua era movimentada, e não havia terreno em volta sobre o qual falar, nenhum tipo de sebe ou cercado alto para isolar do ruído ou proteger os restos de gramado. De um lado havia um templo evangélico com um campanário risível, do outro, o posto de gasolina.

– A palavra "solar" não significa mais nada hoje em dia, não é? – disse Meriel. – Não significa nem mesmo que haja um segundo andar. Significa apenas que se deve pensar que o lugar seja o que nem sequer tem a pretensão de ser.

O médico não disse nada – talvez o que ela houvesse dito não tivesse nenhum sentido para ele. Ou simplesmente não valia a pena dizer qualquer coisa, mesmo que aquilo fosse verdade. Ao longo de todo o caminho desde Dundarave ela ouviu o som de sua própria voz e ficara desanimada. Não era tanto que estivesse tagarelando – falando qualquer coisa que lhe viesse à cabeça –, mas antes que tentava expressar coisas que lhe pareciam interessantes ou que poderiam ter sido interessantes se conseguisse externá-las. Mas essas ideias provavelmente soavam pretensiosas, quando não amalucadas, matraqueadas do modo como vinha fazendo. Devia parecer uma daquelas mulheres determinadas não a ter uma conversa normal, mas uma conversa *real*. E ainda que percebesse que nada estava dando certo, que sua conversa devia ser para ele uma imposição, foi incapaz de se calar.

Não sabia o que despertara isso. Desconforto, porque era tão raro conversar com um desconhecido, hoje em dia. A estranheza de andar sozinha em um carro com um homem que não era seu marido.

Chegou até a perguntar, impensadamente, o que achava da ideia de Pierre de que o acidente de moto fora um suicídio.

– Você poderia aplicar essa mesma ideia a um número ilimitado de acidentes violentos – dissera ele.

– Não precisa manobrar – ela disse. – Posso ficar por aqui mesmo. Estava tão envergonhada, tão ansiosa em se afastar dele e de sua indiferença no limite da polidez, que pousou a mão na alavanca da porta, como se fosse abri-la enquanto o carro continuava em movimento ao longo da rua.

– Eu planejava estacionar – ele disse, entrando com o carro, de qualquer maneira. – Não pretendo deixá-la presa aqui.

Ela disse: – Talvez eu demore um pouco.

– Tudo bem. Eu espero. Ou quem sabe eu entre e dê uma olhada. Se você não se incomodar.

Ela já ia dizendo que casas de repouso podem ser tristes e perturbadoras. Então lembrou-se de que era um médico e não veria nada ali que não houvesse visto antes. E alguma coisa no modo como disse "se você não se incomodar" – alguma formalidade, mas também uma incerteza em sua voz – a surpreendeu. Parecia fazer uma oferta de seu tempo e sua presença que tinha pouco a ver com cortesia, mas antes com ela própria. Era uma oferta feita com um toque de humildade sincera, porém não um apelo. Se ela tivesse dito que de fato não queria tomar nem mais um pouco de seu tempo, ele não teria tentado persuadi-la, teria se despedido com plácida cortesia e seguido em frente.

Como se deu, saíram do carro e caminharam lado a lado pelo estacionamento, em direção à porta de entrada.

Várias pessoas de idade ou incapacitadas estavam sentadas num trecho pavimentado que tinha alguns arbustos esparsos e vasos de petúnias ao redor, sugerindo um pátio ajardinado. Tia Muriel não se encontrava entre elas, mas Meriel pegou-se distribuindo cumprimentos sorridentes. Alguma coisa ocorrera com ela. Teve uma súbita e misteriosa sensação de poder e deleite, como se a cada passo que desse, uma mensagem brilhante viajasse desde seus calcanhares até seu crânio.

Quando ela lhe perguntou mais tarde: "Por que entrou lá comigo?", ele disse: "Porque não queria perdê-la de vista".

Tia Muriel sentava-se sozinha, numa cadeira de rodas, no corredor à meia-luz, bem ao lado da porta de seu quarto. Tinha um aspecto inchado e indefinido – mas isso porque fora embrulhada num avental de amianto para que pudesse fumar. Meriel achava que desde que se despedira dela, meses e estações antes, continuara sentada na mesma cadeira e no mesmo local – embora sem o avental de amianto, que devia estar de acordo com alguma nova regra ou refletir algum declínio posterior. Muito provavelmente, sentava-se ali todos os dias, ao lado do cinzeiro de caixa de areia, fitando a parede biliosa – era pintada de rosa ou lilás, mas parecia biliosa, sendo o corredor tão penumbroso –, com uma prateleira de mãos-francesas sustentando pencas de hera falsa.

– Meriel? Achei que fosse você – disse. – Pude perceber pelo som de seus passos. Por sua respiração. Minha catarata ficou um inferno. Só consigo ver bolhas.

– Sou eu mesma, como está? – Meriel beijou sua têmpora. – Por que não está lá fora, no sol?

– Não gosto do sol – disse a mulher idosa. – Preciso cuidar da pele.

Talvez estivesse brincando, mas provavelmente era verdade. Seu rosto e suas mãos pálidas estavam cobertos com enormes manchas que captavam a luz que havia ali, tornando-se prateadas. Ela fora uma mulher loira de verdade, de rosto rosado, magra, com um cabelo liso bem cortado que ficara branco quando entrara na casa dos trinta. Agora seus cabelos estavam gastos e desarrumados de deitar-se em travesseiros, e os lóbulos das orelhas pendiam como peitos achatados. Costumava usar pequenos diamantes nas orelhas – onde foram parar? Diamantes nas orelhas, correntes de ouro verdadeiro, pérolas verdadeiras, saias de seda de cores incomuns – âmbar, berinjela – e lindos sapatos de bico fino.

Cheirava à poeira do hospital e aos dropes açucarados que chupava o dia inteiro entre seus cigarros racionados.

– Precisamos de algumas cadeiras – disse. Inclinou-se para a frente, agitou a mão com o cigarro no ar, tentou assobiar. – Moço, por favor. Cadeiras.

O médico disse: – Eu vou procurar algumas.

A velha Muriel e a nova ficaram a sós.

– Qual é o nome de seu marido?

– Pierre.

– E você tem dois filhos, não é? Jane e David?

– Isso mesmo. Mas o homem que está comigo...

– Ah, não – disse a velha Muriel. – Ele não é seu marido.

Tia Muriel pertencia à geração da avó de Meriel, mais do que de sua mãe. Fora professora de arte da mãe de Meriel na escola. Primeiro uma inspiração, depois, uma aliada, e então uma amiga. Havia pintado grandes quadros abstratos, um dos quais – um presente para a mãe de Meriel – ficava pendurado na parede dos fundos da casa onde Meriel crescera e era mudado para a sala de jantar sempre que a artista fazia uma visita. Suas cores eram sombrias – vermelhos e marrons-escuros (o pai de Meriel o chamava de "Pilha de esterco em chamas") –, mas o estado de espírito da tia Muriel parecia sempre vivo e arrojado. Morara em Vancouver quando jovem, antes de vir lecionar naquela cidade no interior. Tivera amizade com artistas cujos nomes apareciam hoje nos jornais. Ansiava por voltar para lá e no fim acabou fazendo isso, para cuidar dos negócios de um velho e rico casal de amigos e benfeitores de artistas e morar com eles. Parecia ter muito dinheiro enquanto viveu com eles, mas ficou sem um tostão quando morreram. Vivia de sua aposentadoria, entregava-se a aquarelas porque não podia pagar por tinta a óleo, passava fome (suspeitava a mãe de Meriel) a fim de poder levar Meriel para comer fora – quando Meriel era uma estudante universitária. Nessas ocasiões, conversava aos atropelos misturando piadas e opiniões, a maioria para mostrar como as coisas e as ideias às quais se agarravam as pessoas eram bobagem, mas como aqui e ali – na produção de algum contemporâneo obscuro ou de alguma figura meio esquecida de outro século – despontava algo extraordinário. Essa era sua indestrutível palavra de elogio – "extraordinário". Uma quietude em sua voz, como se de vez em quando, e antes para sua própria surpresa, se deparasse com uma qualidade do mundo que ainda fosse absolutamente louvável.

O médico voltou com duas cadeiras e se apresentou, muito naturalmente, como se não tivesse tido oportunidade de fazer isso até então.

– Eric Asher.

– Ele é médico – disse Meriel. Ia começar a explicar sobre o enterro, o acidente, o voo de Smithers, mas a conversa foi tomada dela.

– Mas não estou aqui oficialmente, não se preocupe – disse o médico.

– Ah, não – disse tia Muriel. – Está aqui com ela.

– É – ele disse.

Nesse momento, ele esticou o braço no espaço entre as duas cadeiras e pegou a mão de Meriel, segurando-a por um segundo com um forte aperto, depois soltando-a. E disse para tia Muriel: – Como pode saber disso? Pela minha respiração?

– Dá pra perceber – disse ela com alguma impaciência. – Eu costumava ser danada.

Sua voz – o tremor ou a risada abafada que havia ali – era diferente de qualquer outra voz sua de que Meriel pudesse se lembrar. Sentiu como se houvesse uma traição agitando-se dentro daquela mulher velha que repentinamente se tornava uma estranha. Uma traição do passado, talvez da mãe de Meriel e da estimada amizade que compartilhara com uma pessoa superior. Ou talvez daquelas refeições com a própria Meriel, as conversas elevadas. Algo degradante era iminente. Isso provocou uma ansiedade em Meriel, uma agitação remota.

— Ah, eu costumava ter amigos — disse tia Muriel, e Meriel comentou: — Você tinha dúzias de amigos. — Mencionou algum nome.

— Morto — disse tia Muriel.

Meriel disse que não; lera algo recentemente no jornal, uma exposição retrospectiva ou um prêmio.

— Ah, pensei que tivesse morrido. Talvez eu esteja pensando em alguma outra pessoa... Conheceu os Delaney?

Falava diretamente com o homem, não com Meriel.

— Acho que não — ele disse. — Não.

— Umas pessoas que frequentavam um lugar aonde costumávamos ir, em Bowen Island. Os Delaney. Pensei que talvez tivesse ouvido falar deles. Bom. A gente pintava o sete. Foi isso que quis dizer quando falei que costumava ser danada. Aventuras. Bom. Pareciam aventuras, mas era tudo segundo um roteiro, se entende o que quero dizer. Assim, não era tanto uma aventura, na verdade. Ficávamos todos bêbados feito gambás, é claro. Mas eles sempre mandavam acender as velas num círculo, com a música tocando, é claro — mais como um ritual. Mas não completamente. Isso não queria dizer que não pudesse encontrar alguém novo e mandar o roteiro para os quintos dos infernos. Simplesmente acabar de conhecer, começar a se beijar feito loucos e se meter correndo bosque adentro. No escuro. Não dava pra ir muito longe. Tanto faz. Caidinha.

Começou a tossir, tentou falar em meio ao acesso, desistiu e tossiu violentamente. O médico se levantou e bateu com destreza em suas costas recurvadas umas duas vezes. A tosse cessou com um gemido.

— Melhor — disse. — Ah, a gente sabia o que estava fazendo, mas fingia que não. Certa vez, puseram uma venda em mim. Não no bosque, lá dentro. Por mim tudo bem, eu deixei. Não funcionou muito, porém – quer dizer, eu sabia. Provavelmente não havia ninguém lá dentro que eu teria reconhecido, de qualquer jeito. Tossiu outra vez, embora não com tanto desespero quanto antes. Então ergueu a cabeça, inspirou profunda e ruidosamente por alguns minutos, erguendo as mãos para segurar a conversa, como se em breve fosse ter mais o que dizer, alguma coisa importante. Mas tudo que fez, finalmente, foi rir e dizer: – Agora tenho uma venda permanente. Catarata. Não me serve de muita coisa, não pra nenhuma orgia, que eu saiba.

– Há quanto tempo ela começou a aparecer? – disse o médico com um interesse respeitoso, e, para grande alívio de Meriel, deram início a uma conversa absorta, uma discussão informativa sobre desenvolvimento de catarata, remoção, prós e contras da cirurgia e a desconfiança que tia Muriel nutria contra o oftalmologista que fora exilado – como ela disse – para cuidar das pessoas ali. Fantasias lascivas – como o que Meriel decidia que haviam sido – infiltravam-se sem a menor dificuldade num bate-papo médico conduzido, por parte dela, com pessimismo gratificante, por parte do médico, com tranquilização cautelosa. O tipo de conversa que devia ter lugar regularmente entre aquelas paredes.

Em pouco tempo, houve uma troca de olhares entre Meriel e o médico, uma verificação para saber se a visita já durara o bastante. Um olhar furtivo, estudado, de casado, quase, seu disfarce e sua intimidade serena mexendo com aqueles que afinal não eram casados.

Logo.

Tia Muriel tomou ela própria a iniciativa. Disse: – Desculpem minha falta de consideração, mas devo dizer que estou cansada. – Não havia mais em suas maneiras nenhum traço da pessoa que dera início à primeira parte da conversa. Distraída, fingida e com um vago constrangimento, Meriel inclinou-se e deu-lhe um beijo de despedida. Tinha a sensação de que nunca mais iria ver tia Muriel outra vez, e assim foi.

Dobrando o corredor, com portas abertas para quartos onde as pessoas estavam deitadas adormecidas ou quem sabe observando de suas camas, o médico a tocou entre as omoplatas e moveu a mão, descendo por suas costas até a cintura. Ela percebeu que puxava com a ponta dos dedos o tecido de seu vestido, que se colara em sua pele úmida quando se sentara, pressionando as costas contra o encosto da cadeira. O vestido ficara úmido também embaixo dos braços.

E ela tinha de ir ao banheiro. Ficou procurando o banheiro dos visitantes, que pensou ter visto quando entraram.

Ali. Tinha razão. Um alívio, mas também uma dificuldade, pois teve de sair repentinamente de seu alcance e dizer: "Só um minuto", numa voz que soava para ela mesma distante e irritada. Ele disse: "Claro", e dirigiu-se rápido para o dos homens, e a delicadeza do momento se foi.

Quando ela saiu para o sol quente, viu-o caminhando perto do carro, fumando. Ele não havia fumado antes – não na casa dos pais de Jonas, nem a caminho dali, nem com tia Muriel. O ato parecia isolá-lo, revelar certa impaciência, talvez uma impaciência em terminar alguma coisa e passar à seguinte. Ela não tinha certeza se era a coisa seguinte ou a coisa a ser terminada.

– Para onde? – ele disse, quando já estavam no carro em marcha. Então, como se achasse que falara bruscamente demais: – Aonde gostaria de ir? – Era quase como se estivesse conversando com uma criança, ou com a tia Muriel – alguém a quem lhe incumbiram de entreter pela tarde. E Meriel disse: "Não sei", como se não tivesse outra escolha a não ser se deixar transformar naquela criança onerosa. Estava segurando uma lamúria de decepção, um clamor de desejo. Desejo que parecera tímido e esporádico, mas inevitável, ainda que fosse agora de repente declarado impróprio, parcial. Suas mãos sobre o volante pertenciam somente a ele, reivindicadas como se jamais a houvessem tocado.

– Que tal o Stanley Park? – ele disse. – Gostaria de dar uma volta em Stanley Park?

Ela disse: – Ai, o Stanley Park. Não vou lá há décadas – como se a ideia a fizesse se recobrar e fosse incapaz de imaginar algo melhor. E tornou as coisas piores acrescentando: – O dia está tão lindo.

– Está. Está mesmo.

Falavam como caricaturas; era insuportável.

– Esses carros alugados nunca vêm com rádio. Bom, às vezes vêm. Às vezes não.

Ela abaixou o vidro do seu lado quando passavam pela Lion's Gate Bridge. Perguntou se não o incomodava.

– Não. De jeito nenhum.

– É como se sempre fosse verão para mim. Abaixar a janela e pôr o cotovelo pra fora, deixando o vento entrar – acho que jamais me acostumaria com ar-condicionado.

– Com algumas temperaturas, você deveria.

Ela se forçou a ficar em silêncio, até que o bosque do parque os acolhesse e as árvores altas e densas pudessem quem sabe engolir a leviandade e a vergonha. Então estragou tudo soltando um suspiro demasiado apreciativo.

– Mirante – ele leu a placa em voz alta.

Havia um monte de gente por ali, mesmo sendo uma tarde de dia útil em maio, sem as férias terem começado. Em alguns instantes puderam perceber isso. Havia carros estacionados ao longo de toda a pista até o restaurante e fileiras de carros na plataforma panorâmica com os binóculos de moeda.

– Ah. – Ele tinha avistado um carro manobrando para fora da vaga. Uma suspensão momentânea de qualquer necessidade de falar, enquanto ele esperava, dava ré para deixar o outro sair e depois entrava na vaga bastante estreita. Desceram do carro ao mesmo tempo, dando a volta para se encontrar no passeio. Ele virou para um lado e depois para o outro, como que decidindo que direção deveriam tomar em sua caminhada. Como quaisquer pedestres indo e vindo em qualquer calçada que se visse.

As pernas dela tremiam, não conseguia tolerar aquilo por mais tempo. — Me leve para algum outro lugar — ela disse. Ele a encarou. Disse: — Claro. Ali naquele passeio, diante dos olhos do mundo. Se beijar feito loucos.

Me leve, foi o que dissera. *Me leve para algum outro lugar*, não *Vamos para algum outro lugar*. Isso é importante para ela. O risco, a transferência de poder. Transferência e risco completos. *Vamos* — isso teria implicado risco, mas não renúncia, que é o começo, para ela — em todo seu reviver desse momento —, do tobogã erótico. E se ele, por sua vez, houvesse renunciado? Outro lugar *onde?* Isso tampouco teria acontecido. Ele teve de dizer o que simplesmente disse. Teve de dizer, *Claro*.

Levou-a ao apartamento onde se hospedava, em Kitsilano. Pertencia a um amigo seu que estava fora, pescando num barco, em algum trecho ao largo da costa oeste da ilha de Vancouver. Ficava num prédio pequeno e modesto, de três ou quatro andares. Tudo de que ela se lembraria sobre ele seriam os tijolos de vidro emoldurando a entrada e o sofisticado e pesado equipamento *hi-fi* da época, que parecia ser a única mobília da sala de estar.

Ela teria preferido outro cenário e foi por este que o substituiu, em sua memória. Um estreito hotel de seis ou sete andares, outrora um residencial da moda, no West End de Vancouver. Cortinas de renda amarela, pé-direito alto, talvez uma grade de ferro sobre parte da janela, uma falsa sacada. Nada verdadeiramente sujo ou indecente, apenas uma atmosfera de abrigo prolongado para sofrimentos e pecados íntimos. Ali ela teria de atravessar o pequeno saguão com a cabeça curvada para baixo e os braços envoltos em sua cintura, todo seu corpo permeado por uma delicada vergonha. E ele conversaria com o atendente atrás do balcão numa voz baixa que não alardearia, mas tampouco procuraria esconder ou justificar, seus propósitos. Então viria a subida na gaiola do elevador antiquado, conduzido por um homem velho – ou talvez uma mulher velha, talvez uma pessoa aleijada, um dissimulado serviçal da licenciosidade.

Por que evocava, por que acrescentava tal cenário? Era por causa do momento de exposição, a lancinante sensação de vergonha e orgulho que tomava conta de seu corpo à medida que caminhava através do (suposto) saguão e por causa do som da voz dele, sua discrição e autoridade ao dizer para o atendente as palavras que não conseguia conceber totalmente.

Esse devia ter sido seu tom na *drugstore* algumas quadras distante do apartamento, depois que parou o carro e disse: "Só um minuto". Os arranjos práticos que pareciam deprimentes e desanimadores na vida de casada podiam, sob essas diferentes circunstâncias, provocar nela um calor súbito, uma submissão e letargia inéditas.

Depois que escureceu, ela foi levada de volta, andando de carro através do parque, da ponte, da zona oeste de Vancouver, passando apenas a uma pequena distância da casa dos pais de Jonas. Chegou à Horseshoe Bay quase no último minuto e subiu a bordo da balsa. Os últimos dias de maio estão entre os mais longos do ano, e, a despeito das luzes no atracadouro e das luzes dos carros banhando as obras mortas da embarcação, pôde distinguir algum brilho no céu a oeste e contra a silhueta escura de uma ilha – não a de Bowen, mas uma cujo nome não sabia –, simétrica como um pudim montado na boca da baía.

Teve de se juntar à multidão de corpos que se acotovelavam abrindo caminho pelas escadas, e quando chegou ao deque dos passageiros sentou-se no primeiro lugar que viu. Não se deu o trabalho, como geralmente fazia, de procurar um assento perto da janela. Restava uma hora e meia antes que a balsa atracasse no outro lado do estreito e ao longo desse tempo tinha muito a fazer. Mal a embarcação começou a se mexer, as pessoas a seu lado passaram a conversar. Não era uma conversa casual entre pessoas que se conheceram na balsa, mas entre amigos ou parentes que se conheciam bem e teriam uma enormidade de coisas a dizer um ao outro ao longo de toda a travessia. Assim, ela se levantou e saiu do deque, subiu ao deque superior, onde sempre havia menos gente, e sentou-se sobre um dos compartimentos de coletes salva-vidas. Sentia dores em lugares previstos e imprevistos.

O trabalho que tinha a fazer, segundo achava, era se lembrar de tudo – e por "lembrar" queria dizer a experiência em sua mente, mais uma vez – e então guardar aquilo para sempre. Ter a experiência daquele dia ordenada, nenhuma parte dela deixada pendurada ou solta, tudo ajuntado como um tesouro, e encerrada, posta de lado.

Fez dois prognósticos, o primeiro, confortável, o segundo, fácil o bastante para ser aceito no momento presente, embora sem dúvida fosse se tornar mais difícil para ela, dali em diante.

Seu casamento com Pierre iria continuar, iria durar.

Nunca mais veria Asher outra vez.

Ambos se provaram corretos.

Seu casamento realmente durou – por mais de trinta anos depois disso, até a morte de Pierre. Durante um estágio inicial e mais simples de sua doença, ela lia em voz alta para ele, escolhendo alguns livros que os dois haviam lido anos antes e aos quais tencionavam voltar. Um deles era *Pais e filhos*. Depois de ler a cena em que Bazárov declara seu violento amor por Ana Sergêievna, e Ana fica horrorizada, começaram uma discussão. (Não uma briga – haviam se tornado ternos demais para isso.)

Meriel queria que a cena transcorresse de modo diferente. Acreditava que Ana não reagiria daquele jeito.

— É o escritor — ela disse. — Em geral não me sinto assim em relação a Turguêniev, mas aqui acho que é apenas Turguêniev que vem e os separa com um puxão, para algum propósito só seu.

Pierre sorriu fracamente. Todas suas expressões haviam se tornado um mero esboço. — Acha que ela cederia?

— Não. Ceder não. Ela não, não acredito, acho que é determinada como ele. Eles teriam se entregado.

— Isso é romântico. Você está forçando as coisas para criar um final feliz.

— Eu não disse nada sobre o final.

— Ouça — disse Pierre, pacientemente. Gostava desse tipo de conversa, mas era difícil para ele; tinha de fazer breves pausas a fim de recuperar suas forças. — Se Ana cedesse, seria porque o amava. Depois de consumado, ela o amaria ainda mais. Não é assim que são as mulheres? Quer dizer, se estão apaixonadas. E o que ele teria feito? — teria caído fora na manhã seguinte sem nem mesmo falar com ela. É a natureza. Ele *odeia* amá-la. Assim, no que isso seria melhor?

— Eles teriam alguma coisa. A experiência.

— Ele a esqueceria rápido, e ela morreria de vergonha e rejeição. Ela é inteligente. Ela sabe disso.

— Bem — disse Meriel, parando um segundo porque se sentia contra a parede. — Bem, Turguêniev não diz isso. Ele diz que ela foi totalmente tomada de surpresa. Ele diz que ela é fria.

— A inteligência a torna fria. Inteligência significa frieza, para uma mulher.

— Não.

— Quero dizer no século XIX. No século XIX, significa.

Aquela noite na balsa, durante o tempo que pensou que fosse pôr tudo rigorosamente de lado, Meriel não fez nada disso. O que fez foi atravessar onda após onda de uma intensa recordação. E isso foi o que continuou a fazer ao longo dos anos – a intervalos gradualmente maiores. Continuaria a recolher detalhes que deixara escapar e estes ainda lhe causariam um sobressalto. Ouviria ou veria algo outra vez – um som que fizeram juntos, o tipo de olhar trocado entre eles, de reconhecimento e encorajamento. Um olhar que à sua própria maneira era totalmente frio, ainda que profundamente respeitoso e mais íntimo do que qualquer olhar trocado entre pessoas casadas ou pessoas que deviam qualquer coisa uma à outra.

Lembrou-se de seus olhos esverdeados, a visão próxima de sua pele áspera, um círculo como uma velha cicatriz ao lado de seu nariz, a largura lustrosa de seu peito quando se curvava para trás sobre ela. Mas era incapaz de conseguir uma descrição útil de como ele se parecia. Acreditava que sentira sua presença tão fortemente, desde o início, que uma observação ordinária era impossível. Uma súbita recordação até mesmo de seus momentos iniciais, inseguros, vacilantes, ainda era capaz de fazê-la se dobrar sobre si mesma, como que para proteger a surpresa crua de seu próprio corpo, a vergastada do desejo. *Meu-amor-meu-amor*, murmurava com voz rouca, mecânica, as palavras de uma cataplasma secreta.

Quando ela viu sua foto no jornal, não sentiu pontadas de dor de imediato. O recorte fora mandado pela mãe de Jonas, que enquanto viveu insistiu em manter contato, e recordá-los, sempre que podia, de Jonas. "Lembram-se daquele médico no enterro de Jonas?", escrevera acima do pequeno título. "Médico-Aviador Morto em Acidente Aéreo." Era uma foto velha, com certeza, borrada na reprodução do jornal. Um rosto mais para gorducho, sorridente – o que ela jamais esperaria que fizesse para uma câmera. Ele não morrera em seu avião, mas num desastre de helicóptero em um voo de emergência. Ela mostrou o recorte para Pierre. Disse: "Algum dia você entendeu o que ele foi fazer no enterro?".

– Deviam ser amigos ou algo assim. Todas aquelas almas perdidas lá do norte.

– Sobre o que vocês conversaram?

– Ele me contou sobre uma vez em que levou Jonas com ele para ensiná-lo a pilotar. Disse: "Nunca mais".

Então perguntou: – Ele não lhe deu carona para algum lugar? Onde foi?

– Para Lynn Valley. Fui ver tia Muriel.

– E sobre o que conversaram?

– Achei difícil conversar com ele.

O fato de que estivesse morto não pareceu exercer muito efeito em seus devaneios – se é que se podia chamá-los assim. Aqueles em que imaginava encontros fortuitos ou mesmo reencontros desesperadamente arranjados jamais tiveram um pé na realidade, em todo caso, e não eram revistos porque estava morto. Tiveram de se consumir sozinhos de um modo que ela não controlava nem nunca compreendeu.

Quando se pusera a caminho de casa naquela noite, começara a chover, não muito forte. Ficara em um lugar descoberto no deque da balsa. Levantou-se e deu uma volta e não podia se sentar novamente na tampa do compartimento de coletes salva-vidas sem ficar com uma enorme mancha úmida em seu vestido. Então ficou olhando para as espumas revoltas do rastro da embarcação e lhe ocorreu o pensamento de que num determinado tipo de história – não do tipo que ainda se escreve – a coisa a fazer para ela seria atirar-se na água. Do jeito que estava: transbordando de felicidade, gratificada como certamente nunca mais estaria, cada célula de seu corpo inchada de doce autoestima. Um ato romântico que poderia ser visto – sob um ângulo proibido – como supremamente racional.

Sentiu-se tentada? Provavelmente, apenas se permitiu imaginar que se sentia tentada. Provavelmente, nem mesmo chegou perto de entregar-se, embora a entrega estivesse na ordem do dia.

Não foi senão após a morte de Pierre que ela se lembrou de mais um detalhe. Asher a levara de carro à Horseshoe Bay, para a balsa. Ele descera do carro e dera a volta até seu lado. Ela ficou de pé ali, esperando para se despedir. Fez um movimento em sua direção, para beijá-lo – certamente, algo natural a fazer, após as últimas poucas horas –, e ele disse: – Não.

– Não – ele disse. – Eu nunca faço isso.

É claro que aquilo não era verdade, que nunca fazia. Nunca beijava ao ar livre, onde as pessoas podiam ver. Fizera isso ainda naquela tarde, no mirante.

Não.

Era simples. Uma precaução. Uma escolha. Protegendo-a, pode-se dizer, assim como a si próprio. Mesmo que não tivesse se preocupado com isso um pouco antes, naquele dia.

Eu nunca faço isso era algo completamente diferente. Outro tipo de precaução. A informação de que não poderia fazê-la feliz, embora a intenção pudesse ser impedi-la de cometer um grave engano. Salvá-la das falsas esperanças e humilhação de um certo tipo de engano.

Como disseram adeus, então? Apertaram-se as mãos? Não conseguia se lembrar.

Mas escutava sua voz, a leveza e ainda assim a gravidade de seu tom, via seu rosto determinado, meramente agradável, sentia a leve mudança além de seu alcance. Não duvidava que a recordação fosse verdadeira. Não entendia como fora capaz de ser tão bem-sucedida em suprimi-la por todo esse tempo.

Imaginava que se não tivesse sido capaz de fazer aquilo, sua vida talvez tivesse sido completamente diferente.

Como?

Talvez não houvesse permanecido com Pierre. Talvez não tivesse conseguido manter seu equilíbrio. Tentar equiparar o que fora dito antes da balsa com o que fora dito e feito mais cedo naquele mesmo dia a teria tornado mais alerta e mais curiosa. Orgulho e contrariedade talvez tenham desempenhado um papel – uma necessidade de fazer algum homem engolir aquelas palavras, uma recusa em aprender sua lição –, mas isso não teria sido tudo. Havia um outro tipo de vida que ela poderia ter tido – o que não era o mesmo que dizer que teria preferido assim. Provavelmente por causa de sua idade (algo que estava sempre se esquecendo de levar em conta) e por causa do ar frio e rarefeito que respirava desde a morte de Pierre é que podia pensar naquele outro tipo de vida simplesmente como uma espécie de pesquisa, compreendendo suas armadilhas e realizações.

Talvez a pessoa não descobrisse tanta coisa, afinal. Talvez a mesma coisa vez após outra – que poderia ser um fato óbvio, porém perturbador acerca de si mesma. No caso dela, o fato de que a prudência – ou pelo menos algum tipo econômico de gerenciamento emocional – fora sua luz guia em todo o percurso.

O pequeno gesto de autopreservação que ele teve, a precaução delicada e fatal, a postura de inflexibilidade que ficara um pouco passada em relação a ele, como uma antiquada bravata. Podia vê-lo agora com uma mistificação cotidiana, como se ele tivesse sido um marido.

Ela se perguntava se permaneceria desse jeito ou se teria um novo papel para ele à sua espera, algum uso ainda para lhe arranjar em sua mente, nos anos por vir.

QUEENIE

— TALVEZ SEJA MELHOR você parar de me chamar desse jeito — disse Queenie, quando foi a meu encontro na estação de trem.

Eu disse: — O quê? Queenie?*

— Stan não gosta — ela disse. — Disse que parece nome de cavalo.

Para mim, foi ainda mais surpreendente ouvi-la dizer "Stan" do que ser informada de que não era mais a Queenie, e sim Lena. Mas dificilmente eu teria esperado que ainda chamasse seu marido de sr. Vorguilla após um ano e meio de casamento. Durante esse tempo, não a vi, e quando deitei meus olhos sobre ela um instante antes, em meio ao grupo de pessoas que aguardava na estação, quase não a reconheci.

O cabelo dela fora tingido de preto e armado em torno da cabeça em sei lá qual estilo, daquela época que sucedera à moda do penteado "colmeia". Seu lindo colorido de xarope de milho — dourado no alto e escuro nas raízes —, bem como o comprimento sedoso, perdera-se para sempre. Ela usava um vestido amarelo estampado que deslizava sobre seu corpo e terminava poucos centímetros acima de seus tornozelos. Pesadas linhas de Cleópatra delineavam-se em torno de seus olhos, e a sombra roxa fez com que parecessem ainda menores, não maiores, como se estivessem deliberadamente se ocultando. Furara as orelhas, e argolas de ouro pendiam delas.

* *Queenie*: diminutivo de *queen*, rainha. [N. T.]

Vi que olhava para mim um pouco surpresa, também. Tentei parecer confiante e tranquila. Eu disse: – Isso é um vestido ou um babado, em volta da sua bunda? – Ela riu e eu disse: – Como fazia calor no trem! Estou suando como uma porca.

Pude ouvir como soava minha voz, nasalada e entusiasmada como de minha madrasta, Bet.

Suando como uma porca.

Agora, no bonde, indo para a casa de Queenie, não pude deixar de soar como uma boba. Eu disse: – Continuamos no centro? – Os prédios altos haviam sido rapidamente deixados para trás, mas não achei que dava para chamar aquela área de residencial. O mesmo tipo de comércio e construções passavam vez após outra – uma lavanderia a seco, um florista, um armazém, um restaurante. Bancas de frutas e verduras sobre as calçadas, placas anunciando dentistas, alfaiates, encanadores, nas janelas dos prédios de dois andares. Dificilmente uma construção maior do que isso, dificilmente uma árvore.

– Não é o centro de verdade – disse Queenie. – Lembra-se que lhe mostrei onde ficava a Simpson's? Onde pegamos o bonde? Lá é o centro de verdade.

– Então estamos perto? – eu perguntei.

Ela disse: – Ainda tem chão.

E em seguida: – Ainda demora. Stan também não gosta de me ouvir falar desse jeito.

A repetição das coisas, ou talvez o calor, fazia com que me sentisse ansiosa e meio enjoada. Estávamos com minha mala sobre nossos joelhos e apenas a alguns centímetros de meus dedos havia o pescoço gordo e a cabeça calva de um homem. Uns poucos fios pretos e suados grudados em seu couro cabeludo. Por alguma razão, não pude deixar de pensar nos dentes do sr. Vorguilla no armário de remédios, que Queenie me mostrou quando trabalhava para os Vorguilla, ao lado. Isso foi muito antes de até mesmo sonharmos em chamar o sr. Vorguilla de Stan.

Dois dentes juntos colocados ao lado de sua gilete, seu pincel de barba e a saboneteira de madeira com o sabão que usava para fazer a barba, peludo e nojento.

— Esta é a ponte dele — dissera Queenie.

— Ponte?

— Ponte pros dentes.

— Arg — eu falei.

— Esta é reserva — ela disse. — Ele está usando outra.

— Arg. Eles não são amarelos?

Queenie pôs a mão sobre minha boca. Ela não queria que a sra. Vorguilla nos escutasse. A sra. Vorguilla estava lá embaixo, no sofá da sala de jantar. Seus olhos ficavam fechados a maior parte do tempo, mas talvez não estivesse dormindo.

Quando finalmente descemos do bonde, tivemos de subir um morro íngreme, tentando desajeitadamente dividir o peso da mala. As casas eram completamente diferentes, embora à primeira vista fossem parecidas. Alguns telhados desciam sobre as paredes como se fossem bonés, ou então todo o andar superior era como um telhado, feito de telhas de madeira. Telhas verde-escuras, castanhas ou marrons. As varandas avançavam até poucos passos da calçada, e o espaço entre as casas parecia estreito o bastante para que as pessoas esticassem os braços através das janelas e apertassem as mãos dos vizinhos. Havia crianças brincando nas calçadas, mas Queenie deu tanta atenção a elas quanto se fossem passarinhos bicando as fendas. Um homem muito gordo, sem camisa, estava sentado nos degraus diante de sua casa e nos olhava de um modo tão fixo e melancólico que tive certeza que tinha algo a nos dizer. Queenie passou marchando direto por ele.

A certa altura da ladeira, virou, tomando uma trilha de cascalho entre algumas latas de lixo. De uma janela no andar de cima, uma mulher gritou alguma coisa que achei ininteligível. Queenie gritou em resposta: – É só minha irmã, veio fazer uma visita.

– É nossa senhoria – disse. – Eles moram na frente, no andar de cima. São gregos. Ela quase não fala inglês.

Como se veria depois, Queenie e o sr. Vorguilla compartilhavam um banheiro com os gregos. A pessoa tinha de levar seu rolo de papel – se esquecesse, não haveria nenhum. Eu tive de ir imediatamente, porque estava menstruada e precisava trocar o absorvente. Durante muitos anos depois disso, a visão de certas ruas urbanas em dias quentes, certos tons de pintura escura ou marrom de telhas de madeira e o ruído de bondes traziam-me de volta à memória cólicas no baixo--ventre, ondas rubras de vazamentos corporais, uma confusão quente.

Havia um único quarto onde Queenie dormia com o sr. Vorguilla, outro quarto transformado numa pequena sala de estar, uma cozinha apertada e uma varanda envidraçada. O catre na varanda era onde eu deveria dormir. Ali perto, através da janela, podiam-se ver o senhorio e outro homem consertando uma motocicleta. O cheiro de óleo, metal e máquina misturando-se ao cheiro de tomates maduros sob o sol. Um rádio trombeteava música alta numa janela de algum andar superior.

– Uma coisa que Stan não aguenta – disse Queenie. – Esse rádio. – Puxou as cortinas floridas, mas isso não impediu o ruído e a luz do sol de continuar a entrar. – Eu gostaria de poder pagar por linho – disse.

Eu estava com o absorvente cheio de sangue enrolado em papel higiênico na mão. Ela me trouxe um saco de papel e mostrou-me um balde usado como lata de lixo do lado de fora. – Cada um deles – disse. – Lá fora, imediatamente. Não vai esquecer, vai? E não deixe seu pacote em qualquer lugar onde ele possa ver; ele odeia ser lembrado disso.

Continuei a tentar parecer indiferente, a agir como se me sentisse em casa. – Preciso arranjar um vestido bonito e fresquinho como este seu – eu disse.

– Talvez eu possa lhe fazer um – disse Queenie, com a cabeça na geladeira. – Eu vou tomar uma Coca, quer? Costumo ir a um lugar onde vendem retalhos. Fiz este vestido inteiro com uns três dólares. Qual é seu tamanho agora, afinal?

Dei de ombros. Disse que estava tentando perder peso.

– Bom. Quem sabe a gente encontre alguma coisa.

– Vou me casar com uma senhora que tem uma garotinha quase da sua idade – dissera meu pai. – E essa garotinha não tem o pai por perto. Então precisa me prometer uma coisa, que você nunca vai provocá-la ou dizer qualquer coisa ruim para ela sobre isso. Pode acontecer às vezes de vocês duas brigarem e discutirem como se fossem duas irmãs, mas essa é a única coisa que nunca deve dizer. E se outras crianças disserem, você jamais deve ficar do lado delas.

Em prol da discussão, falei que eu também não tinha mãe e ninguém dizia nada ruim para mim.

Meu pai disse: – Isto é diferente.

Ele estava errado sobre tudo. A gente não parecia de jeito nenhum ter a mesma idade, porque Queenie tinha nove anos quando meu pai se casou com Bet, e eu, seis. Embora mais tarde, quando fui adiantada um ano e Queenie repetiu um, ficássemos mais perto na escola. E nunca conheci ninguém que tentasse ser mau com Queenie. Ela era alguém de quem todo mundo queria ser amigo. Era a primeira a ser escolhida para o time de beisebol, mesmo que fosse uma jogadora desleixada, e a primeira a ser escolhida para uma equipe de soletrar, ainda que não fosse boa nessa brincadeira. Além do mais, ela e eu nunca entramos em brigas. Sequer uma vez. Ela demonstrava uma bondade imensa comigo, e eu, uma admiração imensa por ela. Eu a venerava por seus cabelos loiros escuros, seus olhos negros sonolentos – por sua aparência e sua risada, e mais nada. Sua risada era doce e grossa como açúcar mascavo.

O surpreendente era que com todas as suas vantagens ela podia ser bondosa e gentil.

Assim que acordei, na manhã do desaparecimento de Queenie, uma manhã de começo de inverno, senti que ela havia partido.

Ainda estava escuro, eram entre seis e sete horas. A casa estava fria. Enfiei-me no roupão marrom felpudo que Queenie e eu dividíamos. Nós o chamávamos de Buffalo Bill, e quem quer de nós duas que saísse primeiro da cama pela manhã o pegava. Sua procedência era um mistério.

— Talvez um namorado de Bet antes de se casar com seu pai — dissera Queenie. — Mas não diga nada, ela me mata.

Sua cama estava vazia e não a achei no banheiro. Desci as escadas sem acender as luzes, pois não queria acordar Bet. Olhei pela pequena vidraça na porta da frente. O asfalto duro, a calçada, a grama aparada no jardim da frente, tudo cintilando com o gelo. A neve chegara tarde. Aumentei o termostato do corredor e a calefação percorreu a escuridão, dando seu gemido confiável. Acabáramos de adquirir a calefação a óleo, e meu pai disse que continuava a acordar às cinco todas as manhãs, pensando que era hora de descer até o porão e reavivar o fogo.

Meu pai dormia no que fora uma despensa, junto à cozinha. Tinha um catre e uma cadeira com o espaldar quebrado onde mantinha sua pilha de *National Geographic*, para ler quando não conseguia dormir. Acendia e apagava a luz no teto por uma corda presa na estrutura da cama. Todo esse arranjo me parecia perfeitamente natural e apropriado para o homem da casa, o pai. Ele dormia como uma sentinela com um cobertor áspero para se aquecer e recendendo a um cheiro de motor e tabaco que não saía nem quando estava em casa. Lendo e acordado até altas horas e alerta durante todo o sono.

Mesmo assim, não ouvira Queenie. Disse que ela devia estar em algum lugar da casa. — Você olhou no banheiro?

Eu disse: — Ela não está lá.

— Talvez lá dentro com a mãe. A hora do não-me-toques.

Meu pai chamava de "não-me-toques" quando Bet acordava — ou não acordava totalmente — de um sonho ruim. Saía cambaleando do quarto incapaz de dizer o que a assustara, e cabia a Queenie conduzi-la de volta ao quarto. Queenie se enrodilhava junto a suas costas, fazendo ruídos para confortá-la como um cachorrinho lambendo leite, e Bet não se lembrava de nada pela manhã.

Acendi a luz da cozinha.

— Não quis acordá-la — eu disse. — Bet.

Olhei para a lata de pão com o fundo enferrujado, tantas vezes açoitada pelo pano de prato, as panelas sobre o fogão, lavadas mas não guardadas, o lema dos Laticínios Fairholme: O *Senhor é o coração de nossa casa*. Todas essas coisas estupidamente esperando que o dia começasse e sem se dar conta de que haviam se tornado vazias por causa da catástrofe.

A porta para a varanda lateral havia sido destrancada.

— Alguém entrou — eu disse. — Alguém entrou e levou Queenie.

Meu pai saiu vestindo a calça sobre suas compridas roupas de baixo. Bet desceu a escada ruidosamente com seus chinelos e seu robe de chenile, clicando as luzes à medida que descia.

— Queenie não está lá dentro com você? — perguntou meu pai. Para mim, ele disse: — A porta teria que ter sido destrancada por dentro.

Bet disse: — Que negócio é esse da Queenie?

— Quem sabe ela resolveu passear um pouco — disse meu pai.

Bet ignorou isso. Estava com uma máscara de alguma coisa cor-de-rosa seca no rosto. Ela era uma representante de vendas de produtos de beleza e nunca vendia algum cosmético que não houvesse experimentado em si mesma.

— Vá até a casa dos Vorguilla — ele me disse. — Ela deve ter lembrado de alguma coisa que deveria fazer por lá.

Isso fazia uma semana ou mais depois do enterro da sra. Vorguilla, mas Queenie continuava a trabalhar lá, ajudando a encaixotar pratos e roupas de cama e mesa, para que o sr. Vorguilla se mudasse para um apartamento. Ele tinha os concertos de Natal para se preparar e não podia guardar as coisas sozinho. Bet queria que Queenie deixasse isso pra lá, para que pudesse ajudar no Natal em uma das lojas.

Calcei as galochas de meu pai que estavam junto à porta, em vez de subir as escadas para pegar meus sapatos. Atravessei o jardim aos trambolhões, cheguei na varanda do sr. Vorguilla e toquei a campainha. O som era de sino, que parecia proclamar a musicalidade da casa. Apertei Buffalo Bill em torno de mim e rezei. Ai, Queenie, Queenie, acenda as luzes. Esqueci que se Queenie estivesse trabalhando lá, as luzes já teriam sido acesas.

Ninguém atendeu. Bati na madeira. O sr. Vorguilla estaria de mau humor quando eu finalmente o acordasse. Pressionei minha cabeça contra a porta, tentando escutar alguma agitação.

– Senhor Vorguilla. Senhor Vorguilla. Desculpe acordá-lo, senhor Vorguilla. Tem alguém em casa?

Uma janela foi erguida na casa ao lado da do sr. Vorguilla. O sr. Hovey, um velho solteirão, morava ali com sua irmã.

– Por que não usa os olhos? – gritou o sr. Hovey. – Veja a entrada da garagem.

O carro do sr. Vorguilla não estava lá.

O sr. Hovey bateu a janela.

Quando abri a porta da cozinha, vi meu pai e Bet sentados à mesa com xícaras de chá diante deles. Por um minuto, achei que a ordem houvesse sido restaurada. O telefone tocara, talvez, com notícias tranquilizadoras.

– O senhor Vorguilla não está lá – eu disse. – O carro não está.

– Ah, a gente sabe – disse Bet. – A gente já sabe de tudo.

Meu pai disse: – Olhe isto – e empurrou um pedaço de papel através da mesa.

Vou me casar com o sr. Vorguilla, dizia. *Sempre sua, Queenie.*

– Debaixo da lata de açúcar – disse meu pai.

Bet deixou cair a colher.

– Vou pôr esse homem no pau – gritou. – Vou enfiá-la num reformatório. Vou chamar a polícia.

Meu pai disse: – Ela tem dezoito anos de idade e pode se casar, se quiser. A polícia não vai bloquear a estrada.

– Quem disse que estão na estrada? Devem estar dormindo juntos em algum motel. Aquela garota estúpida e aquele zolhudo cara de cu do Vorguilla.

– Falar desse jeito não vai trazê-la de volta.

– Eu não a quero de volta. Nem que venha rastejando. Ela fez sua cama e pode se deitar nela com aquele zolhudo sodomita. Por mim ele pode foder com ela até na orelha.

Meu pai disse: – Agora chega.

Queenie me trouxe dois comprimidos de analgésico para tomar com minha Coca.

– É impressionante como as cólicas vão embora, depois que a gente se casa. E aí... seu pai contou sobre nós dois?

Quando informei a meu pai que queria arrumar um emprego durante as férias de verão antes de ingressar no curso de Magistério, no outono, ele havia dito que talvez eu devesse ir até Toronto e procurar por Queenie. Disse que ela lhe mandara uma carta na transportadora, perguntando se poderia lhes emprestar algum dinheiro para ajudá-los a passar o inverno.

– Eu nunca teria escrito para ele – disse Queenie – se Stan não tivesse ficado doente no ano passado. Pneumonia.

Eu disse: – Foi a primeira vez que ouvi falar sobre onde você estava. – Lágrimas vieram-me aos olhos, não sei por quê. Porque me senti tão feliz quando descobri, tão solitária antes de descobrir, porque desejava neste exato momento que dissesse: – É claro, minha intenção sempre foi manter contato com você, mas ela não disse.

– Bet não sabe – eu disse. – Acha que estou sozinha.

– Espero que não – disse Queenie calmamente. – Quer dizer, espero que ela não saiba.

Eu tinha um monte de coisas para contar, lá de casa. Contei-lhe que a transportadora passara de três caminhões para uma dúzia, que Bet comprara um casaco de pele e expandira seu negócio, mantendo uma clínica de beleza em nossa casa. Para essa finalidade, ela arrumara o lugar onde meu pai costumava dormir, e levara seu catre e as *National Geographic* para o escritório dele – um pequeno alojamento da Força Aérea que ele rebocara para o pátio dos caminhões. Sentada à mesa da cozinha, estudando para o *senior matric,** ouvi Bet dizer: – Uma pele assim tão delicada, você jamais deveria chegar com uma toalhinha de rosto perto dela – antes de esparramar loções e cremes sobre o rosto de alguma mulher. E às vezes em um tom não menos intenso, porém menos otimista: – Vou lhe dizer uma coisa, tinha o demônio, tinha o demônio morando bem aqui ao lado e eu nunca suspeitei, porque a gente não sabe, né? Eu sempre penso o melhor das pessoas. Até que elas me dão um pontapé no meio da boca.

– É verdade – dizia a cliente. – Comigo é a mesma coisa.

Ou: – Você acha que sabe o que é tristeza, mas não sabe nem a metade.

Então Bet voltava depois de ver a mulher que estava à porta, resmungava e dizia: – Encoste no rosto dela no escuro e você não vai perceber a diferença entre sua pele e uma lixa.

Queenie não parecia interessada em ouvir sobre essas coisas. E não havia muito tempo, de todo modo. Antes de terminarmos

---

* *Senior matric*, ou *senior certificate examination*, é a avaliação feita pelo órgão independente IEB (Independent Examinations Board), cujo certificado é reconhecido internacionalmente como padrão de excelência acadêmica, sendo aceito em diversas universidades de renome. [N.T.]

nossas Cocas ouvimos passos rápidos e pesados no cascalho, e o sr. Vorguilla entrou na cozinha.

– Veja só quem está aqui – gritou Queenie. Ela se ergueu parcialmente, como que para tocá-lo, mas ele se dirigiu à pia.

Sua voz estava tão carregada de alegria e surpresa que me perguntei se ficara mesmo sabendo qualquer coisa sobre minha carta ou o fato de que eu estava a caminho.

– É Chrissy – ela disse.

– Muito bem – disse o sr. Vorguilla. – Você deve gostar do calor, Chrissy, vindo para Toronto no verão.

– Ela está procurando emprego – disse Queenie.

– E você tem alguma qualificação? – perguntou o sr. Vorguilla. – Tem qualificação para encontrar um trabalho em Toronto?

Queenie disse: – Ela tem o *senior matric*.

– Bom, vamos esperar que seja o suficiente – disse o sr. Vorguilla. Encheu um copo d'água e bebeu tudo de um só gole, ficando de costas para nós. Exatamente como costumava fazer quando a sra. Vorguilla, Queenie e eu ficávamos sentadas à mesa da cozinha naquela outra casa, a casa dos Vorguilla, ao lado. O sr. Vorguilla estaria voltando de aulas que dera em algum lugar, ou fazendo uma pausa nas lições de piano que ministrava na sala de entrada. Ao escutar o som de seus passos, a sra. Vorguilla nos dava um sorriso de advertência. E todas nós baixávamos a cabeça para as letras do jogo de palavras cruzadas, dando-lhe a opção de nos notar ou não. Às vezes ele não notava. O barulho da porta do armário, a torneira sendo aberta, o copo de vidro pousando sobre o balcão eram como uma série de pequenas explosões. Como se desafiasse qualquer um a respirar enquanto estava ali.

Quando deu aulas de música para nós na escola, foi a mesma coisa. Entrava na classe com as passadas de um homem que não tinha um minuto a perder, dava uma única pancadinha no metrônomo, e era hora de começar. Para cima e para baixo entre as fileiras, ele marchava pomposamente com os ouvidos esticados, os protuberantes olhos azuis alertas, uma expressão tensa e irascível. A qualquer momento, podia ser que parasse junto à sua mesa para escutá-la cantar, para ver se falseava ou desafinava. Então inclinava a cabeça vagarosamente para baixo, os olhos dele crescendo dentro dos seus e as mãos gesticulando para silenciar as demais vozes, para encher você de vergonha. E dizia-se que era igualmente tirânico com seus vários corais e sociedades de canto. Embora fosse adorado por seus cantores, particularmente as mulheres. Tricotavam coisas para ele no Natal. Meias, cachecóis, luvas para mantê-lo aquecido em suas viagens de uma escola a outra e de um coral a outro.

Quando Queenie passou a cuidar da casa, depois que a sra. Vorguilla ficou doente demais para isso, ela vasculhou uma gaveta e tirou um objeto tricotado que sacudiu diante de meu rosto. Chegara sem o nome da pessoa que o presenteara.

Não soube dizer o que era.

– É um aquecedor de pica – disse Queenie. – A senhora Vorguilla disse para não mostrar para ele, senão fica louco da vida. Você não sabe o que é um aquecedor de pica?

Eu disse: – Ugh.

– Estou só brincando.

Tanto Queenie como o sr. Vorguilla tinham de sair para trabalhar à tarde. O sr. Vorguilla tocava piano em um restaurante. Ele vestia um smoking. E Queenie trabalhava na bilheteria de um cinema. O cinema ficava apenas a algumas quadras dali, então fui junto com ela. Quando a vi sentada no guichê de ingressos, compreendi que a maquiagem, o cabelo armado e tingido, os brincos de argolas não eram tão esquisitos, afinal de contas. Queenie parecia-se com uma dessas garotas que caminham pelas ruas ou vão assistir a um filme com seus namorados. E sua aparência era muito semelhante à de algumas das garotas retratadas nos pôsteres que a cercavam. Parecia conectada com o mundo do drama, dos perigos e casos amorosos ardentes que se desenrolavam na tela lá dentro.

Ela parecia – nas palavras de meu pai – como se não precisasse abaixar a cabeça para ninguém.

– Por que você não dá uma volta por aí, um pouco? – dissera ela para mim. Mas eu me sentia observada. Não conseguia me imaginar sentada em um café bebericando de uma xícara e anunciando ao mundo todo que não tinha nada para fazer e nenhum lugar para ir. Ou entrar numa loja e experimentar roupas que não tinha a menor esperança de comprar. Subi o morro outra vez, acenei para a mulher grega que gritou da janela. Entrei usando a chave de Queenie.

Sentei-me no catre da varanda. Não havia onde pendurar as roupas que eu trouxera e pensei que talvez não fosse uma ideia assim tão boa desfazer a mala. O sr. Vorguilla podia não gostar de ver qualquer sinal de minha estadia.

Achei que a aparência do sr. Vorguilla havia mudado, assim como a de Queenie. Mas a sua não mudara, como a dela, no sentido do que me parecia ser sofisticação e glamour estrangeiros alcançados com esforço. Seu cabelo, antes cinza-avermelhado, estava agora completamente grisalho, e a expressão de seu rosto – sempre pronto a lampejar de afronta ante a possibilidade de uma apresentação desrespeitosa ou inadequada ou apenas diante do fato de alguma coisa em sua casa não estar onde deveria – parecia ser agora do mais permanente descontentamento, como se algum insulto lhe fosse feito ou algum mau comportamento ficasse sem punição o tempo todo, bem diante de seus olhos.

Levantei-me e caminhei pelo apartamento. A gente nunca pode dar uma boa olhada nos lugares onde as pessoas moram enquanto elas estão lá.

A cozinha era o espaço mais agradável, embora escuro demais. Queenie tinha hera crescendo em torno da janela sobre a pia e colheres de pau enfiadas numa linda caneca sem alça, exatamente do jeito que a sra. Vorguilla costumava ter. Na sala de estar, havia um piano, o mesmo piano que estivera na outra sala de estar. Havia uma poltrona, uma estante de livros feita com tijolos e tábuas, um aparelho de som, uma porção de discos esparramados pelo chão. Nada de tevê. Nada de cadeiras de balanço em nogueira ou de cortinas bordadas. Nem mesmo o abajur de papel-arroz com cenas japonesas. Ainda que todas essas coisas houvessem feito parte da mudança para Toronto, num dia de neve. Eu estivera em casa na hora do almoço e vira o caminhão de mudança. Bet não conseguia sair de perto da vidraça na porta da frente. Finalmente esqueceu toda a dignidade que normalmente gostava de aparentar para estranhos, abriu a porta e gritou para os homens da mudança. – Voltem para Toronto e digam a ele que se algum dia der as caras por aqui outra vez vai se arrepender pelo resto da vida.

O homens acenaram alegremente, como se estivessem acostumados com cenas como essa, e talvez estivessem. Mudança de mobília deve expor a pessoa a muito xingamento e rancor.

Mas para onde fora tudo? Vendido, achei. Devia ter sido vendido. Meu pai havia dito que dava a impressão de que o sr. Vorguilla passava por maus bocados vivendo em Toronto em seu ramo de trabalho. E Queenie dissera algo sobre "estar devendo". Ela jamais teria escrito para meu pai se não estivessem devendo.

Devem ter vendido a mobília antes que escrevesse.

Na estante eu vi *The Encyclopedia of Music*, *The World Companion to Opera* e *The Lives of the Great Composers*. E também o livro grande e fino com uma linda capa – o *Rubaiyat*, de Omar Khayyám –, que a sra. Vorguilla frequentemente deixava ao lado de sua cama.

Havia outro livro com uma capa tão elaborada quanto esse de cujo nome não me lembro. Alguma coisa no título me dizia que talvez eu gostasse dele. A palavra "florido" ou "perfumado". Eu o abri e posso me lembrar perfeitamente da primeira frase que li.

"As jovens odaliscas do *harim* eram também instruídas no refinado uso de suas unhas."

Não tinha muita certeza do que era uma odalisca, mas a palavra "*harim*" (por que não "harém"?) me dava uma pista. E tive de prosseguir na leitura, a fim de descobrir o que aprendiam a fazer com suas unhas. Continuei a ler sem parar, talvez por uma hora, e finalmente deixei o livro cair no chão. Senti excitação, aversão, descrença. Era realmente por esse tipo de coisa que gente adulta ficava interessada? Até mesmo o motivo da capa, as lindas trepadeiras enroscando-se e torcendo-se, pareciam levemente hostis e depravadas. Ergui o livro para pô-lo de volta em seu lugar e ele caiu aberto, mostrando os nomes na guarda. Stan e Marigold Vorguilla. Numa escrita feminina. Stan e Marigold.

Pensei na fronte branca e ampla da sra. Vorguilla e em seus cachinhos curtos preto-acinzentados. Seus brincos de pérola e blusas arrematadas por um laço na gola. Ela era um pouquinho mais alta do que o sr. Vorguilla, e as pessoas achavam que era por isso que não saíam juntos. Mas na verdade era porque sentia falta de ar. Sentia falta de ar ao subir escadas ou quando pendurava roupas no varal. E no fim sentia falta de ar até mesmo para sentar à mesa e fazer palavras cruzadas.

No início meu pai não nos deixava receber dinheiro por carregar suas compras ou pendurar suas roupas para secar – dizia que era apenas uma questão de boa vizinhança.

Bet disse que pensava em experimentar não fazer nada a fim de ver se as pessoas viriam lhe prestar favores de graça.

Então o sr. Vorguilla veio e negociou um preço para Queenie trabalhar para eles. Queenie queria ir porque perdera o ano na escola e não queria fazer tudo de novo. Finalmente Bet disse que tudo bem, mas lhe disse que não deveria servir de enfermeira em hipótese alguma.

– Se ele é pão-duro demais para pagar uma enfermeira isso não é problema seu.

Queenie disse que o sr. Vorguilla trazia as pílulas da sra. Vorguilla toda manhã e dava um banho de esponja na mulher toda noite.

Ele até mesmo tentava lavar seus lençóis na banheira, como se não houvesse algo como uma máquina de lavar na casa.

Pensei nas vezes em que fazíamos palavras cruzadas na cozinha e o sr. Vorguilla, depois de beber um copo d'água, punha a mão no ombro da sra. Vorguilla e suspirava, como se acabasse de regressar de uma jornada longa e exaustiva.

– Oi, meu bem – dizia.

A sra. Vorguilla inclinava a cabeça para dar um beijo seco em sua mão.

– Oi, meu bem – dizia.

Então ele olhava para nós, para Queenie e eu, como se nossa presença não o ofendesse em hipótese alguma.

– Oi, vocês duas.

Mais tarde Queenie e eu dávamos risadinhas deitadas na cama, no escuro.

– Boa noite, meu bem.

– Boa noite, meu bem.

Quanto desejei que pudéssemos voltar àquela época.

Exceto para ir ao banheiro de manhã e sair discretamente para jogar meu absorvente no balde do lixo, eu me sentava em meu catre na varanda até que o sr. Vorguilla estivesse fora da casa. Eu ficava com receio de que não tivesse lugar nenhum para ir, mas aparentemente ele tinha. Assim que saía, Queenie me chamava. Pusera a mesa com laranja descascada, flocos de milho e café.

– E aqui está o jornal – ela dizia. – Eu andei dando uma olhada na seção de empregos. Mas primeiro quero fazer um negócio no seu cabelo. Quero cortar um pouquinho atrás e pôr uns bobes. Tudo bem por você?

Eu disse tudo bem. Ainda que estivesse comendo, Queenie continuava a andar em torno de mim e a me olhar, tentando dar forma à sua ideia. Então me fez sentar num banquinho alto – eu ainda estava bebendo meu café – e começou a pentear e cortar.

– Que tipo de trabalho a gente deve procurar, hein? – perguntou. – Eu vi um numa lavanderia a seco. De balconista. Que tal? Eu disse: – Acho que tudo bem.

– Você ainda pretende ser uma professora?

Eu disse que não sabia. Eu pensava que ela acharia isso uma carreira muito sem graça.

– Acho que deveria. Você é bastante inteligente. Professores ganham mais. Ganham mais do que pessoas como eu. A independência é maior.

Mas era legal, ela disse, trabalhar no cinema. Conseguira o emprego mais ou menos um mês antes do Natal e estava feliz de verdade porque conseguia ganhar seu próprio dinheiro, finalmente, e pôde comprar os ingredientes para um bolo de Natal. E tornou--se amiga de um homem que vendia árvores de Natal na traseira de uma caminhonete. Ele vendeu uma a ela por cinquenta centavos e ela a arrastou morro acima sozinha. Decorou-a com faixas de papel crepom vermelho e verde, uma solução barata. Confeccionou alguns enfeites colando papel prateado numa cartolina e comprou outros um dia antes do Natal, quando foram postos em liquidação na *drugstore*. Fez biscoitos e pendurou-os na árvore, como vira numa revista. Era um costume europeu.

Queria dar uma festa, mas não sabia a quem convidar. Havia os gregos e Stan tinha um ou dois amigos. Então teve a ideia de chamar seus alunos.

Eu ainda não me acostumara a ouvi-la dizer "Stan". Não era apenas a lembrança de sua intimidade com o sr. Vorguilla. Era isso, é claro. Mas era também a sensação que dava, de que o criara do nada. Uma nova pessoa. Stan. Como se jamais houvesse existido um sr. Vorguilla que conhecêramos juntas – muito menos uma sra. Vorguilla –, para começo de conversa.

Os alunos de Stan eram todos adultos – ele realmente preferia dar aulas para adultos a dar para crianças –, então não tiveram de se preocupar com o tipo de jogos e brincadeiras que se planejam para crianças. Deram a festa numa noite de domingo, porque todas as demais noites ficavam tomadas com o trabalho de Stan no restaurante e o de Queenie no cinema.

Os gregos trouxeram vinho produzido por eles e alguns dos alunos trouxeram batida de ovo, rum e xerez. E outros trouxeram discos para dançar. Imaginaram que Stan não teria nenhum disco desse tipo de música, e estavam certos.

Queenie fez pães de linguiça e bolo de gengibre, e a mulher grega trouxe seus próprios tipos de biscoito. Tudo estava ótimo. A festa foi um sucesso. Queenie dançou com um rapaz chinês chamado Andrew, que trouxera um disco que ela adorou.

– Vire, vire, vire – ela disse, e eu mexi minha cabeça, assim como pediu. Ela riu e disse: – Não, não, não quis dizer você. É o disco. É essa a música. Dos Byrds.

– *Turn, turn, turn* – ela cantou. – *To everything, there's a season...*

Andrew estudava para dentista. Mas queria aprender a tocar a – Sonata ao luar. Stan lhe disse que ia levar muito tempo. Andrew era paciente. Contou a Queenie que não tinha dinheiro para ir até sua casa no norte de Ontário, no Natal.

– Pensei que fosse chinês – eu disse.

– Não, não chinês, chinês. Daqui.

Mas acabaram fazendo uma brincadeira de criança. Jogaram a dança das cadeiras. Todo mundo estava alegrinho, a essa altura. Até mesmo Stan. Puxou Queenie para seu colo quando ela passou correndo à sua frente e não a deixava sair. E depois, quando todo mundo se levantou, ainda não deixou que fosse. Só queria levá-la para a cama.

– Sabe como são os homens – disse Queenie. – Você ainda não tem um namorado ou algo assim?

Eu disse que não. O último homem que meu pai contratara como motorista estava sempre entrando em casa para dar algum recado sem importância e meu pai disse: – Ele só quer uma chance de falar com Chrissy. – Mas eu me mantenho fria com ele e até agora não teve coragem de me convidar para sair.

– Então na verdade você ainda não conhece a coisa? – disse Queenie.

Eu disse: – Claro que sim.

– Humm humm – ela disse.

Os convidados comeram quase tudo, menos o bolo. Não comeram muito dele, mas Queenie não ficou ofendida. Estava bem gostoso, mas quando chegou a hora de comer, já estavam cheios de pães de linguiça e outras coisas. Além disso, não tivera tempo de deixá-lo descansar do modo como o livro dizia que deveria, então ela ficou feliz de que houvesse sobrado. Ficara pensando, antes que Stan a agarrasse, que poderia embrulhar o bolo num pano embebido em vinho e guardá-lo num lugar fresco. Pensou em fazer isso, ou fez isso de fato, e pela manhã percebeu que o bolo não estava sobre a mesa, então imaginou ter feito. Pensou: "ótimo, o bolo já está guardado".

Um ou dois dias depois, Stan disse: – Vamos provar um pedaço daquele bolo. – Ela disse: Ah, deixe curtir mais um pouco, mas ele insistiu. Foi até o armário e depois até a geladeira, mas não o encontrou. Procurou em toda parte e não conseguiu achá-lo. Fechou os olhos para vê-lo sobre a mesa. E uma lembrança veio à sua mente, de pegar um pano limpo, embebê-lo em vinho e enrolá-lo cuidadosamente no que sobrou do bolo. E então envolver tudo com papel impermeável. Mas quando havia feito isso? Fizera tudo isso ou apenas sonhara? Onde pusera o bolo depois de terminar de embrulhá-lo? Tentou ver-se a si mesma guardando-o, mas sua mente ficou em branco.

Vasculhou todo o armário, mas sabia que o bolo era grande demais para ser escondido ali. Então olhou no fogão e até mesmo em lugares absurdos como as gavetas da cômoda, debaixo da cama e as prateleiras da estante. Não estava em parte alguma.

– Se você o guardou em algum lugar, então tem de estar em algum lugar – disse Stan.

– Eu guardei. Eu guardei em algum lugar – falou Queenie.

– Talvez você estivesse bêbada e o tenha jogado fora – ele disse. Ela retrucou: – Eu não estava bêbada. Eu não joguei fora. Mas foi até o lixo e olhou. Nada.

Ele sentou à mesa encarando-a. Se você o pôs em algum lugar, então tem de estar em algum lugar. Ela começou a ficar nervosa.

– Tem certeza? – disse Stan. – Tem certeza de que simplesmente não o deu para alguém?

Tinha certeza. Tinha certeza de que não o dera para ninguém. Embrulhara-o para guardar. Tinha certeza, tinha quase certeza de que o embrulhara para guardar. Tinha certeza de que não o dera para ninguém.

– Ah, não sei não – disse Stan. – Acho que talvez você tenha dado para alguém. E acho que sei para quem.

Queenie estacou. Para quem?

– Acho que o deu para Andrew.

Para Andrew?

Ah, claro. Pobre Andrew, que lhe contou que não tinha dinheiro para ir até sua casa no Natal. Sentiu pena de Andrew.

– Então você lhe deu nosso bolo.

Não, disse Queenie. Por que faria isso? Não teria feito isso. Jamais pensara em dar o bolo a Andrew.

Stan insistiu: – Lena. Não minta.

Esse foi o início da luta longa e miserável de Queenie. Tudo que podia dizer era não. Não, não, eu não dei o bolo para ninguém. Eu não dei o bolo para Andrew. Eu não estou mentindo. Não. Não.

– Provavelmente estava bêbada – falou Stan. – Estava bêbada e não se lembra muito bem.

Queenie disse que não estava bêbada.

– É você que estava bêbado – ela retrucou.

Ele se levantou e veio para ela com a mão erguida, dizendo para não lhe dizer que estava bêbado, nunca deveria dizer aquilo. Queenie gritou: – Não digo. Não digo. Desculpe. – E ele não a estapeou. Mas ela começou a chorar. Continuou chorando enquanto tentava convencê-lo. Por que daria a alguém o bolo que tivera tanto trabalho para fazer? Por que não acreditava nela? Por que mentiria para ele?

– Todo mundo mente – disse Stan. E quanto mais chorava e implorava que acreditasse nela, mais frio e sarcástico ele se tornava.

– Use um pouco de lógica. Se está aqui, procure e ache. Se não, então você deu para alguém.

Queenie disse que isso não tinha lógica. Não tinha sido dado para alguém só porque não era capaz de encontrá-lo. Então ele se aproximou dela outra vez de um jeito tão calmo, meio sorrindo, que pareceu por um momento que fosse beijá-la. Mas em vez disso pôs as mãos em torno de sua garganta e apenas por um segundo cortou seu ar. Nem mesmo deixou marcas.

– Agora – ele disse. – Agora... você vai me ensinar o que é lógica?

Então ele se vestiu e foi para o restaurante tocar.

Parou de falar com ela. Escreveu um bilhete dizendo que não conversaria com ela outra vez enquanto não contasse a verdade. Durante todo o Natal ela não conseguiu parar de chorar. Ela e Stan deveriam fazer uma visita aos gregos no dia do Natal, mas não podia ir com o rosto desfigurado daquele jeito. Stan precisou ir e dizer que estava doente. Os gregos provavelmente sabiam a verdade, de todo modo. Provavelmente haviam escutado o bate-boca através das paredes.

Ela passou uma tonelada de maquiagem e foi trabalhar, e o gerente disse: – Quer fazer todo mundo pensar que aqui é um local de trabalho infeliz? – Disse que estava com sinusite e ele a deixou voltar para casa.

Quando Stan chegou em casa nessa noite e fingiu que não existia, ela se virou e olhou para ele. Sabia que iria para a cama e ficaria a seu lado como um poste, e se encostasse nele, continuaria a ficar como um poste até que se afastasse. Percebeu que ele seria capaz de viver dessa forma e ela não. Pensou que se tivesse de continuar a viver dessa maneira iria morrer. Como se a houvesse sufocado de verdade, iria morrer.

Então disse: – Me perdoe.

Me perdoe. Eu fiz o que você disse. Desculpe.

Por favor. Por favor. Desculpe.

Ele sentou na cama. Não disse nada.

Ela falou que esquecera de fato que dera o bolo, mas que agora se lembrara que fizera isso e que sentia muito.

– Eu não menti – ela disse. – Eu esqueci.

– Esqueceu que deu o bolo para Andrew? – ele perguntou.

– Devo ter esquecido. Eu esqueci.

– Para Andrew. Você o deu para Andrew.

É, disse Queenie. É, é, foi isso que fiz. E começou a choramingar e a se pendurar nele, implorando que a perdoasse.

Tudo bem, pare com a histeria, ele disse. Não falou que a perdoava, mas pegou uma toalha aquecida, passou em seu rosto, deitou a seu lado, abraçou-a e logo quis fazer tudo mais.

– Já chega de aulas de música para o senhor "Sonata ao luar".

E então, para coroar toda a história, ela depois achou o bolo.

Estava embrulhado num pano de prato e enrolado em papel impermeável, bem como se lembrava. E enfiado numa sacola de compras e pendurado num gancho da varanda, nos fundos. Claro. A varanda era o lugar ideal porque ficava fria demais para ser usada no inverno, mas não um frio que congelasse. Devia ter pensado nisso quando pendurou o bolo ali. Era o lugar ideal. E então esqueceu. Estava um pouco bêbada – devia estar. Esquecera-se completamente. E lá estava.

Achou-o e o jogou fora, inteiro. Nunca contou a Stan.

– Eu provei um pedacinho – disse. – Melhor do que nunca, com todas aquelas frutas caras e outras coisas no recheio, mas de jeito nenhum eu queria trazer aquele assunto à tona outra vez. Então só peguei um pedaço.

Sua voz, que estivera tão sombria nas partes ruins da história, agora soava brincalhona e cheia de alegria, como se todo o tempo estivesse me contando uma piada e jogar o bolo fosse o arremate absurdo daquilo tudo.

Tive de afastar suas mãos de minha cabeça e me virar para encará-la.

Eu disse: – Mas ele está errado.

– Bom, é claro que está *errado*. Os homens não são normais, Chrissy. Isso é uma coisa que você vai aprender, se se casar um dia.

– Então não vou, nunca. Não vou me casar nunca.

– Era só ciúme – ela disse. – Estava só com ciúme.

– Nunca.

– Bom, você e eu somos muito diferentes, Chrissy. Muito diferentes. – Suspirou. Disse: – Eu sou uma criatura do amor.

Achei que era o tipo de coisa que você veria escrita num cartaz de cinema. – Uma criatura do amor. Quem sabe no pôster de um dos filmes que passaram no cinema de Queenie.

– Você vai ficar tão bonita quando eu tirar esses bobes – ela disse. – Não vai continuar a dizer que não tem namorado por muito tempo. Mas vai ficar muito tarde para procurar hoje. Deus ajuda quem cedo madruga. Se Stan perguntar qualquer coisa, diga que foi em um ou dois lugares e pegaram seu telefone. Diga uma loja, um restaurante, algo assim, só para ele pensar que procurou.

Fui contratada no dia seguinte no primeiro lugar que tentei, embora afinal não houvesse bancado exatamente o pássaro madrugador. Queenie decidira fazer meu cabelo ainda de outra maneira e maquiar meus olhos, mas o resultado não foi o que esperava. – Na verdade, você é um tipo que fica melhor ao natural – disse, então esfreguei tudo aquilo e passei meu próprio batom, um vermelho comum, não pálido e brilhante como o dela.

A essa altura Queenie estava atrasada demais para ir lá fora comigo e verificar a caixa do correio. Tinha de se aprontar para trabalhar no cinema. Era um sábado, de modo que precisava trabalhar tanto à tarde quanto à noite. Tirou sua chave e me pediu que verificasse a correspondência para ela, como um favor. Explicou-me onde ficava.

– Preciso usar minha própria caixa quando escrevo para seu pai – disse.

O emprego que arrumei era numa *drugstore* que ficava no subsolo de um edifício de apartamentos. Fui contratada para trabalhar no balcão de lanches. Quando entrei ali pela primeira vez, me senti meio desamparada. Meu penteado se desmanchara com o calor e havia um bigode de suor no meu lábio superior. Pelo menos minhas cólicas estavam mais amenas.

Uma mulher com um uniforme branco estava no balcão, bebendo café.

– Você veio por causa do trabalho? – perguntou.

Eu respondi que sim. A mulher tinha um rosto duro, quadrado, sobrancelhas feitas com lápis, um cabelo arroxeado armado em colmeia.

– Você fala inglês, não fala?

– Falo.

– Quer dizer, não aprendeu a falar, simplesmente? Não é uma estrangeira?

Eu disse que não.

– Experimentei duas garotas nos dois últimos dias e tive de mandar ambas embora. Uma deu a entender que falava inglês, mas não falava, e com a outra eu tinha de explicar a mesma coisa dez vezes. Lave bem as mãos na pia que vou lhe arranjar um avental. Meu marido é o farmacêutico e eu fico na caixa. – Notei pela primeira vez um homem grisalho atrás de um balcão alto no canto olhando para mim, mas fingindo que não. – Está devagar ainda, mas vai ficar cheio daqui a pouco. Tem uma porção de gente velha neste prédio e depois da soneca começam a aparecer por aqui atrás de seus cafés. Amarrei o avental e tomei meu lugar atrás do balcão. Com emprego arranjado em Toronto. Tentei descobrir onde ficavam as coisas sem perguntar e só tive de fazer duas perguntas – como operar a máquina de café e o que fazer com o dinheiro.

– Faça a conta, que eles trazem para mim. Que pergunta!

Tudo correu bem. As pessoas entravam sozinhas ou em pares, a maioria querendo um café ou uma Coca. Mantive as xícaras lavadas e secas, o balcão, limpo, e aparentemente preenchi as contas corretamente, pois não houve queixas. Os fregueses eram na maior parte pessoas de idade, como dissera a mulher. Alguns conversavam comigo de modo gentil, perguntando se eu era nova ali e até de onde vinha. Outros pareciam estar numa espécie de transe. Uma mulher quis torrada e consegui lhe preparar uma. Depois fiz um sanduíche de presunto. A coisa ficava um pouco bagunçada quando eram quatro pessoas de uma vez. Um homem quis torta e sorvete e achei o sorvete tão duro quanto cimento para tirar. Mas consegui. Peguei mais confiança. Dizia-lhes "Muito bem", quando escrevia as comandas, e "Olhe a dolorosa", quando apresentava a conta.

Num momento mais tranquilo, a mulher saiu da caixa e veio até mim.

– Vi que você preparou uma torrada para alguém – disse. – Não sabe ler?

Apontou para um cartaz afixado no espelho atrás do balcão.

NENHUM ITEM DE CAFÉ DA MANHÃ É SERVIDO APÓS AS 11 HORAS.

Eu disse ter pensado que tudo bem fazer uma torrada, se a gente podia servir sanduíches tostados.

– Bom, pensou errado. Sanduíches tostados, sim, dez centavos a mais. Torrada, não. Entendeu?

Disse que sim. Não me sentia tão oprimida como devia ter estado no início. Por todo o tempo em que eu trabalhava, pensava no alívio que seria voltar e contar ao sr. Vorguilla que sim, eu tinha um emprego. Então podia sair para procurar um quarto só meu para morar. Talvez no dia seguinte, domingo, se a *drugstore* fechasse. Se ao menos tivesse um quarto, pensei, Queenie teria um lugar para onde fugir caso o sr. Vorguilla ficasse fulo da vida com ela outra vez. E se Queenie um dia decidisse deixar o sr. Vorguilla (eu seguia pensando nisso como uma possibilidade, a despeito de como terminara a história de Queenie), então com o salário de nossos dois empregos quem sabe conseguíssemos um pequeno apartamento. Ou pelo menos um quarto com um fogãozinho, um banheiro e um chuveiro só para nós. Iria ser como quando morávamos em casa com nossos pais, exceto que eles não estariam ali.

Eu enfeitava cada sanduíche com um pedaço de folha de alface e um picles de pepino. Isso era o que outro cartaz no espelho prometia. Mas quando pegava o picles num jarro e achava que parecia muito grande, então cortava na metade. Acabara de servir um sanduíche desse jeito quando a mulher da caixa veio e serviu-se de uma xícara de café. Levou seu café até a caixa e o bebeu de pé. Quando o homem terminou seu sanduíche, pagou e saiu, ela veio outra vez.

– Você deu para aquele homem metade de um picles. Está fazendo isso com todos os sanduíches?

Eu disse que sim.

– Não sabe cortar um picles? Um picles tem de dar dez sanduíches.

Eu olhei para o cartaz. – Aí não diz uma fatia. Diz um picles.

– Agora chega – disse a mulher. – Tire este avental. Eu não aturo desaforo de empregados, isso é algo que não faço. Pode pegar sua bolsa e sair daqui. E nem me pergunte sobre o pagamento, porque você não me ajudou em nada e de qualquer modo isso aqui não passa de treinamento. O homem de cabelo grisalho olhava de soslaio, com um sorriso nervoso.

Assim, me vi na rua outra vez, indo para o ponto do bonde. Mas eu já conhecia o trajeto de algumas ruas e sabia por onde andar. Até mesmo ganhara experiência num emprego. Podia dizer que trabalhara num balcão de lanches. Se alguém quisesse uma referência, isso iria me complicar – mas eu podia dizer que trabalhara em minha cidade natal. Enquanto esperava pelo bonde, tirei a lista dos outros lugares que pretendia tentar e o mapa que Queenie me dera. Mas era mais tarde do que eu pensava, e a maioria dos lugares parecia longe demais. Fiquei com medo de precisar contar ao sr. Vorguilla. Decidi voltar a pé, na esperança de que quando chegasse ele já tivesse saído.

Mal comecei a subir o morro, lembrei-me da correspondência. Voltei até lá, tirei uma carta da caixa e fui para casa novamente. Ele com certeza já teria saído a essa altura.

Mas não. Quando passei pela janela aberta da sala de estar que dava para o caminho nos fundos da casa, ouvi música. Não do tipo que Queenie punha para tocar. Era a música complicada que a gente ouvia às vezes vindo pelas janelas abertas da casa dos Vorguilla – música que exigia sua atenção e então não ia a lugar algum, ou pelo menos não ia a lugar algum logo. Clássica.

Queenie estava na cozinha, usando outro de seus vestidos justos e toda sua maquiagem. Tinha pulseiras nos braços. Punha xícaras para escorrer. Senti tontura por um minuto, ao sair do sol, e em cada centímetro de minha pele brotava o suor.

– Shh – disse Queenie, porque eu fechara a porta com uma batida. – Ele está lá dentro ouvindo disco. Junto com um amigo, Leslie.

Assim que disse isso, a música cessou abruptamente e seguiu-se uma torrente de conversa animada.

– Um deles toca um disco e o outro tem de adivinhar o que é só com uma pequena amostra – disse Queenie. – Ficam tocando esses pedacinhos e então param, uma vez atrás da outra. É de enlouquecer. – Começou a cortar fatias de um embutido de frango e as pôs sobre fatias de pão com manteiga. – Você arrumou um emprego? –, ela disse.

– Arrumei, mas não fiquei.

– Ah, puxa. – Ela não parecia muito interessada. Mas quando a música começou outra vez, ergueu a cabeça, sorriu e disse: – Você foi até o... – E viu a carta que eu trazia em minha mão.

Deixou cair a faca e veio voando em minha direção, dizendo em voz baixa: – Você entrou aqui direto segurando isto na mão. Eu devia ter lhe dito, ponha na bolsa. Minha carta particular. – Arrancou-a de minha mão e nesse exato instante a chaleira no fogão começou a apitar.

– Ai, pegue a chaleira. Chrissy, rápido, rápido! Pegue a chaleira ou ele vai vir aqui, não aguenta este som.

Ela se virara para o outro lado e rasgara o envelope.

Tirei a chaleira do fogo e ela pediu: – Faça o chá, por favor... – com uma voz suave e preocupada de alguém que lê uma mensagem urgente. – É só pôr a água, a medida está certa.

Riu como se tivesse lido uma piada particular. Eu pus a água nas xícaras de chá e ela disse: – Obrigada. Ah, obrigada, Chrissy, obrigada. – Virou-se e me encarou. Seu rosto estava rosado e todas as pulseiras em seu braço tilintavam com uma agitação delicada. Ela dobrou a carta, ergueu a saia e a enfiou sob a faixa elástica de sua calcinha.

Disse: – Às vezes ele vasculha minha bolsa.

Eu perguntei: – O chá é pra eles?

– É. E tenho de voltar ao trabalho. Ai, o que estou fazendo? Preciso cortar os sanduíches. Onde está a faca?

Apanhei a faca, cortei os sanduíches e arranjei-os num prato.

– Não quer saber de quem é minha carta? – ela disse.

Não conseguia imaginar.

Eu disse: – Bet?

Porque tinha esperança de que um perdão particular de Bet pudesse ser a coisa que havia feito Queenie desabrochar como uma flor. Nem mesmo havia olhado para a letra no papel. O rosto de Queenie mudou – por um momento era como se não soubesse de quem se tratava. Então recobrou sua felicidade. Veio até mim, enroscou os braços em meus ombros e falou em meu ouvido, numa voz trêmula, tímida, triunfante.

– É de Andrew. Você pode levar a bandeja para eles? Eu não posso. Não posso fazer isso agora. Ai, obrigada.

Antes de Queenie sair para trabalhar foi até a sala de estar e beijou o sr. Vorguilla e seu amigo. Beijou ambos na testa. Deu-me um aceno de borboleta. "Tchau-tchau".

Quando levei a bandeja para eles, percebi o aborrecimento estampado no rosto do sr. Vorguilla, porque eu não era Queenie. Mas falou comigo de modo surpreendentemente tolerante e apresentou-me a Leslie. Leslie era um homem careca e forte que de início pareceu tão velho quanto o sr. Vorguilla. Mas quando a pessoa se acostuma com ele e com sua calvície, parece bem mais jovem. Não era o tipo de amigo que eu imaginaria que o sr. Vorguilla pudesse ter. Não era bruto e sabe-tudo, mas tranquilo e cheio de encorajamentos. Por exemplo, quando lhe contei sobre meu emprego no balcão de lanches, ele disse: – Bem, sabe que já é alguma coisa. Conseguir emprego no primeiro lugar que tentou. Mostra que você sabe como deixar uma boa impressão.

Não achei a experiência difícil de contar. A presença de Leslie tornava tudo mais fácil e parecia suavizar o comportamento do sr. Vorguilla. Como se ele tivesse de me mostrar uma cortesia decente na presença de seu amigo. Também podia ser que houvesse percebido uma mudança em mim. As pessoas percebem quando não se tem mais medo delas. Ele não teria certeza dessa mudança e não faria a menor ideia de como ocorrera, mas ela iria confundi-lo e deixá-lo mais cuidadoso. Concordou com Leslie, quando o outro disse que eu fizera bem em deixar aquele lugar, e foi mais além, dizendo que a mulher soava como a típica tapeadora empedernida que de vez em quando se encontra nesse tipo de estabelecimento pequeno de Toronto.

— E ela está errada em não pagá-la — disse.

— Era de esperar que o marido fizesse alguma coisa — disse Leslie. — Se ele é o farmacêutico, é ele quem manda.

O sr. Vorguilla disse: — Ele devia preparar uma receita especial um dia. Para a mulher.

Não era tão difícil servir o chá, oferecer leite e açúcar e passar os sanduíches, e até mesmo conversar, quando se sabia algo que a outra pessoa não sabia, sobre um perigo em que se encontrava. Era simplesmente porque ele não sabia que fui capaz de sentir outra coisa além de aversão pelo sr. Vorguilla. Não era que em si mesmo estivesse mudado — se mudara, provavelmente era porque eu o fizera.

Pouco depois ele disse que era hora de se aprontar para o trabalho. Foi trocar de roupa. Então Leslie me perguntou se não gostaria de jantar com ele.

— Logo ali na esquina tem um lugar que costumo ir — disse. — Nada caro. Nada como o lugar de Stan.

Fiquei bastante feliz em ouvir que não seria nenhum lugar caro. Eu disse: — Claro. — E depois de deixarmos o sr. Vorguilla no restaurante, fomos no carro de Leslie a um lugar que servia filé de peixe com batatas fritas. Leslie pediu o prato — super — embora houvesse acabado de comer um monte de sanduíche de frango — e eu pedi o — normal. Ele quis uma cerveja, e eu, uma Coca.

Falou sobre ele mesmo. Disse que preferia ter escolhido o curso de Magistério em vez de música, que não proporcionava uma vida muito regular.

Estava absorta demais em minha própria situação para até mesmo perguntar que tipo de músico ele era. Meu pai me comprara uma passagem de volta, dizendo: – Nunca se sabe como as coisas vão ficar entre os dois. – Eu havia pensado naquela passagem no momento em que vi Queenie enfiando a carta de Andrew sob o elástico de suas calcinhas. Mesmo que até então eu não soubesse que era uma carta de Andrew.

Eu não viera simplesmente a Toronto, ou viera a Toronto apenas para arrumar um emprego de verão. Viera para fazer parte da vida de Queenie. Ou, se necessário, parte da vida de Queenie e do sr. Vorguilla. Mesmo quando tinha a fantasia de Queenie morando comigo, a fantasia tinha alguma coisa a ver com o sr. Vorguilla e como ela estaria lhe dando o que merecia.

E, quando havia pensado naquela passagem de volta, estava fazendo mais uma suposição. Que poderia voltar a morar com Bet e meu pai e ser parte de suas vidas.

Meu pai e Bet. Sr. e sra. Vorguilla. Queenie e o sr. Vorguilla. Até mesmo Queenie e Andrew. Esses eram casais, e cada um deles, por mais desunido que fosse, tinha agora ou na lembrança um refúgio particular com seu calor e tumulto, do qual eu ficava de fora. E eu tinha de ficar, eu queria ficar de fora, pois era incapaz de ver qualquer coisa em suas vidas que pudesse me instruir ou encorajar.

Leslie também era uma pessoa de fora. Ainda que conversasse comigo sobre várias pessoas com as quais se relacionava por laços de sangue ou amizade. Sua irmã e seu cunhado. Suas sobrinhas e seus sobrinhos, os casais que visitava e com os quais passava os feriados. Todas essas pessoas tinham problemas, mas todas tinham valor. Ele me falava sobre seus empregos, desempregos, talentos, golpes de sorte, erros de julgamento, com grande interesse, mas ausência de paixão. Ele ficava de fora, parecia, do amor ou da raiva.

Eu teria percebido algumas falhas nisso, mais tarde em minha vida. E teria percebido a impaciência e até a desconfiança que uma mulher é capaz de sentir em relação a um homem sem um propósito. Que não tem mais do que amizade a oferecer e a oferece tão facilmente que mesmo que ela seja rejeitada ele pode continuar a se portar com a alegria de sempre. Não havia ali nenhum tipo solitário esperando se envolver com uma garota. Até mesmo eu era capaz de ver isso. Apenas uma pessoa que extraía conforto do momento e de uma espécie de fachada aceitável da vida.

Sua companhia era tudo de que eu precisava, embora dificilmente percebesse isso. Era provável que estivesse sendo deliberadamente gentil comigo. Assim como pensei em mim mesma sendo gentil com o sr. Vorguilla, ou pelo menos protegendo-o, de modo tão inesperado, um pouco antes.

Eu estava no curso de Magistério quando Queenie fugiu outra vez. Recebi a notícia numa carta de meu pai. Ele disse que não sabia exatamente como ou quando isso aconteceu. O sr. Vorguilla demorou um pouco para informá-lo e depois contou, para o caso de Queenie ter voltado para casa. Meu pai dissera ao sr. Vorguilla que não achava que havia muita chance disso. Na carta endereçada a mim – disse que ao menos não era o tipo de coisa que podíamos afirmar agora que Queenie jamais faria.

Por anos, mesmo depois que me casei, eu receberia um cartão de Natal do sr. Vorguilla. Trenós carregados de embrulhos brilhantes; uma família feliz diante de uma porta decorada, dando as boas-vindas a amigos. Talvez pensasse tratar-se do tipo de cenas que exerceriam algum apelo para mim, em meu presente estilo de vida. Ou talvez os apanhasse ao acaso, sem olhar, no suporte da loja. Sempre incluía um endereço de resposta – lembrando-me de sua existência e fazendo-me saber onde estava, para o caso de alguma notícia.

Eu mesma já desistira desse tipo de notícia. Nem mesmo ficara sabendo se era com Andrew que Queenie fugira ou alguma outra pessoa. Ou se, caso ficara com Andrew, ele se revelou a pessoa certa. Quando meu pai morreu, algum dinheiro foi deixado, e foram feitas sérias tentativas de descobrir seu paradeiro, mas sem sucesso.

Mas alguma coisa está acontecendo. Agora, nesses anos em que meus filhos cresceram e meu marido se aposentou, e ele e eu viajamos um bocado, tenho a impressão de que às vezes vejo Queenie. Não é por meio de qualquer desejo ou esforço particular que a vejo mas também não é como se eu acreditasse que é ela de fato. Certa vez, foi num aeroporto lotado, e ela usava um sarongue e um chapéu de palha com adornos floridos. Bronzeada e animada, parecendo rica, cercada de amigos. E certa vez ela se achava entre mulheres na porta de uma igreja à espera dos noivos e sua comitiva. Vestia uma jaqueta de camurça manchada e não parecia próspera ou bem de vida. Outra vez pediram que aguardasse para atravessar a rua, quando guiava uma fila de crianças pequenas a caminho da piscina ou do parque. Era um dia quente e dava para observar direta e confortavelmente sua figura encorpada de meia-idade, com short florido e uma camiseta com algo escrito.

A última vez, e mais estranha, foi num supermercado em Twin Falls, Idaho. Eu dobrara a quina de uma prateleira carregando umas poucas coisas que juntara para um piquenique e havia uma mulher velha inclinada sobre seu carrinho de compras, como que à minha espera. Uma mulher ligeiramente enrugada com uma boca curvada e pele amarronzada de aspecto pouco saudável. O cabelo eriçado castanho-amarelado, calça roxa apertada bem alta sobre a pequena protuberância de seu abdômen – era uma dessas mulheres que, apesar de magras, com a idade, perdem a conveniência de uma cintura. A calça podia ter sido adquirida em algum brechó, bem como o suéter alegremente colorido, mas desbotado e amarrotado, abotoado sobre um peito tão miúdo quanto o de uma garota de dez anos de idade.

O carrinho estava vazio. Ela nem mesmo carregava uma bolsa. E ao contrário das outras mulheres, esta parecia saber que era Queenie. Sorriu para mim com um reconhecimento tão jovial, e um tal anseio em ser reconhecida de volta, que se pensaria tratar-se de uma grande dádiva – uma prece atendida para que saísse de um período de trevas por um dia em mil.

E tudo que fiz foi esticar minha boca de modo agradável e impessoal, como uma estranha amalucada, e seguir meu caminho rumo ao caixa.

Quando cheguei ao estacionamento, pedi desculpa a meu marido – disse que havia esquecido algo e apressadamente entrei outra vez no mercado. Percorri todos os corredores, procurando. Mas durante esse breve momento a mulher pareceu ter ido embora. Talvez houvesse saído bem depois de mim; talvez estivesse voltando para sua casa agora pelas ruas de Twin Falls. A pé ou no carro de algum parente ou vizinho bondoso. Ou até mesmo em seu carro. Havia uma possibilidade mínima, contudo, de que ainda estivesse no mercado e que nós continuássemos indo e vindo entre as prateleiras, deixando de encontrar uma à outra por pouco. Peguei-me indo numa direção e depois em outra, tremendo com o ar-condicionado do estabelecimento no verão, olhando as pessoas direto em seus rostos e provavelmente assustando-as, pois suplicava silenciosamente que me dissessem onde eu poderia encontrar Queenie.

Até que recobrei o juízo e me convenci de que isso era impossível e quem quer que fosse, fosse ou não Queenie, deixara-me para trás.

O URSO ATRAVESSOU A MONTANHA*

FIONA MORAVA NA CASA DE SEUS PAIS, na cidade onde ela e Grant frequentavam a universidade. Era uma casa grande com janelas de sacadas, que parecia a Grant ao mesmo tempo luxuosa e malcuidada, com tapetes enrugados pelo chão e marcas de xícara no verniz da mesa. Sua mãe era islandesa – uma mulher poderosa com ondas de cabelo branco e opiniões políticas indignadas pra lá de esquerdistas. O pai era um cardiologista importante, venerado no hospital mas alegremente submisso em casa, onde escutava esquisitas diatribes com um sorriso distante. Todo tipo de gente, de aparência rica ou miserável, proclamava essas diatribes, e seguia indo e vindo, discutindo e discursando, às vezes com sotaques estrangeiros. Fiona tinha

---

* O título original, "The bear came over the mountain", alude a uma cantiga folclórica norte-americana ("The Bear Went Over the Mountain") cuja melodia é a conhecida "Ele é um bom companheiro... ninguém pode negar". Literalmente, os versos dizem simplesmente: "O urso foi ao outro lado da montanha, para ver o que havia por lá; lá havia o outro lado da montanha". A autora utiliza *came* (pret. de *come*, no caso, "chegar") em vez de *went* (pret. de *go*, "ir"), que pode tanto se tratar apenas de variante popular normal como uma mudança intencional do sentido de "estar indo" (*went*) para "ter chegado" (*came*). Também é relevante lembrar que a expressão *over the hill* (além da colina) significa também "passar da meia-idade, envelhecer". [N. T.]

seu pequeno carro próprio e uma pilha de suéteres de caxemira, mas não participava de nenhuma irmandade estudantil feminina, e essa atividade em sua casa provavelmente era o motivo. Não que se importasse. Para ela, essas irmandades eram uma piada, assim como a política, embora gostasse de pôr para tocar "The Four Insurgent Generals"* no toca-discos e, às vezes, também tocasse a Internacional bem alto, se havia algum convidado que ela achasse que poderia ficar nervoso. Um estrangeiro de cabelos cacheados e olhar melancólico a estava paquerando – ela dizia que era um visigodo –, além de dois ou três jovens residentes altamente respeitáveis e inseguros. Ela caçoava de todos eles, bem como de Grant. Repetia jocosamente algumas de suas frases provincianas. Ele pensou que ela talvez estivesse brincando quando lhe propôs casamento, num dia frio e luminoso na praia de Port Stanley. A areia espicaçava seus rostos e as ondas carregadas de cascalho estouravam a seus pés.

– Acha que seria divertido... – exclamou Fiona. – Acha que seria divertido se nos casássemos?

Aceitou aquilo como um compromisso, gritou sim. Jamais queria ficar longe dela. Ela possuía a centelha da vida.

Pouco antes de saírem de casa, Fiona notou uma marca no piso da cozinha. Vinha dos sapatos pretos baratos que usara mais cedo, naquele dia.

– Achei que já tivessem parado de fazer isso – disse, num tom de aborrecimento e perplexidade triviais, esfregando a mancha cinza que parecia ter sido feita com algum giz de cera.

Observou que nunca mais teria de fazer isso outra vez, já que não levaria os sapatos consigo.

* Canção antifascista da Guerra Civil Espanhola gravada pelo cantor norte-americano Paul Robeson. [N.T.]

– Acho que vou usar roupas elegantes o tempo todo. Ou semi-elegantes. Vai ser mais ou menos como num hotel.

Enxaguou o pano que estivera usando e o pendurou em uma armação no lado de dentro da porta da pia. Então vestiu sua jaqueta de esqui marrom-dourada com gola felpuda sobre um suéter de gola olímpica e calça fulva feita sob medida. Era uma mulher alta de ombros estreitos, com setenta anos de idade, mas ainda ereta e esguia, com pernas longas e dedos longos, tornozelos e pulsos minúsculos e delicados, orelhas de aspecto quase cômico. Seu cabelo, que era leve como paina de asclépia, mudara de um loiro pálido para branco sem que Grant de modo algum percebesse exatamente quando, e ela ainda o usava até os ombros, como sua mãe fazia. (Isso foi o que deixara a própria mãe de Grant alarmada, uma viúva provinciana que trabalhava de recepcionista em um consultório médico. Os longos cabelos brancos da mãe de Fiona, ainda mais do que o estado da casa, revelaram-lhe tudo que deveria saber sobre atitudes e política.)

No mais, Fiona, com seus ossos delicados e pequenos olhos de safira, não tinha nada da mãe. Tinha uma boca levemente curvada, que realçava com batom vermelho – em geral a última coisa que fazia antes de sair de casa. Parecia-se exatamente consigo mesma neste dia – direta e vaga como de fato era, doce e irônica.

Havia mais de um ano, Grant começara a notar um monte de bilhetinhos amarelos afixados por toda a casa. Isso não era uma novidade completa. Ela vivia escrevendo coisas – o título de um livro que ouvira ser mencionado no rádio ou as tarefas que queria se certificar de fazer naquele dia. Até mesmo sua programação para a manhã tinha de ser escrita – ele ficava admirado e comovido com sua precisão.

7h ioga. 7h30-7h45 dentes rosto cabelo. 7h45-8h15 caminhada. 8h15 Grant e café da manhã.

Esses novos bilhetes eram diferentes. Presos nas gavetas da cozinha – Talheres, Panos de prato, Facas de corte. Ela não podia simplesmente abrir as gavetas e ver o que havia lá dentro? Ele se lembrava de uma história sobre os soldados alemães patrulhando a fronteira da Tchecoslováquia durante a guerra. Um certo tcheco lhe contara que todos os cães dos soldados tinham uma plaquinha que dizia *Hund*.* Por quê?, diziam os tchecos, e os alemães diziam, Porque isto é um *Hund*. Pretendia contar isso para Fiona, depois achou melhor não. Sempre davam risada das mesmas coisas, mas e se desta vez ela não achasse graça?

Coisas piores estavam por vir. Ela foi dirigindo até a cidade e telefonou para ele de uma cabine para perguntar como fazer para voltar. Ela saiu para sua caminhada, atravessando o campo e entrando no bosque, e voltou para casa pela linha da cerca – uma volta enorme. Afirmou ter considerado que cercas sempre conduziam as pessoas a algum lugar.

Era difícil entender. Disse aquilo sobre cercas como uma piada e se lembrara do número do telefone sem problema algum.

– Não acho que seja algo para se preocupar – disse. – Presumo que apenas esteja perdendo o juízo.

Ele perguntou se andava tomando pílulas para dormir.

– Se tomei, não me lembro – ela disse. Então pediu desculpas por parecer tão leviana.

– Tenho certeza de que não tomei nada. Talvez eu devesse. Quem sabe umas vitaminas.

Vitaminas não ajudaram. Parava junto à soleira das portas tentando imaginar para onde ia. Esquecia-se de acender o fogo da panela com legumes ou de pôr água na cafeteira. Perguntou a Grant quando haviam se mudado para aquela casa.

– Foi no ano passado ou um ano antes disso?

---

* "Cachorro", em alemão. [N. T.]

Ele disse que fazia doze anos.

Ela disse: – Isso é chocante.

– Ela sempre foi um pouco desse jeito – disse Grant ao médico. – Certa vez, deixou o casaco de peles numa chapelaria e simplesmente o esqueceu. Isso foi numa época em que sempre íamos a lugares quentes no inverno. Então afirmou que foi sem querer querendo – disse que era como um pecado que deixava para trás. O modo como algumas pessoas a faziam se sentir acerca de casacos de pele.

Tentou sem sucesso explicar algo mais – explicar como as justificativas e a surpresa de Fiona sobre tudo isso pareciam de algum modo ter uma polidez habitual, sem ocultar totalmente que, no fundo, se divertia. Como se houvesse tropeçado em alguma aventura inesperada. Ou estivesse fazendo um jogo que esperava que ele percebesse. Sempre tiveram seus jogos – linguagens absurdas, personagens inventados. Algumas das vozes criadas por Fiona, com seus trinados e flauteios (não podia contar isso ao médico), imitavam misteriosamente as vozes de mulheres dele que ela nunca conhecera ou de quem nem sequer ouvira falar.

– É, bom – disse o médico. – Isso pode ser seletivo no começo. Não se sabe, não é? Até que vejamos o padrão da deterioração, não podemos afirmar nada.

Em pouco tempo, dificilmente faria diferença qual rótulo pôr naquilo. Fiona, que não mais ia sozinha às compras, desapareceu do supermercado enquanto Grant estava de costas. Um policial a pegou caminhando pelo meio da rua, a quarteirões de distância. Perguntou seu nome e ela respondeu de pronto. Então ela perguntou se ele sabia o nome do primeiro-ministro do país.

– Se não sabe isso, meu jovem, não deveria de jeito nenhum ocupar uma função de tamanha responsabilidade.

Ele riu. Mas então ela cometeu o erro de perguntar se vira Boris e Natasha.

Eram os dois *wolfhounds* russos que adotara alguns anos antes como favor a uma amiga, que depois se tornaram devotados a ela pelo resto da vida. A adoção dos animais podia ter coincidido com a descoberta de que era improvável que tivesse filhos. Alguma coisa acerca de trompas bloqueadas ou torcidas – Grant não conseguia se lembrar. Ele sempre evitara pensar em todo o aparelho feminino. Ou podia ter passado a evitar depois que sua mãe morreu. As pernas compridas e o pelo sedoso dos cachorros, seus focinhos estreitos, nobres, intransigentes compunham uma parceria perfeita para ela quando saía com os cães em suas caminhadas. E o próprio Grant, nesses dias, assumindo seu primeiro emprego na universidade (sendo o dinheiro de seu sogro bem-vindo, a despeito das inclinações políticas), podia parecer a algumas pessoas ter sido escolhido segundo mais um dos excêntricos caprichos de Fiona, e desposado, acolhido, favorecido. Embora ele jamais tenha compreendido isso, felizmente, senão bem mais tarde.

Ela lhe disse, à hora do jantar, no dia em que saiu perambulando do supermercado: – Você já sabe o que vai ter de fazer comigo, não sabe? Vai ter de me enfiar naquele lugar. Shallowlake?

Grant disse: – Meadowlake. Ainda não chegamos nesse estágio.

– Shallowlake, Shillylake – ela disse, como se participassem de uma competição divertida. – Sillylake. É, Sillylake.*

Ele pôs as mãos na cabeça, fincou os cotovelos na mesa. Disse que, caso considerassem a possibilidade, devia ser como algo que não precisava ser permanente. Uma espécie de tratamento experimental. Uma cura pelo repouso.

---

* *Shallowlake*, "lago raso", *Sillylake*, "lago bobo". [N. T.]

Havia um regulamento de que ninguém podia ser admitido durante o mês de dezembro. A temporada de férias era muito cheia de armadilhas emocionais. Assim, fizeram a viagem de vinte minutos em janeiro. Antes de chegarem à rodovia, a estrada secundária mergulhava numa depressão pantanosa, agora completamente congelada. Os carvalhos do pântano e bordos lançavam suas sombras como barras através da neve brilhante.

Fiona disse: – Oh, lembra?

Grant disse: – Eu também estava pensando nisso.

– A única diferença é que foi ao luar – ela disse.

Ela se referia à ocasião em que viajaram para esquiar à noite, sob a lua cheia, na neve rajada de preto, nesse lugar em que se podia entrar apenas durante o mais rigoroso inverno. Haviam escutado o ruído de galhos rachando com o frio.

Mas se era capaz de recordações tão vívidas e precisas, poderia haver realmente algum problema tão sério com ela?

Era tudo que ele podia fazer sem que desse meia-volta e tomasse o caminho de casa.

Havia outro regulamento que o supervisor lhe explicou. Novos residentes não podiam receber visitas durante os primeiros trinta dias. A maioria das pessoas precisava desse tempo para se estabelecer. Antes de isso ter sido colocado em prática, costumava haver súplicas, lágrimas e acessos de raiva, até mesmo dos que se internaram de livre e espontânea vontade. Lá pelo terceiro ou quarto dia começavam a choramingar e implorar para voltar para casa. Alguns parentes podiam ser suscetíveis a isso, e assim havia pessoas que voltavam para casa tão ruins quanto estavam antes de chegar. Seis meses depois ou apenas algumas semanas mais tarde, teriam de passar novamente por todo aquele enervante desgaste.

– De modo que achamos – disse o supervisor –, achamos que se forem deixados sozinhos, em geral acabam se sentindo tão felizes quanto um bebê. A gente praticamente tem de tapeá-los para que entrem num ônibus e façam um passeio até a cidade. Ocorre o mesmo com uma visita para casa. Já não há mais o menor problema em levá-los para casa, então, para fazer uma visita de uma ou duas horas – são eles que se preocupam em voltar para a hora da janta. Meadowlake passa a ser sua casa. É claro, isso não se aplica aos que estão no segundo andar, não podemos deixá-los ir. É complicado demais, e não sabem onde estão, de qualquer modo.

– Minha esposa não vai ficar no segundo andar – disse Grant.

– Não – disse o supervisor, atenciosamente. – Apenas quis deixar tudo bem claro desde o princípio.

Eles haviam ido a Meadowlake algumas vezes, muitos anos antes, para visitar o sr. Farquar, o velho fazendeiro solteirão que fora seu vizinho. Ele vivera solitário numa casa de tijolos toda arejada, que permanecera inalterada desde os primeiros anos do século, exceto pelo acréscimo de uma geladeira e uma televisão. Costumava fazer visitas inesperadas mas demoradas a Grant e Fiona e, além de assuntos locais, gostava de falar a respeito dos livros que andava lendo – sobre a Guerra da Crimeia, explorações dos polos ou a história das armas de fogo. Mas depois de ir para Meadowlake, só conversaria sobre as rotinas do lugar, e começaram a suspeitar que suas visitas, embora o alegrassem, fossem para ele um fardo social. E Fiona em particular odiava o cheiro de urina e água sanitária que pairava no ar, odiava os perfunctórios buquês de flores de plástico espalhados pelos corredores escuros de pé-direito baixo.

Esse prédio se fora, embora datasse apenas dos anos 1950. Assim como se fora a casa do sr. Farquar, substituída por uma espécie de castelo cafona que era a casa de fim de semana de algumas pessoas de Toronto. O novo Meadowlake era um prédio abobadado e arejado em cujo ar se podia sentir uma fragrância leve e agradável de pinho. Um verde profuso e genuíno crescia em gigantescos vasos de barro. Mesmo assim, era no antigo edifício que Grant se pegava imaginando Fiona internada durante o longo mês que teve de atravessar sem vê-la. Foi o mês mais longo de sua vida, pensou – mais longo do que o mês que passara com a mãe visitando parentes em Lanark County, quando tinha treze anos, e mais longo do que o mês que Jacqui Adams passou de férias com sua família, por ocasião do começo de seu caso. Ele ligava para Meadowlake todos os dias e esperava encontrar a enfermeira chamada Kristy. Ela parecia se divertir um pouco com sua perseverança, mas lhe fornecia um relato mais detalhado do que qualquer outra enfermeira que porventura o atendesse.

Fiona apanhara um resfriado, mas isso não era incomum em recém-chegados.

– Como quando seus filhos entram na escola – disse Kristy. – Há toda uma nova variedade de micro-organismos aos quais ficam expostos e por algum tempo eles pegam de tudo.

Depois o resfriado melhorou. Não estava mais tomando antibióticos e não parecia mais tão confusa como quando entrou. (Esta era a primeira vez que Grant ouvia falar tanto dos antibióticos quanto da confusão.) Seu apetite melhorara bastante e parecia gostar de ficar no solário. Parecia apreciar ver televisão.

Uma das coisas que costumavam ser intoleráveis no antigo Meadowlake era a forma como a televisão estava em toda parte, sufocando os pensamentos ou a conversa onde quer que a pessoa decidisse se sentar. Alguns dos residentes (era assim que ele e Fiona os chamavam, não "pacientes") erguiam os olhos para a tela, outros respondiam ao aparelho, mas a maioria simplesmente ficava sentada ali humildemente aturando o bombardeio. No novo prédio, até onde era capaz de se lembrar, a tevê ficava numa sala separada ou nos quartos. Era possível escolher se queria vê-la ou não.

O URSO ATRAVESSOU A MONTANHA 313

Então Fiona devia ter feito uma escolha. Assistir a quê?

Ao longo dos anos em que viveram nessa casa, ele e Fiona haviam assistido a um bocado de televisão juntos. Espiaram as vidas de cada fera, réptil, inseto ou criatura marinha que uma câmera era capaz de alcançar e acompanharam os enredos de dezenas de agradáveis novelas do século XIX, razoavelmente parecidas umas com as outras. Apaixonaram-se por uma comédia inglesa sobre a vida numa loja de departamentos e assistiram a tantas reprises, que sabiam os diálogos de cor. Lamentavam o desaparecimento de atores que morriam na vida real ou saíam para outros empregos, então acolhiam esses mesmos atores de volta quando os personagens ressurgiam. Observavam o cabelo do gerente da loja ir do preto para o grisalho e finalmente voltar ao preto, o cenário barato que nunca mudava. Mas essas coisas, também, esvaeciam; ao final, os cenários e o cabelo pretíssimo esvaeciam como se o pó das ruas londrinas estivesse se imiscuindo por sob as portas dos elevadores, e havia uma tristeza nisso que parecia afetar Grant e Fiona mais do que qualquer tragédia do programa *Masterpiece Theatre*, de modo que desistiram de assistir antes do fim derradeiro.

Fiona estava fazendo alguns amigos, disse Kristy. Definitivamente, começava a sair de sua concha.

Que concha seria essa?, Grant quis perguntar, mas se deteve, para permanecer nas boas graças de Kristy.

Se o telefone tocava, deixava que a secretária eletrônica atendesse. As pessoas que viam socialmente, de vez em quando, não eram vizinhos próximos, mas gente que morava em toda parte pelo país, aposentados, como eles, e com frequência sumiam sem dar notícia. Nos primeiros anos em que moraram ali, Grant e Fiona permaneceram ao longo do inverno. Um inverno no campo era uma experiência nova, e tinham pilhas de coisas a fazer, consertando a casa. Então tiveram a ideia de que eles também deveriam viajar enquanto podiam e foram para Grécia, Austrália, Costa Rica. As pessoas pensariam que estavam fora numa dessas viagens, agora.

Esquiava para se exercitar, mas nunca chegou até o pântano. Esquiava por muito tempo no campo atrás da casa enquanto o sol se punha, tornando o céu cor-de-rosa sobre uma região que parecia delimitada por ondas de gelo azulado. Contava o número de voltas que dava pelo campo e então voltava para dentro da casa às escuras, ligando o noticiário na tevê enquanto jantava. Costumavam preparar o jantar juntos. Um deles se encarregava das bebidas, e o outro, do fogo, e conversavam sobre o trabalho dele (estava escrevendo um estudo sobre lobos nórdicos lendários e particularmente do grande lobo Fenrir, que engoliu Odin no fim do mundo), sobre qualquer coisa que Fiona estivesse lendo e o que haviam pensado ao longo do dia que passaram próximos, mas separados. Esse era seu tempo de mais vívida intimidade, embora também houvesse, é claro, os cinco ou dez minutos de delicadeza física logo após irem se deitar – algo que nem sempre terminava em sexo, mas tranquilizava-os de que o sexo ainda não acabara.

Em um sonho, Grant mostrava uma carta a um de seus pares, a quem via como um amigo. A carta era da colega de quarto de uma garota em quem ele não pensara por algum tempo. O estilo era santimonial e hostil, ameaçador e ao mesmo tempo lamuriento – ele avaliou a autora como uma lésbica enrustida. A própria garota era alguém com quem rompera decentemente e parecia improvável que fosse querer fazer algum estardalhaço, muito menos tentar se matar, o que era aparentemente o que a carta, de forma rebuscada, tentava lhe dizer.

Seu amigo era um desses maridos e pais que estiveram entre os primeiros a jogar fora a gravata e sair de casa para passar todas as noites num colchão sobre o chão com uma amante jovem e encantadora, indo para seus escritórios e classes com a roupa suja e cheirando a maconha e incenso. Mas agora ele não se entregava mais a essas travessuras, e Grant recordou-se de que ele de fato se casara com uma dessas garotas, e que ela começara a fazer reuniões no almoço e a ter filhos, como fazem as esposas.

– Eu não daria risada – disse para Grant, que não pensou que estivesse rindo. – E se fosse você, tentaria preparar Fiona.

Assim, Grant partiu para encontrar Fiona em Meadowlake – a velha Meadowlake – e em vez disso acabou entrando num auditório. Todo mundo lá dentro aguardava que desse a aula para sua classe. E sentadas na última fileira, a mais elevada, havia um bando de jovens impassíveis, todas vestindo mantos negros, todas de luto, que nunca desviavam seus olhares amargos dele e visivelmente não anotavam nada do que dizia, tampouco pareciam prestar atenção.

Fiona encontrava-se na primeira fileira, imperturbável. Havia transformado o auditório no tipo de canto que sempre encontrava em uma festa – algum lugarzinho protegido onde bebia vinho e água mineral, fumava cigarros vagabundos e contava histórias engraçadas sobres seus cachorros. Indo contra a corrente, com algumas pessoas que eram como ela própria, como se os dramas desenrolados em outros cantos, nos quartos e no balcão escuro não fossem nada senão uma comédia pueril. Como se a castidade fosse chique, e a reticência, uma bênção.

– Ai, essa não – disse Fiona. – Garotas dessa idade sempre saem por aí falando sobre como vão se matar.

Mas não foi o suficiente para ela dizer isso – na verdade, provocou um calafrio nele. Tinha medo de que estivesse errada, de que algo horrível houvesse ocorrido, e viu o que ela não podia ver – que o círculo negro adensava-se, contraía-se em torno de sua traqueia, vindo de toda parte em torno, lá do alto do auditório.

Ele arrastou-se para fora do sonho e se determinou a separar o que era real do que não era.

Houvera uma carta e a palavra – RATO aparecera em tinta preta na porta de sua sala, e Fiona, ao saber que uma garota sofrera de uma terrível paixão por ele, dissera quase a mesma coisa que lhe dissera no sonho. O amigo não fizera parte da história, as mulheres de preto jamais apareceram em sua classe, ninguém cometera suicídio. Grant não caíra em desgraça; na verdade, escapara facilmente, considerando o que poderia ter ocorrido apenas uns dois anos antes. Mas a história se espalhou. Frios olhares de desprezo se tornaram conspícuos. Receberam poucos convites para o Natal e passaram o Ano-Novo sozinhos. Grant ficou bêbado e, sem que fosse incitado a isto – e também, graças a Deus, sem cometer o erro de confessar –, prometeu uma nova vida a Fiona.

A vergonha que sentiu então foi a vergonha de ser logrado, de não haver notado a mudança em andamento. E nem uma única mulher o ajudara a tomar consciência disso. Houvera a mudança no passado, quando tantas mulheres tão subitamente ficaram disponíveis – ou pelo menos assim lhe parecia –, e agora essa nova mudança, quando elas diziam que o que acontecera não era absolutamente o que haviam tido em mente. Concordaram porque estavam indefesas e confusas e haviam ficado magoadas com a coisa toda, mais do que deliciadas. Até mesmo quando tomaram a iniciativa, só o fizeram porque a situação não lhes era favorável.

Em nenhum lugar estava escrito que a vida de um galanteador (se é que esse era o nome que Grant devia dar a si mesmo – ele que não tivera nem a metade das conquistas ou complicações do homem que o censurara no sonho) implicava atos de gentileza, generosidade e até sacrifício. Não no início, talvez, mas pelo menos como as coisas se deram. Inúmeras vezes ele alimentara o orgulho, a fragilidade de alguma mulher, oferecendo-lhe mais afeição – ou uma paixão mais selvagem – do que qualquer coisa que realmente sentisse. Tudo isso para que se visse agora sendo acusado de ferir, explorar, destruir a autoestima. E de enganar Fiona – como, é claro, de fato enganara; mas teria sido preferível fazer como os outros fizeram com suas esposas e deixá-la? Jamais considerara tal coisa. Em nenhum momento parara de fazer amor com Fiona, a despeito das exigências complicadoras em alguma outra parte. Jamais ficara longe dela nem por uma única noite. Nada de inventar histórias intrincadas a fim de passar um fim de semana em San Francisco ou acampar na ilha de Manitoulin. Pegara leve com o baseado e a bebida e continuara a publicar artigos acadêmicos, participar de comitês, progredir em sua carreira. Jamais tivera qualquer intenção de jogar pela janela seu trabalho e seu casamento e ir embora para o campo a fim de praticar marcenaria ou cuidar de abelhas.

Mas algo mais ou menos assim acabara acontecendo, afinal. Tirou sua aposentadoria cedo com uma pensão reduzida. O cardiologista morrera, após algum tempo vivendo sozinho, atordoado e estoico, na grande casa, e Fiona herdara tanto essa propriedade como a casa da fazenda onde seu pai crescera, perto da Georgian Bay. Ela largou o emprego como coordenadora de serviços voluntários do hospital (naquele trabalho cotidiano, como ela disse, onde as pessoas tinham problemas de verdade, que não estavam relacionados a drogas, sexo ou disputas intelectuais). Uma nova vida era uma nova vida.

Boris e Natasha morreram por essa época. Um deles ficou doente e se foi primeiro – Grant esqueceu qual dos dois – e depois o outro morreu, mais ou menos por afinidade.

Ele e Fiona trabalhavam na casa. Tinham esquis *cross-country*. Não eram muito sociáveis, mas gradualmente fizeram alguns amigos. Nada de paqueras febris. Nada de mulheres com os pés descalços percorrendo a perna sob a calça de um homem durante um almoço com convidados. Nada de esposas abandonadas.

Bem na hora, Grant pensou, quando o senso de injustiça se esgotou. As feministas e talvez a própria garota tola e triste e suas covardemente assim chamadas amigas o forçaram a sair bem a tempo. Para fora de uma vida que na verdade dava trabalho demais para valer a pena. E que no fim podia ter acabado lhe custando Fiona.

Na manhã do dia em que deveria voltar a Meadowlake para a primeira visita, Grant acordou cedo. Estava cheio de um estremecimento taciturno, como nos velhos tempos, na manhã de seu primeiro encontro combinado com outra mulher. A sensação não era exatamente sexual. (Posteriormente, quando os encontros se tornaram rotineiros, não passava disso.) Havia uma expectativa de descoberta, quase de expansão espiritual. E também de timidez, humildade, alarme.

Saiu de casa cedo demais. As visitas só eram permitidas após as duas da tarde. Não queria ficar sentado lá no estacionamento, esperando, então tomou propositalmente um caminho errado.

Houvera um degelo. Ainda havia muita neve, mas a deslumbrante paisagem hostil do começo do inverno se desintegrara. Aquele amontoado de buracos sob o céu cinzento parecia refugo esparramado pelos campos.

Na cidade perto de Meadowlake, ele encontrou uma floricultura e comprou um grande buquê. Jamais presenteara Fiona com flores antes. Ou qualquer outra pessoa. Entrou no prédio sentindo-se como uma caricatura de namorado desesperado ou marido culpado.

– Uau. Narcisos nesta época – disse Kristy. – Você deve ter gasto uma fortuna. – Foi andando pelo corredor à sua frente e acendeu a luz num *closet*, ou numa espécie de cozinha, onde procurou um vaso. Era uma mulher jovem e pesada, que parecia ter abdicado de todos os departamentos, exceto o cabelo. Este era loiro e volumoso. Todo o luxo bufante ao estilo de uma garçonete de coquetel ou de uma *stripper*, encimando um rosto e um corpo prosaicos.

– Aí está – disse, e lhe indicou o fim do corredor com um meneio de cabeça. – O nome está na porta.

E lá estava, numa plaqueta decorada com passarinhos azuis. Perguntou-se se deveria bater e o fez, depois abriu a porta e chamou seu nome.

Não a encontrou ali dentro. A porta do armário estava fechada, a cama, arrumada. Nada sobre a mesinha ao lado da cama, exceto uma caixa de lenços de papel e um copo d'água. Nem uma única fotografia ou retrato de qualquer espécie, nenhum livro ou revista. Talvez fossem obrigados a mantê-los guardados num armário.

Voltou ao posto das enfermeiras, ou mesa de recepção, ou fosse lá o que fosse. Kristy disse "Não?" com uma surpresa que ele achou perfunctória.

Ele hesitava, segurando as flores. Ela disse: "Tá, tá... vamos deixar o buquê aqui". Suspirando, como se fosse uma criança apalermada em seu primeiro dia de aula, guiou-o pelo corredor até a luz das imensas vidraças no amplo espaço central, com seu teto de catedral. Havia algumas pessoas sentadas ao longo das paredes, em espreguiçadeiras, outras em mesas no meio do piso acarpetado. Nenhuma delas aparentava estar muito mal. Velhos – alguns incapacitados o bastante para precisar de cadeira de rodas –, mas dignos. Costumava haver umas visões perturbadoras quando ele e Fiona iam visitar o sr. Farquar. Pelos nos queixos das velhas, alguém com um olho saltado como uma ameixa podre. Gente babando, balançando a cabeça, falando com ninguém. Agora era como se houvessem extirpado os piores casos. Ou quem sabe medicamentos, o uso de cirurgia; talvez existissem meios de tratar as deformações, bem como as incontinências verbais e de outros tipos – meios que não existiam nem mesmo poucos anos antes.

Havia, contudo, uma mulher muito desconsolada sentada ao piano, batucando o teclado com um só dedo e nunca conseguindo uma harmonia. Outra mulher, fitando o vazio detrás de uma velha cafeteira e de uma pilha de xícaras de plástico, parecia morta de tédio. Mas esta só podia ser uma empregada – vestia um uniforme de calça verde-clara como Kristy.

Ele viu Fiona de perfil, sentada perto de uma das mesas de carteado, mas sem jogar. Parecia um pouco inchada no rosto, a flacidez em uma das bochechas ocultando o canto de sua boca, de um modo que não fazia antes. Observava o jogo do homem mais próximo a ela. Ele segurava suas cartas inclinadamente, para que pudesse vê-las. Quando Grant se aproximou da mesa, ela ergueu os olhos. Todos ergueram – todos os jogadores da mesa ergueram os olhos com desagrado. Depois, na mesma hora voltaram a olhar para suas cartas, como que para repelir qualquer intrusão.

Mas Fiona deu seu sorriso enviesado, acanhado, astuto, encantador, empurrou a cadeira para trás e foi até ele, pondo os dedos em sua boca.

– Bridge – sussurrou. – É sério como a morte. Espumam de raiva por causa disso. – Puxou-o em direção à mesa do café, falando.

– Eu me lembro de ser desse jeito por algum tempo na faculdade. Minhas amigas e eu matávamos a aula, sentávamos na sala de reuniões, fumávamos e jogávamos como gângsteres. O nome de uma era Phoebe, não me lembro das outras.

– Phoebe Hart – disse Grant. Imaginou a pequena garota sem peitos e de olhos negros que provavelmente estaria morta a essa altura. Em meio a arabescos de fumaça, Fiona, Phoebe e as demais, em êxtase, como bruxas.

– Você a conheceu também? – disse Fiona, dirigindo o olhar para a mulher morta de tédio. – Quer alguma coisa? Uma xícara de chá? Receio que o café não seja muito bom aqui.

Grant nunca bebia chá.

Ele não podia pôr os braços em torno dela. Alguma coisa acerca de sua voz e seu sorriso, por mais familiares que fossem, alguma coisa acerca do modo como parecia proteger dele os jogadores e até a mulher do café – assim como protegê-lo de seu desagrado – tornava isso impossível.

– Eu lhe trouxe algumas flores – disse. – Achei que poderiam alegrar seu quarto. Fui até lá, mas você não estava.

– Bom, não – ela disse. – Estou aqui.

Grant disse: – Você fez um novo amigo. – Meneou a cabeça na direção do homem perto de quem ela se sentava. Nesse momento o homem olhou para Fiona e ela se virou, por causa do que Grant dissera ou porque sentiu um olhar às suas costas.

– É só o Aubrey – disse. – É gozado que eu o conheci há muitos anos. Trabalhava na loja. A loja de ferramentas onde meu pai costumava comprar. Ele e eu vivíamos mexendo um com o outro, mas nunca teve coragem de me convidar para sair. Até que bem no último fim de semana ele me levou a um jogo de beisebol. Mas quando terminou, meu avô apareceu para me levar para casa. Eu só fui fazer uma visita de verão. Fui visitar meus avós – eles moravam numa fazenda.

– Fiona. Eu sei onde seus avós moravam. É onde a gente mora. Morava.

– Sério? – ela disse, sem prestar atenção porque o jogador de cartas olhava para ela, não pedindo, mas ordenando. Era um homem mais ou menos da idade de Grant ou um pouco mais velho. Um cabelo branco rude e espesso caía sobre sua testa, e sua pele era curtida mas pálida, branco-amarelada como uma velha e surrada luva de beisebol de um garoto. Seu rosto comprido era nobre e melancólico e ele tinha algo da beleza de um velho cavalo, poderoso e desanimado. Mas no que dizia respeito a Fiona, não estava nada desanimado.

– É melhor eu voltar – disse Fiona, um ruge corando seu rosto recém-engordado. – Ele acha que não pode jogar sem que eu esteja sentada ali. Uma bobagem, eu nem me lembro mais direito do jogo. Acho que vai ter de me desculpar.

– Vocês terminam logo?

– Ah, a gente deveria. Isso depende. Se você pedir a essa mulher de olhar melancólico com delicadeza, ela lhe servirá um pouco de chá.

– Estou bem, obrigado – disse Grant.

– Então vou deixá-lo. Acha que pode se distrair sozinho? Tudo isso deve parecer estranho a você, mas vai ficar surpreso como se acostuma rápido. Precisa descobrir quem é quem. Exceto que alguns deles estão maluquinhos da silva – não espere que todos saibam quem *você* é.

Sentou-se novamente em sua cadeira e disse alguma coisa no ouvido de Aubrey. Tamborilou os dedos no dorso da mão dele.

Grant foi à procura de Kristy e encontrou-a no corredor. Ela empurrava um carrinho onde havia jarras de suco de maçã e de uva.

– Só um segundo – disse para ele, enquanto enfiava a cabeça num dos quartos. "Suco de maçã aqui? De uva? Biscoitos?"

Ele esperou até que enchesse dois copos de plástico e os levasse para dentro. Depois ela voltou e colocou dois biscoitos de araruta em pratos de papel.

– E então? – disse. – Não está feliz de vê-la participante e tudo mais?

Grant disse: – Será que ao menos sabe quem eu sou?

Era incapaz de chegar a uma conclusão. Poderia ter sido apenas uma piada sua. Não seria nada estranho vindo dela. Ela se entregara a esse pequeno fingimento, no final, falando com ele como se achasse que talvez fosse um novo residente.

Se é que isso era o que estava fingindo. Se era um fingimento.

Mas ela não teria corrido até ele dando risada, então, uma vez que a brincadeira terminasse? Com certeza, não voltaria simplesmente à brincadeira, fingindo ter se esquecido dele. Isso seria cruel demais.

Kristy disse: – Você apenas a pegou num momento ruim. Envolvida no jogo.

– Ela não estava nem jogando – ele disse.

– É, mas seu amigo sim. Aubrey.

– E quem é esse Aubrey?

– Esse é ele. Aubrey. O amigo dela. Quer um suco?

Grant sacudiu a cabeça.

– Ah, olhe – disse Kristy. – Eles pegam essas amizades. Isso dura um pouco. Como melhores amigos. É meio que uma fase.

– Quer dizer que ela pode de fato não saber quem sou eu?

– Pode ser que não. Não hoje. Mas amanhã... nunca se sabe, não é? As coisas vêm e vão o tempo todo e não há nada que se possa fazer. Você vai ver como é, quando começar a vir aqui depois de algum tempo. Vai aprender a não levar tão a sério. Aprender a aceitar dia a dia.

Dia a dia. Mas as coisas na verdade não mudaram, indo e vindo, e ele não se acostumou com o jeito que eram. Foi Fiona que pareceu se acostumar com ele, mas apenas como um visitante persistente que nutria um especial interesse por ela. Ou talvez até como um aborrecimento contra o qual se precaver, segundo suas antigas regras de cortesia, ao percebê-lo assim. Tratava-o com uma gentileza distraída, sociável, que era eficaz para mantê-lo à distância da pergunta mais óbvia e necessária. Ele não podia lhe perguntar se lembrava ou não dele como seu marido por quase cinquenta anos. Ficava com a impressão de que essa pergunta a deixaria atrapalhada – atrapalhada não por ela própria, mas por causa dele. Iria rir com alvoroço e deixá-lo mortificado com sua polidez e confusão e, de algum modo, acabaria não dizendo nem sim, nem não. Ou diria uma das duas coisas de uma forma que não seria minimamente satisfatória.

Kristy era a única enfermeira com quem ele podia falar. As outras tratavam a coisa toda como uma piada. Uma velha obtusa e insensível riu da sua cara. "Aquele Aubrey e a tal da Fiona? Eles se entendem que é uma beleza, não é?"

Kristy lhe contou que Aubrey era o representante de vendas local de uma empresa que vendia agrotóxicos – "e todo esse tipo de coisa" – para fazendeiros.

– Era um sujeito e tanto – ela disse, e Grant não sabia se isso queria dizer que Aubrey era honesto, generoso e gentil com as pessoas ou bem-falado, bem vestido e dirigia um bom carro. Provavelmente os dois.

"Então, quando não estava velho demais, nem mesmo aposentado – ela disse –, sofrera um tipo incomum de dano.

"Em geral é a esposa quem cuida dele. Cuida dele em casa. Ela só o deixa aqui em caráter temporário, para poder descansar um pouco. A irmã dela quer que vá para a Flórida. Sabe, passou por maus bocados, ninguém nunca esperaria que um homem como ele... Simplesmente saíram de férias para algum lugar e ele pegou algo, como algum inseto, que o deixou com uma febre terrível. Isso fez com que entrasse em coma e terminasse do jeito que está agora."

Ele perguntou sobre essas afeições entre os residentes. Alguma vez iam longe demais? Conseguia adotar um tom indulgente, que esperava o poupasse de qualquer reprimenda.

– Depende do que você quer dizer – ela disse. Continuava a escrever no livro de registros enquanto decidia como responder. Quando terminou o que estava fazendo, ergueu os olhos para ele com um sorriso franco.

– O problema que a gente tem por aqui, é gozado, muitas vezes envolve aqueles que não são nem um pouco amigáveis uns com os outros. Pode ser que nem sequer tenham notado um ao outro, além de perceber, tipo, é um homem ou uma mulher? Você vai pensar que são os velhos tentando levar as velhas pra cama, mas, sabe, na metade das vezes é o contrário. As velhas dão em cima dos velhos. Vai ver que não estão assim tão acabadas, acho.

Então ela parou de sorrir, aparentemente receando ter falado demais ou sido insensível.

– Não me leve a mal – disse. – Não me refiro a Fiona. Fiona é uma dama.

Bem, e quanto a Aubrey?, Grant sentiu vontade de dizer. Mas lembrou-se que Aubrey estava numa cadeira de rodas.

– Ela é uma dama de verdade – disse Kristy, num tom tão decidido e tranquilizador que Grant ficou intranquilo. Sua mente foi assaltada por uma imagem de Fiona, em uma de suas longas camisolas de ilhós debruados e ornada com faixas azuis, provocativamente erguendo as cobertas na cama de um velho.

– Bem, às vezes eu me pergunto... – ele disse.

Kristy o cortou: – Se pergunta o quê?

– Me pergunto se ela não está encenando algum tipo de farsa.

– Uma o quê?

Na maioria das tardes a dupla podia ser encontrada na mesa de carteado. Aubrey tinha mãos grandes com dedos grossos. Era difícil para ele manusear as cartas. Fiona embaralhava e fazia o leque para ele e às vezes se movia com rapidez para ajeitar uma carta que parecia escapar de seu controle. Grant ficava do outro lado do recinto observando a investida e o rápido e alegre pedido de desculpas. Podia ver Aubrey maritalmente franzir o cenho quando um cacho do cabelo dela tocava seu rosto. Aubrey preferia ignorá-la, contanto que permanecesse por perto.

Mas bastava sorrir saudando Grant, bastava recuar a cadeira e erguer-se para lhe oferecer chá – revelando que aceitara seu direito de estar ali e possivelmente sentia uma leve responsabilidade por ele – que a expressão de Aubrey assumia um ar de sombria consternação. Deixava as cartas escorrer de seus dedos e cair no chão, para estragar o jogo.

De modo que Fiona tivesse de se ocupar e ajeitar as coisas.

Se não estavam na mesa de bridge, podiam estar caminhando pelos corredores, Aubrey segurando-se no corrimão de um lado e apertando o braço ou o ombro de Fiona do outro. As enfermeiras achavam isso uma maravilha, a forma como fizera com que saísse de sua cadeira de rodas. Embora para passeios mais longos – até o conservatório num dos extremos do prédio ou até a sala de tevê do outro – a cadeira de rodas fosse necessária.

A televisão parecia estar sempre ligada no canal de esportes, e Aubrey assistia a qualquer esporte, mas seu favorito parecia ser o golfe. Grant não se incomodava de assisti-lo com eles. Sentava-se umas poucas cadeiras distante. Na tela grande, um pequeno grupo de espectadores e comentaristas seguia os jogadores pelo plácido solo verdejante e nos momentos apropriados irrompia um tipo formal de aplauso. Porém o silêncio era geral enquanto o jogador fazia suas contorções e a bola percorria sua jornada solitária e determinada através do céu. Aubrey, Fiona, Grant e possivelmente outros permaneciam sentados contendo a respiração, e então Aubrey soltava o ar primeiro, expressando satisfação ou decepção. Fiona soltava o ar vibrando na mesma nota um segundo depois.

No conservatório não havia tanto silêncio assim. Os dois encontravam um assento para eles entre plantas absolutamente luxuriosas, densas e de aspecto tropical – um caramanchão, se assim se preferir –, que exigia bastante autocontrole de Grant a fim de não penetrar ali. Misturado ao farfalhar das folhas e ao som de água corrente, ouviam-se a conversa suave e o riso de Fiona.

E então uma espécie de casquinada. Qual dos dois podia ter sido?

Talvez nenhum – talvez ela viesse de um dos pássaros impudentes e vistosos que ficavam nas gaiolas dos cantos.

Aubrey podia falar, embora sua voz provavelmente não soasse como costumava ser. Ele parecia dizer alguma coisa – palavras curtas e densas. *Cuidado. Ele está aqui. Meu amor.*

Na superfície azulada da água da fonte havia algumas moedas jogadas para fazer um pedido. Grant nunca vira alguém de fato jogando dinheiro ali. Ele olhava para aquelas moedas de um centavo, dez, vinte e cinco, perguntando-se se haviam sido coladas nos ladrilhos – mais uma característica da estimulante decoração do prédio. Adolescentes no jogo de beisebol, sentados no alto das arquibancadas, longe do alcance dos amigos do garoto. Uns poucos centímetros de tábua rústica a separá-los, cai a noite, um vivo arrepio de um entardecer de fim de verão. O deslizar das mãos, o descruzar de pernas, olhos que nunca saem do campo lá embaixo. Ele irá tirar sua jaqueta, se está usando uma, para proteger seus ombros estreitos. Sob ela, pode puxá-la mais para perto de si, pressionar os dedos abertos em seu braço macio.

Não como hoje, quando qualquer garoto provavelmente já estaria fazendo carícias mais ousadas no primeiro encontro.

O braço magro e macio de Fiona. O desejo adolescente deixando-a atônita e fazendo relampejar cada nervo de seu corpo novo e delicado, conforme a escuridão se avoluma além do iluminado campo do jogo.

Meadowlake tinha poucos espelhos, de modo que ele não era obrigado a ver a si mesmo espreitando e rondando. Mas de vez em quando lhe ocorria o quão patético, idiota e talvez fora dos eixos devia parecer, perseguindo Fiona e Aubrey por toda parte. E sem sorte alguma em confrontá-la, ou a ele. Cada vez menos seguro de que direito tinha de estar na cena, mas incapaz de se retirar. Mesmo em casa, enquanto trabalhava em sua escrivaninha, fazia limpeza ou removia neve com a pá caso fosse necessário, o tique-taque de um metrônomo dentro de sua mente fixava-se em Meadowlake, em sua próxima visita. Às vezes ele parecia a si mesmo um garoto obstinado fazendo uma corte impossível, outras, um desses malucos que seguem mulheres famosas pelas ruas, convencidos de que um dia essas mulheres irão se virar e reconhecer seu amor. Fez um grande esforço e restringiu as visitas às quartas e sábados. Além disso, se predispôs a observar outras coisas no lugar, como se fosse uma espécie de visitante oficial, uma pessoa fazendo uma inspeção ou um estudo sociológico.

Os sábados eram cheios de alvoroço e tensão do fim de semana. Famílias chegavam aos magotes. As mães em geral estavam no comando, eram como alegres mas insistentes cães pastores arrebanhando maridos e crianças. Somente as crianças menores não ficavam apreensivas com nada. Notavam imediatamente os quadrados verdes e brancos no piso dos corredores e escolhiam uma cor para pisar, a outra para saltar. Os mais intrépidos podiam tentar conseguir uma carona na traseira das cadeiras de rodas. Alguns persistiam nessas traquinagens a despeito das broncas e tinham de ser levados para o carro. E com que felicidade, então, com que prontidão algumas crianças mais velhas ou algum pai se apresentava como voluntário para levá-las, desse modo furtando-se à visita.

Eram as mulheres que mantinham a conversação. Os homens pareciam intimidados pela situação, os adolescentes, ultrajados. Os que eram visitados andavam em uma cadeira de rodas ou tropegamente com uma bengala, ou caminhavam rijos, sem ajuda, à cabeça da procissão, orgulhosos da figura que faziam, mas de certa forma com o olhar vazio ou balbuciando coisas desesperadamente, sob o estresse do esforço. E agora, cercados por uma variedade de gente de fora, essas pessoas de dentro não tinham aspecto de pessoas normais, afinal. Talvez os pelos dos queixos femininos tivessem sido escanhoados e os olhos ruins ocultados por vendas ou lentes escuras, arroubos verbais inapropriados podiam ser controlados com medicação, mas uma camada vítrea permanecia, uma rigidez mal-assombrada – como se as pessoas estivessem contentes de se tornar memórias delas mesmas, fotografias definitivas.

Grant entendia melhor agora como o sr. Farquar devia ter se sentido. As pessoas dali – até mesmo os que não participavam de quaisquer atividades mas ficavam sentados em algum lugar, olhando para as portas ou através das janelas – viviam uma vida ocupada em suas cabeças (para não mencionar a vida de seus corpos, as portentosas mudanças em suas entranhas, as pontadas e punhaladas que ocorriam por toda parte), e essa era uma vida que na maioria dos casos não podia muito bem ser descrita ou aludida de algum modo diante das visitas. Tudo que lhes restava fazer era girar as rodas das cadeiras ou seguir cambaleando e cultivar esperanças de aparecer com algo que pudesse ser exibido ou a respeito de que pudessem falar.

Havia o conservatório para mostrar e a tevê de tela grande. Os pais ficavam impressionados. As mães diziam que as samambaias eram lindas. Logo todo mundo se sentava nas pequenas mesas e tomava sorvete – rejeitado apenas pelos adolescentes, que morriam de nojo. As mulheres limpavam a baba de queixos velhos e trêmulos, e os homens desviavam o olhar.

Devia haver alguma satisfação neste ritual e talvez até os adolescentes ficassem felizes, algum dia, de terem ido. Grant não era nenhum especialista em famílias.

Nem filhos nem netos, ao que parecia, visitavam Aubrey e, como não podiam jogar baralho – as mesas haviam sido requisitadas para a distribuição de sorvete –, ele e Fiona mantinham distância da multidão dos sábados. O conservatório era de longe o lugar mais popular para qualquer uma de suas conversas íntimas.

Estas podiam transcorrer, é claro, a portas fechadas, no quarto de Fiona. Grant não tinha coragem de bater, embora ficasse ali por algum tempo fitando os passarinhos da Disney com um olhar intenso e, definitivamente, maligno.

Ou talvez ocorressem no quarto de Aubrey. Mas Grant não sabia onde ficava. Quanto mais explorava o lugar, mais corredores, ambientes para sentar e rampas descobria e, em suas perambulações, ainda era capaz de se perder. Ele tomava determinado quadro ou poltrona como ponto de referência e, na semana seguinte, fosse lá o que houvesse escolhido, parecia ter sido removido para algum outro lugar. Não gostava de mencionar isso para Kristy, com medo de que supusesse que ele próprio sofria de algum tipo de perturbação mental. Imaginava que a constante mudança e reordenação pudesse ser pelo bem dos residentes – para tornar seu exercício diário mais interessante.

Tampouco mencionava que às vezes via uma mulher ao longe que achava ser Fiona, mas então pensava que não podia ser, por causa das roupas que usava. Quando foi que Fiona gostou de usar blusas floridas brilhantes e calça azul-ferrete? Um sábado olhou pela janela e viu Fiona – devia ser ela – empurrando a cadeira de Aubrey ao longo de um dos caminhos pavimentados, agora limpo de gelo e neve, usando um estúpido chapéu de lã e uma jaqueta com floreios azuis e roxos, o tipo de coisa que vira mulheres locais usarem no supermercado.

O fato é que eles não deviam se dar o trabalho de separar o guarda-roupa de mulheres que tivessem aproximadamente as mesmas medidas. E contavam que as mulheres não reconheceriam suas próprias roupas, de todo modo.

Haviam cortado seu cabelo, também. Tinham removido seu halo angelical. Numa quarta-feira, quando tudo estava mais normal, com os jogos de baralho ocorrendo novamente, as mulheres na sala de artesanato fazendo flores de seda ou bonecas com roupinhas sem ninguém em volta para importuná-las ou admirá-las, com Aubrey e Fiona outra vez em evidência de modo que fosse possível a Grant manter uma de suas breves, cordiais e enlouquecedoras conversas com sua esposa, ele lhe disse: – Por que cortaram seu cabelo?

Fiona levou as mãos à cabeça, para verificar.

– O quê? Eu nem percebi – disse.

Ele achou que poderia descobrir o que se passava no segundo andar, onde mantinham as pessoas que, como disse Kristy, haviam perdido totalmente o juízo. Os que andavam para cima e para baixo conversando consigo mesmos ou lançando perguntas esquisitas aos que passavam ("Eu deixei minha blusa na igreja?"), ao que parecia, haviam perdido somente uma parte dele.

Não o bastante para serem incluídos ali.

Havia escadas, mas as portas de cima ficavam trancadas, e somente o pessoal do lugar tinha as chaves. Não era permitido entrar no elevador, a menos que alguém atrás do balcão apertasse um botão, que o abria com um zumbido.

O que eles faziam, depois que o perdiam completamente?

– Alguns simplesmente se sentam – disse Kristy. – Alguns sentam-se e choram. Alguns tentam derrubar o prédio aos gritos. Você não gostaria de saber de verdade.

Às vezes, eles o recuperam.

– A gente entra nos quartos o ano inteiro e parece que nunca viram sua cara. Então, um dia, ah, oi, quando vamos pra casa. De repente, voltam completamente ao normal outra vez.

Mas não dura muito.

– A gente pensa, uau, de volta ao normal. E lá se vão eles mais uma vez. – Estalou os dedos. – Assim.

Na cidade onde costumava trabalhar, havia uma livraria que ele e Fiona frequentavam uma ou duas vezes por ano. Voltou lá sozinho. Não sentia vontade de comprar nada, mas fizera uma lista e escolhera dois livros anotados nela, e depois comprou mais um livro que viu por acaso. Era sobre a Islândia. Um livro de aquarelas do século XIX feito por uma viajante que visitou o país.

Fiona jamais aprendera a língua de sua mãe e jamais mostrara muito respeito pelas histórias nela preservadas – as histórias que

Grant aprendera e sobre as quais escrevia, e continuava a escrever, em seu trabalho. Ela se referia a seus heróis como "o velho Njal" ou "o velho Snorri". Mas nos últimos anos desenvolvera um interesse pelo país e começara a pesquisar em guias de viagem. Havia lido algo sobre a viagem de William Morris e a de Auden. Não planejava viajar para lá de verdade. Disse que o clima era pavoroso demais. Além disso – disse –, era preciso haver um lugar em que você pensasse, de cuja existência soubesse e pelo qual talvez suspirasse – mas jamais viesse a conhecer.

* * *

Quando Grant começou a lecionar literatura nórdica e anglo--saxã, costumava ter os tipos normais de alunos em suas aulas. Mas após alguns anos percebeu uma mudança. Mulheres casadas começaram a voltar à escola. Não com a ideia de se qualificar para qualquer trabalho, mas simplesmente para ter algo mais interessante em que pensar do que o serviço doméstico e os passatempos usuais. Para enriquecer suas vidas. E talvez fosse decorrência natural disso que os homens que lhes ensinavam essas coisas se tornassem parte desse enriquecimento, que esses homens fossem para essas mulheres mais misteriosos e desejáveis que os homens para os quais ainda cozinhavam e com quem dormiam.

As disciplinas escolhidas em geral eram psicologia, história da cultura ou literatura inglesa. Arqueologia e linguística também, às vezes, mas depois eram abandonadas ao se mostrar difíceis de cursar. As que se inscreviam nos cursos de Grant podiam ter ascendência escandinava, como Fiona, ou ter aprendido alguma coisa de mitologia nórdica por causa de Wagner ou romances históricos. Havia também umas poucas que pensavam que ensinava língua celta e para quem tudo relacionado aos celtas tinha um apelo místico.

Com essas alunas, ele falava de modo um pouco rude, do lado de lá de sua mesa.

– Se querem aprender uma língua bonita, vão aprender espanhol. Depois podem usá-lo para visitar o México.

Algumas davam ouvidos a seu aviso e iam embora. Outras pareciam tocadas de um jeito pessoal por seu tom imperativo. Trabalhavam com vontade e levavam para dentro de sua sala, dentro de sua vida ordenada, satisfatória, o grande e surpreendente florescimento da submissão feminina amadurecida, da expectativa trêmula de aprovação.

Escolheu a mulher de nome Jacqui Adams. Era o oposto de Fiona – baixa, rechonchuda, de olhos escuros, efusiva. Destituída de ironia. O caso durou um ano, até que seu marido foi transferido. Quando se despediam, no carro dela, a mulher começou a tremer incontrolavelmente. Era como se tivesse hipotermia. Ela lhe escreveu algumas vezes, mas achou o tom de suas cartas muito bombástico e não conseguiu decidir como responder. Deixou que o tempo para responder se esvaísse enquanto se envolvia mágica e inesperadamente com uma garota jovem o bastante para ser sua filha.

Pois uma outra mudança mais vertiginosa ocorrera enquanto estivera às voltas com Jacqui. Jovens de cabelos compridos e sandálias nos pés entravam em sua sala quase que exclusivamente declarando-se prontas para o sexo. As abordagens cautelosas, as ternas insinuações de sentimentos exigidas com Jacqui haviam sido banidas do horizonte. Um torvelinho o atingiu, assim como a muitos outros, o desejo se tornando ato de um modo que o fazia se perguntar se não havia alguma coisa faltando. Mas quem tinha tempo para o remorso? Ouvira falar de ligações simultâneas, encontros selvagens e arriscados. Os escândalos estouravam diante de todos, com dramas intensos e dolorosos por toda parte, mas havia um sentimento de que de algum modo era melhor assim. Houve represálias – houve demissões. Mas os que foram demitidos partiam para lecionar em faculdades menores e mais tolerantes ou em outros centros de ensino, e muitas esposas abandonadas recuperavam-se do choque e adotavam os costumes e a indiferença sexual das garotas que haviam tentado seus maridos. Festas acadêmicas, que costumavam ser tão previsíveis, transformaram-se num campo minado. Uma epidemia começou, que se espalhava como a gripe espanhola. Mas dessa vez as pessoas corriam atrás do contágio e pouca gente entre dezesseis e sessenta anos parecia propensa a ficar de fora.

Fiona contudo parecia bastante propensa. Sua mãe estava morrendo e sua experiência no hospital levou-a de sua rotina de trabalho no escritório de registros para o novo emprego. O próprio Grant não se deixou entusiasmar excessivamente, pelo menos em comparação com algumas pessoas à sua volta. Jamais deixou que outra mulher se aproximasse dele como Jacqui o fizera. O que sentiu foi um gigantesco aumento no bem-estar. Uma tendência à robustez que desaparecera desde que tinha doze anos de idade. Subia as escadas pulando os degraus de dois em dois. Apreciava, como nunca antes, um cenário de fiapos de nuvens e o pôr do sol invernal visto da janela de sua sala, o encanto de lampiões antigos brilhando entre as cortinas da sala de estar de seus vizinhos, os gritos das crianças no parque ao anoitecer; hesitava em ir embora da colina onde haviam brincado de tobogã. Com a chegada do verão, aprendia os nomes das flores. Em sua classe, depois de treinar com a sogra quase afônica (cujo problema era câncer de garganta), arriscava-se a recitar e depois traduzir a majestosa e sanguinolenta ode da cabeça resgatada, a Hofuolausn, composta em honra ao rei Erik Machado de Sangue, pelo escaldo a quem o soberano condenara à morte. (E que depois foi, pelo mesmo rei – e pelo poder da poesia –, libertado.) Todos aplaudiram – até mesmo os bichos-grilos da classe, com quem alegremente mexera pouco antes, perguntando se gostariam de esperá-lo no corredor. Voltando para casa em seu carro nesse dia ou em algum outro dia, dava com uma citação absurda e blasfema ecoando em sua cabeça.

E crescia em sabedoria, em estatura e em graça, diante de Deus e diante dos homens.

Isso o deixou desconcertado na época e lhe provocava um calafrio supersticioso. Como ainda acontecia. Mas na medida em que ninguém soubesse, não parecia anormal.

Levou o livro com ele, na vez seguinte que foi a Meadowlake. Era uma quarta-feira. Saiu à procura de Fiona pelas mesas de baralho e não a encontrou.

Uma mulher o chamou: – Ela não está aqui. Está doente. – Sua voz soava presunçosa e empolgada – satisfeita consigo mesma por tê-lo reconhecido, quando ele não sabia nada sobre ela. Quem sabe também satisfeita com tudo que sabia sobre Fiona, sobre a vida de Fiona ali, achando que talvez fosse mais do que soubesse.

– Ele também não está aqui – disse.

Grant foi procurar Kristy.

– Não é nada, na verdade – disse, quando perguntou qual era o problema com Fiona. – Só passando um dia de cama hoje, só um pouquinho abatida.

Fiona estava sentada na cama. Ele não notara, nas poucas vezes em que fora àquele quarto, que aquela era uma cama de hospital e podia ser inclinada. Ela usava uma de suas camisolas recatadas de gola até o pescoço e seu rosto exibia uma palidez não como de flor de cerejeira, mas como de massa de farinha de trigo.

Aubrey estava ao seu lado na cadeira de rodas, o mais próximo da cama que podia. Em vez da ordinária camisa com a gola aberta que sempre vestia, usava um paletó e gravata. Seu elegante chapéu de *tweed* estava sobre a cama. Aparentava ter estado fora para algum assunto importante.

Ver seu advogado? Seu gerente de banco? Cuidar dos preparativos com o agente funerário?

Fosse lá o que houvesse feito, parecia exausto. Ele também tinha o rosto cinzento.

Ambos ergueram os olhos para Grant com uma apreensão dura, aflitiva, que se transformou em alívio, se não em boas-vindas, quando viram de quem se tratava.

Não quem pensaram que fosse.

Seguravam a mão um do outro e não as soltaram.

O chapéu sobre a cama. O paletó e gravata.

Não era que Aubrey tivesse estado fora. Não era questão de onde estivera ou quem fora visitar. Era para onde ia agora.

Grant pousou o livro na cama ao lado da outra mão de Fiona.

– É sobre a Islândia – disse. – Achei que talvez você gostasse de dar uma olhada nele.

– Oh, obrigada – disse Fiona. Não olhou para o livro. Pôs sua mão sobre ele.

– Islândia – ele disse.

Ela repetiu: – Islândia.* – A primeira sílaba tilintou com algum interesse, mas a segunda desceu de tom, monótona. De todo modo, foi necessário que voltasse sua atenção para Aubrey novamente, que puxava a mão enorme e grossa da dela.

– O que foi? – disse. – O que foi, coração?

Grant nunca a ouvira usar essa expressão floreada antes.

– Ah, tudo bem – ela disse. – Ah, aqui. – E puxou um punhado de lenços da caixa ao lado da cama.

O problema de Aubrey era que começara a chorar. Seu nariz começara a escorrer e ficou ansioso para não se tornar um espetáculo deprimente, sobretudo diante de Grant.

– Aqui. Aqui – disse Fiona. Teria limpado seu nariz ela mesma e enxugado suas lágrimas – e talvez, se estivessem os dois sozinhos,

---

* *Ice-land*, no original. Em inglês, *Iceland* significa literalmente "terra do gelo". [N.T.]

ele teria permitido que o fizesse. Mas com Grant ali Aubrey não iria permitir. Apanhou os lenços o melhor que pôde e esfregou o rosto desajeitadamente, ao acaso.

Enquanto estava ocupado, Fiona virou para Grant.

– Existe alguma possibilidade de que você tenha qualquer influência aqui? – disse, num sussurro. – Percebi que conversa com eles...

Aubrey fez um ruído de protesto, cansaço ou fastio. Depois inclinou o tronco para a frente como se quisesse atirar-se contra ela. Ela se jogou parcialmente fora da cama, agarrou-o e se segurou nele. Pareceu inapropriado a Grant ajudá-la, embora, é claro, teria feito isso se achasse que Aubrey estava prestes a cair no chão.

– Calma – dizia Fiona. – Ai, querido. Calma. A gente vai se ver. A gente precisa se ver. Eu vou visitá-lo. Você vem me visitar.

Aubrey fez o mesmo som outra vez com o rosto em seu peito e não havia nada que Grant pudesse fazer decentemente a não ser sair do quarto.

– Eu só queria que a esposa dele se apressasse e viesse logo – disse Kristy. – Queria que o tirasse daqui e encurtasse a agonia. A gente tem de começar a servir o jantar daqui a pouco, como vamos conseguir fazer com que engula alguma coisa com ele ainda pendurado nela desse jeito?

Grant disse: – Seria melhor eu ficar?

– Pra quê? Ela não está doente.

– Pra fazer companhia – ele disse.

Kristy balançou a cabeça.

– Eles precisam superar essas coisas sozinhos. Em geral, têm memória curta. Nem sempre é assim tão ruim.

Kristy não era desumana. Desde que a conhecera, Grant havia descoberto algumas coisas sobre sua vida. Tinha quatro filhos. Não sabia onde estava o marido, mas achava que podia ser em Alberta. A asma do filho mais novo era tão ruim que teria morrido certa noite em janeiro se ela não o houvesse levado para o pronto-socorro a tempo. Ele não usava drogas, mas não estava absolutamente certa quanto a seu irmão. Para ela, Grant, Fiona e também Aubrey deviam parecer felizardos. Haviam atravessado a vida sem que muita coisa desse errado. O que sofriam agora depois de velhos dificilmente contava.

Grant foi embora sem voltar ao quarto de Fiona. Observou que o vento estava muito quente nesse dia e que os corvos faziam um estardalhaço. No estacionamento, uma mulher vestindo um conjunto xadrez tirava uma cadeira de rodas dobrada do porta-malas do carro.

A rua pela qual vinha descendo chamava-se travessa Black Hawks. Todas as ruas da região tinham nomes de times da velha Liga Nacional de Hóquei. Aquela era uma parte afastada da cidade perto de Meadowlake. Ele e Fiona costumavam fazer compras regularmente na cidade, mas não estavam familiarizados com lugar algum, exceto a rua principal.

As casas aparentavam ter sido construídas todas ao mesmo tempo, talvez trinta ou quarenta anos antes. As ruas eram amplas e sinuosas e não havia calçadas – relembrando o tempo em que se achava improvável que as pessoas um dia tivessem muita necessidade de caminhar. Amigos de Grant e Fiona haviam se mudado para lugares assim quando começaram a ter filhos. Ficavam cheios de justificativas sobre a mudança no início. Chamavam-na de "partir para os Barbecue Acres".

Jovens famílias ainda moravam aqui. Havia aros de basquete sobre as portas das garagens e triciclos na passagem dos carros. Mas algumas casas haviam entrado em decadência, não eram o tipo de lar familiar que certamente estavam destinadas a ser. Os jardins tinham marcas de pneus, as janelas apresentavam remendos de folhas de flandres ou panos descoloridos.

Casas de aluguel. Inquilinos jovens, homens – ainda solteiros, ou solteiros outra vez. Umas poucas propriedades pareciam ter sido conservadas o melhor possível pelas pessoas que haviam se mudado para lá quando eram novas – pessoas que não tiveram dinheiro ou talvez não sentiram necessidade de se mudar para um local melhor. Os arbustos cresciam vigorosos, placas laterais de vinil e cor pastel haviam se ido com o problema da repintura. Cercas e sebes arrumadas indicavam que as crianças das casas haviam crescido e ido embora e que seus pais não viam sentido em manter o jardim como uma área de passagem comum para qualquer nova criança solta pela vizinhança.

A casa registrada no catálogo telefônico como pertencendo a Aubrey e sua mulher era uma delas. O passeio da frente era pavimentado com lajes e bordejado por jacintos eretos como flores de porcelana, alternadamente rosas e azuis.

Fiona não superara sua tristeza. Deixou de se alimentar às refeições, embora fingisse que comia, escondendo a comida em seu guardanapo. Tinha de beber um suplemento vitamínico duas vezes por dia – alguém ficava e esperava enquanto engolia tudo. Saía da cama e se vestia, mas tudo que queria fazer então era ficar sentada em seu quarto. Não faria absolutamente nenhum exercício se Kristy ou uma das outras enfermeiras, e Grant nas horas em que a visitava, não caminhasse com ela para cima e para baixo pelos corredores ou então a levasse lá fora.

Sentava-se sob o sol da primavera, chorando debilmente, num banco junto à parede. Continuava educada – pedia desculpas por suas lágrimas e nunca discutia por alguma sugestão ou se recusava a responder alguma pergunta. Mas chorava. O choro deixara seus olhos avermelhados e turvos. Seu cardigã – se é que era dela – ficava abotoado com casas trocadas. Não chegara ao estágio de deixar o cabelo sem pentear ou as unhas sujas, mas isso se daria logo.

Kristy disse que seus músculos estavam atrofiando e que se não melhorasse logo teriam de dar-lhe um andador.

– Mas você sabe que assim que usam um andador começam a criar dependência e nunca mais caminham muito, só vão aonde for absolutamente necessário.

– Você precisa se empenhar mais com ela – disse para Grant.

– Tente encorajá-la.

Mas Grant não teve sorte nisso. Fiona pareceu pegar aversão a ele, embora tentasse disfarçar. Talvez se recordasse, toda vez que o via, de seus últimos minutos com Aubrey, quando lhe pedira ajuda e ele não fizera nada.

Ele não via muito sentido em mencionar seu casamento, agora. Ela não ia mais ao lugar onde grande parte das mesmas pessoas ainda jogava cartas. E não frequentava a sala de tevê nem visitava o conservatório.

Dizia que não gostava da tela grande, que feria sua vista. Que o ruído dos pássaros era irritante e que desejava que desligassem a fonte de vez em quando.

Até onde Grant sabia, nunca dera uma espiada no livro sobre a Islândia ou quaisquer outros – surpreendentemente, poucos – que trouxera de casa. Havia uma sala de leitura onde se sentava para descansar, escolhendo-a provavelmente porque dificilmente havia alguém ali, e se ele pegasse um livro da prateleira, permitia que lesse para ela. Suspeitava que fazia isso porque tornava sua companhia mais fácil de suportar – podia fechar os olhos e afundar em sua dor. Pois se deixasse sua dor ir-se embora por um minuto que fosse, ela a atingiria com ímpeto redobrado quando colidisse outra vez. E às vezes ele achava que fechava seus olhos para ocultar um olhar de desespero acusador que não seria bom que visse.

Assim, sentava-se e lia em voz alta um desses romances antigos sobre amores castos e fortunas perdidas e recuperadas que podiam ser o refugo da biblioteca de alguma velha cidadezinha ou igreja. Não se fizera qualquer tentativa, aparentemente, de manter o conteúdo da sala de leitura tão atualizado quanto a maioria das coisas que havia no restante do edifício.

As capas dos livros eram macias, quase aveludadas, com motivos de folhas e flores impressos sobre elas, de modo que pareciam porta-joias ou caixas de chocolate. Aquelas mulheres – supunha que fossem mulheres – poderiam levá-los para casa como se fossem um tesouro.

* * *

O supervisor o chamou em seu escritório. Disse que Fiona não melhorava como o esperado.

– Seu peso está diminuindo até com a suplementação. Estamos fazendo todo o possível por ela.

Grant disse que percebia isso.

– A questão é, como deve saber muito bem, que no primeiro andar não fazemos nenhum tratamento prolongado em que a pessoa não saia da cama. Fazemos só temporariamente, se alguém não se sente bem, mas se a pessoa está fraca demais para se mexer e ser responsável temos de considerar o andar de cima.

Ele disse que não achava que Fiona ficasse tanto tempo assim de cama.

– Não. Mas se não conseguirmos mantê-la forte, vai ficar. Neste exato momento ela está no limite.

Disse que pensara que o segundo andar fosse para pessoas com a cabeça transtornada.

– Isso também – ele afirmou.

Ele não se lembrava de nada sobre a esposa de Aubrey, a não ser o conjunto em padrão escocês que a vira usando no estacionamento. A parte de trás do casaco se entreabrira quando ela se inclinou no porta-malas do carro. Ele ficara com a impressão de uma cintura fina e ancas largas. Ela não usava o conjunto xadrez hoje. Calça marrom com cinto e um suéter cor-de-rosa. Ele tinha razão quanto à cintura – o cinto apertado revelava que fazia questão de enfatizá-la, embora fosse melhor que não o fizesse, uma vez que a carne sobrava consideravelmente acima e abaixo dele. Podia ser dez ou doze anos mais nova que o marido. Seu cabelo era curto, cacheado, tingido de ruivo. Tinha olhos azuis – um azul mais claro que os de Fiona, pálido, de um matiz mais para turquesa ou cor de ovo de tordo –, um pouco puxados por um rosto suavemente rechonchudo. E uma boa quantidade de rugas tornavam-se ainda mais notáveis graças à maquiagem cor de nogueira. Ou talvez fosse seu bronzeado da Flórida.

Ele disse que não fazia ideia de como se apresentar.

– Eu costumava ver seu marido em Meadowlake. Visitava frequentemente o lugar.

– Sei – disse a esposa de Aubrey, com um movimento agressivo do queixo.

– Como vai indo seu marido?

O "indo" ele acrescentou no último momento. Em geral, teria dito – Como vai seu marido?

– Está bem – ela disse.

– Minha esposa e ele tornaram-se muito amigos.

– Ouvi dizer.

– Então. Gostaria de conversar com você, se tiver um minuto.

– Meu marido não tentou começar nada com sua esposa, se é nisso que quer chegar – ela disse. – Ele não a molestou de forma alguma. É incapaz disso e jamais o faria, de qualquer forma. Pelo que ouvi, foi muito pelo contrário.

Grant disse: – Não. Não é nada disso. Não vim aqui para me queixar de nada.

– Oh – ela disse. – Bem, sinto muito. Achei que fosse. Isso seria tudo que teria a dizer a título de desculpas. E não parecia sentir nem um pouco. Soava desapontada e confusa.

– É melhor entrar, então – ela disse. – O frio está entrando pela porta. Não está tão quente aqui fora hoje como parece.

De modo que era algo como uma vitória para ele até mesmo conseguir entrar. Não havia percebido que seria tão difícil assim. Esperara um tipo diferente de esposa. Uma atarefada senhora do lar, feliz de receber uma visita inesperada e lisonjeada com o tom confidencial.

Conduziu-o através da entrada até a sala de estar, dizendo: – Vamos ter de nos sentar na cozinha, onde eu possa escutar Aubrey. – Grant pôde observar rapidamente as duas camadas de cortinas na janela da frente, ambas azuis, uma transparente, a outra sedosa, um sofá azul combinando e um tapete desbotado, vários espelhos e enfeites brilhantes.

Fiona tinha uma palavra para esse tipo de cortinas esvoaçantes – usava-a para caçoar, embora a mulher de quem a ouvira a usasse com seriedade. Qualquer ambiente arrumado por Fiona era despojado e luminoso – teria ficado boquiaberta de ver tanta coisa elaborada amontoada num espaço tão reduzido. Ele não conseguia se lembrar que palavra era.

Em uma sala adjacente à cozinha – uma espécie de espaço envidraçado para se tomar sol, embora as persianas estivessem abaixadas para barrar a claridade da tarde – pôde ouvir o som de televisão.

Aubrey. A resposta às preces de Fiona estava sentada a poucos metros dele, assistindo ao que parecia ser um jogo de beisebol. Sua esposa foi vê-lo. Disse: "Tudo bem?", e fechou parcialmente a porta.

– Posso lhe servir uma xícara de café, se quiser – disse para Grant. Ele disse: – Obrigado.

– Meu filho o acostumou com o canal de esportes no Natal do ano passado, não sei o que faríamos sem isso.

Sobre o balcão da cozinha, havia todo tipo de utensílios e aparelhos – cafeteira, processador de alimentos, amolador de faca e algumas outras coisas cujo nome e utilidade Grant não conhecia. Todos pareciam novos e caros, como se houvessem acabado de ser desempacotados ou fossem limpos diariamente.

Achou que podia ser uma boa ideia elogiar as coisas. Admirou a cafeteira que ela usava e disse que ele e Fiona sempre tiveram intenção de comprar uma. Era uma grande mentira – Fiona adorava uma engenhoca europeia que tirava apenas duas xícaras por vez.

– Eles nos deram isso – disse. – Nosso filho e sua esposa. Moram em Kamloops, na Colúmbia Britânica. Mandam-nos mais coisas do que podemos usar. Seria bem melhor se gastassem o dinheiro para vir nos visitar, em vez disso.

Grant disse filosoficamente: – Imagino que vivam ocupados com suas próprias vidas.

– Não estavam tão ocupados que não pudessem viajar para o Havaí no último inverno. Daria para entender se tivéssemos mais alguém na família, mais à mão. Mas ele é o único.

Quando o café ficou pronto, ela o serviu em duas canecas de louça marrom e verde que tirou dos ramos amputados de uma árvore de louça que estava sobre a mesa.

– As pessoas se sentem sozinhas – Grant disse. Achou que era sua chance, agora. – Se forem privadas de ver alguém de quem gostam, sentem-se tristes. Fiona, por exemplo. Minha esposa.

– Pensei tê-lo ouvido dizer que costumava visitá-la.

– Eu visito – ele disse. – Não é isso.

Então ele foi com tudo e prosseguiu, fazendo o pedido que viera fazer. Será que ela poderia considerar a possibilidade de levar Aubrey de volta a Meadowlake apenas uma vez por semana, para uma visita? Eram poucos quilômetros de carro, certamente não seria tão difícil.

Ou, se quisesse poupar seu tempo – Grant não pensara nisso antes e ficou bastante espantado de se ouvir sugerir tal coisa –, então ele mesmo poderia levar Aubrey até lá, não se importaria nem um pouco. Tinha certeza de que conseguiria. E ela poderia aproveitar o descanso. Enquanto falava ela movia os lábios fechados e a língua dentro da boca como se tentasse identificar algum sabor incerto. Trouxe leite para seu café e um prato de biscoitos de gengibre.

– Feitos em casa – disse quando pousou o prato. Havia mais desafio do que hospitalidade em seu tom de voz. Não disse mais nada até se sentar, acrescentar leite em seu café e misturar.

Depois disse não.

– Não. Não posso fazer isso. E o motivo é que não quero aborrecê-lo.

– Isso o deixaria aborrecido? – indagou Grant com franqueza.

– É, deixaria. Deixaria. Não tem como. Trazê-lo para casa e levá-lo de volta. Trazê-lo para casa e levá-lo de volta, isso só ia confundi-lo.

– Mas ele não entenderia que era apenas uma visita? Não iria se acostumar com essa rotina?

– Ele entende tudo muito bem. – Disse isso como se houvesse feito um insulto a Aubrey. – Mas mesmo assim seria uma interrupção. E então eu teria de aprontá-lo e enfiá-lo no carro, e é um homem grande, não é tão fácil cuidar dele como parece. Eu teria de levá-lo até o carro, dobrar e guardar sua cadeira, e tudo isso pra quê? Se é para ter todo esse trabalho prefiro levá-lo a algum lugar mais divertido.

– Mas mesmo que eu concordasse em fazê-lo? – insistiu Grant, mantendo um tom esperançoso e equilibrado. – É verdade, você não precisaria se incomodar.

– Você não conseguiria – ela disse, impassível. – Não o conhece. Não conseguiria lidar com ele. Ele não iria ficar parado esperando que você o preparasse. Todo esse aborrecimento, e o que ele lucraria?

Grant não achou que devesse mencionar Fiona outra vez.

– Faria mais sentido levá-lo ao shopping – ela disse. – Onde poderia ver crianças e outras coisas. Se isso não o deixasse triste por causa dos dois netos que nunca consegue ver. Ou agora que os barcos começaram a andar pelo lago novamente, poderia ser convencido a sair para ver.

Ela ficou de pé, apanhou os cigarros e o isqueiro na janela acima da pia.

– Você fuma? – perguntou.

Ele disse não, obrigado, sem ter certeza se lhe oferecia um cigarro.

– Nunca fumou? Ou largou?

– Larguei – ele respondeu.

– Quanto tempo isso faz?

Ele pensou um pouco.

– Trinta anos. Não... mais.

Decidira deixar de fumar quando começara o caso com Jacqui. Mas não conseguia se lembrar se largara primeiro e achou que uma grande recompensa estava vindo porque largara ou achou que chegara a hora de parar, agora que tinha uma diversão tão poderosa.

– Eu desisti de largar – ela disse, acendendo. – Simplesmente tomei a resolução de desistir de largar, só isso.

Talvez esse fosse o motivo das rugas. Alguém – uma mulher – lhe dissera que as mulheres que fumavam desenvolviam um conjunto especial de delicadas rugas faciais. Mas aquilo podia ser do sol ou apenas a natureza de sua pele – seu pescoço também chamava a atenção por ser enrugado. Pescoço enrugado, peitos duros e empinados. Mulheres nessa idade muitas vezes tinham esse tipo de contradições. Os aspectos bons e ruins, a sorte genética ou a falta dela, tudo misturado. Muito poucas mantinham sua beleza intacta, ainda que indistinta, como Fiona o fizera.

E talvez isso nem fosse verdade. Talvez ele somente tivesse pensado nisso porque conhecia Fiona desde a juventude. Talvez para ter essa impressão fosse preciso ter conhecido a mulher quando jovem.

Assim, quando Aubrey olhava para a mulher, será que via uma colegial com seu ar zombeteiro e impertinente, seu olhar azul-turquesa oblíquo e intrigante, apertando os lábios em torno de um cigarro proibido?

– Então, sua esposa está deprimida? – disse a mulher de Aubrey.

– Qual é o nome dela? Eu esqueci.

– É Fiona.

– Fiona. E o seu? Acho que nunca me disseram.

Ele respondeu: – É Grant.

Ela esticou a mão inesperadamente sobre a mesa.

– Oi, Grant. Meu nome é Marian.

– Bem, agora que a gente já sabe o nome um do outro – ela disse –, não vejo sentido em não falar exatamente o que penso. Não sei dizer se ele continua fixado em ver sua... em ver Fiona. Ou não. Não pergunto e ele não me conta. Talvez tenha sido um capricho passageiro. Mas não estou disposta a levá-lo de volta lá, caso seja mais do que isso. Não posso assumir esse risco. Não quero que ele se torne difícil de lidar. Não o quero perturbado e causando problemas. Já tenho bastante trabalho do jeito que está. Não há ninguém para me ajudar. Sou só eu aqui. Só eu.

– Alguma vez considerou... sei que é muito duro para você... – Grant disse –, ... alguma vez cogitou de deixá-lo lá para sempre?

Baixou sua voz quase num sussurro, mas ela pareceu não ver necessidade em baixar a sua.

– Não – respondeu. – Vou mantê-lo bem aqui.

Grant disse: – Bom. Isso é muito bom e nobre de sua parte.

Esperava que a palavra "nobre" não soasse sarcástica. Disse que não tinha essa intenção.

– Acha mesmo? – ela indagou. – Nobre não é bem o que estou pensando.

– Mesmo assim. Não é fácil.

– Não, não é. Mas do jeito que as coisas são, não tenho muita escolha. Se eu o puser lá, não terei dinheiro para pagar, a menos que venda a casa. A casa é a única coisa totalmente nossa. Não teria mais nenhum lugar de onde tirar dinheiro. No ano que vem, haverá minha aposentadoria, e aí será a dele e a minha, mas mesmo assim eu não conseguiria mantê-lo lá e segurar a casa. E isso significa muito para mim, minha casa.

– É muito bonita – disse Grant.

– Bom, ela é boa. Investi muita coisa aqui. Arrumando e cuidando.

– Tenho certeza que sim. É.

– Não quero perdê-la.

– Não.

– Eu não *vou* perdê-la.

– Eu a entendo.

– A empresa nos deixou na pior – ela disse. – Não sei os detalhes, mas basicamente ele levou um pontapé no traseiro. Tudo acabou com eles dizendo que *ele* lhes devia dinheiro, e quando tentei descobrir o que era o que, ele simplesmente disse que não era da minha conta. O que penso é que deve ter feito alguma coisa bem estúpida. Mas eu não deveria perguntar, então fechei o bico. Você foi casado. Você é casado. Sabe como é. E no meio de tudo, enquanto eu ia descobrindo isso, a gente precisou viajar com aquelas pessoas e não deu pra cair fora. E na viagem ele ficou doente, pegou esse vírus de que a gente nunca ouviu falar e entrou em coma. Assim *ele* se safou muito bem.

Grant disse: – Que azar.

– Não estou dizendo, é claro, que ficou doente de propósito. Simplesmente aconteceu. Não estou mais fula da vida com ele e nem ele comigo. É só a vida.

– É verdade.

– Não se pode levar a melhor sobre a vida.

Passou a ponta da língua no lábio superior à maneira de um gato, para limpar os farelos de biscoito. – Falando assim pareço uma filósofa, não é? Me disseram por lá que você foi professor universitário.

– Já faz muito tempo – disse Grant.

– Não sou muito do tipo intelectual – ela comentou.

– Não sei dizer quanto eu sou, também.

– Mas sei quando minha cabeça está feita. E está. Não vou deixá-lo sair de casa. Quero dizer que vou mantê-lo aqui e não quero vê-lo enfiando na cabeça que quer ir para qualquer outro lugar. Provavelmente foi um erro deixá-lo lá para que eu pudesse sair um pouco, mas eu jamais teria outra oportunidade, então a aproveitei. Não caio mais nessa.

Puxou outro cigarro.

– Aposto que sei o que está pensando – disse. – Está pensando: isto é que é uma mulher mercenária.

– Não faço juízos desse tipo. A vida é sua.

– Pode apostar.

Ele achou que deveriam encerrar a conversa num tom mais neutro. Assim, perguntou-lhe se seu marido trabalhara numa loja de ferragens nos verões, quando estudava na escola.

– Nunca ouvi falar disso – ela disse. – Não fui criada aqui.

No carro, de volta para casa, observou que a depressão do pântano que se enchera de neve e as sombras regulares dos troncos das árvores já estavam enfeitadas de lírios. Suas folhas frescas de aspecto comestível eram do tamanho de pratos. As flores brotavam eretas como candelabros, e havia tantas delas, de um amarelo tão puro, que constituíam um foco de luz partindo da terra naquele dia nublado. Fiona lhe dissera que produziam também um calor próprio. Vasculhando um de seus bolsinhos secretos de informação, ela disse que presumivelmente era possível pôr a mão dentro da pétala retorcida e sentir o calor. Disse que tentara fazer isso, mas não pôde ter certeza se o que sentiu era calor ou sua imaginação. O calor atraía os insetos.

– A natureza não fica de palhaçada só pra ser decorativa.

Ele falhara com a esposa de Aubrey. Marian. Já previra que poderia falhar, mas de maneira alguma previra o porquê. Pensara que tudo com que teria de se haver seria o ciúme sexual natural de uma mulher – ou seu ressentimento, os resquícios obstinados do ciúme sexual. Não fazia a menor ideia da maneira como ela podia encarar as coisas. E mesmo assim, de algum modo deprimente, a conversa não lhe soara pouco familiar. Isso porque o lembrou de conversas que tivera com gente de sua família. Seus tios, seus parentes, provavelmente até sua mãe teriam pensado da forma como Marian pensava. Teriam acreditado que quando outras pessoas não pensam dessa forma era porque estavam se tapeando – tinham ficado muito intelectuais, ou estúpidas, por conta de suas vidas confortáveis e protegidas ou de sua educação. Haviam perdido o contato com a realidade. Gente educada, gente instruída, gente rica como o sogro socialista de Grant havia perdido o contato com a realidade. Devido a uma boa sorte imerecida ou a uma estupidez inata. No caso de Grant, suspeitava, eles achavam sinceramente que era os dois.

Era assim que Marian o veria, certamente. Uma pessoa tola, cheia de conhecimento enfadonho e por um acaso protegido da verdade da vida. Uma pessoa que não tinha de se preocupar em manter sua casa e podia sair por aí ruminando seus pensamentos complicados. Livre para sonhar os planos belos e generosos que, segundo acreditava, tornariam os outros mais felizes.

Que imbecil, devia estar pensando agora.

Ver-se confrontado com pessoas como essas o deixava desesperado, enfurecido, enfim, quase desolado. Por quê? Por que não podia ter certeza de confiar em si mesmo contra essas pessoas? Por que tinha medo de que no fim elas tivessem razão? Fiona não sentia nada dessa apreensão. Ninguém a derrubava nem a apertava quando era mais jovem. Ela se divertia com o modo como fora criado, achava essas ideias rudes peculiares.

Mesmo assim, tinham um pouco de razão, aquelas pessoas. (Podia ouvir a si mesmo discutindo com alguém. Fiona?) Havia alguma vantagem em ver as coisas inflexivelmente. Marian, é provável, se sairia bem numa crise. Boa em sobreviver, capaz de surrupiar comida e tirar os sapatos de uma pessoa morta na rua.

Tentar imaginar Fiona sempre fora frustrante. Podia ser como seguir uma miragem. Não – como viver numa miragem. Chegar perto de Marian apresentaria um problema diferente. Seria como morder uma lichia. A polpa com seu atrativo estranhamente artificial, seu gosto e perfume químicos, pouco profunda sobre a enorme semente, o caroço.

Ele podia ter se casado com ela. Pense nisso. Podia ter se casado com uma garota como aquela. Se tivesse permanecido no lugar a que pertencia. Devia ser bastante apetitosa, com seus belos peitos. Provavelmente um flerte. O jeito cuidadoso como mudava de posição na cadeira da cozinha, a boca franzida, um ar ameaçador levemente estudado – isso era o que sobrara da vulgaridade mais ou menos inocente de um flerte de cidade pequena.

Devia ter tido algumas esperanças, quando escolhera Aubrey. Sua bela aparência, seu trabalho com vendas, suas expectativas de executivo. Devia ter acreditado que teria terminado melhor do que estava agora. E assim ocorria tantas vezes com essas pessoas práticas. A despeito de seus cálculos, seus instintos de sobrevivência podiam não ir tão longe quanto esperaram. Sem dúvida parecia injusto.

Na cozinha, a primeira coisa que viu foi a luz piscando na secretária eletrônica. Pensou a mesma coisa que sempre pensava agora. Fiona. Apertou o botão antes de tirar o casaco.

— Alô, Grant. Espero não ter errado de pessoa. Acabei de pensar uma coisa. Tem um baile aqui na cidade, no Legion, em princípio para gente solteira, no sábado à noite, e eu faço parte da comissão do jantar, então posso levar um convidado de graça. Assim, fiquei imaginando, será que você não estaria interessado? Me ligue de volta quando puder.

Uma voz feminina deu um número local. Então houve um bipe, e a mesma voz começou a falar outra vez.

— Acabei de perceber que esqueci de dizer quem é. Bom, provavelmente você reconheceu a voz. É Marian. Ainda não me acostumei com essas máquinas. E queria dizer que sei que você não é solteiro e não quero que me entenda errado. Eu também não sou, mas não faz mal algum sair de vez em quando. De todo modo, agora que já disse tudo isso espero mesmo que seja com você que eu esteja falando. A gravação parecia mesmo com sua voz. Se estiver interessado me ligue; caso contrário, não precisa se incomodar. Só pensei que poderia gostar de dar uma saída. É Marian. Acho que já disse isso. Tá bom, então. Tchau-tchau.

A voz na gravação era diferente da voz que ele ouvira pouco tempo antes na casa dela. Só um pouco diferente na primeira mensagem, mais na segunda. Um tremor de nervos ali, uma indiferença afetada, uma pressa em acabar e uma relutância em desligar.

Alguma coisa acontecera com ela. Mas quando? Se foi de imediato, ela o ocultou muito bem durante o tempo que ele esteve em sua casa. Era mais provável que tivesse sido gradualmente, talvez depois que ele fora embora. Não necessariamente como um acesso de atração. Apenas a percepção de que era uma possibilidade, um homem sozinho. Mais ou menos sozinho. Uma possibilidade que ela podia muito bem tentar perseguir.

Mas estava muito nervosa quando tomou a iniciativa. Pôs a si mesma em risco. Quanto de si mesma, ele ainda não saberia dizer. Em geral, a vulnerabilidade de uma mulher aumenta à medida que o tempo passa, que as coisas progridem. Tudo que poderia dizer desde o início era que se havia alguma vantagem nisso agora, ela seria ainda maior depois.

Ter despertado isso nela lhe deu uma satisfação – por que negá--lo? Ter trazido à tona algo como uma luz vacilante, indistinta, na superfície de sua personalidade. Ter captado em suas vogais abertas, ansiosas, uma débil súplica.

Tirou os ovos e os cogumelos para fazer uma omelete para si. Então pensou que podia muito bem tomar uma bebida.

Tudo era possível. Seria isso verdade – tudo era possível? Por exemplo, se quisesse, seria ele capaz de dobrar sua vontade, levá-la a ponto de lhe dar ouvidos quanto a levar Aubrey de volta para Fiona? E não apenas para as visitas, mas pelo resto da vida de Aubrey. Aonde aquele tremor os conduziria? A uma preocupação, ao fim da autopreservação dela? À felicidade de Fiona?

Seria um desafio. Um desafio e um feito respeitável. E também uma piada que jamais poderia contar a alguém – pensar que, por seu mau comportamento, fizera bem a Fiona.

Mas na verdade não era capaz de pensar sobre isso. Se tivesse pensado, teria de ter imaginado o que aconteceria com ele e Marian, depois de haver entregue Aubrey a Fiona. Aquilo não iria funcionar – a menos que pudesse obter mais satisfação do que previra, encontrando o caroço de egoísmo sem culpa dentro de sua polpa robusta.

Nunca se sabe exatamente como esse tipo de coisa vai acabar. A gente quase sabe, mas nunca pode ter certeza.

Ela devia estar sentada em sua casa, à espera de que ligasse. Sentada, não; provavelmente fazendo coisas para se manter ocupada. Parecia ser uma mulher que se mantinha ocupada. Sua casa certamente exibia os benefícios de cuidados constantes. E havia Aubrey – as atenções com ele continuariam como sempre. Talvez lhe servisse o jantar antes da hora – ajustando suas refeições com os horários de Meadowlake, a fim de prepará-lo mais cedo para a noite e se liberar do restante de sua rotina do dia. (O que faria com ele quando fosse ao baile? Ele podia ser deixado sozinho ou ela arranjaria uma babá? Ela lhe diria onde ia, apresentaria seu acompanhante? Seu acompanhante pagaria a babá?)

Podia ter dado comida a Aubrey enquanto Grant comprava os cogumelos e voltava para casa. Talvez agora o estivesse preparando para dormir. Mas o tempo todo consciente do telefone, do silêncio do telefone. Talvez houvesse calculado quanto tempo levaria para Grant voltar de carro. Seu endereço no catálogo telefônico teria lhe dado uma ideia de onde morava. Teria calculado o tempo, depois acrescentado mais um pouco para uma possível compra de jantar (imaginando que um homem solitário faria compras diariamente). Depois um tempo para entrar em casa e fazer outras coisas antes de ouvir suas mensagens. E conforme o silêncio persistisse pensaria em outras coisas. Outras coisas que poderia ter tido de fazer antes de voltar para casa. Ou talvez um jantar fora, um compromisso que significava que não chegaria de jeito algum em casa à hora do jantar.

Ficaria acordada até tarde, limpando os armários da cozinha, assistindo à televisão, discutindo consigo mesma se ainda haveria alguma chance.

Que presunção da parte dele. Ela era, acima de tudo, uma mulher sensata. Iria para a cama em seu horário habitual pensando que não levava jeito de quem sabia dançar decentemente, afinal. Muito duro, muito professoral.

Ele ficou perto do telefone, olhando revistas, mas não atendeu quando tocou outra vez.

– Grant. É Marian. Eu estava no porão pondo a roupa na secadora e ouvi o telefone, e quando subi as escadas a pessoa que ligou

O URSO ATRAVESSOU A MONTANHA 355

tinha desligado. Então só pensei que era melhor dizer que estou aqui. Se é que foi você e está em casa. Porque é claro que não tenho secretária eletrônica, então você não poderia deixar recado. Então eu só queria que você soubesse. Tchau.

Eram dez e vinte e cinco.

Tchau.

Ele iria dizer que acabara de chegar em casa. Não via sentido em fazer surgir em sua mente o quadro dele sentado ali, pesando os prós e os contras.

Drapeados. Essa seria a palavra dela para as cortinas azuis – drapeados. E por que não? Pensou nos biscoitos de gengibre tão perfeitamente redondos que ela precisou avisar que eram feitos em casa, as canecas de louça em sua árvore de louça. Uma passadeira de plástico, tinha certeza, protegendo o tapete do corredor. Uma precisão e praticidade lustrosas que sua mãe jamais atingira, mas teria admirado – seria por isso que era capaz de sentir essa pontada de afeição bizarra e volúvel? Ou seria porque tomara mais dois outros drinques após o primeiro?

O bronzeado de nogueira – acreditava agora que era um bronzeado – de seu rosto e pescoço muito provavelmente se estenderia além, no vão entre os seios, que seria profundo, um tecido macio, oloroso e quente. Tinha isso para pensar, conforme discava o número que já escrevera num papel. Isso e a sensualidade prática de sua língua de gata. Seus olhos de pedra preciosa.

Fiona estava em seu quarto, mas não na cama. Sentava-se junto à janela aberta, usando um vestido apropriado à estação, mas estranhamente curto e brilhante. Através da janela penetrou uma lufada quente e pungente de lilases em flor e do adubo de primavera esparramado pelos campos.

Havia um livro aberto em seu colo.

Ela disse: – Veja só que lindo livro eu encontrei, é sobre a Islândia. Não dava pra imaginar que deixariam livros valiosos jogados pelos quartos. As pessoas que estão aqui não são necessariamente honestas. E acho que misturaram as roupas. Eu nunca uso amarelo.

– Fiona... – ele disse.

– Você ficou um bom tempo longe. Já podemos ir embora, agora?

– Fiona. Eu lhe trouxe uma surpresa. Lembra-se de Aubrey?

Ela o encarou por um momento, como se ondas de vento arrebentassem contra seu rosto. Contra seu rosto, contra sua cabeça, deixando tudo em farrapos.

– Não sou boa para nomes – disse, secamente.

Então o olhar desapareceu conforme ela recobrava, com algum esforço, uma certa elegância divertida. Fechou o livro cuidadosamente, ficou de pé e ergueu os braços para os pôr em torno dele. Sua pele ou seu hálito exalavam um odor tênue e novo, um odor que lhe pareceu igual ao de caules de flores cortados e deixados tempo demais na água.

– Estou feliz em vê-lo – disse, e puxou os lóbulos de suas orelhas.

– Você poderia simplesmente ter entrado no carro e ido embora – disse. – Simplesmente ido embora sem a menor preocupação e me lagardo aqui. Largardo. Largado.

Ele permaneceu com o rosto enfiado em seu cabelo branco, seu couro rosado, seu crânio delicadamente desenhado. Disse: – Nem pensar.

ESTE LIVRO, COMPOSTO NAS FONTES FAIRFIELD E LINOTYPE UNIVERS,
FOI IMPRESSO EM PAPEL PÓLEN SOFT 80G/M^2, NA GRÁFICA SANTA MARTA.
SÃO BERNARDO DO CAMPO, BRASIL, JULHO DE 2020.